O SÉTIMO UNICÓRNIO

Copyright © Kelly Jones, 2005
Copyright da tradução © Lea P. Zylberlicht, 2006
Copyright da imagem da capa © Musée National
du Moyen Age – Thermes de Cluny, Paris/ Other Images
– São Paulo, 2006

Obra publicada originalmente em inglês,
The Seventh Unicorn, por Berkley Publishing
Books, Nova York, 2005.
Indicação editorial: Tom Cardoso.

Todos os direitos de edição, em língua portuguesa, em
território nacional, reservados à Editora Mercuryo Ltda
Alameda dos Guaramomis, 1267 Moema São Paulo SP
CEP 04076-012
Tel. (11) 5049 3100/5531 8222
Fax (11) 5093 3265

A imagem da capa, fragmento de A mon Seul Désir,
Para meu Único Desejo, pertence ao conjunto
de tapeçarias La Dame à la Licorne, A Dama
e o Unicórnio, exposto em Paris, no Museu Nacional
da Idade Média, Thermes de Cluny.

www.mercuryo.com.br
e-mail ione@mercuryojovem.com.br

EDITORA
Ione Meloni Nassar

REVISÃO
Carmen Simões
Mariângela Vieira
Rosemary Lima Hirota

PROJETO GRÁFICO E DIAGRAMAÇÃO
Estúdio Graal

Dados Internacionais de Catalogação na Publicação (CIP)
(Câmara Brasileira do Livro, SP, Brasil)

Jones, Kelly
O sétimo unicórnio / texto Kelly Jones; tradução Lea
P. Zylberlicht — São Paulo : Mercuryo, 2006.
Título original: The seventh unicorn.
ISBN 85-7272-227-8

1. Ficção policial e de mistério (Literatura norte-
americana). I. Título.

06-7435 CDD-813.0872

Índices para catálogo sistemático:
1. Ficção policial e de mistério : Literatura norte-americana
813.0872

O SÉTIMO UNICÓRNIO
kelly jones

Tradução Lea P. Zylberlicht

AGRADECIMENTOS

Agradeço ao centro literário The Log Cabin, em Boise, Idaho, e aos meus companheiros escritores que continuam a me inspirar. Devo muito a todos, especialmente a Coston Frederick, Frank Marvin, Byron Meredith, Maria Eschen, Liz Goins, Bud Pembroke e Terry Wibbels pelas críticas cuidadosas a respeito de O Sétimo Unicórnio. Gostaria de agradecer também a amigos e familiares que leram esboços do manuscrito, oferecendo sugestões e renovando minha tão necessária confiança. Obrigada a Renie Hays, Maggie Saunders, Mrezzie Putnam, Paul Van Dam, Carolyn Hartman, Carol McFarland, Peggy McMahon, Lori McFarland, Ariana Hays e Lynn Marinko Ruoff. Minha especial gratidão à minha mãe e meu pai, Maria Alice e Otto Florence. Vocês sempre acreditaram em mim, embora nunca me negassem o prazer de surpreendê-los. Espero que não encontrem nada muito surpreendente dentro deste livro!

Sou grata a duas mulheres especiais, que trabalharam comigo para fazer de minha história um livro. Obrigada à minha agente, Julie Barer, pelo encorajamento, por sua generosidade e talento. Obrigada à minha editora, Leona Nevler, cuja sabedoria e gentileza fizeram que tudo isto parecesse quase fácil. Gostaria ainda de agradecer a Peter McGuigan e Kirsten Neuhaus pelo apoio e por se ocuparem dos direitos de traduções em outros países.

E, finalmente, agradeço a meu marido, Jim. Obrigada por ficar a meu lado e por despertar o melhor de mim mesma. Obrigada por Le Toucher. *Obrigada por Paris.*

O Sétimo Unicórnio *é um livro de ficção inspirado pelas tapeçarias* A Dama e o Unicórnio, *que se encontram no Museu Nacional da Idade Média em Thermes de Cluny, em Paris, na França. As tapeçarias foram criadas para a família Le Viste de Lyon, provavelmente, no final do século XV; muitos historiadores de arte acreditam que sejam uma representação alegórica dos cinco sentidos. A identidade do artista que as desenhou permanece um mistério, proporcionando um terreno fértil para a narração de histórias. Utilizei várias fontes em minha pesquisa, incluindo* La Dame à la Licorne, *de Alain Erlande-Brandenburg (edição de la Réunion des Musées Nationaux, 1989),* The Unicorn Tapestries, *de Margaret B. Freeman (The Metropolitan Museum of Art, 1976),* Tapestry, *de Barty Phillips (Phaidon Press Limited, 1994),* Tapestry Mirror of History, *de Francis Paul Thomson OBE (Crown Publishers, Inc., 1980),* The Unicorn, *de Lise Gotfredsen (Abeville Press Publishers, 1999), e* La Dame à Licorne: a Reinterpretation, *de Kristina E. Gourley (Gazette des Beaux-Arts, setembro de 1997).*

Kelly Jones

PRÓLOGO

A DOR CHEGOU naquela noite como a velha freira dissera que viria. Adèle sentou-se, colocando a mão sobre o ventre dilatado, sentindo-se assustada e insegura, embora o desconforto não fosse maior do que as suas cólicas menstruais. Então a dor cedeu. Ela voltou a deitar-se, a respiração rítmica da jovem noviça que dormia na cama ao lado preenchia o vazio na minúscula cela que compartilhavam. Ainda não, Adèle sussurrou para si mesma. Espere.

Tentou dormir, mas não conseguia. Ela estivera sonhando. O mesmo sonho que vinha tendo desde que chegara, uma cena tão familiar que podia relembrar com facilidade, um sonho que não precisava de sono. Cada detalhe era tão claro e preciso como os desenhos que levara ao jardim naquele dia, enfiados dentro do livro de orações.

O ar estava delicioso com o aroma dos cravos-da-índia, a fragrância das laranjeiras, a terra umedecida. Adèle foi ao jardim para desenhar, como fazia com freqüência, sob o pretexto de rezar e meditar. Ela tirou de dentro do livro de orações um dos desenhos que começara durante a última visita ao jardim. Era o desenho da irmã, Claude, tocando harmônio assistida por uma criada que manipulava o fole. Com bico-de-pena e tinta, Adèle criara a textura do cetim e do veludo dos vestuários delas. À direita desenhara um unicórnio, símbolo da pureza da donzela, animal que só poderia ser domado por uma virgem. À esquerda, desenhara um leão, símbolo da força. O brasão da família — goles, uma banda com o desenho de três quartos de lua crescente em prata — estava içado no estandarte carregado pelos dois animais. Adèle pegou o bico-de-pena, entintou-o e com hábeis traçados incluiu as figuras dentro de um jardim que parecia uma ilha. Ela desenhou coelhos e um cachorro no interior da ilha, depois colocou várias dessas pequenas criaturas, acrescentando uma raposa e um carneiro, ao fundo, como se flutuassem no ar. Sentou-se por um instante, examinando o trabalho, muito contente, e então colocou o desenho sobre um banco para secar ao sol, enquanto foi colher flores para completar a cena.

Quando retornou, um homem estava parado próximo ao banco. Ele pegara o desenho e examinava-o concentrado.

Adèle sabia que ele era um tecelão de tapetes. Observara-o quando ele e o velho chegaram de Bruxelas nesta manhã. Teria terminado o encontro com o pai?

De repente, corajosa, perguntou:

—Você é o tecelão de tapetes de Bruxelas?

Adèle o surpreendeu, ele olhou para trás.

— Sim, sou eu.

— Por favor — disse ele, estendendo a mão para pegar o desenho. Ele o colocou na mão dela e por alguns instantes não disseram nada.

— Você é uma artista de impressionante talento — disse o homem.

Ela sorriu, mas não respondeu, embora percebesse que ele estava extasiado.

— A mulher no desenho — perguntou ele — é uma mulher imaginária?

— É minha irmã, minha irmã mais velha, Claude.

— Sua irmã é muito bonita.

— Sim.

— Ela é musicista?

— Meu pai encorajou o talento musical dela para atrair e entreter um jovem cavaleiro, ou um nobre, talvez até mesmo um príncipe. Nossa família é de origem humilde. Mercadores, negociantes de tecidos de Lyon.

O tecelão acenou com a cabeça, como se já tivesse ouvido falar dessas histórias, mas ficou surpreso por Adèle ter comentado assuntos tão íntimos da família, embora fosse do conhecimento de todos que Jean Le Viste obtivera grandes riquezas e propriedades em Lyon, progredira em sua posição política em Paris e fizera um bom casamento. Também era sabido que, apesar da ascensão rápida de Le Viste na administração, por mais que tivesse se promovido a serviço do rei, tinha falhado em obter o *status* social de um nobre e o título real que tanto desejava.

O pai, Adèle ponderava, não era mais lorde ou cavaleiro do que qualquer simples tecelão de tapetes de Bruxelas. No entanto, sabia que o pai não aprovaria a intimidade que partilhava com um deles agora.

— Meu pai — perguntou Adèle — utilizará um artista de Paris para desenhar as tapeçarias?

— É o seu desejo. Há muitos pintores habilidosos em Paris.

Ela retirou uma margarida do buquê e a aproximou por um instante do nariz, depois, enquanto a estudava cuidadosamente, disse:

— Mas os ateliês mais finos e os tecelões de tapetes não ficam em Bruxelas?

— Sim — respondeu ele. — Os tecelões mais habilidosos encontram-se em Bruxelas.

— Algum tema já foi escolhido?

— Houve muita discussão. O seu pai pensa em grande escala. Ele deseja celebrar as realizações da família, a nomeação dele como presidente da Corte de Aides, e também o aniversário de casamento com sua mãe.

— Política — disse Adèle, balançando a cabeça vagarosamente, enquanto espalhava em cima do banco as flores que recolhera.

Sentou-se, puxou um grande livro debaixo do banco, aninhou-o no colo e colocou o pergaminho sobre ele. Em seguida, usando as flores como modelo, começou a desenhar, harmonizando margaridas e amores-perfeitos ao redor dos pequenos animais que estavam ao fundo.

— E quantas peças meu pai vai encomendar? — perguntou. — Ele deseja cobrir todas as paredes do castelo? Ou se contentará com um simples aposento?

— Falou-se em sete painéis.

— Sete é um bom número.

Ela afastou o longo cabelo que lhe caíra sobre a face. O tecelão observava enquanto ela preenchia o fundo da tela com flores.

— *Millefleurs* — disse ele.

Adèle sorriu, ciente de que esse era um estilo em moda atualmente no desenho de tapeçarias. Quando terminou, abaixou-se, puxou uma caixa de madeira debaixo do banco e de lá retirou um pano. Em seguida, secou a tinta da ponta da pena de desenho. Quando colocou o bico-de-pena, a tinta e o pano dentro da caixa, o tecelão perguntou:

— Posso? — Ele havia notado o livro de orações aos pés dela e outros desenhos aparecendo entre as páginas.

— Sim, pode.

Ela pegou o livro de orações e o entregou para ele. Depois, com um gesto ousado que de novo surpreendeu a ambos, jogou as flores ao chão e convidou-o a sentar-se do seu lado. Ele hesitou por um instante, depois se sentou.

Havia mais quatro desenhos, cinco no total, cada um representando uma mulher em um jardim de uma ilha com um unicórnio e um leão. O homem examinou cada um deles com grande interesse.

Ele apontou para o desenho de uma mulher tecendo uma capa no meio das flores.

— Minha irmã Jeanne — disse ela.

— Sua irmã Jeanne também é muito bonita.

— Sim.

Ele interessou-se pelo desenho em que uma ave de rapina estava empoleirada na luva de uma jovem mulher.

— Minha irmã Geneviève — esclareceu. — E, é claro, ela também é muito bonita. E uma exímia caçadora.

Em seguida, ele pegou o desenho de uma mulher segurando um espelho que refletia a imagem do unicórnio deitado em seu regaço. O leão, à direita da mulher, segurava um estandarte ornamentado com o brasão da família Le Viste.

— Minha mãe — disse a donzela.

— Há uma grande tristeza nos olhos dela — observou o tecelão pensativamente.

— Meu Deus!, o que pode haver senão tristeza para uma mulher que não gera filhos varões?

— Uma mulher que gera apenas quatro filhas? — disse ele sorrindo. — Quatro belas filhas.

Ela deu um leve sorriso, sentiu muita ternura e, depois... muita dor. A imagem se desvaneceu.

De repente, voltou à minúscula cela, o aroma do jardim foi substituído pelo odor seco da pedra. As cólicas voltaram, dessa vez mais fortes, intensas. Mas disse a si mesma não chegou o momento. Recordou, mais uma vez, o último desenho que o tecelão de tapetes estudava cuidadosamente.

A mulher, nesse desenho, não possuía o mesmo semblante delicado das outras; o rosto era longo e franzido. Estava parada, segurando uma lança na mão direita, enquanto com a esquerda acariciava o chifre do unicórnio, que mais se assemelhava a um bode do que ao elegante animal dos outros desenhos. Os pequenos animais ao fundo do desenho usavam coleira ou estavam acorrentados.

— A jovem neste desenho? — ele indagou, erguendo os olhos do pergaminho para encontrar o rosto de Adèle.

As sobrancelhas dele elevaram-se e os olhos estreitaram-se, revelando a confusão, como se compreendesse que Adèle havia desenhado a si mesma, mas não conseguia perceber a semelhança. Talvez tentasse imaginar por que escolheu retratar-se daquela maneira.

De repente, de novo, a dor. Ela sentiu o romper da bolsa e a água que escorria por entre as pernas, indo molhar a roupa de cama. O cheiro de sangue. Chamou a noviça, que acordou abruptamente.

— Agora — murmurou Adèle.

A velha freira chegou rapidamente. Adèle percebeu o horror nos olhos da noviça. E o sangue, bem vermelho, depois gritou.

Ela viu as tapeçarias trazidas do ateliê de Bruxelas. Eram seis. O pai, impaciente, fora incapaz de esperar pelo conjunto completo, e Adèle ainda tinha de ver a sétima.

Não conseguia mais manter essas imagens. A dor apoderou-se dela tão violentamente que ocupou todo o corpo e o espírito.

A velha mulher e a jovem noviça ficaram com ela durante os cânticos da manhã, que chegaram da capela, até o meio-dia, e também por toda a tarde. Adèle vislumbrava o cansaço nos olhos da mulher idosa. Apenas a poucos centímetros de seu rosto, os lábios da noviça moveram-se em uma prece silenciosa, e a prece de Adèle era apenas para que tivesse forças para dar à luz essa criança inocente. Mas a dor exigiu muito dela, não conseguiu rezar de maneira adequada. As palavras não chegaram a se formar. Era noite outra vez: a única luz, bruxuleante, vinha das velas na cela. Adèle sentiu a urgência de empurrar, empurrar com toda a força.

— Ainda não, minha filha — disse a velha mulher, e mesmo isso parecia uma prece.

Tocou o rosto de Adèle com um pano molhado e massageou-lhe as pernas, os braços, o estômago com óleo aquecido, falando sempre com uma voz firme e suave. Ela levou um copo aos lábios da jovem. Vinho com ervas para acalmar a dor.

Finalmente, a mulher comandou:

— Agora, Adèle, empurre.

Havia outras pessoas no aposento, segurando-lhe os braços, as pernas, levantando-a como se essa criança fosse um fruto maduro pronto para cair ao solo.

— Empurre — a velha freira murmurou.

E Adèle o fez, repetidas vezes, até que a mulher exclamou:

— *Deo gratias, Deo gratias!*

Com uma força que pareceu surgir de fora dela, Adèle olhou para a criança. Ele era tão pequenino, mas no instante em que soltou um grito forte, o coração de Adèle deu um pulo e ela murmurou a própria prece de louvor.

A freira idosa estava banhando o menino. A luz da manhã revelou sangue por toda parte — na criança, nas cobertas da cama, no junco que colocaram no chão, nas pernas de Adèle, nos pés. A mulher envolveu a criança firmemente para aquecê-la, e quando a entregou para a noviça que iria levá-la para fora do aposento, Adèle gritou de novo.

— Descanse, minha filha, descanse — disse a velha freira.

E Adèle fechou os olhos. Ela vislumbrou de novo o vermelho-carmesim. De início era o sangue, mas depois... Pôde ver como o pai ficara contente quando olhou para as tapeçarias pela primeira vez, os magníficos filetes vermelhos, o azul e o dourado. Então a descoberta, e depois a raiva. Mas agora havia terminado. Ela não sentia raiva, ou dor, apenas uma calma serena, e outra vez andava pelo jardim.

1

O CONVENTO DE SAINTE Blandine, uma estrutura de dois andares em pedra rústica, parecia estar abandonado. Ervas daninhas e vegetação selvagem subiam de cada lado de um caminho estreito de terra que conduzia à porta da frente e estendia-se até um pequeno pomar de árvores frutíferas não podadas. Fileiras de treliças deterioradas, com videiras enroladas, ficavam entre os velhos engradados de madeira do outro lado do caminho. O lado norte da construção estava coberto com hera, que ia diminuindo perto da chaminé de tijolos, que parecia ter sido adicionada recentemente, pois não combinava com a grande estrutura de pedra. Vários tijolos tinham se soltado e caído no chão, onde permaneciam empilhados. A atmosfera sossegada, exceto pela leve brisa que ressoava através das árvores, não dava indícios de vida ou ocupação recente no convento.

Alex Pellier parou no caminho e estudou o mapa de novo. Ela havia seguido as indicações precisamente — para o sul partindo de Lyon, passando pela aldeia de Vienne. A rodovia de Lyon estava cuidadosamente assinalada, cada virada, acidente e desnível — e houve muitos —, tanto nas estradas de terra como nas de cascalho, marcadas e identificadas. O mapa tinha vindo dobrado dentro de um envelope com uma carta da madre superiora.

Alex aproximou-se de uma grande porta de madeira, perplexa com a aparência deserta do edifício e dos arredores. Ela bateu e esperou. Nenhuma resposta. Bateu de novo.

Certamente alguém iria aparecer; tinha marcado um encontro.

A carta da madre superiora, escrita por uma mão não muito firme, mas com letra elegante e à caneta-tinteiro, conforme a moda antiga, tinha chegado a Cluny endereçada a madame Demy, diretora do museu. O estilo da carta era tão belo e delicado como o manuscrito: *Toalhas de altar bordadas de maneira graciosa com aplicações de extraordinária passamanaria feita à mão, tapeçarias de valor inestimável da melhor qualidade que datam da fundação do convento no século XIII, uma extensa biblioteca com manuscritos de grande valor.* De acordo com a reverenda madre Alvère, o convento desejava dispor desses bens antes de mudar para Lyon. Todos os itens estariam disponíveis para serem vistos durante o último fim de semana de maio.

Alex bateu novamente à porta, mas não obteve resposta. Será que as freiras já haviam se retirado para o convento em Lyon? Ela recebera uma segunda carta da madre superiora fazia apenas dois dias, uma resposta ao pedido para definir uma data de visita. O encontro fora marcado para esta mesma noite, às sete horas. Agora já haviam se passado dez minutos das sete.

Ela bateu de novo. Será que tinha dirigido desde Paris para nada?

Depois de mais alguns minutos, Alex foi até a lateral da construção e olhou pela janela, que estava fechada com tábuas pelo lado de dentro, e tentou observar atentamente por entre as fendas. Não conseguia enxergar nada, mas a débil réstia de luz batia em uma parede escura.

Alex retornou para a porta da frente e bateu de novo com mais força. Nada. Estava a ponto de tentar abrir a porta, quando uma pequena janela na parte superior abriu-se. Apareceu o rosto de uma mulher, pequeno e enrugado, emoldurado em uma touca de freira branca e esticada.

Durante alguns instantes a mulher a fitou, depois, com uma voz irritada e estridente, disse:

— *Bonjour*.

— *Bonjour* — respondeu Alex.

Ela se apresentou e explicou que era do Museu Nacional da Idade Média, o Cluny, em Paris, e que tinha um encontro com a madre superiora.

— Ela está doente — respondeu a freira sucintamente.

Não havia indício de que a mulher fosse convidar Alex para entrar. Estava claro que não poderia falar com a madre superiora, já que não estava bem.

Alex abriu a pasta e tirou a primeira carta de madre Alvère. Enquanto a mulher a lia, os olhos se fechando como pequenas fendas, Alex explicava que ficaria hospedada em Lyon naquela noite, e isso significava uma boa hora de viagem. Será que não poderia entrar e dar uma rápida olhada?

A velha freira não respondeu, os olhos se moviam lentamente pela página, os lábios finos mostravam desaprovação. Ela ergueu os olhos para Alex, depois olhou para o papel como se contivesse algum código secreto ou uma mensagem escondida.

— Madame Demy? — perguntou a mulher.

— Madame Pellier — respondeu Alex. Talvez devesse ter mostrado a segunda carta, a mais recente, dirigida a Alexandra Pellier.

Alex a retirou da pasta. A mulher estendeu o braço e pegou a segunda carta, sem se preocupar em devolver a primeira. Os lábios dela permaneciam contraídos.

Alex ficou ali, parada, o rosto estava quente por causa da impaciência, enquanto a mulher lia a carta com o mesmo ar de tédio com que lera a primeira.

Finalmente, devolveu as cartas, fitou-a por um instante, depois disse em voz baixa:

— Madame Pellier — enquanto virava a maçaneta da porta.

A porta se abriu, Alex entrou e seguiu o pequeno corpo curvado para a frente, que se movia de maneira surpreendentemente rápida ao longo de um vestíbulo e pelo interior de um salão escuro. Com o hábito antiquado, feito com metros de tecido preto grosseiro, touca de freira e véu, a mulher não se parecia em nada com as freiras modernas que Alex via em Paris, com as saias na altura dos joelhos e permanente nos cabelos.

O lugar cheirava a pedra antiga e algo mais... uma clínica de repouso, pensou enquanto continuavam por um corredor estreito. Sim, o odor de corpos antigos, despertando uma memória de anos atrás, uma visita à bisavó em uma casa de repouso. No entanto, não havia evidência de outros habitantes. Alex sabia que a própria ordem estava morrendo, que havia menos do que uma dúzia de freiras remanescentes, com idades que variavam de sessenta e nove a noventa e dois. Por indicação de Philippe Bonnisseau, arcebispo de Lyon, elas deveriam ser encaminhadas para outro convento, em local retirado, que era propriedade de uma outra ordem em Lyon. O Convento de Sainte Blandine seria reformado e transformado em hotel.

Elas viraram em um outro corredor tão sinistramente silencioso quanto o primeiro, em que a quietude era perturbada apenas pelos passos leves sobre o chão de pedra e o *clique-claque* das contas do rosário pendurado no cinto da freira. De maneira abrupta, a mulher parou e fez Alex entrar num pequeno aposento.

Os olhos de Alex se moveram rapidamente, absorvendo o máximo que podia na luz fraca. As paredes estavam cobertas com prateleiras, algumas arqueadas no centro devido ao peso dos livros. Havia uma mesa e uma cadeira no meio da sala e uma escrivaninha em madeira na frente das estantes, na parede oposta. O ar estava pesado e cheirava a poeira. Pequenas partículas de pó flutuavam num estreito feixe de luz que vinha da única pequena janela do aposento. A freira acendeu dois candeeiros, um abajur na escrivaninha e um outro na mesa. À medida que Alex examinava as prateleiras, a expectativa contraiu-a por dentro. Será que o Convento de Sainte Blandine realmente possuía manuscritos medievais autênticos, como a madre Alvère deixara implícito na carta? Ela voltou-se para explicar que estava particularmente interessada nas obras antigas que datavam da fundação do convento, mas a freira tinha, de certa forma, dado um jeito de evadir-se do quarto.

Alex aproximou-se da primeira prateleira. Estava abarrotada de livros, empilhados uns sobre os outros. Ela apanhou um e limpou a poeira. *Théologie de la Trinité*, publicado no início de 1930, com o apropriado *Nihil Obstat* no verso da página de rosto. Ele provavelmente teria valor para um colecionador, mas não para um museu de arte medieval. Enquanto seus olhos se movimentavam percorrendo a pilha de livros, ela se perguntava se haveria ali algo bastante antigo que pudesse interessar ao Cluny. Nada específico se sobressaía, mas com freqüência manuscritos antigos causavam impacto. No entanto, encontrar algo ali, sem nenhum tipo de guia ou catálogo, seria quase impossível. Uma agulha num palheiro. Ela olhou de novo para a porta, mas a freira não retornara.

Alex apanhou mais um par de livros da estante e viu outros enfiados logo atrás. Ela levantou alguns, retirando apenas os que pareciam mais antigos, e levou-os para a escrivaninha. Rapidamente os examinou e não encontrou nada. Dirigiu-se, então, para a segunda parede. Deu uma olhada no relógio. Não fazia idéia de quanto tempo a deixariam ficar na biblioteca, e também queria dar uma olhada nas tapeçarias descritas na carta da madre superiora. Os pensamentos se voltaram para a jovem filha, Soleil. Era a palavra francesa para sol, e a menina verdadeiramente significava uma luz na vida de Alex.

Alex a havia deixado com Simone e Pierre Pellier, os pais de Thierry, em Lyon. Dissera a Simone para colocar Soleil na cama às 20h30, embora soubesse que a sogra talvez a deixasse acordada simplesmente pelo prazer da companhia dela. Simone morria de amores pela neta — a única filha de seu filho único.

Alex sentou-se, enquanto os olhos moviam-se pelas prateleiras. Ela gostava da idéia de descobrir efetivamente um tesouro medieval. Madame Demy quase sempre a enviava quando surgiam convites que parecessem um tanto dúbios. Estivera em casas em Paris e na zona rural francesa onde itens relatados como de origem medieval não passavam de imitações recentes. No entanto, sempre havia a possibilidade de encontrar algo. Durante a época do motim político na França, as propriedades tinham sido confiscadas ou saqueadas e muitos artigos foram parar nos locais mais improváveis. Uma coleção de tapeçarias, exibida atualmente em um museu de Nova York, fora encontrada em um armazém usado para a confecção de cobertores. E quem sabe o que poderia ser descoberto em um mosteiro remoto ou num convento que passou por uma reforma... um manuscrito, uma peça de altar considerada por monges ou freiras apenas como um objeto de inspiração religiosa, poderia ser, na verdade, uma obra de arte escondida durante séculos. As possibilidades excitavam Alex, ao passo que madame Demy preferia algo seguro — um catálogo impresso com uma descrição adequada e a proveniência especificada. Ambas sabiam que havia um número limitado de artigos medievais autênticos que serviriam para uma exposição em museu, e havia uma competição selvagem para a aquisição dessas raridades. Uma vez que a peça entrasse para a coleção do museu, estaria fora do mercado para sempre. Isso já era motivação suficiente para Alex examinar cada probabilidade, por mais improvável que parecesse.

Enquanto esquadrinhava as prateleiras, um conjunto de capas de couro gastas atraiu seu olhar. Ela foi até lá e, na ponta dos pés, tentou puxar os livros. Eles pareciam colados de tão juntos, e Alex travou uma verdadeira batalha, mas finalmente conseguiu desprender um. Depois de um bom puxão, o livro caiu da prateleira, atingiu Alex na cabeça e foi parar meio desconjuntado no chão, espalhando folhas e poeira.

Alex agachou-se e começou a reunir as folhas que, pela impressão, não pareciam ser mais antigas do que qualquer outra coisa que havia encontrado ali. Então seus olhos se fixaram em uma folha que não parecia assemelhar-se às demais. Ela estava escrita à mão com bico-de-pena, a tinta esmaecida e amarronzada pelo tempo. Tratava-se de um escrito em pergaminho, a parte inferior rasgada. Alex levantou-o. Tinha a textura de um pergaminho antigo, quase quebradiço ao tato. Colocou-o no chão onde havia luz vinda da janela, debruçou-se sobre ele e começou a ler.

O texto era em francês arcaico. Conseguia decifrar algumas palavras, outras não. Em alguns lugares a tinta estava quase apagada. Parecia ser um poema. Ela leu, traduzindo as palavras:

Ela o encontrou no jardim
Um encontro casual
Mas como se traçado pelo destino...
... em meio ao odor de...

O próprio jardim era descrito em detalhes — margaridas, amores-perfeitos, lírios-do-vale, cravos, pervincas e rosas.

Ele é um simples tecelão de tapetes, ela uma formosa donzela...
... a florescência mais fragrante de todas...

Alex sorriu silenciosamente. É um estilo floreado. Continuou a ler uma longa descrição das árvores no jardim, que incluíam, entre as que conseguiu traduzir, carvalho, pinheiro, azevinho e laranjeira.

Então, algo sobre a donzela... bem... até onde Alex conseguiu traduzir para a linguagem moderna — ela riu alto com esse pensamento — *um fruto maduro para ser arrancado*.

Interessante. Mas dificilmente seria um manuscrito medieval. Era um pequeno poema, rabiscado em um pergaminho esmaecido, e não uma realização literária particularmente habilidosa. Ela devia voltar ao trabalho. No entanto, ficou curiosa. Continuou a ler.

Desmentir esse amor não é um verdadeiro pecado
Mesmo na casa da mulher
que amava o Senhor...

O convento?, Alex perguntou-se. Aqui o verso estava rasgado. Ela deu uma olhada nas folhas espalhadas pelo chão, querendo descobrir se a que apresentava um rasgo na parte inferior também estivera enfiada no livro. O canto de uma folha se destacava do resto do livro, várias páginas adiante. Ela a puxou. Parecia ser uma segunda página do poema.

*A obra de seu amor...
enterrada lá debaixo da pedra...*

Mais palavras esmaecidas.

*e mais uma vez floresce o amor deles,
o fruto, a paixão de seu amor
encontra-se na aldeia ao lado...*

Quando Alex sentou-se no frio chão de pedra, fitando o pergaminho, ficou divagando. Será que era um pequeno verso romântico, escrito a bico-de-pena por uma freira frustrada? Ou seria algo mais? Ele era muito antigo. Alex podia reconhecer isso — pela linguagem e pelo pergaminho.

Ela ouviu um movimento no corredor e ergueu os olhos quando a freira enrugada e carrancuda entrou no aposento. Os olhos da mulher percorreram o chão rápida e bruscamente. Ela olhou para a pilha de livros, expressou um som mostrando desaprovação, depois resmungou algo como *Monsieur le Docteur Henri Martineau*, ou era Marceau?, *est arrivé*. Alex não tinha certeza das palavras exatas pronunciadas pela freira, mas ficou claro, quando a velha mulher enfiou os livros de volta na prateleira, que o tempo dela havia terminado.

Alex juntou as folhas do chão. A freira abaixou-se com agilidade espantosa e agarrou o poema rasgado como se fosse apenas uma outra folha qualquer. Então pegou as que estavam na mão de Alex, inseriu-as novamente no livro de capa de couro e colocou-o em uma prateleira mais baixa; em seguida, fez sinal para que Alex a seguisse mais uma vez.

— Talvez eu pudesse dar uma olhada nas tapeçarias? — perguntou Alex.

— *Non aujourd'hui* — respondeu a freira. — Hoje, não.

No salão, uma irmã em cadeira de rodas apareceu, empurrada lentamente por uma outra freira. Alex e a velha mulher afastaram-se para deixá-las passar. A freira que empurrava a cadeira fez um aceno com a cabeça. A mulher na cadeira de rodas olhou para cima e sorriu. Então, pensou Alex, ainda havia outras residentes no convento. Ela se perguntara se a velha e enrugada zeladora era a única habitante.

— Posso voltar amanhã? — perguntou Alex.

Não houve resposta da freira quando elas voltaram ao primeiro corredor e passaram por uma outra religiosa, que escoltava um homem magro e alto. Ambos tinham uma expressão sombria e não deram uma palavra. O homem era jovem, trinta anos provavelmente, e pálido, com cabelos loiros e um bigode fino tão claro que quase se fundia com a pele. O médico que atende a velha madre superiora?, interrogou-se Alex enquanto passavam por ele.

— *Merci* — Alex agradeceu à freira, quando alcançou a porta da frente.

— Amanhã? — perguntou de novo.

— *Au revoir*, madame Pellier — disse a freira, e nada mais. Ela abriu a porta.

Novamente Alex encontrou-se do lado de fora do convento, com uma comichão percorrendo-lhe a nuca. Ela queria dar uma olhada nas tapeçarias, teria de voltar no dia seguinte. Talvez a madre Alvère, que a havia convidado, estivesse disponível.

Alex caminhou em direção do carro. Um segundo veículo, verde-escuro, estava agora estacionado ao lado do dela.

•

Alex chegou à casa dos Pellier às 20h30. Foi cumprimentada na porta da frente por Marie, a enfermeira e governanta dos Pellier. Pierre, que não se sentia bem, tinha ido deitar-se, mas Simone estava sentada na cozinha com Soleil. Elas se deliciavam com sorvete de chocolate e biscoitos de gengibre. Soleil segurava nos braços uma linda boneca de porcelana muito parecida com um bebê de verdade. Com uma pequena colher de prata, levava à boca rósea da boneca pequenas quantidades de chocolate derretido.

Soleil deu um pulo e correu ao encontro da mãe.

— *Mama, mama*, veja a minha linda boneca!

Cada vez que elas visitavam os Pellier, Simone presenteava Soleil com um presente caro. Simone e Pierre haviam mimado Thierry, que nascera quando já eram mais velhos, e Alex não queria isso para a filha. No entanto, não disse nada. Depois que Thierry morreu, jurou que ficariam próximas dos avós de Soleil, mas, desde que Alex assumira a posição no Cluny, elas tinham pouquíssimo tempo para visitas. Por causa da doença de Pierre, os Pellier não podiam ir a Paris. Ele sofrera um segundo derrame há pouco tempo. Não conseguia mais falar e agora estava confinado numa cadeira de rodas. No entanto, ainda existia algo em seus olhos, uma vivacidade, e Alex sabia que ele continuava a apreciar essas visitas.

— Sim, ela é muito bonita Sunny — disse Alex para a filha. — Vovó é muito generosa.

— Sim, muito generosa — respondeu a criança, sorrindo para a avó enquanto acariciava o rosto da boneca. — *Merci, grandmère.*

Marie havia guardado o jantar de Alex no forno. Alex agradeceu-lhe, depois se sentou para comer enquanto Simone e Soleil terminavam o sorvete. Enquanto Alex conversava com a sogra, Soleil falava suave e delicadamente com a boneca.

— Você é uma criança muito especial — disse em inglês. — E vou falar com você em inglês para que seja bilíngüe.

As palavras de Soleil fizeram Alex sorrir. Desde que a filha era pequena, quando começou a se comunicar verbalmente, havia encorajado a filha a falar francês e inglês.

Depois de colocar Soleil na cama, Alex sentou-se com Simone na sala de estar. Marie trouxe uma bandeja com xícaras e uma garrafa térmica com café, depois lhes deu boa noite.

A sala era espaçosa e elegante, confortavelmente mobiliada com antiguidades autênticas: cadeiras Luís XV, uma tapeçaria Aubusson, tapetes orientais importados, uma ampla lareira em mármore e vários quadros e esculturas que Pierre havia colecionado ao longo dos anos — um Rodin, um Poussin, um pequeno desenho de Delacroix.

Simone levantou-se para servir mais café. Apesar de mais velha, madame Pellier era uma mulher bonita, com uma postura graciosa e régia. Quando jovem havia sido atriz, mas abandonou o palco ao se casar com o rico e atraente Pierre Pellier. Uma cabeleira branca, cor de neve, emoldurava seu rosto. Os olhos azuis ainda brilhavam, não só com uma beleza exterior, mas também com um profundo esplendor e força interior. *Belle-mère*, a palavra francesa para sogra. Bela mãe, a tradução literal, ajustava-se bem a Simone Pellier, pensou Alex.

— *S'il vous plaît* — disse Alex, levantando-se. — Por favor, Simone, deixe-me fazer isso.

Simone fez um sinal para que permanecesse sentada.

— Relaxe, Alexandra. Você trabalhou o dia inteiro. Eu passei o dia brincando com Soleil.

— *Merci.*

— Alex sentou-se, embora se perguntasse se Simone não estaria cansada depois de ter passado o dia inteiro com a neta. Não era jovem, e Soleil era uma criança irrequieta e ativa de seis anos de idade.

Mas, na verdade, Alex estava exausta. Sentia-se frustrada pela experiência no convento e aborrecida por ter de retornar no dia seguinte. Havia planejado passar a manhã e o começo da tarde do domingo com Simone e Pierre, antes de voltar a Paris.

— Receio ter de voltar ao convento amanhã — contou à sogra.

— Soleil ficará bem conosco. Você sabe o quanto gostamos de tê-la aqui. Talvez possamos planejar um outro fim de semana juntos, quando você estiver livre de suas obrigações de trabalho.

— Sim, Simone, deveríamos. Obrigada por sua ajuda.

Na manhã seguinte, Alex e Soleil andaram dois quarteirões com a avó até a catedral para assistir à missa. Quando voltaram, Marie havia colocado o café-da-manhã no aparador da sala de jantar. Pêssegos frescos e morangos, crepes recheados com creme e damasco, ovos mexidos, suco de laranja, café com leite e açúcar ao lado da porcelana fina e dos talheres de prata. O avô esperava por elas.

Madame Pellier preparou duas xícaras, misturando leite e açúcar na do marido e depois na dela. Segurou a xícara delicada junto aos lábios de *monsieur* Pellier. Ela não demonstrou aborrecimento, apenas realizou a tarefa sem muito esforço, depois conversou com Alex e Soleil, enquanto dava ao marido pequenas porções de tudo o que havia na mesa, limpando-lhe cuidadosamente o queixo quando algo lhe escorria da boca. Eles sempre tinham sido devotados um ao outro. Quando Alex os conheceu, catorze anos antes, já contavam idade avançada, mas, mesmo assim, era evidente a dedicação que um tinha pelo outro. Alex tinha esperado que ela e Thierry viessem a partilhar uma longa vida juntos, assim como os pais dele, mas ele morrera fazia quase quatro anos. A dor que sentia agora não era pela perda, mas porque chegara a reconhecer que, mesmo se Thierry tivesse sobrevivido àquele acidente fatal, nunca haveria entre eles esse amor profundo que Simone e Pierre Pellier compartilhavam. Mesmo agora, enquanto a velha senhora enxugava cuidadosamente a saliva que escorria do queixo do homem frágil na cadeira de rodas, Alex os invejava.

Pouco depois do meio-dia, saiu de novo para o convento. Ligou o rádio para ajudar a passar o tempo, sentindo pouco entusiasmo pela viagem, embora estivesse ansiosa para dar uma nova olhada no interior do convento. Simone embrulhara porções de morangos e biscoitos, e Alex mordiscava um biscoito de gengibre enquanto admirava as vinhas plantadas nos sopés das colinas de ambos os lados da estrada. O pai de Alex havia contado que a família dele tinha raízes nessa área rural entre Lyon e Nimes. De acordo com o avô, o último dos Benoit a pronunciar o nome *Ben-wah* imigrara para os Estados Unidos no final de 1700 para escapar da turbulência política. Os Benoit descendiam, supostamente, da nobreza, uma crença sustentada apenas por relatos familiares que se propagaram durante gerações.

O céu escurecia-se com as nuvens. Alex deixou a estrada principal e pegou o trecho de estrada de cascalho para o convento. Começou a chuviscar. Quando alcançou o caminho de terra, a chuva caía forte. O movimento regular do limpador de pára-brisas mantinha um ritmo constante, enquanto a chuva pesada tamborilava no vidro. Ela desligou o rádio.

Apesar da chuva, que se espalhava pelo vidro traseiro, percebeu que um outro carro se aproximava, o mesmo veículo verde-escuro que havia visto no dia anterior, o carro do médico. Ele se aproximava rapidamente. Ela diminuiu bastante a velocidade, enquanto o outro continuou em sua direção, e só no último minuto deu uma guinada, depois de quase bater no carro de Alex, ao tentar ultrapassá-la. Ela respirou profundamente e olhou de relance para a traseira do outro veículo. O homem também diminuiu a marcha e olhou para trás. Será que estava acenando para ela? Não, via melhor agora, a mão dele estava levantada, mas exibia o punho fechado, como se o quase acidente fosse culpa dela!

Ela parou e ficou olhando o outro carro desaparecer no nevoeiro. Uma imprudência desse tipo numa pequena estrada de terra? Que tipo de idiota ele era para dirigir assim tão depressa? Respirou profundamente de novo, depois prosseguiu com cautela até a clareira do lado de fora do portão do convento.

Estacionou, sem saber se deveria esperar a chuva passar ou correr até a porta da frente e aguardar que, diferentemente do dia anterior, alguém viesse abri-la sem demora. Se ficasse do lado de fora por apenas alguns segundos, ficaria encharcada. Permaneceu sentada, tentando decidir o que fazer. Primeiro, indagaria sobre a saúde de madre Alvère, e então pediria de maneira polida para falar com a madre superiora caso estivesse bem, ou que pelo menos a deixassem entrar para dar uma nova olhada, pois deveria voltar para Paris ainda naquela tarde. Alguns instantes depois, com a chuva continuando a cair com força, Alex pegou a pasta. Colocou-a sobre a cabeça e correu. As poças de água no caminho de terra, que havia se tornado um rio de lama, molhavam suas pernas. Ela bateu na porta com a mão gotejante. Como no dia anterior, ninguém respondeu. Tornou a bater. Depois mais uma vez. Finalmente a janelinha superior se abriu e a velha face enrugada apareceu. A mulher fitou-a, os olhos negros vazios e sem vida. E, em seguida, Alex estava prestes a perguntar sobre a madre Alvère, mas, antes que pudesse falar, a velha freira disse:

— Ela morreu. — E a janela fechou-se.

2

OLHANDO PARA FORA no túnel escuro, Jake ouvia o assobio rítmico provocado nos trilhos enquanto o trem se deslocava pelo Canal da Mancha. Pegou o café-da-manhã que Dora, esposa de Paul, havia lhe preparado naquela manhã em Londres. Descascou um ovo e comeu-o lentamente. Quando estava no meio da viagem, adiantou o relógio em uma hora.

O trem chegou à França ao romper do dia. Ao passarem pelas margens indefinidas e suaves de Calais-Fréthun, o céu estava cor-de-rosa pálido; amarelo-claro quando o trem se movimentou rapidamente pela zona rural francesa, atravessando campos com texturas em verde e dourado tocadas pelo sol da manhã. Os veículos ao longo das rodovias adquiriam formas indefinidas, e as pontes reluziam. Os trens que se moviam em sentido contrário passavam em questão de segundos.

Três horas depois de deixar Londres, o trem parou no terminal do piso superior da Gare du Nord. Jake dirigiu-se para o nível inferior, onde havia um grupo de pessoas esperando o próximo metrô. Este chegou fazendo um barulho surdo, as portas se abriram, algumas poucas pessoas desceram e Jake entrou. Ele encontrou um lugar vazio perto de um homem idoso que agarrava firmemente uma maleta de couro usada. Uma moça pálida com cabelos negros tingidos, muito maquiada e com uma rosa tatuada na parte superior do braço esquerdo, sentou-se perto dele. Várias pessoas com aparência de turistas, que haviam entrado com Jake, acomodaram-se no corredor. Era segunda de manhã, última semana de maio, e se dava conta de que os visitantes de verão já estavam invadindo a cidade. Na parada seguinte levantou-se, estava muito impaciente para ficar sentado. Os turistas estudavam o mapa afixado na parte superior das janelas do trem. Jake agarrou a correia suspensa na barra de metal, quando o trem deu um solavanco e parou na estação seguinte. Duas mulheres conversavam e riam ao subir. A mais alta tinha cabelo ruivo, o que o fez pensar em Rebecca e na última briga, quando ele lhe disse que ia para Paris.

— Pensei que iríamos juntos quando economizássemos um pouco. Não são necessárias várias semanas para tirar um passaporte? — perguntou ela, tentando mostrar-se segura.

Ele tinha pedido o passaporte dois meses antes.

E então ele lhe contou que havia renunciado ao cargo de professor de arte na universidade. Foi incapaz de lhe dizer que havia retirado todo o dinheiro da poupança. Agora que estavam tendo essa conversa, Jake podia perceber o quanto estava sendo injusto. Não a incluíra em sua decisão. No entanto, tinha a impressão de que uma parte dela devia reconhecer quão reprimido e sufocado havia se sentido nos últimos meses, como o relacionamento deles sofrera com a sua frustração. Eles haviam conversado sobre seu desempenho como professor, sobre as lacunas do seu curso, que pouco privilegiava a arte e as necessidades dos estudantes. A própria pintura não ia bem. Há meses não produzia nada.

Ele tinha lhe contado, muito tempo atrás, a respeito de sua estadia em Paris quando ainda era estudante, a única época em que se sentiu realmente livre no trabalho. No entanto, não havia produzido nada de significativo naquele ano. Ele era jovem, e o mundo, grande e cheio de oportunidades para aventuras. Se tivesse aproveitado aquele dom de criatividade que às vezes parecia transbordar e inundá-lo! Foi só nas últimas semanas que tomou consciência do que estava acontecendo, mas já era tarde, estava quase sem dinheiro, o pai não passava bem e sabia que devia voltar para casa em Montana. No dia seguinte aos exames, deixou Paris.

Essa criatividade talvez pertencesse apenas aos jovens, algo impossível de ser revivido ou recuperado. Talvez essa ânsia repentina, embora persistente, de voltar para Paris, fosse estimulada por uma espécie de crise de meia-idade.

Quase sempre se pegava perguntando: Bem, Jacob Bowman, que diabos você realizou nesses trinta e cinco anos? O que você tem para mostrar depois de todos esses anos?

— Você pode vir comigo — disse para Rebecca, mas, mesmo enquanto falava, sabia que essa era uma oferta que ela recusaria, e talvez por isso a tivesse feito.

— Deixar o meu emprego? — a voz dela elevou-se. — Pelo menos um de nós deve mostrar algum senso de responsabilidade. Ela girava o anel no dedo, um anel que havia usado por mais de um ano. Eles ainda deviam marcar uma data. — Estou tentando compreender.

Compreender? Essa era uma palavra que surgia repetidamente nas conversas dos dois durante os últimos meses. Rebecca aparecia no apartamento dele sem avisar, quando estava tentando trabalhar, com boas intenções e pão bem fresco, ou biscoitos, ou seu sanduíche favorito, como se pudesse alimentar o talento e a criatividade. Será que ela não podia entender que essa era uma coisa que ele mesmo devia fazer, e não percebia que quando estava trabalhando necessitava ficar sozinho? Jake tentou explicar, mas acabava sempre ferindo os sentimentos dela, e se perguntava se a vida com Rebecca consistiria em pedidos de desculpas, acrescidos de explicações e equívocos.

Antes de ele ir para Paris, ela lhe disse que iria encontrá-lo em agosto para passarem duas semanas de férias juntos. Ela ainda usava o anel.

E agora ele estava em Paris, andando ao longo do cais perto do rio Sena. Barcos de cruzeiro e barcaças de passageiros moviam-se lentamente pelas águas escuras. Vendedores dispunham os produtos em barracas de livros e de suvenires — cartões-postais, gravuras, apoios para pratos ou copos decorados com trabalhos de Monet e Manet, fotos de gárgulas góticas. Respirou fundo e absorveu os cheiros da cidade, o odor de chuva recém-caída. Diabos, sentia-se bem! Tão livre como se tivessem lhe tirado um peso das costas. Até sua maleta estava leve. Ele trouxera apenas o essencial — meias e cuecas, dois pares de *jeans*, algumas camisas, tênis de corrida e *shorts*, um par de calças folgadas, uma jaqueta esporte apresentável e sapatos para usar em ocasiões mais formais, embora não tivesse planos para tais ocasiões. E ainda um bloco de papel para desenhos e pincéis. Tintas e telas compraria em Paris, mas havia trazido vários pincéis — usados, como velhos sapatos de couro, confortavelmente moldados.

Quando alcançou a Pont D'Arcole, Jake atravessou para a Île de la Cité, depois continuou pela pequena ilha até o outro lado do rio — *La Rive Gauche*, a Margem Esquerda —, onde procuraria um quarto. Ele parou e procurou na carteira o endereço do hotel que Paul havia lhe dado naquela manhã em Londres. Paul dissera que era barato: *Não é o Ritz, não se iluda*, mas ele poderia alugar um quarto por semana ou por mês e o preço era bom.

Depois de percorrer uma distância curta, Jake percebeu que estava perto da Escola Internacional de Arte e Desenho, onde estudara anos atrás. Caminhando pela rua, surgiu-lhe um pensamento ridículo: poderia encontrar uma pessoa conhecida. Estudou os rostos dos que passavam e imaginou que eram velhos amigos, estudantes, agora maduros. Então, quando estava dizendo para si mesmo como seu pensamento era fútil, ele a viu.

Uma jovem mulher, alta e magra, com uma longa cabeleira loira que lhe descia pelas costas, saindo de um edifício. Ela tinha uma estatura familiar, um modo de andar familiar — rápido, gracioso e elegante. Seria ela? Jake sentiu algo pressionando fundo dentro do peito. Ele acelerou o passo, passou pela mulher, voltou-se e olhou. Ela sorriu e fez um sinal com a cabeça; ele retribuiu. Era uma mulher atraente, mas tinha um rosto desconhecido. Não era Alex.

Durante os três dias que ficara em Londres com Paul e Dora, eles se reuniram uma noite com um grupo de velhos amigos do tempo em que moraram em Paris. Frank Mason e Fiona Grady estavam trabalhando na cidade e foram juntos a um *pub* da vizinhança — Paul com a mulher, Dora, Frank, Fiona, e a esposa de Frank, Carolyn, que Jake encontrara uma vez, embora não pudesse se recordar. Nomes foram lembrados, e Frank mencionou Alexandra Benoit; comentou que, da última vez que ouvira falar dela, estava trabalhando em algum lugar em Paris, no Museu de Arte Medieval na Margem Esquerda.

— O Cluny? — perguntou Fiona. E Carolyn disse achar que o nome havia sido alterado para algo que continha *Moyen Age* — Idade Média.

— Museu Nacional da Idade Média, Thermes de Cluny — disse Paul.

Fiona perguntou:

— Não foi ela quem casou com um francês de uma família rica?

— Thierry Pellier — disse Frank. — Ouvi dizer que ele morreu alguns anos atrás em uma corrida de lanchas.

Jake não sabia do acidente, e mesmo se soubesse não teria derramado nenhuma lágrima por Thierry. Mas sabia que Alex estava em Paris, trabalhando no Museu Nacional da Idade Média. Já sabia disso fazia seis meses.

Havia um estudante, um jovem de Idaho, que fora seu orientando. Tratava-se de um pintor brilhante. Um dia ele chegou à aula com um discurso violento e enfurecido por causa de um artigo que estava escrevendo para a aula de História da Arte. O tema era *Os cinco sentidos na arte medieval*. Ele solicitara na biblioteca o artigo de uma revista chamada *Gazette des Beaux-Arts* para usá-lo na pesquisa. Era um texto sobre o conjunto de tapeçarias chamado *A Dama e o Unicórnio*. A biblioteca não assinava a revista, mas o bibliotecário havia pedido uma cópia por meio de um intercâmbio entre instituições. Mas para a infelicidade do jovem artista de Idaho, quando o artigo chegou, estava escrito em francês. Jake ofereceu-se para ajudá-lo na tradução.

No dia seguinte, o aluno deixou o artigo em sua sala. Quando Jake chegou, um pouco mais tarde, verificou a correspondência e tirou o artigo do envelope; o nome de Alex no cabeçalho do texto, tão vívido como se estivesse sublinhado com amarelo brilhante, atraiu seu olhar: Alexandra Pellier, curadora, Museu Nacional da Idade Média, Thermes de Cluny, Paris, França.

Jake encontrou o endereço do hotel, na Rue Monge, ao lado da Rue des Ecoles. Uma placa estava pendurada no segundo andar do edifício: *Le Perroquet Violet*.

Jake entrou e subiu as escadas. No saguão, um homem sentado atrás de um balcão lia um jornal amarrotado. Uma grande gaiola de arame, com um papagaio, estava apoiada em um dos lados do balcão. *Le Perroquet*. Mas vermelho, verde e amarelo, e não violeta, como dizia o anúncio. O papagaio empertigou-se e bateu as asas, enquanto se movia de um lado para o outro da gaiola, ao longo de uma estreita barra de madeira de um balanço.

O homem olhou por cima dos óculos de leitura:

— *Bonjour*.

— *Bonjour* — gritou o papagaio.

Jake deu um pulo, depois riu. O pássaro continuou a se balançar de um lado para o outro.

O homem sorriu. As sobrancelhas brancas e espessas se ergueram como se estivesse esperando que Jake falasse. Rugas crescentes, como meias-luas inchadas, criavam sombras escuras sob os olhos.

— Um quarto com banheiro? — perguntou Jake.

— Por quanto tempo? — indagou o homem, e Jake respondeu que pelo menos um mês, talvez mais. O homem concordou com a cabeça, disse o preço, informando que incluía o café-da-manhã. — O passaporte, por favor.

— Ele tirou um enorme caderno com capa de couro debaixo do balcão.

— *S'il vous plaît* — imitou o pássaro num tom mais agudo. — *Merci, merci*.

Jake riu de novo. Um pássaro bem-educado. Ali não se admitia um papagaio rude de pirata.

O sorriso do homem ampliou-se, um sorriso estudado. Jake imaginou que não era o primeiro hóspede a se divertir com o pássaro.

Jake perguntou se podia ver o quarto antes de aceitá-lo. As sobrancelhas espessas se ergueram — perplexas, quase insultadas. O sorriso desvaneceu-se. O homem pegou a chave, que estava pendurada por uma fita de plástico numa caixa atrás do balcão, depois chamou em voz alta: — André.

— André — chamou o pássaro com um grito estridente.

Em seguida apareceu um jovem; depois de uma rápida conversa com o velho, durante a qual as chaves trocaram de mãos e algo foi dito sobre o jovem americano, o rapaz fez um sinal para que Jake o seguisse.

Eles subiram mais um lance de escada. Havia no ar um aroma de desinfetante de limão, misturado com cheiro de cigarro.

Jovem americano. Jake balançou a cabeça, achando isso tão deliciosamente absurdo quanto o papagaio violeta não ser violeta. No entanto, era bom pensar que ainda era considerado jovem. Quando tinha dez anos, e mesmo vinte e no começo dos trinta, as pessoas o achavam muito mais jovem. Era alto e haviam se referido a ele, em certa ocasião, como desajeitado, talvez um pouco inseguro, o que provavelmente contribuía para que o achassem mais novo. Havia engordado um pouco com o passar dos anos, adquirira um tórax mais encorpado, e esperava ter conquistado um certo ar de confiança. Havia um toque grisalho prematuro nos cabelos.

O rapaz destrancou a porta e fez sinal para que Jake entrasse, enquanto ele esperava no corredor.

O quarto era pequeno. Uma cama de solteiro e outra de casal com uma colcha azul desbotada. Uma janela alta e estreita com veneziana de madeira. Jake abriu-a. A luz penetrou no quarto. Luz da manhã. Luz de pintor. O preço era justo e a localização, boa. Ele voltou para a porta onde o rapaz esperava, enquanto limpava as unhas com um canivete e conseguia exibir um semblante aborrecido e divertido ao mesmo tempo.

— Vou ficar com o quarto — disse Jake ao rapaz.

Depois de preencher o registro, pegou a chave, voltou para o quarto e desfez a mala. Desembrulhou cuidadosamente os pincéis, que havia envolvido com um pano e guardado em uma estreita caixa de madeira. No banheiro, encontrou um copo, no qual colocou os pincéis com os pêlos para cima, depois o levou para a cômoda. Tomou um banho, vestiu-se e saiu. Sabia que estava a pouca distância do Cluny, o museu de Alex. Resolveu ir a pé.

Estou trabalhando na cidade agora, poderia dizer a ela de modo informal, e ouvi dizer que você também estava aqui, no museu de arte medieval. Podia mencionar que visitara Paul em Londres e vira Frank e Fiona, que o nome dela havia surgido na conversa e que então ele resolvera passar para dizer olá, pois se encontrava na vizinhança.

Fazia catorze anos que não se viam. Durante esse tempo ela se casara e enviuvara. Alex ocupava um cargo de responsabilidade em um museu respeitado, especializado em arte medieval, período pelo qual ela se interessara quando estudante. Agora era uma pessoa adulta, e ele era o quê? Desempregado. Pintando em Paris. De fato, nem mesmo pintando, ainda. Pensando em pintar. Talvez ainda fosse a criança que havia sido durante todos aqueles anos passados, e era muito pouco provável impressioná-la agora como fizera quando eram jovens.

Seria melhor que comprasse os materiais. Poderia ir ao Cluny mais tarde, quando já estivesse mas familiarizado com o novo cotidiano.

Ele se lembrou de uma cooperativa de arte perto da escola e a encontrou no Boulevard Saint Michel, no mesmo lugar de anos atrás.

— *Vous désirez* — perguntou a funcionária, uma bela jovem asiática.

— *Merci* — respondeu Jake. Ele perguntou sobre a cooperativa, o que era preciso fazer para associar-se, quais as condições.

— Você é americano — ela perguntou em inglês.

— Sim.

— Nunca foi sócio antes? — Ela falava com sotaque britânico. Era uma garota bem bonita, embora fosse muito magra.

— Acabei de chegar.

— Bem-vindo a Paris — disse com um sorriso.

Ele preencheu um formulário, depois perambulou por ali, apenas olhando, pensando e desfrutando do fato de que estava mais uma vez em Paris. Escolheu vários tubos de tinta, um novo pincel. Comprou duas telas médias, uma paleta e um pequeno cavalete.

Quando saiu da loja e desceu a rua, sentiu uma onda de energia atravessá-lo. Pânico ou alegria, não tinha certeza. Algumas vezes não eram muito diferentes. E se não conseguisse pintar? Tinha sonhado com isso durante anos: voltar para Paris. Havia abandonado o emprego, tirado o dinheiro da poupança. Era isso. Ele estava ali. Em Paris. E um outro pensamento, não importava o quanto tentasse expulsá-lo da mente, continuava voltando. Ele estava ali. E Alex também.

3

ELAS CHEGARAM EM CASA já tarde, domingo à noite, voltando de Lyon. Sunny dormira durante quase todo o caminho, mas estava irritada quando Alex a acordou para ir à escola na segunda-feira de manhã. Alex teria de admitir que também estava irritada e cansada do longo fim de semana.

Pouco depois de chegar ao museu, selecionou a correspondência e examinou os compromissos da semana. Uma exposição especial de tapeçaria começaria na sexta-feira no Grand Palais com um convite para uma recepção na quinta à noite.

As peças incluídas na retrospectiva eram principalmente de propriedade de museus, obtidas por empréstimo, e Alex tinha visto a maior parte delas. O Cluny havia emprestado *Le Toucher*, uma peça que fazia parte do conjunto de *A Dama e o Unicórnio*. The Cloisters, o museu de arte medieval do New York Metropolitan, enviara uma peça da série *The Hunt of the Unicorn*. Mas uma outra tapeçaria da mostra, uma obra produzida no final do século XV ou início do XVI, que nunca havia sido exibida antes, fora emprestada por um colecionador particular. Alex já vira fotografias dela — de fato, tinha usado a peça em um estudo comparativo por causa das semelhanças no estilo, na cor e no tema com o conjunto das tapeçarias com unicórnio expostas no Cluny —, mas nunca a própria tapeçaria. Ela representava uma cena mitológica retratando Pégaso, o cavalo alado. Alex ficou excitada quando soube que seria exibida. Talvez pudesse falar com o proprietário. Se conseguisse aprender mais sobre sua história, isso forneceria uma chave em relação à criação de *A Dama e o Unicórnio*. O significado e a origem do conjunto de seis peças foram discutidos pelos historiadores de arte durante séculos. Mas quando falou com madame Demy, que ajudara a conseguir o *Pégaso* para a mostra, Alex soube que a tapeçaria seria exibida apenas com a condição de a identidade do dono permanecer anônima. Madame Demy não revelaria nada sobre o misterioso proprietário.

Por volta do meio da manhã, Alex deixou sua sala e foi para o saguão. Ela queria conversar com madame Demy sobre um possível retorno a Sainte Blandine. Mesmo depois do quase desastroso fim de semana, estava ansiosa para voltar ao local. Havia se tornado um desafio examinar o convento mais cuidadosamente, lidar com a bruxa do portão.

Madame Demy estava sentada em sua escrivaninha. Ela era uma mulher simples — de estatura baixa, cabelos castanhos, apenas começando a embranquecer, puxados para trás em um pequeno coque. Não vestia nada que não fosse cinza ou preto, e Alex pensou que ela se parecia mais com uma babá do que com a distinta e bem-educada diretora do Museu Nacional da Idade Média, em Thermes de Cluny. Exceto algum tipo de broche decorativo na lapela direita — hoje uma rosa esmaltada cor-de-rosa —, não usava nenhum adorno.

— *Bonjour*, madame Pellier.

— As duas mulheres já trabalhavam juntas por quase três anos, e Alex a conhecia há mais de doze, mas sempre se trataram com o formal *madame*. Alex não podia imaginar ninguém chamando madame Demy pelo próprio nome, que era Béatrice. Se não fosse pelas obras publicadas e guias editados pelo museu, jamais saberia o primeiro nome da diretora.

— *Bonjour*, madame Demy.

A mulher mais velha fez sinal para que Alex se sentasse.

Ela contou a madame Demy sobre a viagem ao convento.

— Gostaria de dar mais uma olhada na biblioteca. Fiquei surpresa com o número de volumes, embora muitos deles pareçam ser de publicação recente. Mas estive ali por muito pouco tempo e não pude examinar os tecidos ou as tapeçarias de que madre Alvère falou em sua carta.

— E você ainda acha que ali pode haver algo para nós?

— Sim. Talvez pudéssemos entrar em contato com o arcebispo de Lyon — sugeriu Alex — para agendar outra visita.

Madame Demy abriu uma gaveta da escrivaninha e retirou uma pasta de papéis, depois pegou os óculos que pendiam de uma corrente de ouro e acomodou-os no pequeno nariz redondo. Abriu a pasta e percorreu a primeira página com o dedo.

— A construção, como entendo, tem sido propriedade da arquidiocese durante quase todos os últimos cem anos. O conteúdo ainda é propriedade da ordem. É, ou era, o desejo de madre Alvère custear os gastos da mudança para o novo retiro com os lucros da venda... — Ela fechou a pasta. — A arquidiocese será, com certeza, obrigada a cuidar das freiras. Talvez a insinuação de que em Blandine houvesse uma riqueza em tesouros medievais fosse uma criação ilusória por parte de uma velha freira e que implicava uma espécie de orgulho.

— Ela retirou os óculos e os deixou cair sobre o peito avantajado. — Ou talvez... com noventa e dois anos, a mente já não estivesse muito clara. Um pouco confusa. Mas agora... agora que a reverenda madre se foi...

Alex concordou com a cabeça.

— Essas ordens antigas... com freqüência, são autônomas. Mas quem saberia o que está acontecendo no convento agora, se há algum tipo de liderança?

Alex concordou novamente, pensando na dificuldade que tivera para entrar em Sainte Blandine.

— Por isso pensei que seria melhor telefonar para o arcebispo. A comunicação com as freiras foi por meio de cartas, o que levaria muito tempo.

Madame Demy pensou por um momento.

— Sim, se você acha que vale a pena.

— *Oui* — Alex respondeu —, eu acho. — Ela empurrou a cadeira para trás.

— Você está animada para a recepção de quinta-feira? — madame Demy perguntou.

— Bastante, na verdade.

— Vai levar alguém?

— Não — disse Alex. — Um convidado? — Isso era quase engraçado. Fazia meses que não tinha um encontro.

Madame Demy era sempre muito gentil com ela, interessada em sua vida social e em Soleil, a filha de Alex. A mulher tinha o dom de fazer os outros falarem, mas revelava muito pouco sobre si mesma. Alex havia tido conversas longas e íntimas com ela, apenas para descobrir depois que madame Demy falara muito pouco sobre a própria vida.

No plano pessoal, Alex não sabia mais sobre madame Demy do que quando a conhecera vários anos atrás. Sabia que a diretora do museu não tinha marido, que vivia com um tio idoso. Dizia-se que ele era o proprietário do castelo onde passavam os fins de semana. Alex soubera disso por outros membros do *staff* do museu. O tio era muito rico e também um tanto excêntrico. É claro que ninguém nunca o vira, e Alex às vezes se perguntava se realmente existia. Isso soava como lugar-comum: tio idoso, excêntrico e rico.

Alex voltou à sua sala. Telefonou para Lyon e recebeu a informação de que o arcebispo estava na Itália e só voltaria no meio da semana. Quando perguntou se outra pessoa poderia agendar um encontro em Sainte Blandine, deixaram-na esperando ao telefone por vários minutos; depois uma mulher que não sabia nada sobre a situação do convento falou com ela e disse que o arcebispo lhe telefonaria quando voltasse.

•

Jake acordou confuso, em um quarto escuro, pensando que havia voltado para a casa em Missoula, depois para o apartamento de Paul em Londres. Ele tinha dormido pouco nos últimos dias e achava que o corpo ainda não se ajustara à mudança de horário ou não se recuperara da fadiga do trem. Virou-se na cama, pegou o relógio na mesinha-de-cabeceira e verificou as horas, aproveitando uma réstia de luz que entrava por uma fenda da veneziana. Era quase meio-dia e estava duas horas atrasado para tomar o café-da-manhã no hotel. Saiu à procura de algo para comer; depois, talvez, daria uma olhada em um ou dois museus.

Jake parou para tomar café com leite e comer um brioche e sentou-se ao ar livre, depois desceu o Boulevard Saint Michel e em seguida andou ao longo do Sena em direção ao Musée d'Orsay.

Perambulou pelo pavimento térreo olhando os Delacroix, os Ingres, os primeiros Degas e os Manet, por quase uma hora. Depois de passar às pressas pela exposição de arte moderna no segundo andar, subiu ao terceiro, onde despendeu as três horas seguintes apreciando os impressionistas e os pós-impressionistas. Estudou o retrato de madame Ginoux feito por Van Gogh, recordando-se de um artigo que havia escrito comparando essa obra a um retrato da mesma modelo feito por Gauguin. Lembrava de ter ficado diante desse mesmo quadro com Alex, comparando o trabalho dos dois artistas, e se perguntou se haveria algum lugar em Paris onde pudesse ir sem pensar nela.

Depois do jantar, Jake voltou ao quarto e deitou-se. Sentia-se cansado, mas não conseguia dormir. Abriu a veneziana e olhou pela janela. Havia um jogo de luzes interessante no edifício do outro lado da rua, o reflexo do sol ao entardecer. Ele aproximou-se e estudou a luz, que se deslocou e se alterou até tornar-se um azul-noite. Foi até a cômoda onde havia colocado as telas e tintas. Montou o cavalete e pressionou uma bisnaga de azul-ultramarino na paleta. Depois, usando um pouquinho de terebintina e tinta e um pincel com ponta escura e fina, começou a traçar um esboço.

4

NA TERÇA-FEIRA BEM CEDO, Jake vestiu o *short* e o tênis de corrida e saiu do hotel. Geralmente gostava de correr três ou quatro vezes por semana, mas desde que deixara Montana não havia retomado essa atividade. Passara os últimos dias visitando museus e tentando pintar — com resultados frustrantes.

Ele correu pela Rue Monge até Saint Germain, depois em direção ao Boulevard Saint Michel. Havia pouco tráfego. Apenas alguns entregadores de hortaliças e mercadorias de padaria. Sentia-se bem por estar ao ar livre e já começava a transpirar. Virou na Rue des Ecoles e correu ao longo de um pequeno parque gramado circundado por grades. O Cluny não ficava do outro lado do parque? Ele deu uma olhada e viu a parede fortificada, a torre de pedra e as janelas do sótão do edifício de dois andares.

Talvez devesse ir até o museu mais tarde, procurar Alex e dizer olá. Era o seu quarto dia em Paris, com certeza passara-se um tempo razoável antes de encontrar casualmente uma velha amiga.

Velha amiga? Bem, primeiro eles foram amigos. Bons amigos. Ela tinha dezoito anos quando se encontraram, embora intelectual e emocionalmente fosse muito madura para a idade. Ele tinha vinte, provavelmente um pouco imaturo, ou pelo menos sem nenhum senso de responsabilidade. Ficara loucamente apaixonado — por Paris, pela vida que vivia, pela liberdade de ser jovem e estar em um país estrangeiro; apaixonado por não ter responsabilidade ou obrigação com nada ou ninguém.

Ele se apaixonara por Alex e, às vezes, achava que ela também o amava.

Foi só no segundo semestre, quando freqüentavam a mesma aula de História da Arte, que começaram a passar mais tempo juntos, embora ele gostasse dela desde o dia em que Paul os apresentara. Eles iam a museus e bibliotecas e algumas vezes apenas ficavam sentados conversando. Ela lhe confiara que havia ganhado uma bolsa de estudos, que o pai era diretor de uma escola primária católica em Baltimore, em uma paróquia que não estava bem financeiramente e que lhe pagava muito pouco. Isso surpreendeu Jake, que achava que ela vinha de uma família abastada por causa da maneira como vivia.

Ele a admirava, séria nos estudos, organizada e confiável. Alex era competitiva quando se tratava de notas, e participar de um projeto com ela era garantia de nota máxima, embora nunca permitisse que ele fosse negligente. Jake também deveria dar o melhor de si na parte que lhe cabia.

Quase sempre, quando escurecia, a acompanhava até sua casa, a pensão de estudantes, cujo quarto Alex dividia com outras três moças. Alex o convidava a entrar — não em seu quarto, mas num pequeno saguão onde convidados e estudantes se sentavam para ver TV. Uma noite, depois que todos saíram, ele a beijou de modo insistente no pescoço, mordiscou a orelha, depois a beijou no rosto, na testa, na boca. De maneira delicada, depois apaixonadamente. Alex correspondeu. Mas então, de súbito, desvencilhou-se dele. — Ainda tenho de estudar. Obrigada por trazer-me até aqui.

Durante o dia se tornaram inseparáveis, estudando juntos, visitando museus, conversando. Parecia que podiam falar sobre tudo, menos sobre o que sentiam um pelo outro. Uma noite, no saguão, começaram a se beijar, intensa e intimamente. Jake deslizou a mão por dentro da blusa de Alex. De início ela não resistiu. Ele sentiu os seios pequenos e suaves, os mamilos firmes. Depois Alex segurou a mão de Jake. Ela tremia. — Agora, não — ela disse, enquanto retirava a mão dele.

Algumas noites mais tarde, notou que ela havia esquecido de abotoar os dois últimos botões da blusa. Era certamente um convite. Naquela noite ela não resistiu quando Jake tocou-lhe os seios, e no instante em que ele, suavemente, deslizou a mão para dentro de suas calças, o corpo tenso de Alex relaxou. Jake tinha certeza de que ela queria isso tanto quanto ele. Depois, quando os dedos dele se moveram, ela segurou seu braço e murmurou: — Por favor... — e depois — não!

O que ele mais queria era fazer amor, dizer que a amava. Mas as palavras não saíam. Ele tinha tão pouco para oferecer-lhe.

— Eu... eu... — ela gaguejou — eu quero esperar.

— Esperar? — ele se perguntou. Esperar o quê? Pelo amor? Ele a amava. Nunca havia se sentido assim antes. Será que ela não sentia o mesmo?

— Eu quero esperar — disse Alex, hesitante — até... até estar casada.

Ele não sabia o que responder. Casados? Eram muito jovens ainda, pelo menos ele era. Havia muitas coisas que queria fazer antes de pensar em algo tão sério.

Na sexta-feira seguinte, ele foi até o pensionato de Alex para ver se ela queria ir a um café na Rue Saint Jacques, local que os estudantes da escola costumavam freqüentar.

Anna, uma das colegas de quarto de Alex, informou-lhe que ela não estava. Quando Jake perguntou se tinha ido ao café na Saint Jacques, Anna hesitou, depois disse: — Não sei ao certo aonde ela foi. — Ocorreu a Jake que Alex havia saído com outro. Ele e Alex nunca saíam, de fato, para encontros. Ele mal podia manter a si mesmo e comprar o material de arte. E, verbalmente, nunca assumiram nenhum compromisso. Mas será que ela achava natural sair com outro?

No dia seguinte, depois do almoço, ele telefonou e de novo lhe disseram que Alex havia saído. No domingo, depois do almoço, retornou ao pensionato para ver se ela queria ir à biblioteca trabalhar em um relatório para a aula. Foi então que ele a viu entrando em um Alfa Romeo novo e brilhante, um homem alto e bonitão — droga!, ele devia ter mais de trinta — segurando a porta para uma Alex sorridente. Ela não viu Jake.

No dia seguinte na escola, depois da aula, Alex lhe perguntou se poderiam encontrar-se para almoçar. Ela parecia muito séria.

No almoço, depois que comeram e conversaram sobre assuntos triviais, ela disse:

— Eu encontrei alguém.

— O que quer dizer? — Mas é claro que ele sabia.

— Ele é de Lyon.

Como se isso fosse uma espécie de explicação.

— É que eu quero conhecê-lo melhor.

— E nós?

— Oh, Jake, eu apenas... eu...

Jake podia perceber que Alex queria que ele dissesse algo, mas fora ela que marcara o encontro.

Durante vários instantes ficaram se olhando.

O que ele podia dizer? Para mim tudo bem, Alex? Ela esperava que ele lhe desse a bênção?

— Eu achei que você poderia nos dar uma chance, Alex. Pensei que estivéssemos começando a nos conhecer melhor também. — Jake se recordou das noites em que passaram no saguão do pensionato, dos carinhos trocados, das intimidades e da reação dela, sempre se esquivando, sempre o interrompendo. E agora ela estava anunciando formalmente, estava lhe dizendo para ir embora.

— Estou confusa, Jake. — Ela disse isso como se quisesse ser consolada, como se Jake pudesse lhe oferecer algum conforto. Alex fitou a xícara de café. Não conseguia mais continuar a conversa cara a cara.

— Então você está me trocando por um cara rico? — Ele tremia tanto que mal podia falar.

— Cara rico? — Ela o olhou, perplexa, mas ao mesmo tempo dava a impressão de que iria chorar.

— Alfa Romeo e o resto — Jake assobiou.

— Você tem me espionado?

— E você tem agido furtivamente pelas minhas costas. Eu pensava que você valia mais que isso, Alex. Eu pensava que você...

Agora ela estava chorando. Uma parte dele queria colocar o braço ao redor dela e dizer: Alex, eu a amo, você não me ama? Mas ele estava tão furioso que não conseguia falar. Durante alguns instantes o silêncio foi tão intenso que ele podia ouvir o tinir dos talheres na mesa ao lado, o barulho de uma criança irrequieta no restaurante. Ele se levantou, atirou o guardanapo na mesa.

— Bem, me informe como as coisas se resolveram, Alex, avise-me se você decidir que há algo mais na vida além de carros luxuosos e velhos ricos.

Ele foi embora pensando: Isso não é o fim, Alex irá recuperar o juízo.
— Mas aquela foi a última conversa que tiveram de fato.

•

Quando voltou ao hotel, Jake estudou a pintura sobre a qual trabalhara nos últimos dias. A composição incluía a janela em seu quarto e o edifício do outro lado da rua, porque ele gostava de linhas e ângulos. Jake acrescentara o desenho de uma mulher nua sentada diante da janela, a suavidade do corpo contrastando com os ângulos agudos. Ele podia perceber agora que a figura da mulher não estava correta, que as proporções pareciam erradas. Será que já esquecera as formas e as curvas? Ele precisava de um modelo-vivo.

Dirigiu-se até a cooperativa e encontrou um quadro de avisos pendurado do lado de dentro da porta de entrada. Notas escritas à mão e informações digitadas em computador relacionando honorários de modelos e espaços em estúdios. Jake tirou uma caneta do bolso e um pedaço de papel da carteira de notas.

— Posso ajudá-lo? — disse uma voz atrás dele.

Jake se virou. Era a jovem asiática que o havia auxiliado alguns dias antes.

— Preciso de um modelo-vivo feminino para um quadro que estou fazendo.

— Costumo ir a um estúdio em Montmartre — disse ela. — Há aulas durante o dia. Modelos-vivos nas segundas, quartas e sextas à noite, mas sem aulas. Dividimos os honorários. É um preço muito bom.

Ela vestia blusa preta de gola olímpica e calças pretas justas. Jake quase podia apostar que não estava usando sutiã, pois conseguia perceber o contorno dos mamilos sob a blusa.

— Você precisa de aulas? — perguntou ela.

— Apenas do modelo — respondeu.

— Há um homem na segunda-feira e mulheres na quarta e na sexta.

— Estou procurando uma mulher.

Ela sorriu como se Jake tivesse dito algo engraçado.

— Um modelo feminino — esclareceu.

— Sim, é claro. — Ela lhe deu um número de telefone e um endereço que ele anotou. — Apareça! — disse ela, de novo com um sorriso.

— Obrigado — ele respondeu.

A jovem se virou e Jake ficou observando, enquanto ela voltava para o balcão no meio da loja, onde outro cliente aguardava. Ela tinha uma cintura fina e uma bela curva de quadril.

Jake saiu da cooperativa sem se importar em anotar qualquer informação adicional do quadro de avisos. Talvez experimentasse o tal estúdio, iria até Montmartre na sexta à noite. Ele não cogitara sobre ir a um estúdio e certamente não precisava de aulas. Havia pensado em conseguir um modelo que viesse ao seu quarto. Deu uma olhada no endereço que a moça lhe fornecera, depois enfiou o papel no bolso. Decidiu que hoje não pintaria. Hoje iria para os lados do Cluny.

A entrada para o museu era uma brilhante porta vermelha ornamentada com ferragens de ferro preto, que conduzia a um pátio pavimentado com pedras redondas. Gárgulas situavam-se na parte superior, projetando-se debaixo do parapeito do edifício medieval de dois andares.

Jake comprou um ingresso e perguntou se madame Pellier se encontrava no museu. A moça sentada na escrivaninha pediu-lhe para esperar, enquanto vendia ingressos ao casal que estava atrás dele; depois pegou o telefone e falou com alguém que lhe disse que madame Pellier não estaria disponível nesta manhã. Ele gostaria de deixar um recado?

— Não, obrigado — disse Jake.

Depois de uma rápida passada pelo primeiro andar, subiu as escadas. Ele queria ver o conjunto de tapeçaria medieval, *A Dama e o Unicórnio*, exibida em uma grande sala redonda no segundo andar. Desde que lera o artigo de Alex, ficara ansioso para dar mais uma olhada nas tapeçarias.

Jake tinha vindo ali muitas vezes com Alex, quando eram estudantes, embora nunca tivesse achado que as tapeçarias fossem arte verdadeira. Tecelagem. Artesanato. Mas Alex se apaixonara por elas.

Jake parou, olhando ao redor da sala. Quatro tapeçarias estavam penduradas na parede oposta. Havia um grande espaço de onde uma quinta tapeçaria obviamente havia sido removida. Ele lera a notícia que dizia que a peça chamada *Touch, Le Toucher*, fora emprestada e poderia ser vista em uma mostra de tapeçaria no Grand Palais, de 4 de junho a 6 de agosto.

Uma única tapeçaria estava pendurada na parede curva entre as duas entradas da sala. Todas as tapeçarias eram imensas — cada uma com proporções ligeiramente diferentes, mas Jake achava que deviam medir entre 3,5 m de altura, com largura variando de 3 a 4,5 m. Todas tecidas em vermelhos e azuis magníficos — uma paleta limitada, um uso hábil das cores —, elas eram extraordinárias. Jake não se lembrava disso, o quanto eram realmente elegantes, e não pôde deixar de pensar se as percepções mudam com o tempo. Tentou recordar detalhes do artigo que tinha traduzido para seu orientando, o artigo de Alex. Lembrou que cinco das tapeçarias representavam os cinco sentidos. Cada uma delas tinha ao lado uma pequena placa iluminada com o título em várias línguas.

Seus olhos se moviam de uma tapeçaria a outra. Cada uma delas continha um jardim em uma ilha e uma donzela esbelta usando um vestido ornamentado. Em quatro tapeçarias, uma outra mulher e uma criada ao lado. Um leão e um unicórnio apareciam em cada uma delas, além de flores e pequenos animais, coelhos, macacos, cachorros, bodes e raposas, todos se encontravam na ilha espalhados ao fundo. Um brasão com três quartos de luas crescentes em uma listra azul, estandartes adornados e escudos para proteção destacavam-se em cada peça.

Jake estudou as quatro primeiras tapeçarias, selecionando detalhes que descreviam o sentido que a tapeçaria representava. A donzela em *Le Goût* segura um pássaro em uma das mãos e com a outra pega algo dentro de uma travessa oferecida pela criada, obviamente alguma coisa para saborear, talvez para si mesma ou para o pássaro. Em *L'Ouïe* a donzela toca num órgão portátil. O unicórnio em *La Vue* coloca as patas no regaço da bela donzela, enquanto ela segura um espelho no qual o animal vê sua imagem refletida. Ele parece dócil, contente, enquanto a mulher coloca amorosamente uma das mãos em seu dorso. Jake se lembrou da explicação de Alex sobre o simbolismo do unicórnio. O unicórnio, esquivo, só poderia ser capturado por uma virgem. Em *L'Odorat* a donzela está usando uma grinalda de flores, enquanto a pequena criada segura um buquê.

Agora havia várias pessoas no salão circular, olhando silenciosamente para as tapeçarias, movendo-se de uma para a outra ou sentando-se em pequenos bancos de metal dispostos no meio do salão, assim era possível sentar-se e apreciar as tapeçarias na parede oposta às entradas, depois virar-se para ter uma visão perfeita de cada peça pendurada.

Quando Jake se voltou para estudar a última tapeçaria, *A mon Seul Désir*, um grupo entrou no salão. Eles não pareciam turistas típicos. Alguns carregavam câmeras, mas todos os homens usavam terno e gravata, e as mulheres vestiam trajes sociais e sapatos de salto.

— Apenas o prazer visual de olhar para essas tapeçarias torna o estudo desse conjunto fascinante — disse a guia —, mas a história, tanto a conhecida como a especulativa, as teorias e as conjeturas, a descoberta no Château Boussac na metade de 1800 pela popular romancista francesa George Sand, só aumenta o mistério e o romance desse conjunto de seis peças.

Ela falava em inglês. Jake não podia vê-la, escondida pelo grupo reunido na frente de *Le Goût*. Mas reconheceu a voz. Era Alex.

— A história mais recente desde a sua descoberta em Boussac — continuou ela — é mais fácil de ser traçada. Em um estudo histórico, é mais fácil começar com o que conhecemos como fato e retroceder na história a partir desse ponto.

Um homem alto no grupo mudou de lugar e agora Jake tinha uma visão perfeita de Alex; no entanto, ela não parecia vê-lo. Ele estava espantado por se encontrar tão perto dela, embora soubesse que era por isso que tinha vindo. Ainda assim, não se sentia preparado, e por alguma estranha razão não havia entendido completamente que depois de catorze anos ela pudesse ter mudado.

O corpo delgado e flexível do qual se lembrava tinha agora as formas de uma mulher mais madura, mais completa. Ela ainda era magra, mas os seios estavam mais cheios e o quadril mais redondo. Vestia um traje azul-pálido, bastante curto para mostrar o formato das pernas e suficientemente longo para ser respeitável. O que mais o chocava era o fato de ela ter cortado os cabelos. A longa cabeleira loira, que lhe descia pelas costas, agora mal chegava aos ombros.

Jake fitava Alex, não mais uma bonita jovem de dezenove anos, a imagem que manteve com ele durante todos esses anos, mas agora uma mulher impressionantemente bela.

— George Sand descobriu as tapeçarias no castelo de Boussac no Departamento de Creuse, provavelmente entre 1835 e 1844, enquanto visitava o chefe da prefeitura cuja residência e escritório se localizavam no castelo.

A voz de Alex soava muito familiar, no entanto aquela mistura inesperada de doçura e autoridade o surpreendeu.

— A existência das tapeçarias veio à luz em seus escritos, principalmente em seu romance *Jeanne*, publicado em 1844. As tapeçarias tinham sido propriedade particular do conde de Carbonnières até o castelo ser comprado, juntamente com seu conteúdo, em 1835, pela paróquia de Boussac. Em 1882 as seis tapeçarias foram adquiridas pelo Estado e exibidas publicamente no ano seguinte no Museu de Thermae e no Cluny, na época sob o controle da Comissão para Monumentos Históricos. Depois do término da Segunda Guerra Mundial, o museu foi renovado e construiu-se o salão circular onde nos encontramos agora. Um sistema de iluminação instalado recentemente combina fibras óticas e lentes para assegurar a conservação e também ressaltar as texturas naturais e as cores das tapeçarias.

Jake aproximou-se. Várias outras pessoas, que haviam entrado antes, fizeram o mesmo.

Alex explicou que *Le Toucher* estava emprestada e poderia ser vista em uma mostra especial que abriria na sexta no Grand Palais.

— Quanto aos brasões — ela continuou quando se voltou e apontou para os crescentes na capa do unicórnio — em geral todos concordam que a origem desse conjunto remonta à família Le Viste de Lyon, e as tapeçarias provavelmente chegaram a Boussac como parte de um espólio que passou de um descendente a outro durante dois séculos. É bem possível que tenham sido criadas para Jean Le Viste no final do século XV ou início do XVI.

— Não podemos deixar de acreditar, observando as tapeçarias, que foram criadas para celebrar um romance. — Ela olhou rapidamente para o grupo, ainda sem ver Jake, depois voltou-se de novo para a tapeçaria *Le Goût* e fez um gesto com a mão. — O leão e o unicórnio sugerem a força e a pureza da união pelo casamento. O cenário do jardim, as flores, as árvores têm sido associados, tanto na arte como na literatura, aos ideais românticos do amor galante. Mesmo os animais que aparecem ao fundo, em meio às *millefleurs*, têm um significado simbólico. Os coelhos sugerem a fertilidade, que nos dias medievais, sem dúvida, era um aspecto importante da união marital. Os cachorros são símbolos de fidelidade. Os carvalhos representam força e perseverança; as laranjeiras, fecundidade.

Ela virou-se para o grupo e foi então que seus olhos se detiveram, a voz falhou por uma fração de segundo.

— E, e... isso, a crença de que elas foram criadas para celebrar um romance tem sido uma teoria aceita por muitos. — Os olhos dela cruzaram com os de Jake. Seu sorriso calmo, controlado, embora levemente travesso, não havia mudado.

— A repetição dos brasões — ela continuou, com a voz de novo composta —, exibidos em lanças e escudos, acessórios de batalhas, sugere fortemente um tema de guerra ou combate. Uma fusão interessante de temas: amor e guerra.

— Alex sorriu, não para o seu grupo, pensou Jake, mas para ele.

— A família Le Viste veio de Lyon, onde seus membros haviam obtido grande riqueza como comerciantes de tecidos — explicou Alex. — Vieram todos, por fim, a Paris, onde vários deles foram indicados para altos cargos na administração real. Jean Le Viste foi um dos primeiros presidentes da Cour des Aides. No entanto, nenhum dos Le Viste jamais foi honrado com um título de nobreza. A encomenda das tapeçarias pode ter sido uma oportunidade para o orgulhoso Jean Le Viste exibir o brasão da família, uma pretensão à nobreza. As lanças e os escudos combinavam sutilmente com essa idéia, pois Le Viste via a si mesmo como um cavaleiro, tendo até solicitado no testamento que o retratassem num vitral da capela da família em Vindecy com uma cota de malha, embora nunca tivesse sido nomeado cavaleiro.

— A ostentação óbvia dos brasões da família sugere que as tapeçarias foram feitas para uma ocasião especial, algum tempo depois da morte do pai de Jean, em 1457, quando Jean IV tornou-se o chefe da família com o direito de usar o brasão. Talvez tivessem sido encomendadas em 1489 para celebrar a indicação dele como presidente da Cour des Aides.

Uma mulher baixa, que estava na frente, perguntou se as tapeçarias tinham sido criadas para celebrar um casamento.

— Se aceitarmos a teoria de que foram criadas como um presente de casamento — respondeu Alex —, surgem muitos problemas. Jean Le Viste casou-se com a nobre Geneviève de Nanterre provavelmente em 1470, mas o estilo das tapeçarias sugere uma data posterior. Considerando o período de tempo aceito para a sua criação, não encontramos registros de casamentos de membros masculinos na família Le Viste. Jean Le Viste tinha três filhas: Claude, Jeanne e Geneviève, mas nenhum filho. Se elas fossem criadas para celebrar o casamento de uma filha, as armas da família do noivo, bem como as do pai, estariam representadas. Como você pode ver, as únicas armas retratadas são as que pertencem à família Le Viste.

Jake ficou parado observando Alex enquanto ela sorria, indicava algo e respondia às questões de vários membros do grupo, que evidentemente eram ingleses. Ele se lembrou de anos atrás, apenas poucos dias depois que haviam sido apresentados, quando ela o acusou de ficar encarando-a. Ele tinha realmente olhado para ela com insistência, mas ela também não o fitara da mesma forma?

— Você ficou me encarando— disse ela.

— Sim— admitiu ele. — Eu sou um artista. Olho para as coisas. Estudo coisas.

— Coisas?

— Você tem um rosto interessante. Gostaria que posasse para mim algum dia.

Ela o olhou como se ele tivesse acabado de pedir-lhe para tirar a roupa.

Jake a observava agora. Alex tinha um rosto encantador, mas ele ainda não conseguia determinar como todas as partes se juntavam de modo tão bonito. O nariz era estreito e um pouco longo, com uma ligeira saliência que aparecia quando ela ficava de perfil. Não era um nariz bonito. Se retirado do rosto e alinhado com um grupo de narizes escolhidos ao acaso, certamente não seria eleito como o mais bonito. E os olhos eram, talvez, um tanto estreitos; os lábios, um pouco finos. No entanto, no conjunto, todas as partes combinavam. Era quase um privilégio olhar para ela.

— A peça final— disse Alex — é a mais misteriosa de todas. Esta tapeçaria seria uma introdução, ou talvez uma conclusão, ao conjunto que representa os cinco sentidos? Ou é a única peça remanescente de um outro conjunto perdido? Como interpretamos a inscrição *A mon Seul Désir,* Para meu Único Desejo? Uma dedicatória? Um presente a uma donzela, o verdadeiro amor de alguém? Ou a tapeçaria que retrata uma bela donzela colocando um colar em uma caixa de jóias representaria a renúncia aos prazeres evocados pelos sentidos?

A mulher na sexta tapeçaria está parada diante de uma tenda, que Alex descreve como do tipo que se armava em um acampamento de batalha. A pequena criada segura uma caixa semelhante a um cofre de tesouro em miniatura, e a mulher parece estar retirando jóias do seu interior ou recolocando-as ali.

— Um tema neoplatônico tem sido com freqüência associado ao conjunto de tapeçarias. A antiga filosofia de Platão sugere que o homem está empenhado em uma batalha constante entre os sentidos e a razão, a alma presa ao corpo busca incessantemente atingir o Bem Supremo. Apenas pelo raciocínio a ordem poderia ser levada ao caos, uma liberação espiritual por meio de uma renúncia voluntária das paixões dos sentidos. Poderia a última tapeçaria representar a liberdade alcançada apenas pela renúncia a esses prazeres? E isso se ajustaria sutilmente ao tema da guerra?

Quando o grupo terminou de estudar essa última tapeçaria, Alex conduziu-o para a saída, apresentando as pessoas a Dominique Bonnaire, que as escoltaria pelas demais dependências do museu.

Jake ficou separado do grupo. Quando o último turista inglês deixou a sala, ele e Alex ficaram sozinhos. Ela caminhou até ele.

Sentia uma ânsia para segurá-la e tocá-la, beijá-la no rosto. Não, diretamente na boca. Ela estava usando um batom muitíssimo atraente. Mas quando se olharam, Jake se lembrou: ela havia se livrado dele. Trocara-o por Thierry. Já fazia catorze anos, no entanto a imagem da última vez que a vira ainda estava vívida. Fora no final do semestre da primavera. Ele estava sentado na sala de aula, inclinado sobre a última prova. Alex tinha terminado o exame e o esperava fora da sala. Ele deu uma olhada no saguão. Sabia que ela queria falar com ele. Tantas coisas haviam ficado sem dizer... Não queria ouvir algo como: Ainda podemos ser amigos. Então não se apressou, não tirou os olhos da prova. Sabia que ela tinha mais um exame. Quando olhou de novo, ela havia desaparecido.

— Eu não esperava encontrá-la aqui — disse Jake. — Bem, aqui, sim, mas não aqui na sala. Achei que devia estar trancada em um gabinete ou em algum outro lugar.

— Eu não costumo conduzir visitas, mas esse era um grupo especial, dignitários ingleses. Tratamento VIP.

Jake acenou a cabeça e sorriu.

— Você está com uma ótima aparência, Alex.

— Você também, Jake. — Ela sorriu para ele. — Gosto do seu cabelo. — Ele sabia que Alex se referia ao grisalho que começara a aparecer alguns anos antes. — Denota dignidade.

Ele riu nervosamente, passando a mão pelos cabelos. Estava tenso feito o diabo, e Alex demonstrava uma calma que beirava a crueldade. Como se ela o estivesse esperando, ou talvez apenas não desse nenhuma importância ao fato de ele ter aparecido no museu.

— Você cortou seu cabelo — disse ele, depois acrescentou: — Ficou bom.

— Já faz quase seis anos, foi logo depois que minha filha nasceu. Era difícil de cuidar, com o bebê pequeno e o resto.

— Filha? — Por algum motivo Jake não havia considerado essa possibilidade. Sabia que Alex havia perdido o marido, mas não lhe ocorrera que pudesse ter filhos.

— Soleil. Ela tem seis anos.

— Soleil? Sol? Luz Solar?

— Ela é muito luminosa — disse Alex e sorriu novamente. — Eu quase sempre a chamo de Sunny.

Sim, pensou Jake, a filha de Alex deveria ser luminosa.

Eles ficaram em silêncio por alguns instantes, depois Alex perguntou:

— Quanto tempo você ficará em Paris?

— Algum tempo. Não sei bem quanto.

— Você está sozinho? — Os olhos de Alex percorreram a sala. Havia algumas outras pessoas andando pelo salão circular.

— Sim.

— Não trouxe uma esposa?

— Sem esposa.

— Casado?

— Não.

— Nunca?

— Não. — Ele pensou que seria justo mencionar Rebecca. — Noivo.

Alex tornou a olhar ao redor da sala. Um grupo de turistas com um guia estava parado defronte da primeira tapeçaria.

— Então, onde está sua noiva? — ela perguntou.

Antes que Jake pudesse responder, Alex riu. Ela ria da maneira mais deliciosa.

— Oh, Jake — disse ela — você nunca foi generoso com compromissos. Você não a trouxe a Paris, não foi?

Ele também riu.

— Ela é enfermeira. — Como se isso fosse uma explicação adequada ao fato de não estar com ele em Paris. — Ela virá me encontrar no fim do verão, em agosto.

— Em Paris, ou em sagrado matrimônio? — Alex riu outra vez, caçoando.
— Em Paris. — Ele sorriu.
— Uma enfermeira? Uma mulher responsável e gentil. Bom. Isso é bom.

Jake não tinha certeza do que ela queria dizer com isso. Era bom que tivesse encontrado uma mulher responsável? Como se fosse disso que precisasse.

— Vamos até a minha sala onde podemos sentar e conversar. — Alex começou a andar e ele a seguiu.

Quando chegaram à sala, ela perguntou se Jake gostaria de um café, ele disse que sim. Quando Alex se levantou, depois que saiu da sala, Jake olhou ao redor. As paredes estavam cobertas com certificados e diplomas. Um arquivo para guardar pastas, grande e escuro, parecendo antigo, estava encostado em uma parede. Em um dos cantos da escrivaninha havia um monte de pastas empilhadas. Grandes livros de arte enchiam as estantes. Tudo estava em ordem, como se esperaria de Alex. Fotos de uma linda menina loira estavam dispostas sobre a escrivaninha. Ela se parecia muito com a mãe. Tinha os olhos e os cabelos de Alex.

Alex voltou com o café.

— Você sabia que eu estava aqui, no Cluny?

— Fiquei alguns dias em Londres com Paul Westerman. Saímos com Frank e Fiona. Frank disse que você estava trabalhando aqui.

— Como eles estão? — Ela parecia excitada com o fato de que ele tivesse se encontrado com velhos amigos recentemente. — Na última vez que ouvi falar deles, Fiona estava lecionando, Paul e Frank também. O que estão fazendo agora?

Jake lhe contou que Fiona ainda lecionava, que Frank assumira um cargo em uma firma de investimentos.

— Paul está envolvido com avaliações e aquisições de obras de arte. Ele trabalha para uma companhia que investiga fraudes e roubos de obras de arte e comprova a autenticidade para clientes.

— Sério? — Os olhos dela se arregalaram. — Esse parece ser um trabalho interessante.

— Você conhece Paul. Ele sempre tem algumas histórias para contar. Saímos todos juntos na véspera da minha partida.

— Perdi contato com muitos do grupo — disse Alex. — Ouço falar de Anna de vez em quando, e Geri sempre me manda um cartão no Natal, mas o resto da velha gangue... Velha gangue? Parecemos um par de velhos compartilhando memórias.

— Muitas memórias.

— E você, Jake — perguntou Alex —, o que está fazendo agora?

— Eu estava lecionando em Montana, na Universidade de Montana, em Missoula. Ele fez uma pausa e tomou um gole de café.

— Estava?

Ele fez que sim com a cabeça.

— E agora?

— Tirei um período de folga. Vou ficar em Paris por um tempo. Estou pintando.

— Um ano sabático?

— Não, não exatamente. — Ele hesitou de novo, tomou outro gole de café. — Não estava feliz lecionando. Bem, a política universitária. Gostava dos alunos. Mas tinha pouco tempo para pintar. Senti que precisava de um tempo... para dedicar à minha pintura, e percebi que a única maneira de fazer isso era fazer por inteiro.

— Que atitude corajosa. Seguir sua paixão. Isso é bom.

A resposta o surpreendeu, não era o que esperava dela. Talvez ele estivesse pensando na mãe, ou em Rebecca, fundindo todas as mulheres sensatas que já havia amado em uma única. Mas apesar do pragmatismo, Alex sempre tivera paixão. Uma paixão, acreditava Jake, que com freqüência ela tentava esconder, com receio de ceder aos sentimentos sobre os quais tinha pouco controle. Ele lembrava do primeiro beijo. Relutante e assustada, os lábios se esquivando, depois lentamente, respondera com avidez, com uma fome selvagem que não parecia dela. Quais eram os pensamentos dela agora, ao encontrá-lo depois de tantos anos? Será que ainda o via como o artista jovem e magricela, sem um tostão? Ele fazia um enorme contraste com Thierry que era muito rico, Thierry que parecia um herói de filme romântico. Alex teria realizado plenamente a paixão com Thierry?

— Frank disse que você perdeu seu marido — disse Jake. O modo como falou não soou muito bem. Perdeu? Será que ele deveria ter dito faleceu? Não, isso também não era adequado. Sentiu-se desconfortável, mas devia mostrar que tinha conhecimento do fato. — Sinto muito por sua perda.

— Obrigada. — Alex baixou o olhar por um instante.

— Há quanto tempo você está aqui, no Cluny?

— Faz quase três anos. Voltei a trabalhar um ano depois que Thierry morreu. — Voltei a trabalhar? Nem posso dizer isso. Praticamente não trabalhei durante o nosso casamento. Pelo menos não fiz nada para receber um salário. Thierry não queria que eu trabalhasse, mas desejava uma mulher educada. Terminei o mestrado vários anos depois de me casar. Passados mais dois anos comecei a trabalhar no meu doutorado. Eu me aborrecia de ficar em casa, então continuei indo para a escola. Depois Soleil nasceu... perdi Thierry... Alex tomou outro gole de café. Jake a imitou.

— Sunny é preciosa — disse Alex. — Gosto de ficar em casa com ela, mas sabia que precisava de algo mais em minha vida. E eu só tinha muita formação teórica e pouquíssima experiência. Tive muita sorte de conseguir esta colocação no Cluny. Havia trabalhado com madame Demy, a diretora, em minha tese. Ela gostou do meu trabalho e me contratou primeiro como sua assistente, e depois, no ano passado, quando apareceu este cargo de curadora, encorajou-me a ocupá-lo.

Jake detectou uma leve falta de confiança na voz de Alex. Ele imaginou que devia ser uma situação difícil — uma mulher jovem com uma criança, uma mulher jovem que ficara anos sem trabalhar. Ele duvidava que Alex fosse obrigada a trabalhar, sendo a família de Thierry tão rica.

— Você gosta do seu trabalho? — perguntou Jake. — Senti seu entusiasmo durante a exposição aos turistas.

— Sim, gosto. Fico cercada todos os dias por coisas de que gosto. Depois volto para casa, para minha filha. E minha mãe. Ela veio de Baltimore vários anos atrás e também... eu precisava de alguém que me ajudasse com Sunny depois que comecei a trabalhar.

— Seu pai...?

— Nós o perdemos seis anos atrás. E os seus pais, Jake?

— Mamãe está em Missoula. Meu pai morreu há cinco anos.

— É difícil — disse ela — perder um pai.

— Sim — respondeu Jake. E como será perder o marido?, pensou. — E seu irmão Phillip, o que está fazendo?

— Exercendo advocacia em Boston.

— Você sempre dizia que ele gostava de argumentar. A advocacia parece adequada para ele.

Alex sorriu e concordou com a cabeça, depois olhou o relógio.

— Minha nossa, já é quase meio-dia.

— Você gostaria de sair para almoçar? — perguntou Jake.

— Adoraria, mas já tenho um compromisso para o almoço.

— Que tal jantar?

Ela pareceu desapontada.

— Há uma exposição que vai começar amanhã no Grand Palais e a recepção é hoje à noite. Emprestamos uma de nossas peças, e nossa diretora, madame Demy, foi muito habilidosa em conseguir tapeçarias de propriedade particular. É um grande acontecimento para ela e é importante que eu compareça.

— Talvez outra hora, então?

— Eu tenho uma idéia — disse Alex. — Por que você não vem comigo? Vou sair direto daqui. Eu trouxe roupa para trocar e planejo ir depois do trabalho.

Ela parecia sincera, como se realmente quisesse que ele fosse. Era óbvio que não tinha um encontro.

— Claro, eu gostaria de ir.

— Chegue lá pelas sete. —Alex levantou-se. — O museu fecha às 17h45. Eu esperarei em frente. — Ela lhe deu um abraço por cima da escrivaninha, o que o impedia de aproximar-se muito, transformando o abraço num leve toque de ombros. Mas ele sentiu o doce aroma de seu perfume, tão levemente que mal havia percebido quando se sentaram.

E o perfume permaneceu com ele durante todo o caminho de volta ao hotel, e ainda continuava quando se viu sozinho em seu quarto.

5

ALEX SAIU DO MUSEU e caminhou rapidamente até a Rue Frédéric Sauton, onde devia encontrar Alain Bourlet para o almoço.

Ela ainda não conseguia acreditar que Jake estivesse ali em Paris. Quando o viu parado atrás do grupo de turistas ingleses, o coração pulou. As mãos tremeram e sentiu um sobressalto nervoso na voz. Precisou respirar fundo antes de continuar a preleção. Lá estava ele, com a aparência de quem mal tivera tempo de desamassar a roupa tirada da mala. O cabelo estava penteado com esmero. Essa lembrança fez Alex sorrir. O cabelo de Jake sempre fora muito rebelde, como se tivesse vontade própria. Algumas vezes se perguntava se ele se dava ao trabalho de penteá-lo, ou se apenas pulava fora da cama e se dirigia para a aula.

E, no entanto, fantasiava vê-lo de novo. Alex ouvira de Anna, que ouvira de Fiona, que provavelmente ouvira de Frank, que ele havia voltado para Montana e lecionava por lá. Ela sabia que não se casara, mas não que estava noivo de uma enfermeira, uma mulher que havia dedicado a vida a cuidar de outros. No entanto, Jake sabia que ela estava no Cluny. Viera até lá para vê-la. Ele é que tinha ido procurá-la. Será mesmo? Ele dissera que tinha vindo a Paris para pintar.

Ele parecia muito bem. Havia sinais de maturidade: o grisalho no cabelo, alguns quilos a mais na estrutura esbelta. A aparência havia melhorado com a idade.

Ela se lembrava de anos atrás, quando Paul os apresentara. Jake tinha olhos negros profundos e belos, e era alto, o que imediatamente lhe agradara, já que também era alta. — O Jake é de Montana, e vive em uma fazenda — disse Paul —, e Alex é uma moça sofisticada da cidade. — Alex segurou a mão de Jake, que era grande e um pouco áspera, como a de um homem capaz de dirigir caminhão, construir casas e montar cavalos. Ela disse algo como: — Você é um vaqueiro? — e ele respondeu em francês: — *Non, je suis un artiste.* — Ela gostou disso também, que falasse francês, que fosse um artista que parecesse um vaqueiro.

Foi só quando tiveram uma aula juntos no segundo semestre é que começaram a se conhecer. Mas isso foi interrompido com o ingresso de Thierry em sua vida.

Ela havia conhecido Thierry no Louvre, quando começaram a conversar diante da estátua grega *Nike of Samothrace*. Ele era muito atraente. Convidou-a para um café, e ela disse não. — Mas aqui no museu — ele insistiu. — Nem temos de sair do edifício — e de maneira relutante ela respondeu: — Bem, está bem. — Ele falava com desenvoltura. Conhecia muito de arte. Perguntou a Alex se gostaria de jantar com ele algum dia, e ela disse não.

Alguns dias depois, quando se dirigia a pé para a escola, ouviu alguém chamando seu nome. Ela olhou e era Thierry, com a cabeça para fora de um maravilhoso carro esporte. — Posso lhe dar uma carona? — ele perguntou, e de novo ela disse não.

— Que tal um almoço? — Thierry dirigia lentamente mantendo o ritmo do andar dela, e os carros atrás começaram a buzinar. — Por favor — ele implorou, flertando com ela —, antes que os que estão atrás venham e quebrem minha cara. Vou pegá-la na escola, a que horas você sai?

— Não — disse ela. — E ele respondeu: — Então vou encontrá-la ao meio-dia e meia na Brasserie Lipp, no Boulevard Saint Germain. Só esta vez, depois disso, se você não quiser me ver mais, vou deixá-la em paz.

E este foi o início, o dia em que ela o encontrou para almoçar.

Ela sabia que devia contar a Jake, mas como? Ela amava Jake e, no entanto, não conseguia ficar longe de Thierry. Seria possível amar os dois? Se contasse a Jake sobre Thierry, será que finalmente ele assumiria um compromisso, diria que a amava? Estava tão nervosa e confusa quando, por fim, falou com Jake, mas agora não era capaz de se lembrar do que havia sido dito. Sabia que ele a acusara de agir furtivamente, de sair com Thierry porque era rico. Ela chorara e ele parara de falar, imaturo demais até mesmo para discutir o assunto.

Depois disso, começou a sair com Thierry com freqüência, sentindo-se um pouco culpada. Ele era mais velho e muito mais sofisticado do que os rapazes que conhecia na escola. E, no entanto, havia algo despreocupado em Thierry que Alex achava inexplicavelmente atraente. Ele dirigia rápido demais e gastava muito dinheiro, retirando-o de sua carteira como se este pudesse se reproduzir sozinho feito um rabo cortado de lagartixa. Ele sempre lhe dava presentes caros sem que fosse alguma ocasião especial ou pelos motivos mais tolos. Um bracelete com diamantes, uma pedra preciosa do signo, embora não fosse seu aniversário. Um *cashmere* azul-claro porque combinava com seus olhos. Ele lhe enviava flores. Levava-a para restaurantes requintados. Dizia-lhe que era bonita, que a amava. Ela tinha completado dezoito anos quando se conheceram, dezenove quando se casaram. Muito jovem para saber qualquer coisa sobre o verdadeiro amor e a vida real.

Enquanto Alex acelerava o passo pela Rue Frédéric Sauton em direção ao restaurante, viu que *monsieur* Bourlet havia chegado e estava sentado em uma mesa do lado de fora. Não era difícil notá-lo — um cavalheiro distinto, bem vestido, com fartos cabelos brancos e um cavanhaque bem aparado. Ele e Alex encontravam-se uma vez por mês para almoçar, um encontro de negócios, embora ela achasse que isso não fosse necessário. Eles simplesmente desfrutavam o prazer de estar juntos.

Alain Bourlet era o administrador de uma fundação da família Pellier da qual Thierry recebia uma mesada generosa. Alex e o marido viviam com isso e mais o salário que ele recebia por um cargo numa filial parisiense do banco que a família de Pierre fundara em Lyon anos atrás. Thierry trabalhava pouco. Na maior parte do tempo jogava e disputava partidas esportivas, e foi isso que acabou por matá-lo — ele havia bebido quando sofreu o acidente.

Quando Thierry morreu, credores apareceram do nada. As dívidas foram pagas com o patrimônio, o que deixou Alex com muito pouco. Soleil tornara-se beneficiária da fundação, que ainda tinha um saldo substancial. Alex e a filha viviam confortavelmente, embora não esbanjassem. A hipoteca do apartamento havia sido paga pela fundação, que ainda custeava as despesas diárias, a escola particular que Sunny freqüentava e um pequeno salário para a mãe de Alex por cuidar de Sunny.

— Bom dia, *monsieur* Bourlet — disse Alex, enquanto se aproximava da mesa.

— Bom dia, madame Pellier. — Ele levantou-se.

Alex beijou-lhe os dois lados do rosto. Ele puxou a cadeira para que ela se sentasse.

Enquanto examinavam o menu, *monsieur* Bourlet perguntou sobre o trabalho dela.

— Há aquisições recentes ou novas descobertas? — Ele gostava de ouvi-la falar sobre leilões públicos e vendas de espólios, ou visitas a antigos mosteiros e castelos.

— Acabei de regressar de uma visita a um convento ao sul de Lyon — disse Alex. — Foi quase um desastre realmente, embora não tenha desistido ainda. Ele vai ser fechado, reformado e transformado em hotel, todo o seu conteúdo deverá ser vendido. — Ela lhe contou sobre a dificuldade para conseguir entrar, sobre a morte da madre superiora, e como estava tentando conseguir visitá-lo de novo, embora ainda não tivesse obtido resposta do arcebispo. — Madre Alvère mencionou tapeçarias, então estou particularmente interessada na possibilidade de adquiri-las.

— Seria provável encontrar uma tapeçaria em um convento?

— A probabilidade não é muito grande. Talvez seja algo exposto na capela, mas com freqüência o termo *tapeçaria* é usado para descrever qualquer tecido decorativo pendurado. Não sei ao certo a que a madre superiora se referia, mas desejo descobrir.

— Você nunca perde uma oportunidade — disse ele mostrando aprovação.

— Um tesouro pode ser encontrado no local mais improvável — respondeu Alex.

Ele sempre se impressionava com o fato de ela seguir firmemente qualquer indício em potencial.

Alex falou da abertura da mostra especial no Grand Palais, de como o Cluny emprestara uma tapeçaria e madame Demy ajudara a conseguir *Le Pégase*, que seria exibido publicamente pela primeira vez. *Monsieur* Bourlet ouvia com interesse.

— Eu tinha esperança de ficar sabendo mais sobre a história de *Le Pégase* — disse Alex. — Ela é propriedade particular.

— Uma peça que está na coleção da família há séculos. — As sobrancelhas de *monsieur* Bourlet se elevaram sugerindo que conhecia o proprietário.

— O senhor a viu? — Ela inclinou-se para *monsieur* Bourlet. — Conhece o proprietário?

A lista de clientes de *monsieur* Bourlet consistia de algumas das famílias mais ricas de Paris, e freqüentemente contava histórias sobre elas, não informação financeira confidencial, mas pequenos mexericos, o que tornava esses almoços mais interessantes. Ele havia descrito pinturas e esculturas que vira expostas nas casas mais finas da cidade e quase sempre sabia quando uma peça de arte valiosa trocava de dono.

— Não, não. — Ele sacudiu a cabeça. — Não conheço o dono.

Mas Alex cogitou, por um instante, se ele não estaria escondendo algo.

Depois da sobremesa e do café, *monsieur* Bourlet sugeriu vários novos investimentos. Ele tratava Alex com o máximo respeito, como se ela tivesse uma compreensão plena do mundo das finanças. Fora ele quem a orientara em seus investimentos particulares — ela havia aberto uma carteira de investimentos considerável com o salário que recebia do Cluny — e Alex tinha feito bem em seguir os conselhos dele.

Alex retornou ao escritório. Enquanto trabalhava, continuou pensando em Jake. Será que madame Demy não ficaria chocada quando ela aparecesse na recepção com aquele americano alto e vistoso? Pouco antes das 18 horas, Sandrine passou por sua sala para dizer que estava saindo. Às 18h30, Alex colocou as pastas de lado, desligou o computador e mudou de roupa para a recepção.

•

Quando Jake chegou, alguns minutos antes das 19 horas, Alex estava esperando-o do lado de fora do museu. Ela havia colocado um vestido preto curto e prendera os cabelos, o que deixava exposto o pescoço longo e elegante.

— *Bonsoir* — ele disse quando se aproximou. — Você está muito bonita. — Ele não pôde deixar de notar os brincos de brilhante, pelo menos mais de um quilate em cada lóbulo; cada brinco, de uma única pedra, era maior do que o anel de diamante que ele havia dado a Rebecca.

— *Bonsoir, monsieur Bowman* — disse ela, dando ao cumprimento um toque bem francês: *Bow-mah*. Ela se aproximou e o abraçou. Seu perfume era delicioso. — Você também está muito bem.

Ele vestia uma jaqueta espotiva marrom — provavelmente, não era o traje mais apropriado para um evento noturno em Paris. Naquela tarde, ele pensou em comprar um terno escuro, mas decidiu não gastar tanto em algo que lhe seria de pouca utilidade.

— Chamei um táxi — disse Alex. — Eu não quis que o motorista esperasse, então combinei com o taxista às 19h15.

— Você pensou que eu fosse atrasar?

— Houve ocasiões, eu lembro... — disse Alex com um sorriso travesso.

— Amadureci bastante nos últimos catorze anos — disse Jake, sorrindo também. —Tornei-me um adulto responsável.

— Oh, Jake, não me diga que você se tornou chato. — O tom dela era de zombaria e de gozação.

— Um cara não pode mudar sem ser rotulado de chato?

— Veremos como você se comporta esta noite.

— É algum tipo de teste?

Ela riu.

— Obrigada por me acompanhar esta noite.

— O prazer é meu.

— Acho que você vai gostar da exposição. — Enquanto esperavam o táxi, ela explicou que se tratava de uma retrospectiva de tapeçarias, desde a cóptica do século V no Egito às peças modernas do século XX.

— Várias tapeçarias medievais, emprestadas de diferentes museus, estão incluídas, entre elas uma do Metropolitan Museum da coleção do The Cloisters, da série *The Hunt of the Unicorn*. Há também uma que está sendo exibida pela primeira vez, *Le Pégase*.

— Você nunca a viu?

— Ninguém a viu — disse Alex e riu. — Bem, alguém conseguiu vê-la. Mas ela é propriedade particular e nunca foi exibida antes. Nossa diretora desempenhou um papel importante para consegui-la.

— Ela é propriedade de alguém de Paris?

— Eu não sei. Madame Demy com certeza teve de prometer manter segredo. Obviamente, ela conhece o dono, ou pelo menos alguém que o conhece.

— Talvez ele vá à exposição. Talvez o encontremos, ele ou ela.

— O catálogo especifica a obra como coleção particular. — Alex fez sinal de aspas com os dedos. — Não há nome. Acho que vai continuar sendo um mistério.

— Não há nada de errado num bom mistério.

— Não — repetiu ela. — Nada de errado num bom mistério.

O táxi chegou. Jake abriu a porta para Alex.

— Grand Palais — disse ao motorista.

6

A ÁREA DE RECEPÇÃO estava lotada com todo tipo de pessoas. Jake sempre se surpreendia ao ir a uma mostra particular, que exigia convite, e encontrar ali metade das pessoas da cidade. Logo percebeu que a maioria dos homens vestia ternos escuros e as mulheres, trajes de noite elegantes. Felizmente havia muita gente na sala abarrotada e ele não seria notado. Ainda bem que sua roupa não parecia embaraçar Alex.

Passou um garçom. Jake pegou duas taças de champanhe e ofereceu uma a Alex. Uma senhora de meia-idade, bastante magra, usando um vestido marrom, ao lado de um homem com um respeitável terno preto, acenou para eles. Alex pegou o braço de Jake e se encaminharam em direção da mulher.

— *Bonsoir* — Alex cumprimentou o casal.

A mulher inclinou-se para Alex e beijou-a nas duas faces, segurando a taça de champanhe em uma das mãos e um quadrado de queijo em um palito em outra, como se estivesse prestes a voar.

— *Bonsoir*, madame Pellier. — O homem levantou a taça de champanhe à guisa de saudação, depois também beijou Alex nas duas faces.

— *Monsieur*, madame Genevoix — disse Alex. — *Je voudrais présenter mon ami*, Jacob Bowman.

Madame Genevoix acenou com a cabeça, a expressão em seu rosto mostrava um misto de desaprovação e curiosidade. *Monsieur* Genevoix passou a taça da mão direita para a esquerda e apertou a mão de Jake.

Alex apresentou os Genevoix como grandes patronos das artes. Madame Genevoix disse a Alex como estava encantadora essa noite, e Alex retribuiu o cumprimento. A mulher olhou de relance para Jake e este teve certeza de que ela o achava um americano grosseiro por comparecer vestido de maneira tão pouco apropriada. Alex não parecia aborrecida. Ela lhes contou que os dois haviam estudado juntos e que Jake no momento estava visitando Paris, ele era um artista. Alex disse que era um artista de talento. Ela não mencionou que não via uma tela de Jake havia anos. A expressão de madame Genevoix suavizou-se então, revelando um traço de interesse e aprovação, como se a revelação de Alex pudesse ter fornecido uma explicação razoável ao fato de ele ter vindo tão pobremente vestido.

A mulher comentou que sempre se interessava em ver a obra de jovens artistas talentosos. Um outro casal juntou-se ao grupo e eles trocaram gracejos. Passou outro garçom. Jake pegou um camarão e o enfiou na boca. Alex colocou um sobre o guardanapo que segurava, depois andaram no meio da multidão. Delicadamente, ela limpou a boca e guardou o guardanapo na pequena bolsa pendurada no ombro. Jake terminou o resto do champanhe e colocou a taça na bandeja de um garçom que passava.

Eles se dirigiram a uma parede próxima onde se encontravam penduradas várias tapeçarias pequenas, redondas e coloridas. No caminho foram abordados duas vezes, a primeira por uma mulher de cabelo preto em um longo vestido vermelho, depois por um casal idoso.

Seguiram em frente, olhando as diferentes tapeçarias, e Alex explicava a origem delas, o método de tecelagem, e era interrompida aqui e ali pelos outros convidados. Alex apresentava Jake, sempre como pintor; dava uma rápida descrição de quem eram os diversos patrocinadores, do interesse específico por arte, da posição que tinham neste ou naquele museu, repartição ou diretoria de comissão de nome aparentemente importante.

Depois de olharem a primeira sala, foram ver as tapeçarias da Idade Média. Pararam durante vários minutos para examinar a peça da coleção do The Cloisters. Ela representava o unicórnio mergulhando o chifre em um rio, rodeado pelos caçadores. Pendurada próxima a essa peça estava *Le Toucher*, emprestada pelo Cluny.

— É interessante — disse Alex — vê-las expostas lado a lado.

Jake olhou para *Le Toucher*. A mulher nessa tapeçaria parecia diferente das outras do conjunto do Cluny. O rosto não era particularmente belo, tinha uma fisionomia quase ríspida. O unicórnio parecia um bode. Não havia criada. A expressão do leão era um pouco complacente. O que significava isso? Ah, a donzela estendia a mão e tocava — não, era mais como se acariciasse — o unicórnio que lembrava um bode com um só chifre. Havia algo erótico nisso? Jake fitou Alex, que estava parada estudando atentamente a peça da coleção de Nova York.

Eles passaram para a outra sala. Na parede afastada, uma tapeçaria com um fundo vermelho magnífico, de cores semelhantes às das tapeçarias do Cluny, atraiu o olhar de Jake.

— *Le Pégase* — sussurrou Alex.

O cavalo alado era, de certa maneira, similar ao unicórnio do conjunto do Cluny — o mesmo corpo branco elegante e gracioso, colorido com traços dourados. Um cavaleiro, montado no Pégaso, levantava uma espada na mão direita. Três donzelas tinham os torsos longos e inclinados como as donzelas das tapeçarias do Cluny. Os penteados também eram similares. Uma delas tinha cabelos longos e dourados, ondulantes, envolvidos por um xale enfeitado com motivos orientais, muito parecido com o da donzela em *Touch*. As outras duas também usavam enfeites na cabeça, semelhantes aos das tapeçarias do Cluny. Os cabelos estavam puxados para cima, envolvidos em turbantes ornamentados, com madeixas soltas emoldurando-lhes o rosto, como os da dama em *A mon Seul Désir*. Ao contrário das donzelas de *A Dama e o Unicórnio*, com os trajes ornamentados, as donzelas de *Le Pégase* estavam nuas.

— As cores — disse Alex —, os vermelhos e os azuis, são muito mais vibrantes do que eu havia imaginado pelas fotos que estudei. Parecem ter saído das mesmas tinturas das tapeçarias do Cluny, no entanto há pouca evidência de descoloração. As donzelas, o unicórnio e o cavalo alado, as flores, as pequenas criaturas — as palavras de Alex saíam devagar, reverentemente —, todas tão parecidas com as do Cluny, talvez uma criação ainda mais hábil. Sempre me perguntei se não saiu do mesmo ateliê. O estilo pode indicar uma data posterior.

— Ela tem semelhanças também com o conjunto de Nova York — disse Jake.

— Sim — concordou Alex. — As flores estão crescendo, em vez de flutuarem, e o cenário do fundo é similar ao que se vê em *The Hunt of the Unicorn*, não uma ilha artificial como em *La Dame à la Licorne*.

Os olhos de Alex percorreram a sala.

— Gostaria de tocá-la — sussurrou para Jake.

Ele conhecia esse sentimento. Sempre que ia a um museu, experimentava essa necessidade. Queria ir direto até um quadro e percorrer com a mão cada pincelada, sentir a textura da pintura sob os dedos.

Alex olhou de novo ao redor. Havia várias pessoas na sala, mas ninguém realmente parado diante de *Le Pégase*. Eles tinham visto dois ou três guardas do museu, mas nenhum deles estava na sala no momento. Alex retirou da pequena bolsa preta o guardanapo dobrado e limpou cuidadosamente os dedos. Olhou de novo ao redor. Depois, casualmente, aproximou-se da tapeçaria. Bem devagar, estendeu a mão e tocou-a. Passou os dedos longos e finos pela magnífica textura da tapeçaria, com um gesto que era meigo e gentil e, no entanto, tão sensual que Jake sentiu um baque no peito.

Alex deu um passo para trás, respirou profundamente e colocou o braço no de Jake; em seguida, sem trocarem uma palavra, foram até a próxima tapeçaria.

Quando se aproximaram da última peça em exibição, Alex disse:

— Obrigada por estar aqui comigo esta noite.

— Senti muito prazer nisso.

— Talvez devêssemos voltar para o salão de recepção. Esperava encontrar madame Demy.

Eles atravessaram várias salas, pararam novamente por vários minutos, examinado *Le Pégase*, *The Hunt of the Unicorn* e *Le Toucher*. As salas de exposição pareciam estar muito mais cheias quando passaram por elas na segunda vez. A multidão apinhada no salão de recepção começava agora a se dispersar pelas galerias. Eles encontraram outras pessoas que Alex apresentou a Jake. Quando chegaram à sala de recepção, ainda não haviam encontrado madame Demy.

Quando passou um garçom, Alex pegou mais alguns salgadinhos. Jake se perguntava se poderia convidá-la para jantar. Os salgadinhos eram bons, mas escassos. Alex continuava a examinar a sala.

— Lá está ela.

Do outro lado da sala, uma mulher de meia-idade, simples, tímida, usando um vestido preto, acenou enquanto conversava com duas outras mulheres.

— *Bonsoir*, madame Demy — disse Alex enquanto se aproximava. — Gostaria que conhecesse meu querido amigo Jacob Bowman.

Lentamente madame Demy estendeu a mão para Jake. Sua fisionomia revelava um certo desconcerto, mas dirigiu a Jake um olhar que pareceu satisfatório. Ela sorriu, acreditou Jake, com aprovação, enquanto fazia um gesto com a cabeça e dizia:

— *Enchantée*.

Alex apresentou Jake para as duas senhoras que estavam com madame Demy. Um homem alto e magro, que conversava, de costas, com outro senhor, voltou-se e fitou Alex, e a expressão dele foi tão desconcertada quanto a de madame Demy.

— Madame Pellier, *monsieur* Bowman — disse madame Demy —, eu também gostaria de apresentar um convidado especial. — Ela tocou no braço do homem alto e magro.

O cabelo dele era tão loiro que parecia quase branco, e tinha um bigodinho tão insignificante e indefinido que Jake se perguntou por que o homem o usava. Jake olhou para Alex, cujo rosto havia se tornado muito pálido.

— Do Metropolitan, The Cloisters, em Nova York — disse madame Demy. — Gostaria que vocês conhecessem dr. Henry Martinson.

7

ALEX ESTENDEU O BRAÇO para apertar a mão de dr. Martinson com um gesto tão gracioso e controlado que Jake imaginou ter visto um breve instante de assombro em seu rosto.

— É bom encontrá-lo de novo, dr. Martinson — disse ela —, e é muito agradável tê-lo conosco em Paris.

Os olhos de dr. Martinson se estreitaram. Ele sorriu, mas parecia absorto em algum pensamento profundo, como se tentasse lembrar de alguma coisa.

— Madame Pellier? Já nos encontramos. Foi em Nova York? — perguntou, perplexo.

Alex negou com a cabeça.

— Recentemente, em algum lugar?

— Sim — Alex sorriu.

— Aqui em Paris?

— Não.
— Em algum lugar da França. Foi recente?
— Sim.
— Lyon?

Parecia que os dois estavam engajados em um jogo de adivinhação. Dr. Martinson sorriu. Como que flertando, pensou Jake. Ele se indagava como um homem poderia ter encontrado Alex e não se lembrar. Ela não era o tipo de mulher que um homem esquecia facilmente.

Em seguida, dr. Martinson sorriu ao reconhecê-la.

— Ah, sim. Sábado. A jovem que visitava o Convento de Sainte Blandine.
— Sim — disse Alex. — E no domingo. A mulher que quase foi posta fora da estrada no caminho para Sainte Blandine.

Dr. Martinson sacudiu a cabeça com uma expressão de pesar. Ele começou a dizer algo quando foi interrompido por uma das senhoras que tentava envolver os demais em uma conversa sobre as tapeçarias medievais em exibição.

Uma senhora roliça, em um vestido dourado brilhante, disse que era fascinante ter tantas tapeçarias, as mais famosas e belas, todas expostas em um só local, particularmente as peças góticas. Uma outra senhora, tocando o braço de dr. Martinson, comentou como era gentil, da parte dos outros museus, emprestar as obras para a mostra, e madame Demy esclareceu que várias obras haviam sido emprestadas por proprietários particulares.

Dr. Martinson comentou a sorte que haviam tido em conseguir uma peça tão bonita como *Le Pégase*, uma tapeçaria do fim da Idade Média. Essa era a única razão por que viera a Paris ver a mostra. Ele sabia que a peça nunca fora exposta em público, e certamente não queria perder o que poderia ser uma oportunidade única.

— E a viagem para Sainte Blandine? — perguntou Alex.
— Foi muito triste, a morte da madre superiora — disse dr. Martinson. — E mais triste ainda a crença de que o convento possuía alguma coisa que um museu pudesse estar interessado em adquirir.
— Sim — concordou Alex —, mas se pode esperar qualquer coisa de uma mulher de noventa e dois anos.

Dr. Martinson olhou para ela, intrigado.

— Morte ou confusão — disse Alex.
— Oh, sim. — Ele concordou e sorriu, divertido. — Mas se eu soubesse, não teria perdido meu tempo. Poderia tê-lo aproveitado aqui em Paris.

— Quanto tempo ficará por aqui?

— Apenas por mais dois dias, certamente não é muito. Há muita coisa para se ver em Paris.

Todos conversaram um pouco mais sobre Paris, a exposição, o tempo bom dessa primavera. madame Demy perguntou sobre o trabalho de Jake, e este lhe contou que havia passado alguns anos em Paris, quando estudante, e que sempre sonhara retornar a essa cidade.

— Talvez nos encontremos de novo — disse dr. Martinson quando Alex e Jake estavam indo embora.

— Sim, dr. Martinson — repondeu Alex. — Foi bom revê-lo.

— Foi um prazer ter conhecido todos vocês — disse Jake.

Alex não disse uma palavra até chegarem à rua, na frente da galeria.

— Ele está mentindo — disse Alex. — Ele voltará a Sainte Blandine.

— Não sei do que você está falando — disse Jake. — O que está acontecendo? Você pareceu surpresa de ver dr. Martinson esta noite.

— Sim, muito — disse Alex enquanto caminhavam pela avenida em direção ao Champs-Elysées. — Podemos comer qualquer coisa em algum lugar? Estou morrendo de fome.

— Eu ia sugerir o mesmo.

— Durante o jantar — disse Alex andando a passos largos — vou lhe contar sobre dr. Martinson e Sainte Blandine, pelo menos o pouco que sei sobre cada um, que lhe asseguro é muito menos do que saberei depois de voltar ao convento.

•

Quando Alex chegou ao museu na manhã seguinte, telefonou para o escritório do arcebispo. Havia ligado duas vezes no início da semana e estava ficando impaciente, pois não recebera nenhum telefonema dele até então. Deixou, de novo, outra mensagem.

Alex saiu de sua escrivaninha. Queria falar com madame Demy, perguntar-lhe a respeito de dr. Martinson. Ela tinha quase certeza de que ele não contara nada sobre a excursão a Sainte Blandine.

Madame Demy não estava na sala, o que surpreendeu Alex. Era muito improvável que a velha senhora chegasse atrasada. Ela riu ao pensar que madame Demy pudesse ter saído para festejar depois da abertura da exposição. A própria Alex havia voltado cedo para casa, logo depois que ela e Jake terminaram o jantar. Ele lhe perguntou se poderia acompanhá-la na visita ao convento, e ela disse sim, que seria agradável.

Agradável? Ela havia esperado, parecia, durante anos para ver Jake de novo. E ali estava ele. Ali em Paris. Nunca teria tido coragem de fazer o que ele fez — abandonar o emprego, empacotar as coisas e se mudar. Anos atrás, Jake lhe parecera imaturo e irresponsável, mas agora era como se tivesse feito algo muito corajoso. Ela havia adorado o tempo que passaram juntos na noite anterior. No entanto, o reencontro parecia ter sido obscurecido pelo intenso desejo de Alex de retornar ao convento. Chegar lá antes de dr. Martinson, chegar antes de qualquer outra pessoa, para reivindicar todos os tesouros que pudessem existir em Sainte Blandine, escondidos talvez durante séculos.

Há algo errado comigo? — perguntou Alex para si mesma. Thierry a havia acusado de se mostrar mais interessada em coisas do que em pessoas. Era verdade que com freqüência encontrava refúgio nos estudos. Teria sido ela a causa da infelicidade no casamento?

Quando olhava para trás, para os primeiros anos com Thierry, achava que havia sido feliz. Ela ainda estava na escola, embora não mais com um orçamento de estudante. Thierry era generoso e ela sabia que podia ter tudo o que quisesse. Mas, com o passar do tempo, sentiu que faltava algo. Quando terminou a escola, falaram em ter um filho. Thierry disse que não estava preparado para isso. Alex ficava em casa, muitas vezes sozinha, e pensava: Não era isso que eu esperava de um casamento. Inscreveu-se em um programa de mestrado. Ela e Thierry passavam cada vez menos tempo juntos. Ele saía à noite, enquanto ela ficava em casa estudando. Alex suspeitava que o marido estivesse tendo um caso, e quando o colocou contra a parede, ele nem mesmo negou. Ela sugeriu consultar alguém, Thierry ficou bravo e disse que isso soava muito americano, como se todos os problemas pudessem ser resolvidos por aconselhamento. No dia seguinte, ela empacotou algumas coisas e foi para um hotel. Pensava em divórcio, mas não podia suportar a idéia de contar isso a seus pais e aos pais de Thierry. E mesmo ela, que se considerava uma católica liberal, não acreditava em divórcio. Ou talvez não acreditasse no fracasso.

Thierry pediu-lhe para voltar para casa. Disse que a amava, que estava pronto para iniciar uma família, que as coisas iriam mudar. E parecia que havia mudado, embora Alex não conseguisse engravidar. Ela foi a vários médicos que lhe disseram que não havia nenhum motivo para que não engravidasse, que devia relaxar e continuar a levar uma vida normal. Voltou à escola para trabalhar no doutorado. Thierry recusou-se a fazer qualquer teste. O sexo tornou-se mecânico — não que tivesse sido maravilhoso antes — e Thierry a acusou de não ter sentimentos. Alex pensou novamente em deixá-lo, mas então descobriu que estava grávida.

Quando tiveram Soleil, houve breves períodos em que Alex sentiu-se feliz. Thierry ficou doido de amor pela garotinha, que era muito mais linda do que ela poderia esperar. Observando os dois juntos, sentia ternura por aquele homem que lhe havia dado um presente tão precioso.

Mas esses sentimentos duraram pouco. Logo Thierry voltou a sair à noite, e muitas vezes só retornava ao amanhecer, dizendo que tivera um encontro de negócios. Alex sabia que havia outra mulher e o odiava por isso. À noite, quando o marido não voltava, ficava acordada na cama e, furiosa, imaginava o marido acidentado, morto. Então, isso tornou-se verdade. De repente... aconteceu, quase como se o desejo perverso de Alex fosse a causa da morte de Thierry. Ela nunca contara isso a ninguém, assim como nunca contara a verdade sobre o casamento, que fora terrivelmente vazio.

•

Pouco antes das dez, Alex recebeu um telefonema da assistente do arcebispo convidando-a para visitar o convento no sábado à tarde, entre quatro e cinco horas. Ela deveria procurar irmã Etienne. Alex deixou a sala e foi para o saguão, onde descobriu que madame Demy finalmente havia chegado.

— Foi uma recepção encantadora! — exclamou a diretora.

— Sim, muito bonita — respondeu Alex, enquanto se sentava.

— Seu amigo, *monsieur* Bowman, ficará algum tempo em Paris?

— Ele veio a Paris para pintar. — Alex fez uma pausa. — E o seu amigo, dr. Martinson? Ele veio a Paris para roubar nossos tesouros?

Madame Demy sorriu.

— Conte-me sobre seu encontro com dr. Martinson no convento.

Alex contou a madame Demy que o vira dentro do convento e acreditou ser ele o médico que tinha vindo assistir a velha madre superiora, mas depois percebera, ao encontrá-lo na mostra, na noite anterior, que também havia entrado em contato com o convento para examinar os pertences das freiras.

— A senhora acredita que dr. Martinson sabe alguma coisa que não sabemos? — perguntou Alex.

Madame Demy sacudiu a cabeça.

— Provavelmente, não. Ele é jovem e entusiasta. Acaba de ocupar o posto no The Cloisters. Animou-se com a oportunidade de vir para a mostra de tapeçarias.

— A senhora não acha que as boas irmãs escolheram a ocasião da visita para coincidir com a exibição aqui em Paris?

— Não sei se elas são tão espertas. Durante séculos, a ordem teve pouco contato com o mundo exterior. Agora estão sendo expulsas do lar. Parece que tentam recuperar o orgulho, ao sugerir que a residência contém fortunas em tesouros.

— Finalmente tive notícia do arcebispo — disse Alex. — Vou até Sainte Blandine amanhã.

— Se você acha que uma nova tentativa vale a pena, então sim, deve ir.

É claro que ela iria de novo. Nada poderia mantê-la afastada de lá.

8

QUANDO ALEX CHEGOU ao convento às 15h45 do sábado, quinze minutos antes da hora marcada, ficou surpresa com toda a atividade. Dois pequenos caminhões e uma *van* estavam estacionados na frente do convento. Um som alto de marteladas vinha do andar superior e, à medida que Alex se aproximava, um pedaço de madeira veio voando lá de cima, aterrissando em um monte de lixo a poucos passos de onde estava. Ela pulou quando uma outra tábua caiu, agora muito mais próximo. Alex olhou para cima. Uma cabeça de homem apareceu na janela.

— *Pardon!* — gritou ele para Alex. Depois desapareceu tão rapidamente quanto surgira, retraindo-se como uma tartaruga dentro do casco.

Alex bateu à porta. Em poucos segundos a portinhola se abriu para revelar a mesma velha freira da visita anterior. Alex se apresentou mais uma vez. A mulher fez que sim com a cabeça, como se dissesse: — Sim, sei quem você é. — Mas não disse nada. Alex explicou que tinha um encontro com irmã Etienne. A velha freira resmungou algo sobre o arcebispo com um revirar de olhos. Abriu a porta e fez sinal para que entrasse. Sem dizer uma palavra, conduziu Alex pelo vestíbulo e pelo corredor escuro e estreito, cheirando a mofo, a um local que parecia ser um escritório.

Uma freira estava sentada atrás de uma escrivaninha gasta e antiga. Ela ficou em pé e apresentou-se como irmã Etienne, depois convidou Alex para se sentar.

A freira era uma mulher grandalhona com um rosto em formato de lua cheia. Parecia quase alegre, um Papai Noel feminino, no entanto, depois de um breve sorriso de boas-vindas, a expressão tornou-se solene. Ela pegou várias folhas de papel da escrivaninha e entregou-as a Alex.

Parecia ser um inventário, escrito à mão, do que havia no convento. Uma seção relacionava equipamentos e utensílios de cozinha; uma outra, mobílias; outra ainda, bordados, ornamentos e tapeçarias. Uma seção final, que parecia ser a mais extensa, estava rotulada *Bibliothèque*. Enquanto Alex estudava a lista, podia ouvir a agitação no andar de cima.

— O arcebispo — disse irmã Etienne — já começou a reforma. É claro que não estamos mais usando o segundo andar. Infelizmente, muitas das boas irmãs não conseguem mais subir as escadas. Mas que barulho! Que falta de consideração! Ficou difícil para a nossa contemplação e prece. — A mulher sorriu ligeiramente. — Ao menos para aquelas que têm o ouvido intacto.

Alex supôs que irmã Etienne fosse uma das freiras mais jovens. Talvez com quase setenta anos. A mulher estava sentada com as mãos cruzadas sobre a escrivaninha. Elas eram finas e cheias de manchas e não pareciam combinar com o resto do corpo avantajado.

— Por onde gostaria de começar? — perguntou a freira descruzando as mãos.

— Pela biblioteca, por favor. — Daria mais uma olhada na biblioteca e depois pediria para ver as tapeçarias.

— Receio que a biblioteca esteja sendo usada agora. Talvez possamos começar pelos têxteis.

— Sim, seria bom. — Por que a freira havia se dado ao trabalho de perguntar?, Alex pensou. Ela sorriu encantadoramente para a freira.

— Sim, eles estão dispostos na sala de jantar.

Irmã Etienne conduziu Alex a uma sala comprida e estreita. Uma mesa grande e simples de madeira, com pelo menos 2,5 metros de comprimento, ficava diante de uma lareira com reboco branco. Um crucifixo de madeira estava pendurado acima da cornija da lareira. As cadeiras haviam sido retiradas de perto da mesa, que estava recoberta com todo tipo de tecidos para altar e linhos bordados, iluminados por uma única lâmpada pendurada no teto. O restante da sala estava escuro. Um odor inconfundível pairava no ar. De imediato, Alex não conseguiu identificá-lo. Sopa de galinha com macarrão! Provavelmente o jantar estava sendo preparado na cozinha, em algum lugar perto da sala de jantar. Sim, agora podia ouvir debilmente ruídos vindos da cozinha — o som das caçarolas e frigideiras abafado pelas pancadas e estrondos do andar de cima. Que bagunça, ela pensou, e ainda num convento contemplativo.

— Você encontrará tudo bem etiquetado — disse irmã Etienne. — Os números em cada item correspondem aos números e descrições na lista-inventário. Por favor, indique os itens que lhe interessam e o preço que o museu está disposto a pagar, pois temos outros representantes que também podem fazer uma oferta — a freira falou com um tom profissional. — Se você precisar de auxílio, irmã Anne a ajudará. — Irmã Etienne dirigiu-se para o lado oposto da sala.

Alex deu uma olhada e ficou surpresa ao ver uma freira sentada em uma cadeira de espaldar alto num canto escuro da sala, as mãos entrelaçadas no colo. Era uma mulher pequena, tão pequena que os pés mal tocavam o chão. A cabeça parecia desproporcional, grande demais para o corpo. Alex teve a impressão de que sorria, embora o rosto estivesse parcialmente escondido na sombra do grande capuz e da touca de freira.

— *Bien*, vou deixá-la aqui para olhar — disse irmã Etienne. — Se você precisar de ajuda, por favor, peça a irmã Anne.

— *Oui, merci* — respondeu Alex, dando uma olhadela para irmã Anne.

A pequena freira fez um sinal de assentimento. Irmã Etienne deixou a sala.

Quando Alex olhou para a mesa, viu de imediato que não havia nada de interessante para o Cluny. A maior parte dos artigos consistia em linhos para o altar, provavelmente confeccionados nos últimos cinquenta anos, ou até mesmo durante o último século. Ela apanhou uma peça com borda de passamanaria branca e examinou-a com extremo cuidado. Era uma renda de bilro. Bonita, mas nada que pudesse interessar ao museu. Pegou mais algumas peças, todas feitas de linho trabalhado à mão com terminações em passamanaria. Um trabalho fino e delicado. Alex podia imaginar os dedos ágeis das freiras, movendo-se rapidamente, recitando preces silenciosas, ave-marias e pai-nossos, no ritmo da confecção da renda de bilro, como contas de rosário, enquanto iam formando o padrão da fina passamanaria.

Alex ouviu um som vindo do canto oposto. Irmã Anne estava pigarreando. A pequena freira apontou para a parede. Alex foi até lá. Na parede de cada lado da religiosa havia vários têxteis descrevendo cenas litúrgicas e bíblicas. Pareciam feitos com bordado e aplicações à mão. Eram tão belos quanto os linhos de altar com bordas em passamanaria, e pareciam antigos — provavelmente estiveram pendurados durante anos na capela do convento onde a presença de grandes velas acesas haviam criado uma espécie de cobertura de fuligem.

Um representava a cena da coroação da Virgem Maria; outro, a crucificação e a ressurreição combinadas em uma peça. Um terceiro descrevia o martírio de São Sebastião, o corpo perfurado com flechas. Era um trabalho delicado, intricado, e a pátina enfumaçada, que Alex podia sentir enquanto examinava os têxteis, não lhes obscurecia o brilho e o encanto; ao contrário, havia se tornado parte de sua história, de sua beleza. Eram criações extraordinárias, mas, mesmo no canto escuro da sala de jantar, podia ver que se tratava de trabalhos mais recentes, não de tesouros medievais.

Eram quase 16h30. Ela não sabia se o encontro marcado para as quatro seria apenas de uma hora ou se lhe seria permitido permanecer um pouco mais. Ela se perguntava se poderia ir até a biblioteca.

Alex voltou-se para irmã Anne.

— La bibliothèque, s'il vous plaît.

A freira escorregou da cadeira e atravessou a sala. O modo de andar era desigual, a pequena figura balançava para a frente e para trás enquanto se movia. As pernas da mulher, escondidas debaixo das muitas pregas do hábito preto, eram curtas demais para o resto do corpo. Era como se a parte superior, a porção maior do corpo, fosse fazê-la cair a qualquer momento.

Ela deixou Alex sozinha na sala durante vários minutos. Quando voltou, fez sinal para Alex segui-la.

— Oui, la bibliothèque — disse a mulher numa voz tão baixa quanto ela própria.

Devagar, foram saindo da sala de jantar, dirigiram-se para o corredor e depois para a biblioteca. Irmã Anne apontou para a pequena mesa e a cadeira no centro da sala, depois se sentou novamente em outra cadeira num canto. Alex olhou ao redor. Por alguma razão queria encontrar o poema de novo, mas soube imediatamente que alguma coisa na sala havia mudado. Podia perceber que os livros tinham sido arrumados e perguntou-se se alguém mais teria estado lá. Ela procurou nas prateleiras o grupo de livros que queria ter examinado na visita anterior e percebeu um grande volume com capa de couro na prateleira de baixo. Ela o pegou e abriu. Parecia ser algum tipo de registro, um relato de jovens que tinham vindo para o convento. Alex examinou as primeiras páginas, que tinham registros iniciais datados de meados de 1800. Leu os nomes, as idades das jovens: Brigitte Denis, catorze. Catherine Chevalier, dezesseis. Elisabeth Maupas, quinze. 4 de agosto de 1872.

Foi até a última página, que estava vazia. Voltou várias páginas até encontrar o último registro. Datava de uma semana atrás, do último sábado. Registrava a morte da madre superiora. Uma tristeza súbita se abateu sobre Alex. Ela não tinha ficado especialmente abalada pela morte de madre Alvère, nunca havia se encontrado com a madre superiora, mas agora sentia uma emoção que não podia compreender totalmente. Pensou que aquela velha mulher havia sido, numa dada época, uma menina de catorze ou quinze anos. Como Brigitte, Catherine e Elisabeth, jovens que tinham renunciado aos bens, vindo para o convento e dedicado a vida ao serviço do Senhor, e que haviam envelhecido. Agora as freiras que restaram estavam sendo despejadas da casa, a única casa que, provavelmente, muitas delas conheceram desde a juventude. Alex olhou para irmã Anne no canto, os olhos se fechando como se fosse adormecer a qualquer momento.

Fechou o livro e o recolocou na prateleira. Em seguida foi até a mesa e olhou de novo para a freira. Irmã Anne retribuiu o olhar e sorriu.

— Precisa de ajuda? — ela perguntou.

— Não, obrigada — respondeu Alex. Ela sorriu para a freira, depois se sentou e correu o dedo pela primeira página da seção Biblioteca do inventário.

Os livros estavam numerados na lista, mas Alex não tinha certeza de como estavam dispostos nas prateleiras. Decidiu examinar a lista primeiro, para ver se havia algo que interessasse ao museu. Se não conseguisse encontrar o livro na prateleira, pediria a ajuda de irmã Anne.

Os títulos na lista não pareciam seguir alguma ordem especial. Muitos tinham datas, mas não eram cronológicas. Algumas obras traziam os autores, que não estavam dispostos em ordem alfabética. O registro do Convento de Sainte Blandine, cinco volumes. Cinco volumes? Alex ficou curiosa; ela tinha visto apenas um. Gostaria de saber até quando remontavam os registros. Queria encontrar os outros volumes, apenas por curiosidade. No entanto, sabia que eles não teriam valor artístico para o museu. Valor histórico talvez, mas um pensamento cruzou-lhe a mente: o tempo estava acabando, embora nem irmã Anne nem irmã Etienne houvessem indicado que ela seria posta para fora do convento às cinco da tarde. Não podia perder esses minutos preciosos; estava ali como representante do museu, devia manter isso em mente e deixar de lado o próprio interesse e curiosidade. Alex correu o dedo rapidamente pela primeira página. Nada. Verificou a segunda. Nada. Olhou depressa a terceira. Virou a última página e percorreu-a de cima a baixo, depois voltou para as páginas do meio da lista. Não havia nada que parecesse interessante. Então os olhos pararam abruptamente. *Le livre de prières du Moyen Age*. O coração bateu rápido. Seria autêntico? Será que havia realmente um livro de orações da Idade Média em algum lugar da estante? Alex imaginou um manuscrito com iluminuras, com pinturas em miniatura, um autêntico livro das horas. Repentinamente, um impacto barulhento estremeceu a sala. Ela deu um pulo, surpresa. Ouviu um farfalhar no canto. Irmã Anne olhou, completamente acordada agora. Ah, sim, pensou Alex, os homens do arcebispo trabalhando lá em cima. Ela voltou à lista.

O número na lista, próximo da descrição *Le livre de prières du Moyen Age*, era 347.

Alex levantou-se e puxou o primeiro livro da estante para ver se estava numerado. Ao abri-lo, encontrou na contracapa um pedaço de papel com o número 1 escrito a lápis. Rapidamente, estimou o número de livros na primeira prateleira. Entre 45 e 50, supôs. O número 347 deveria estar na sétima ou oitava prateleira. Os olhos percorreram a primeira parede de prateleiras. A sétima estava no final da primeira parede, a oitava era a primeira da parede contígua. Alex abaixou-se e, ansiosamente, puxou o primeiro livro da prateleira. Era um livro grande com fotos da Terra Santa. Ela abriu a contracapa. Um pedaço de papel caiu ao chão. Ela o apanhou — número 339. Alex recolocou o número e devolveu o livro à estante. A mão tremia. Pegou outro livro, com capa de couro, o único na estante que parecia, remotamente, velho o suficiente para ser um livro de orações da Idade Média. Recebera o número 348. Sem recolocá-lo na estante, pegou o livro que ficava à esquerda: 346. Não havia 347!, pensou. Um pensamento veio-lhe à mente, o de que dr. Martinson já havia estado ali!

Alex deu um pulo. Os olhos se dirigiram para o canto onde irmã Anne estava inclinada na cadeira, adormecida. Alex agarrou a lista-inventário e caminhou rapidamente até lá.

— S'il vous plaît — disse, tocando no ombro da religiosa. Irmã Anne acordou, espantada. Alex lhe mostrou a lista apontando para a descrição do livro 347.

Irmã Anne esfregou os olhos, examinou a lista, depois deslizou da cadeira e atravessou a sala. Cada passo que dava parecia exigir um grande esforço, e Alex envergonhou-se da impaciência. Irmã Anne parou, puxou devagar um livro da estante. Alex sabia que era o 348. A freira o colocou de volta, como em câmara lenta, depois puxou o 346 da prateleira. Sacudiu a cabeça, olhou de novo para a lista, depois caminhou até a escrivaninha, balançando para a frente e para trás, de maneira entediada. Ela parou atrás da pequena escrivaninha, tirou uma chave do bolso do hábito volumoso e abriu uma prateleira que ficava na parte mais baixa da estante. Irmã Anne puxou um volume. O coração de Alex deu um salto. A freira entregou-lhe o livro.

Alex levou-o para a mesa. Irmã Anne voltou para o canto. Depois de estudar a capa — papel velino, gasto e esmaecido —, abriu o livro devagar. Examinou a primeira página. Estava apagada, quase como se tivesse sido danificada por água. Virou a página seguinte. Também apagada. As outras três folhas estavam coladas. Várias folhas seguintes tinham traços de cupim e outras estavam rasgadas. Virou mais algumas páginas até encontrar uma que estivesse bastante nítida para ser examinada. Final do século XV, pareceu-lhe. Não era impresso em papel velino; tratava-se de um trabalho gravado à mão. Não era uma versão de luxo, de modo algum. Não seria uma aquisição rara para o museu pela qual gostaria de ser lembrada. Provavelmente havia sido publicado depois da introdução da máquina de impressão na Europa. A competição para a produção em massa dos livros, infelizmente, diminuiu a qualidade de alguns dos manuscritos ornamentados à mão.

Ela virou mais algumas páginas. As beiradas com flores entrelaçadas semelhantes às folhas de acanto indicavam que fora feito no norte da França por volta de 1475 ou posteriormente. Não havia pinturas em miniatura; não fora criado para um príncipe ou rei. Não estava em boas condições, mas era um manuscrito autêntico do fim da Idade Média. Sim, ele era autêntico. Se pudesse ser adquirido por um preço razoável, o Cluny poderia se interessar. Até uma folha ou um fragmento de um manuscrito medieval eram valiosos.

Alex virou mais algumas páginas. A parte do meio estava grudada. Ela puxou o canto de duas folhas, bem devagar, cuidadosamente. Não queria destruir ou danificar nada. Parou, pensando se deveria continuar. Depois percebeu algo, a ponta de um papel que se destacava no meio de duas páginas. Primeiro pensou que fosse uma folha que havia se desprendido da encadernação, mas ela parecia ser feita de um tipo de papel completamente diferente, um pergaminho, pensou Alex. As páginas estavam coladas de tal maneira que a parte de cima e a de baixo ficaram seladas. A lateral tinha uma pequena abertura, criando o que parecia ser a aba de um envelope. Cautelosamente, Alex separou um pouco mais, num dos lados, as duas páginas coladas e puxou a folha estranha. Eram, na verdade, dois papéis colados. Eles estavam dobrados em quatro. Com muito cuidado, separou-os não sem alguma dificuldade. Alex desdobrou o primeiro. Durante um longo instante, tudo o que pôde fazer foi fitá-lo.

Ela tornou a ouvir o som de pancadas. Sabia que vinham dos homens trabalhando no andar de cima, no entanto sentiu como se fosse seu coração, batendo com o mesmo ritmo e força. Alex colocou a mão no peito e respirou profundamente.

Era um esboço feito com bico-de-pena; na verdade, vários pequenos esboços. Os detalhes eram surpreendentes, assombrosos para um desenho tão pequeno. Porém, mais espantoso do que os detalhes intricados era o tema. Quando rearranjou os esboços em sua mente, juntou as partes, percebeu que os pequenos desenhos eram pedaços da tapeçaria A *mon Seul Désir*, da série *A Dama e o Unicórnio*.

A tenda estava desenhada em um canto. Uma variação em um outro canto. A donzela, colocando as jóias no cofre, aparecia no centro do desenho. Um esboço do rosto dela, com um ornato diferente para a cabeça, aparecia à esquerda, um outro esboço à direita. Havia vários esboços do unicórnio, em várias poses, ao longo da borda da página.

Alex desdobrou o segundo desenho. Este também apresentava detalhes. Parecia ser uma parte do esboço, complementar à primeira. No entanto, dava a impressão de ser mais completo, uma obra inteira, embora houvesse, de novo, vários pequenos esboços: a cabeça do unicórnio em várias posições, o rosto da donzela com diferentes ornamentos de cabeça espalhados ao longo das bordas. O desenho representava uma jovem esbelta usando um turbante, como as donzelas em *L'Ouïe* e *La Vue*. Alex ficou chocada ao reconhecer de imediato como essa jovem se parecia com as donzelas em *Le Pégase*, porque, diferentemente daquelas em vestidos ornamentados nas tapeçarias do conjunto que estava no Cluny, a donzela do desenho estava nua.

Como em *La Vue*, o unicórnio se sentava com as patas dianteiras no regaço da donzela, o braço envolvendo amorosamente o elegante animal. O leão não estava representado, nem a criada. Um jovem, vestido com armadura de cavaleiro, estava à esquerda da mulher e do unicórnio. Ele segurava uma lança, dirigida para o unicórnio, aninhado no regaço da donzela. Ao contrário do conjunto de tapeçarias do Cluny, em que os animais pareciam flutuar sobre o jardim de uma ilha, nesse desenho os animais pareciam estar num cenário mais natural.

Qual era o significado desses desenhos?, perguntou-se Alex. Ela percorreu a gravura com os dedos, mal tocando o papel. Ele parecia velho, um pergaminho antigo, gasto e fino nas bordas. Será que esses desenhos haviam ficado escondidos durante séculos nesse livro de orações? O pensamento parecia ridículo. Eles foram, provavelmente, colocados ali por alguma jovem freira com dons artísticos, uma jovem que vira o conjunto de tapeçarias *A Dama e o Unicórnio* no museu em alguma ocasião. Mas por que os esboços ao longo das bordas? Por que as mudanças e as variações nos desenhos de *A mon Seul Désir*? Por que alguém faria um esboço usando o desenho de uma antiga tapeçaria, como se pensasse em fazer mudanças? Será que os desenhos haviam sido feitos antes que a tapeçaria fosse tecida? Assemelhavam-se a um estudo, a esboços preliminares para a série. Isso seria possível? E o que significava o segundo desenho? Seria um esboço preliminar para mais uma tapeçaria? Um desenho que nunca fora executado como tapeçaria? Ou uma tapeçaria perdida ou destruída? Uma tapeçaria que ainda seria descoberta?

Esses pensamentos provocaram uma excitação que percorreu todo o corpo de Alex.

Ela pegou a lista-inventário e verificou-a mais uma vez. Não havia nada na descrição do livro de orações que indicasse a presença de dois desenhos medievais, se é que eles eram realmente isso. Será que as freiras sabiam que eles estavam no livro?

Alex examinou outra vez o primeiro desenho. Eram muitos os detalhes em um desenho tão pequeno. Enquanto estudava a tenda, percebeu que havia um nome, uma assinatura quase escondida na parte superior da tenda, no mesmo lugar da tapeçaria original onde se lia *A mon Seul Désir*. O nome era Adèle.

A sala estava silenciosa agora; as pancadas no andar de cima haviam cessado. Depois, fracamente, Alex ouviu alguma coisa. Ela olhou para irmã Anne. Ela estava adormecida e um pequeno ronco, fraco, delicado, em *staccato*, vinha da pequena freira.

Alex voltou-se para os desenhos. Será que alguém mais os vira? As páginas estavam coladas. Teria sido muito difícil, embora não impossível, retirá-los sem separar as páginas.

Alex pegou a pasta. Abriu-a com cuidado. Tirou de lá uma folha de papel em branco e um lápis. Ela precisava ter uma cópia dos desenhos.

A mão tremia tanto que não conseguiu copiá-los. Fez uma pausa e respirou profundamente. Segurou o lápis com a mão direita e firmou-o com a esquerda. Começou a desenhar, tentando duplicar o que via. A mão agora estava firme, determinada. Alex começou no meio da folha em branco. Levou apenas alguns minutos para perceber o que sabia fazia anos: por mais que amasse a arte, o processo criativo, ela mesma não era uma artista. Não era capaz de copiar os desenhos precisamente, com nenhuma exatidão ou autenticidade. Sentou-se, tentando decidir o que fazer. Deveria perguntar a irmã Etienne se poderia levar o livro? Dizer-lhe que o museu estava definitivamente interessado? Ela não precisaria contar a ninguém o que havia descoberto dentro do livro. Mas era improvável que a boa irmã a deixasse levá-lo. Ele ficara trancado na prateleira. Alguém, obviamente, conhecia seu valor, embora parecesse que ninguém o havia examinado mais atentamente. Os desenhos ainda estavam selados dentro das páginas coladas. Talvez eles devessem ser deixados na condição em que foram encontrados.

Ela sabia que mais alguém tinha estado na biblioteca. Será que não tivera tempo, nem olhara para o livro? Será que não tinha percebido os desenhos escondidos no meio do livro? Milhares de questões giravam em sua mente.

Alex ouviu um arrastar de pés fora da sala e sentiu que alguém se aproximava da biblioteca. Cuidadosamente, enfiou os desenhos debaixo da pasta. Ela ergueu os olhos quando irmã Etienne entrou no aposento.

— Você vai precisar de mais tempo? — perguntou a freira.

— *Oui, s'il vous plaît* — respondeu Alex.

— Temos outras pessoas agendadas para virem dar uma olhada hoje — disse irmã Etienne. — É justo deixar que cada pessoa interessada tenha alguns momentos em particular para examinar a obra.

— *Oui* — respondeu Alex. Num momento pensou em pedir à freira para levar o livro. Mas depois perguntou: — Talvez eu possa voltar amanhã?

— Amanhã é domingo — respondeu irmã Etienne. — Nosso padre chega cedo, por volta das seis horas... mas depois, durante o dia, creio que podemos combinar isso. — A freira sorriu, depois se voltou e foi até irmã Anne, que dormia na cadeira no canto da sala. Ela ajoelhou-se no chão de pedra diante da pequena freira e tocou-a gentilmente no joelho. — Irmã Anne — sussurrou.

Cuidadosa e silenciosamente, Alex abriu a pasta e deslizou os desenhos para dentro dela.

9

DEPOIS DE COMBINAR retornar ao convento na manhã seguinte, Alex caminhou até o carro para ir embora. Notou um outro veículo estacionado, que não estava lá quando chegara. Placa de Paris. Parecia um carro de aluguel. Uma outra pessoa estava no convento agora, examinando o tesouro das freiras. Será que iria até a biblioteca? Examinaria o livro de orações? Seria capaz de dizer que algo havia sido removido? Não, claro que não. Ela estava ficando paranóica.

Alex havia dirigido apenas uma curta distância — não podia mais ver o convento no retrovisor — quando subitamente sentiu uma onda de náusea apoderar-se dela. Parou o carro, abriu a porta, abraçou as pernas e colocou a cabeça entre os joelhos, respirando profundamente. O que tinha feito? Tremia, as têmporas latejavam. Depois de alguns minutos levantou-se e começou a andar.

O odor de lavanda penetrou nas narinas, enquanto subia a colina movimentando-se rápido e respirando o ar profundamente. Depois de um tempo, Alex parou e olhou para baixo, em direção às colinas verdes. Havia vinhedos plantados em curvas na superfície do terreno, em fileiras alinhadas de maneira regular. Continuou a andar, o ar fresco fez-lhe bem. Ela teve a sensação de que poderia desanuviar a cabeça.

O livro, os desenhos. Qual era o significado? Teria descoberto algo significativo? E o que havia feito? Não tivera a intenção de roubar os desenhos. Só queria obter uma cópia. Ela os devolveria no dia seguinte. Nunca ninguém saberia que haviam sido removidos. A próxima pessoa que examinasse o livro provavelmente os encontraria. Mas Alex precisava estudá-los antes que qualquer outra pessoa tentasse determinar o significado deles. Ela parou e sentou-se sobre uma grande pedra. Ao longe, cruzando o vale, pequenos pontos mostravam o gado cor de baunilha que pastava no declive das colinas. Uma casa de fazenda com telhado vermelho equilibrava-se na colina íngreme. Sim, ela iria obter uma cópia. Mas como? Primeiro pensou em uma foto. Não, não trouxera uma câmera. Talvez pudesse emprestar uma dos Pellier, ou comprar uma. Eram 18h30 agora. Onde poderia adquirir uma câmera tão tarde num sábado? Em especial uma que pudesse registrar os detalhes intricados dos pequenos desenhos. Ela teria de usar um *flash* ou uma luz forte, mas não queria expor os desenhos a mais luz do que fosse necessário. Não tinha a intenção de colocá-los em risco. Não tinha também os próprios meios de revelar o filme. Teria de confiá-lo a um estranho.

Será que poderia colocar os desenhos em uma copiadora? Onde? Em uma biblioteca? Na copiadora da cidade? Não, não podia fazer isso, arriscar que alguém os visse. E não podia submetê-los, nem por um instante, àquelas luzes, horríveis, brilhantes e ofuscantes de uma copiadora do século XXI.

Então veio-lhe à mente o pensamento original, uma cópia de artista. A cópia deveria ser feita por um artista talentoso, alguém que pudesse reproduzi-los com exatidão, alguém em quem confiasse completamente. Uma visão surgiu à sua frente, Paul Westerman e Jake Bowman, quando estudantes. Eles iam aos museus, levando os equipamentos, e copiavam os mestres. Alex ficava impressionada, sobretudo com a habilidade de Paul de copiar qualquer coisa. E o que ele fazia agora? Estava trabalhando para uma firma que investigava fraude em arte. Alex sorriu quando lembrou. Quando eram estudantes, costumava provocar Paul falando sobre os milhões que ele poderia ganhar fazendo falsificações.

Paul estava em Londres, mas Jake, Jake estava em Paris. Ele poderia encontrá-la em Lyon em menos de cinco horas, se tivesse um carro. Duas horas, se ele pegasse o trem de alta velocidade. Sim, Jake podia ajudá-la.

Alex voltou até o carro sentindo-se energizada. Obteria uma cópia sem causar dano algum. Sentia-se obrigada a proteger os desenhos. Era o mesmo sentimento que tinha em relação às tapeçarias do museu. Não que as quisesse para si mesma. Não era isso. Mas Alex se sentia protetora, como uma mãe poderia se sentir. Com Soleil, sobretudo quando ela começou a demonstrar independência e personalidade própria ao caminhar sozinha nos primeiros passos incertos, Alex se deu conta de que aquela criança não lhe pertencia, não era sua propriedade. Percebeu que o ser humano não pode ser tratado como posse. Ela sabia que a menina havia sido confiada aos cuidados dela. Que era o dever de mãe protegê-la dos perigos, nutri-la, guiá-la. E, de uma estranha maneira, sabia que tinha esse sentimento pelas tapeçarias, e agora por esses desenhos. Eles eram como uma criança, um presente para ela, colocados aos seus cuidados.

Ela não havia sido a única que os descobrira? O destino não os colocara nas mãos dela? Voltou para a estrada. Um pássaro voou por cima de sua cabeça. Ele pousou em uma árvore próxima e encheu o ar com uma melodia suave. Sim, Alex se sentia muito melhor agora.

Assim que chegou à estrada, divisou um veículo verde-escuro vindo em sua direção. Era dr. Martinson dirigindo-se para o convento. Uma situação terrivelmente desconfortável para ambos. Ele não podia fingir que não a vira. Iria passar direto? Ou talvez em alta velocidade?

Ele diminuiu a marcha. O vidro estava abaixado.

— Madame Pellier, algum problema com o carro? — perguntou com um sorriso contraído.

— Não. — Alex também forçou um sorriso. — Apenas necessitava de um pouco de ar fresco e, novamente sentiu-se enjoada.

— Não está se sentindo bem?

— Não, estou bem. Realmente. Estou bem.

— Você esteve de novo no convento?

Alex hesitou.

— E o senhor, dr. Martinson, também está perdendo um tempo valioso para retornar aqui?

Ele deu de ombros e fitou-a por um instante. O que poderia dizer, perguntou-se Alex, quando havia se exibido na mostra afirmando que fora uma perda de tempo a excursão até Sainte Blandine?

— Receio ter esquecido minha pasta em minha última visita.

— Oh! — disse ela — espero que a encontre.

— Sim, claro, tenha um bom dia.

— Sim, o senhor também, dr. Martinson.

Muito bem, pensou Alex enquanto voltava para o carro. Por que dr. Martinson tinha realmente voltado? Será que havia visto os desenhos ou encontrado alguma outra coisa? Talvez soubesse de algo que ela desconhecia, ou talvez, como Alex, quisesse perseguir uma vaga possibilidade, sobretudo se mais alguém também estivesse atrás dela.

•

No sábado de manhã, bem cedo, Jake saiu para correr. Algumas vezes costumava relaxar com uma corrida vigorosa e, em outras ocasiões, era essa uma boa hora para pensar sobre as decisões erradas que havia tomado na vida. A vinda a Paris teria sido uma dessas decisões erradas?

A pintura não estava indo bem. Tinha passado a maior parte da primeira semana visitando museus, embora pudesse justificar que esse era um dos motivos que o haviam trazido a Paris. Depois, saiu com Alex na quinta-feira à noite — o que isto significava? Ela pareceu feliz em vê-lo, eles se divertiram, mas no jantar ela só conseguiu falar sobre Sainte Blandine. Jake lembrou de quão absorta Alex podia ficar quando estava em meio a um projeto, embora só tivesse uma vaga idéia do que estava procurando no convento. Ela lhe disse que experimentava um sentimento, mais do que qualquer outra coisa, o que deixou Jake surpreso. Pelo que lembrava, tudo o que Alex fazia baseava-se em razão e lógica.

Ela mostrou apenas um mínimo de interesse pelo que ele estava fazendo ali em Paris. Será que Alex pensou que tinha sido conveniente ele aparecer para escoltá-la na exposição?

Quando virou a esquina na Rue des Ecoles e dirigiu-se para o hotel, lembrou-se de Rebecca e de como ela ficara infeliz com sua decisão de viajar para Paris.

Ele só falou com ela uma vez desde que chegara. Por que sentia essa necessidade de espaço, de dar um tempo? Talvez devesse ter terminado a relação antes de viajar. Mas não sentiu que estava pronto para isso. Talvez necessitasse apenas de um pouco mais de tempo. Tempo para quê? Ali estava ele, com trinta e cinco anos... Quando chegou ao hotel, pegou o telefone e ligou. Ela ainda estava na cama. Havia trabalhado até tarde na noite anterior.

— Gostaria que você estivesse aqui — disse ela, sonolenta. — Aqui na cama comigo.

Era confortador ouvir a voz dela.

— Eu gostaria disso.

— Sinto sua falta, Jake.

— Também sinto falta de você, Rebecca. — Agora, ao ouvir a voz dela, ele realmente sentia sua falta. Desejava que estivesse ali com ele. E por um instante, honestamente, desejou estar de volta em Montana.

Ele lhe contou sobre a pintura em que estava trabalhando, mas não lhe disse quão pouco tempo gastava com ela e como se sentia infeliz com os resultados. Ela lhe contou o que acontecia no hospital. Disse-lhe que almoçara com a mãe dele, que recebera o postal que enviara de Londres. Falaram sobre sua viagem para Paris em agosto.

— Mal posso esperar — disse Rebecca.

— Terei algum trabalho para lhe mostrar, quando vier.

Ele se sentiu muito melhor depois que conversaram e saiu para jantar.

Quando voltou ao quarto, o telefone estava tocando. Ele o atendeu.

— Preciso de você, Jake. — Era Alex. — Preciso desesperadamente de você.

10

ELE PEGARA O PRÓXIMO trem para Lyon. Alex o encontraria na estação.

Podia perceber pela voz que ela estava excitada. Alex era completamente controlada, quase nunca ficava agitada, mas quando recebeu o telefonema, Jake percebeu que ela havia descoberto algo realmente muito importante.

Alex contou a Jake que havia encontrado dois desenhos escondidos em um livro de orações da Idade Média e que acreditava terem ligação com o conjunto de tapeçarias do Cluny, *La Dame à la Licorne*. Ela tinha urgência de reproduzi-los tão rápido quanto possível. O museu o reembolsaria pela viagem até Lyon e pelos materiais necessários, e pagaria os honorários pelos desenhos. Mas precisava dele imediatamente.

Jake jogou na maleta o *kit* para barbear, uma camisa a mais, uma muda de roupa de baixo, meias e o bloco de papel para desenhos. Não tinha idéia de quanto tempo permaneceria fora. Alex não dissera onde ficaria, ou mesmo se dormiria em Lyon. Talvez só pegasse o trem, passasse a noite desenhando e, então, Alex o levaria até a estação, mandando-o de volta a Paris.

Ele poderia ter dito não a ela. Dizer-lhe que estava envolvido com uma pintura, que não podia viajar agora.

Bico-de-pena? Não poderia desenhar a lápis? Por que era necessário copiar os desenhos com bico-de-pena? E sobre pergaminho? Algumas vezes o senso de perfeição de Alex beirava o ridículo. Mesmo se reproduzisse os desenhos, não seriam cópias exatas. Por que simplesmente não os xerocava? Ele olhou o relógio: 20h45.

Correu até a cooperativa, que achou que ficava aberta até as 21 horas. A meio quarteirão de distância, viu que as luzes estavam apagadas. Droga! Quando se aproximou, a bela asiática fechava a porta da frente. Ela se virou.

— Você não foi ao estúdio na sexta-feira à noite.

— Não— ele respondeu, embaraçado. — Você ainda está trabalhando?

Ela mostrou a chave.

— Parece que estou?

— Será que por acaso... bem, ocorreu uma emergência... preciso de tinta, um par de canetas, um pouco de papel.

— Uma emergência artística? — perguntou, olhando para ele com a cabeça inclinada, a boca mostrando um sorriso brincalhão. — Isso soa assustadoramente sério.

— Pediram-me para ir depressa a Lyon esta noite, para fazer alguns desenhos. — Ele sabia que isso soava ridículo.

— Hoje à noite? Presumo que você não possa esperar até amanhã...

— É para um museu aqui de Paris, o Cluny.

— Isso é sério. Suponho que estejam lhe pagando...

Ele fez que sim.

Ela se voltou e abriu a porta.

Lá dentro, ajudou-o a encontrar os artigos de que necessitava. Quando ele enfiou a mão no bolso, viu que não tinha dinheiro algum.

— Você aceita cartão de crédito? — perguntou.

— Já desliguei tudo por esta noite. Você fica me devendo.

— Obrigado — disse ele. —Agradeço o que está fazendo.

— Meu nome é Julianna — disse ela. — Julianna Kimura. — Estendeu a mão.

— Jake Bowman. — A mão dela era muito pequena, como a de Rebecca.

— Eu sei — disse ela. — Ajudei-o a associar-se à cooperativa.

— Ah, claro, e obrigado por ter me atendido.

Quando voltaram à rua, ela perguntou:

— Você tem tempo para um drinque?

— Quem sabe em outra oportunidade.

— Ah, sim. — Ela riu. — A emergência artística em Lyon. Boa sorte.

— Mais uma vez obrigado.

Ele chegou à estação muito tarde para pegar o trem das 21 horas e precisou esperar até as 22 horas.

Imaginou que Alex estaria esperando por ele mais cedo.

Jake subiu no trem e, quando saiu da estação, olhou para a escuridão do lado de fora da janela. *Sempre a postos quando ela chamar* — as palavras surgiram em sua mente. Alex ainda tinha poder sobre ele.

Quando o trem parou em Lyon, logo depois da meia-noite, Alex estava esperando. Ele sorriu e foi até ela.

— Oh, Jake, muitíssimo obrigada por ter vindo.

Ela deu-lhe um abraço, e o cabelo roçou o rosto dele. Podia sentir o perfume, não aquele que usara quando a encontrou no Cluny ou na noite da mostra, mas algo mais simples e puro que o levou de volta à primeira vez em que a beijou.

— Estamos indo para a casa de meus sogros — explicou enquanto caminhavam até o carro dela. — Pensei que poderíamos fazer os desenhos ali e, pela manhã, iríamos até Sainte Blandine. Tenho um encontro marcado às 10 horas.

Então ela não o mandaria voltar de trem. Queria que a acompanhasse ao convento. Ela não havia dito nada sobre os sogros no telefone e Jake não se sentia particularmente confortável de se encontrar com eles no meio da noite.

Enquanto dirigia, Alex explicou com mais detalhes o que havia encontrado e o que pensava que pudesse significar.

— É como se os desenhos fossem esboços preliminares, feitos antes que as tapeçarias tivessem sido tecidas. Mas o segundo desenho não faz parte do conjunto de seis tapeçarias que há no Cluny.

— Será possível que haja uma sétima tapeçaria? — perguntou Jake.

— Quando o conjunto foi encontrado no Château Boussac, no século XIX, os desenhos foram dados como uma parte do inventário. Havia apenas seis desenhos que correspondiam às seis tapeçarias que estão expostas agora no Cluny. Mas, de modo estranho, quando George Sand as descreveu em um artigo, referiu-se a oito tapeçarias. As descrições não eram muito claras, como se ela estivesse combinando elementos das seis tapeçarias conhecidas para descrever as outras. Concorda-se, em geral, que ela fez alguma confusão, talvez tivesse escrito o artigo algum tempo depois de ter estado em Boussac, e a lembrança não fosse muito precisa. Um conjunto de desenhos feitos pelo filho, Maurice, foi publicado com o artigo. Dois dos desenhos foram invertidos, produzidos como se fossem imagens refletidas em um espelho, e ninguém, nem mesmo George Sand, deu a impressão de se dar conta disso, o que levou as pessoas a acreditarem que ela não tinha mais uma lembrança clara.

— Mas as tapeçarias não foram originalmente penduradas no castelo de Boussac — disse Jake. — Lembro que, quando você guiava as pessoas no museu, disse que foram criadas no final de 1400, mas apareceram em Boussac por volta de 1600.

— Você ficou escutando, Jake?

— Sim, fiquei. — Na verdade, ele tinha ficado tão surpreso de ver Alex no museu naquele dia que perdeu detalhes do que ela dizia, mas lembrava que as tapeçarias surgiram em Boussac cerca de duzentos anos depois. — Poderia uma tapeçaria ter sido perdida ou destruída no intervalo entre a criação e o aparecimento em Boussac?

— É possível — disse Alex. — De fato, sempre gostei da idéia da existência de outras tapeçarias. Talvez até mesmo tapeçarias que ficaram, de alguma forma, separadas das outras, e ainda possam ter resistido ao tempo.

— Esperando para serem descobertas?

Alex sorriu como se estivessem compartilhando uma grande aventura. Jake estava contente por ter ido.

Quando chegaram à casa dos Pellier, Alex abriu a porta e eles percorreram silenciosamente a sala de estar pouco iluminada. Mesmo com a pouca luz que vinha do corredor, Jake pôde ver que a sala estava mobiliada de maneira requintada. Atravessaram o corredor e entraram em um aposento revestido com prateleiras de livros com capa dura e de couro. Uma grande mesa de mogno situava-se no centro da sala. A casa estava silenciosa, todos dormiam. Talvez Jake não precisasse encontrar os que ali moravam.

Alex fechou a porta, depois se sentou e fez sinal para que Jake fizesse o mesmo. Ela acendeu um pequeno abajur que havia em cima da mesa. Abriu a pasta e, cuidadosamente, retirou os desenhos. Desdobrou o primeiro e colocou-o em cima da mesa na frente de Jake. Quando ele o examinou, reconheceu que o pergaminho continha os elementos de *A mon Seul Désir*. Havia vários esboços ao longo da margem, nos cantos. Jake percebeu o que Alex queria dizer — eles mais pareciam esboços preliminares, muito concisos diria, embora contivessem mais detalhes do que colocaria em um esboço preliminar.

No entanto, a idéia de que isso havia sido criado por um artista, testando as idéias e a composição antes de completar um desenho final, parecia plausível. Examinou os detalhes, perguntando-se como conseguiria completar os dois desenhos até de manhã, principalmente se o segundo também tivesse tantos detalhes. E com bico-de-pena! Se errasse um traço, teria de começar tudo de novo. Deveria sugerir um desenho a lápis?

— Fiquei estudando os desenhos desde que lhe telefonei — disse Alex. — Há tantos detalhes intrigantes, alguns idênticos aos das tapeçarias do Cluny, outros diferentes. Olhe para a inscrição na tenda.

Jake não conseguia lembrar exatamente a inscrição na tapeçaria. Ele achava que na parte superior da tenda estava escrito *A mon Seul Désir*, Para meu Único Desejo. Neste desenho havia uma assinatura, o nome Adèle, seguido pelo que parecia ser uma inicial, estilizada como se fosse um desenho. Os dois estavam entrelaçados por uma gavinha graciosa.

Alex ficou em pé e tirou um grande livro da estante. Abriu-o e colocou-o sobre a mesa diante de Jake. Inclinou-se sobre Jake e este sentiu de novo seu perfume. Alex começou a virar as páginas. Era um livro de arte com reproduções coloridas das tapeçarias *A Dama e o Unicórnio*. Alex parou quando chegou na sexta tapeçaria, *A mon Seul Désir*.

— Sempre fiquei curiosa, querendo saber se não haveria outro significado para isso — disse Alex apontando para a inscrição em cima da tenda. — O título sempre foi interpretado como Para meu Único Desejo. Mas nunca houve uma explicação para a letra que se segue a essa inscrição. — Alex apontou para a letra do lado direito da tenda. Parecia um V ou possivelmente um U, talvez até um I. Estava parcialmente coberta por uma corda que saía do topo da tenda e se amarrava a uma árvore do lado direito. Ele não tinha notado essa letra final na beirada da tenda, quando viu a tapeçaria no museu. Havia tantos detalhes em cada peça que era impossível perceber tudo, mesmo depois de olhá-las várias vezes.

— Olhe — disse Alex, a voz subindo de tom — para a maneira como o A está desenhado no nome Adèle. — Ela indicou o desenho. — Olhe para a inicial na tapeçaria e no desenho.

O A na tapeçaria e o A de Adèle no desenho estavam traçados de maneira similar. Jake examinou a letra sobre a tapeçaria, no livro de arte, e aquela entrelaçada com o nome no desenho. A última letra cifrada era semelhante em ambos.

— O que você acha que significa? — perguntou, virando-se para olhar Alex.

— Era comum na tapeçaria medieval, e na arte, entrelaçar as iniciais de amantes. Acho que o A e a outra inicial na tapeçaria original são representações de dois amantes medievais.

—Adèle e alguém cujo nome começa com um V ou U, ou o que quer que seja.

— Sim.

— Quem?

— Não sei. Parece que a teoria de que as tapeçarias foram desenhadas para Jean Le Viste está correta. Essa teoria se ajusta com os símbolos heráldicos, o período em que foram feitas e o fato de terem ido parar em Boussac.

— Adèle era uma das filhas dele?

— Não há Adèle no registro da história da família.

— Será que o V não seria uma representação do nome de família, *Viste*? Talvez Adèle fosse o nome de uma donzela, a amada de um dos rapazes Le Viste.

— Jean Le Viste não teve filhos, só filhas: Claude, Jeanne e Geneviève.

— Nem rapazes, nem Adèle?

— Nem rapazes. Nem Adèle.

— Um pouco de mistério?

— Sim, definitivamente. Um mistério romântico, talvez. Sempre gostei da idéia de um romance medieval, sempre acreditei que as tapeçarias foram criadas para celebrar um romance. — Alex parou por alguns instantes, depois pegou o livro e colocou-o de lado, retirou o segundo desenho da pasta e desdobrou-o sobre a mesa na frente de Jake.

Esse desenho parecia ser uma composição mais completa que o primeiro, embora houvesse algumas figuras ao longo da borda. Alex apontou para um esboço do unicórnio no canto do desenho, quase escondido entre as linhas intricadas, que retratavam no rabo do animal o nome Adéle de novo.

— Qual seria o significado disso aqui? — perguntou Alex.

Jake examinou o nome cuidadosamente, a maneira como estava cifrado.

— Parece ser a assinatura de um artista.

— Exatamente — afirmou Alex.

— Você acredita que essa Adèle, a dama cujo nome aparece na tenda do outro desenho, foi a artista que desenhou as tapeçarias?

— Talvez — respondeu Alex de maneira pensativa. — Embora ela possa ser uma simples freira dos dias atuais, ou uma religiosa que tenha vivido em alguma época dos cinco séculos passados e que gostava de imitar desenhos de tapeçaria medieval. Alguma freira que está se divertindo muito lá no céu, ao ver toda a confusão que está causando.

— Este é um pensamento intrigante — disse Jake. — Quer dizer que o artista pode ter sido uma mulher.

— É um pensamento que passou pela minha mente uma ou duas vezes. Há tantos elementos nos desenhos que sugerem que as tapeçarias dizem algo sobre o papel da mulher na Idade Média. Olhe para o cenário, um jardim em uma ilha. A mulher medieval aristocrática vivia basicamente isolada, uma prisioneira em um castelo. Se quisesse dar um pequeno passeio, podia caminhar ao ar livre pelo jardim. — Alex apontou para a donzela na reprodução do livro de arte. — As mulheres nas tapeçarias simbolizam a mulher idealizada da Idade Média: longos cabelos loiros, delicada, esbelta, uma figura quase infantil. Cada uma aparece ornamentada com enfeites vistosos, vestidos e jóias, penteados. A mulher medieval era um prêmio a ser conquistado, ou um fantoche para ser usado pelo homem a fim de ascender política e financeiramente.

Alex virou a página do livro de arte. Ela pôs o desenho de lado e tornou a colocar o livro na frente de Jake. Estava aberto na reprodução da tapeçaria *Le Toucher*, a que estava exposta no Grand Palais.

— Isso parece dizer algo sobre poder? — Alex curvou-se, apontando para os pequenos animais com coleira e acorrentados, um detalhe que Jake não havia percebido na tapeçaria.

Alex indicou a donzela, que segurava um estandarte preso a uma lança na mão direita, enquanto com a outra tocava o chifre do unicórnio.

— Uma mulher durante esse período tinha muito pouco poder sobre o próprio destino.

De novo Jake percebeu o que considerou um elemento erótico na tapeçaria. A mulher não só tocava o chifre; ela estava afagando-o, acariciando-o.

— Esta é a única tapeçaria — observou Alex — em que a mulher, no lugar do leão ou do unicórnio, segura a lança e o estandarte com os brasões da família. Será que está tentando dizer algo sobre poder ou controle?

— Percebo o que quer dizer — confirmou Jake.

Alex se deteve novamente em *A mon Seul Désir*.

— As interpretações anteriores dessa tapeçaria afirmam que a mulher está escolhendo as jóias no cofre. Mas observe o ritmo, o movimento; obviamente está tirando as jóias do corpo, removendo o que a enfeita, renunciando a elas.

De novo, Jake teve de concordar com a observação de Alex.

— E o cabelo dela — disse Alex. A mulher tinha os cabelos curtos, desalinhados, que mal lhe tocavam os ombros. — Nenhuma mulher respeitável daquela época cortaria os cabelos... a menos...

— A menos que estivesse indo para um convento? — perguntou Jake, olhando para Alex.

— Parece que a mulher está renunciando aos adornos — disse Alex —, libertando-se, talvez, de alguma maneira.

Jake se perguntou se essa era a maneira pela qual uma mulher na Idade Média encontrava a liberdade. Em um convento? Ele fechou o livro, colocou de novo o segundo desenho na sua frente.

— E este? — perguntou, observando o cenário natural do jardim.

— Não há ilha? E nenhum ornamento. Nenhum vestido ilusório. A mulher está nua. Libertando-se mais uma vez?

— Não tenho certeza — respondeu Alex. — Estamos apenas supondo que este desenho combina com os outros. — Ela fez uma pausa. — O desenho tem muitos elementos intrigantes da arte medieval, o jardim, a mulher idealizada, o cavaleiro, o unicórnio. Preciso estudar, pesquisar. É por isso que necessito deles copiados.

Alex respirou fundo.

— Oh, Jake, acha que pode me ajudar? Você consegue terminar os dois desenhos a tempo de devolver os originais ao convento amanhã de manhã às 10 horas?

— Não se ficarmos sentados conversando a noite inteira. — Ele olhou-a e sorriu.

— Não, claro que não — disse Alex, mas ela não estava sorrindo. Tinha a aparência séria e determinada que Jake havia visto antes com muita freqüência.

— É melhor eu começar — disse ele. — Se quer que estejam prontos até de manhã.

— Sim. Muito obrigada por ter vindo.

Ele abriu a maleta e tirou a tinta, a pena e o papel.

— Posso lhe oferecer algo, Jake? Café? Biscoitos? Marie faz uns biscoitos deliciosos. Ela sempre enche uma lata com eles quando sabe que Sunny está vindo.

— Sua filha está aqui?

— Quase sempre a trago comigo quando venho a Lyon. Os avós a vêem raramente.

—Ah, sim — disse Jake, como se compreendesse a situação. — Não, não quero nada, é melhor eu começar logo. Sem distrações.

— Você prefere que o deixe sozinho?

— Provavelmente trabalharei melhor sem distrações.

— Avise-me se precisar de algo. — Alex caminhou até a estante, retirou vários livros, folheou um par deles, devolveu-os ao lugar, selecionou mais alguns. — Desculpe-me — murmurou. — Quero aproveitar o tempo enquanto espero. Desejaria poder ajudá-lo, Jake. Estou contente que tenha vindo.

— Fico contente por ser útil.

— Vou ficar na sala de estar — disse, quando saiu, com os braços cheios de livros.

Jake se acomodou, pronto para começar a desenhar. Iniciaria pelo primeiro desenho, pelo menos aquele que ele e Alex haviam determinado como o primeiro — o que continha os elementos de *A mon Seul Désir*. Resolveu fazer um esboço básico a lápis, depois completá-lo em detalhe com o bico-de-pena. Assim levaria mais tempo, mas se fizesse direto com a tinta e errasse, teria de começar tudo de novo. Ele tinha de trabalhar com uma espécie de grade para conseguir que a reprodução ficasse a mais exata possível, para se assegurar de que cada ângulo, cada linha e curva ficasse o mais próximo possível do original. Pegou o lápis e dividiu o papel em quartos perfeitos, com linhas finas e leves, aproveitando as dobras nos desenhos.

Enquanto trabalhava, veio-lhe um pensamento. Será que Alex estava lhe pedindo para fazer os desenhos, sendo tão minuciosa sobre o bico-de-pena e o papel, porque tinha a intenção de devolver as cópias ao livro de orações e ficar com os originais? Não, isso não fazia sentido. Alex era determinada, gostava de conseguir as coisas à sua maneira, mas ele nunca soube que fosse desonesta.

Jake terminou o esboço a lápis, depois passou a traçar cuidadosamente as linhas com tinta, começando pelo canto esquerdo superior. Depois de algum tempo, mudou a ponta do bico-de-pena para realizar um detalhe intricado. Enquanto trabalhava no ornato de cabeça da donzela, com traços finos e delicados, os pensamentos giravam em sua cabeça. O que significavam os desenhos? Como chegaram a ser escondidos no livro de orações? E quem mais, além do criador, os tinha visto? Alex parecia acreditar que ninguém mais vira os desenhos. Se isso fosse verdade, ninguém ficaria sabendo caso ela decidisse mantê-los consigo.

Alex voltou.

— Há algo que possa fazer por você?

Jake olhou para o relógio e ficou surpreso: já eram quase quatro e meia. Nunca conseguiria terminá-los para levá-los ao convento às 10 horas. Alex havia lhe dito que era preciso pelo menos meia hora para chegar ao local.

— É melhor me concentrar neles, se for para terminá-los a tempo de sair para o convento.

— Está ficando muito bom — disse Alex. — Ela não parecia alarmada com o fato de ele ter acabado só metade do primeiro desenho.

Recolocou alguns livros na estante e passou alguns minutos selecionando outros.

— Tudo isso é muito excitante, não é?

— Muito excitante.

Jake terminou o primeiro desenho às 5h45. Colocou-o de lado para secar. Depois fez uma pequena pausa antes de reiniciar. Decidiu que iria dispensar o desenho a lápis. Era a única maneira de terminar no horário. Jake molhou a ponta da pena no tinteiro e voltou a trabalhar.

Com muito cuidado, começou de novo no canto esquerdo superior. Parecia desenhar mais facilmente, como se o primeiro desenho tivesse sido apenas uma preparação. A pena, agora, movia-se com um ritmo natural enquanto duplicava o desenho no papel. Completou os detalhes intricados como se uma mão confiante o guiasse.

Enquanto trabalhava, notou como o desenho e cada pequena parte dele se pareciam com *Le Pégase*, a tapeçaria exposta no Grand Palais em Paris. O cavaleiro com a lança, apontada para o unicórnio aninhado no regaço da donzela, exibia uma semelhança muito grande com o cavaleiro montado no cavalo alado, o Pégaso. O cenário nesse desenho não era o jardim na ilha, como nas seis tapeçarias do Cluny, mas um jardim mais natural. Jake também notou o quanto se parecia com o cenário da tapeçaria que Alex lhe mostrara na exposição. Será que ela também vira essa semelhança?

Ele havia completado uma boa parte do segundo desenho, quando ouviu Alex entrar no aposento. Ela carregava nos braços uma linda garotinha loira vestindo uma camisola azul. Os braços e as pernas longas e magras da menina envolviam a mãe; a cabeça repousava no ombro de Alex. A menina olhou-o, os grandes olhos interrogativos pareciam estudá-lo.

— Jake, gostaria que você conhecesse minha filha, Soleil — disse suavemente. — Sunny, este é meu grande amigo Jake Bowman. — A criança apertou a mãe mais fortemente. — Ela ainda não está bem acordada. Alex sorriu

para Jake, depois para Soleil, enquanto passava a mão nos cabelos da menina.
— Você pode dizer bom dia para *monsieur* Bowman?

— Bom dia, *monsieur* Bowman — disse com cautela, depois enfiou de novo a cabeça no ombro da mãe.

— Bom dia, Sunny.

— Meu nome é Soleil. — A criança se dirigiu a ele com um brilho de desafio nos olhos. Olhos que que tinham o mesmo tom azul-pálido dos da mãe.

Alex continuou a acariciar os cabelos da menina.

— Vamos tomar o café-da-manhã. Teria tempo de juntar-se a nós, *monsieur* Bowman?

Antes que ele pudesse responder, a menina perguntou:

— Você dormiu aqui na casa de vovó e vovô na noite passada?

— Não, não tive tempo para dormir. Trabalhei a noite inteira.

Alex aproximou-se e olhou o desenho. Soleil também deu uma olhada. Alex disse:

— Vou pedir a Marie para embrulhar algo para você. Poderá comer no caminho.

— Acredito que seja o melhor a fazer. Ainda não terminei. — Não havia terminado, mas estava indo bem melhor do que esperava. Eram 8 horas e, surpreendentemente, esperava terminar por volta de 8h30 ou um pouco mais.

— Está muito bonito, Jake — disse Alex. — Não está bonito? — perguntou para Soleil. A menininha não respondeu. — *Monsieur* Bowman é um artista talentoso — disse Alex. — Venha, vamos deixá-lo sozinho para terminar o desenho.

Alex sorriu para Jake:

— Você nunca saberá o quanto apreciei sua ajuda. — Depois virou-se e saiu da sala. A menininha olhava para Jake por cima do ombro da mãe.

Ele continuou a trabalhar. Por volta de 9h15, faltavam poucos traços para terminar.

— Como está indo? — Alex parou atrás dele.

— Precisamos sair agora?

— Dentro de poucos minutos. Posso dirigir mais rápido e chegaremos a tempo. Já conheço todos os buracos e as curvas do caminho.

— Este desenho ainda não está seco — disse Jake. — Se o deixarmos aberto poderemos transportá-lo no banco traseiro do carro.

Ela lançou-lhe um olhar perplexo, com uma ruga se formando entre as sobrancelhas.

— Não precisamos levar as cópias ao convento. Vou avisar Marie que as deixaremos aqui para secar. Estarão perfeitamente a salvo. — Ela o fitou por um longo minuto. — Oh, Jake, você pensou que eu fosse fazer uma pequena troca. Manter os originais e substituí-los pelas cópias.

Ele deu de ombros, embaraçado.

— Eu ainda não compreendi por que você quis os desenhos em bico-de-pena. Um esboço a lápis não teria sido suficiente?

— Podemos conversar enquanto dirijo. Marie empacotou pão, queijo e fruta. Vamos sair daqui a pouco.

— Faltam apenas mais alguns traços.

Alex parou na porta.

— Surgiu-me um pensamento genial quando estava lendo e estudando na sala de estar. Não quis interrompê-lo enquanto trabalhava, mas acho que topamos com algo aqui. Tenho muitas coisas agora em minha cabeça sobre as quais preciso conversar. Acho que realmente descobrimos algo importante.

— Sim— disse Jake. E ele não pôde deixar de notar que Alex dissera *nós*.

11

DURANTE OS PRIMEIROS cinco minutos do percurso, Alex não mencionou as tapeçarias. Eles falaram sobre Soleil, sobre os Pellier, os sogros de Alex que Jake havia conhecido rapidamente naquela manhã.

Alex perguntou sobre o trabalho de Jake. Ele respondeu que estava sendo difícil retomar a pintura e não compreendia completamente por quê. Ela disse, demonstrando confiança, que tinha certeza de que conseguiria.

Jake pegou uma laranja, descascou-a e partiu-a, oferecendo um pedaço a Alex.

Ela fez que não com a cabeça.

— Estou convencida de que a Adèle dos desenhos estava envolvida com o projeto das tapeçarias. Tive bastante tempo para pensar sobre isso, enquanto voltava do convento ontem, e depois, durante o tempo em que o esperei chegar de Paris, e também mais tarde, enquanto você desenhava. Encontrei mais uma coisa no convento que fica voltando à minha mente, como se estivesse, de alguma forma, ligada aos desenhos.

— Uma outra descoberta? — Jake enxugou o queixo e depois os dedos pegajosos no guardanapo.

— Um poema que encontrei no fim de semana passado, quando estive em Sainte Blandine. Ele era intrigante, mas pensei que se tratasse apenas de um pequeno verso romântico. Pela linguagem, pelo pergaminho, parecia ser muito antigo, a tinta estava tão apagada em vários lugares que mal pude decifrá-lo. Contava a história de um tecelão de tapeçaria e uma jovem. Uma história de amor.

— A história de Adèle?

Alex deu de ombros.

— Fico pensando... um poema sobre uma jovem e um tecelão de tapeçaria... e agora esses desenhos... que se relacionam provavelmente com o projeto de uma tapeçaria do século XV... O poema foi difícil de traduzir, e algumas partes estavam apagadas e rasgadas, faltava a parte inferior da primeira página. Estou tentando, desesperadamente, lembrar o que dizia. Parecia fazer referência a um amor proibido, a mulher indo para a casa de mulheres que amam o Senhor, que interpretei como o convento.

— Uma história de amor triste, então? A moça ama o rapaz, perde esse amor, termina no convento?

— Receio que isso possa ser verdade.

— E sobre o livro de orações, os desenhos, como foram parar no convento?

— É provável que Adèle tenha trazido o livro consigo. Não sei se os desenhos foram feitos antes que entrasse no convento ou enquanto estava lá.

— Mas você acha que ela projetou as tapeçarias?

— Sim, acho.

— Ela também escreveu o poema?

— Não creio. Ele estava escrito na terceira pessoa. Mas, de alguma maneira, sinto que era sobre Adèle.

— Não quero ser um desmancha-prazeres em relação à descoberta, mas não é estranho? Você vai ao convento, e esse poema e os desenhos caem logo no seu colo?

— De fato, o poema não caiu no meu colo. — Alex riu. — Atingiu-me na cabeça.

— Algumas vezes... — e Jake riu também — todos poderíamos tirar algum proveito de uma pancada na cabeça.

— Sim, acho que sim. — Alex sorriu, mas o tom da voz estava sério agora. — Se pudéssemos saber quem é essa mulher, talvez decobríssemos algo sobre a possibilidade de haver uma sétima tapeçaria.

— Como pretende descobrir quem é essa mulher, ou quem ela era?

— Tenho um plano — disse Alex. — Quando examinava a biblioteca do convento, encontrei um livro, de fato era um registro do Convento de Sainte Blandine. Um documento que continha informações sobre as freiras que viveram e morreram no convento durante o século passado.

— Isso é interessante, mas se a mulher estava envolvida no projeto das tapeçarias, você não deveria encontrar um registro do século XV?

— Exatamente — respondeu Alex. — De acordo com o inventário das freiras, há cinco volumes de registro. Isso não parece indicar que remontam à fundação do convento?

— Você viu os outros livros?

— Não. Mas naquela ocasião, não procurava por eles. Estava ali como representante do museu e não vi nenhum valor artístico naqueles registros. E não quis perder tempo satisfazendo minhas próprias curiosidades.

— Hoje você está indo como representante do museu?

— Sim, é claro.

Eles continuaram o percurso, ninguém falou mais nada. Jake abriu um pacote de queijo, cortou várias fatias e colocou duas em um pedaço de pão. Perguntou-se se havia ofendido Alex de novo. Primeiro havia sugerido que ela tinha a intenção de roubar os desenhos, que a dupla descoberta era coincidência demais, e agora que estava colocando os próprios interesses acima dos do museu.

— Enquanto você trabalhava — disse ela, depois de vários minutos —, fiquei tentando imaginar o significado do segundo desenho. Não acho que compreendo o que as seis tapeçarias do Cluny representam, de modo que seria uma proeza imaginar o que uma sétima tapeçaria poderia significar, se realmente esse desenho for o projeto para uma sétima tapeçaria.

Jake não disse nada. Alex parecia falar ao acaso, para si mesma.

— Fiz uma extensa pesquisa sobre o unicórnio na arte medieval — disse ela.

Alex não parecia prestar muita atenção na estrada. Jake tinha se oferecido para dirigir quando deixaram Lyon, mas ela dissera que chegariam mais depressa se pegasse o volante. Talvez ele quisesse tirar um cochilo no caminho, pois ficara acordado durante a noite inteira. Depois que passaram por vários carros, já fora da cidade, não havia muito tráfego. Ele olhou para fora e avistou um rebanho de gado charolês pastando na colina. O motor do carro zunia. Agora ele estava sonolento. Admirou-se que Alex, que também havia ficado acordada a noite inteira, não parecia nada cansada.

— Há representações em que o unicórnio é mostrado com donzelas nuas em vez de vestidas — continuou ela. — Talvez um elemento erótico, ou não. Em algumas interpretações do uso simbólico do unicórnio na arte medieval, o animal mítico é visto como símbolo de pureza, castidade e amor divino. A donzela, símbolo da Virgem Maria. Virgens, pureza, castidade eram importantes na arte da Idade Média. — Ela estendeu a mão e tentou arrancar um pedaço de pão.

— Você dirige — disse ele mostrando a estrada com a cabeça. — Eu cuido da comida. — Arrancou um pedaço de pão e deu-o para ela. — Queijo?

— Não, obrigada. — Ela deu uma mordida. — A representação de uma figura masculina... em geral, quando uma única figura masculina aparece com a donzela e o unicórnio, representa o anjo Gabriel. A arte medieval e da Renascença com freqüência retratam o unicórnio nas cenas da Anunciação representando a castidade e Cristo. Foi sugerido por algumas pessoas que as tapeçarias do Cluny tinham esse significado simbólico.

— Mas não há nenhum homem em nenhuma das tapeçarias.

— A menos...

— A menos que haja uma outra tapeçaria?

Alex concordou com a cabeça.

— Você acha que o desenho tem algum significado religioso? — perguntou Jake.

— A interpretação religiosa do unicórnio no conjunto do Cluny é uma idéia intrigante. Sempre me fascinou a multiplicidade de simbolismo na arte medieval. Mas o cavaleiro no desenho... e o fato de a donzela estar nua... — Alex esfregou uma das têmporas como se pensar tão intensamente tivesse lhe causado dor de cabeça. — Lembro de uma pequena miniatura no bestiário inglês do século XIII, na qual o cavaleiro, o unicórnio e a donzela nua estavam representados. Tentava encontrar algo na biblioteca de Pierre e Simone, uma reprodução da obra. Os Pellier sempre mantiveram uma biblioteca maravilhosa, uma seção extensa em temas medievais, mas não pude encontrar nada.

Alex ficou silenciosa de novo, perdida em pensamentos, agora passando os dedos pelos cabelos e massageando a têmpora esquerda.

— Existem afrescos na Camera del Perseo em Castel Sant'Angelo, em Roma — disse ela —, retratando donzelas nuas ou seminuas, com os seios de fora, brincando com os unicórnios, afagando os chifres, acariciando os animais, seduzindo-os, basicamente, chamando-os para os regaços. Obviamente os chifres dos unicórnios representam um símbolo fálico, o que ocorre com freqüência quando nos afastamos das interpretações religiosas da Idade Média. Esses afrescos, em particular, foram feitos por volta de 1545 e são atribuídos a Pierino del Vaga, um aluno de Rafael.

— Interessante — respondeu Jake. Bem, Alex não estava sendo erudita e acadêmica ao falar de autores de obras de arte, de datas e de todo o resto? Mas certamente essa conversa trazia de volta sua agudeza de espírito. Talvez ele não tivesse imaginado a mulher em *Le Toucher* acariciando o chifre. Ele se perguntava se Alex não estava se divertindo um pouco com ele, sob o disfarce da arte. — A verdadeira derivação da palavra cornudo? — Jake disse e riu. Alex o imitou.

— Enquanto estava procurando livros na biblioteca de Pierre e de Simone — disse, bem séria de novo —, deparei com um livro de literatura medieval. O cenário de jardim é um tema freqüente. A donzela e o amado sempre se encontram em um jardim, um lugar um pouco clandestino. Este era, efetivamente, o cenário do poema, aquele que descobri na biblioteca. E, é claro, das tapeçarias do Cluny. Você está familiarizado com o Jardim de Déduit no *Roman de la Rose*?

— Não me lembro de ter lido nada sobre isso, mas não posso dizer que prestei muita atenção nas aulas de literatura.

— Sei, você era o rapaz que ficava no fundo da sala desenhando no caderno. O artista.

— *Yup*, este era eu. — Ele sorriu. — E você era a erudita. Conte-me sobre o Jardim de Déduit.

— Era chamado o jardim do prazer. O jardim dos prazeres terrestres, o *hortus deliciarum*. O pensamento medieval também relacionou o jardim com o *hortus conclusus*, o jardim fechado, associando-o com o Cântico dos Cânticos.

— Da Bíblia? Este eu li.

— Sim, o Cântico dos Cânticos, em que o noivo fala da amada como o jardim fechado... uma nascente selada.

— Mais um elemento erótico aqui?

— Pode-se pensar assim. Os cristãos antigos relacionavam a noiva com Maria, o jardim fechado era o símbolo da virgindade, e também o Jardim do Éden, que é recuperado pela encarnação e ressurreição de Cristo.

— Erotismo e redenção, tudo no mesmo pacote.

Alex sorriu novamente, mas não respondeu. Jake olhou para fora. Dois cavalos galopavam em uma colina perto de uma pequena casa de fazenda feita de pedra. Depois de algum tempo, sentiu a cabeça pesada e caindo à medida que o ritmo do veículo o embalava para dormir.

Quando acordou, tinham saído da rodovia principal e saltitavam numa estrada de cascalho.

— O convento não fica muito longe — disse Alex apontando com a mão.

A estrada era acidentada e íngreme. Parecia não receber manutenção. Alex estava dirigindo muito depressa, sem prestar atenção, pois olhava para ele e para o cenário.

— Vamos chegar logo — disse ela. — É um belo lugar.

— Sim — disse ele olhando para as colinas e as vinhas. Havia muito verde, salpicado com o vermelho dos tetos das casas de fazenda.

— A lenda da família diz que os Benoit se originaram de algum lugar nesta vizinhança, no sul de Lyon.

— Então você se sente em casa por aqui.

— Sim. — Ela sorriu.

Enquanto Alex continuava a dirigir, Jake teve a impressão de que aumentava a velocidade de novo. Olhou para o relógio. Eram 9h57. Estavam agora numa estrada de terra.

Jake lembrou que Alex não lhe contara por que os desenhos tinham de ser feitos com bico-de-pena, por que um esboço a lápis não servia. Ela havia dito que explicaria no caminho, mas não tinha mencionado nada. Jake estava a ponto de perguntar, quando ela apontou para a estrada ao subirem uma ladeira.

— O Convento de Sainte Blandine — anunciou.

Uma pequena *van*, um caminhão de serviço público e um veículo verde-escuro, modelo novo, estavam alinhados a pouca distância na frente do convento.

— Droga! — disse Alex em voz bem baixa —, dr. Martinson está aqui.

— O curador de Nova York? Entendi que ele havia dito que a viagem tinha sido uma perda de tempo. E agora está aqui?

Alex olhou para Jake com um sorriso sarcástico.

— Não creio que dr. Martinson seja uma pessoa em quem se possa confiar.

Ela segurava a pasta de maneira protetora, debaixo do braço, enquanto Jake a seguia pelo caminho. Alex caminhava com a mesma pressa com que dirigira para chegar ao convento.

Quando se aproximaram, puderam ouvir as marteladas que vinham do andar superior.

— O arcebispo está reformando — explicou Alex. — Ele planeja transformar o convento em um hotel.

Uma freira idosa abriu a porta da frente, murmurando algo sobre o arcebispo, até mesmo no domingo, o Dia do Senhor. Ela inclinou a cabeça, e Jake achou que fosse em referência ao nome do Senhor, depois com um olhar zangado fez um gesto para que entrassem. Logo encontraram uma outra freira, que Alex apresentou como irmã Etienne.

— Dessa vez você trouxe um amigo? — perguntou.

— Sim — respondeu Alex, depois apresentou Jake como um artista da América. — Gostaríamos de dar uma olhada na biblioteca.

— Mais um americano — disse a freira atenciosamente.

— Vejo que dr. Martinson voltou — disse Alex.

— Ele está muito interessado na biblioteca. Se você não se importar, talvez ambos possam partilhar o espaço esta manhã.

— Se isto for conveniente a dr. Martinson — disse Alex amavelmente, mas Jake podia ver que ela não estava contente. Trocaram olhares de preocupação.

Irmã Etienne conduziu-os para a biblioteca. Uma freira pequena estava acomodada em um canto, numa grande cadeira. Dr. Martinson estava sentado do outro lado da sala junto a uma escrivaninha, com um livro aberto à sua frente. Ele olhou e sorriu. Jake imaginou o homem torcendo o bigode loiro anêmico com os dedos, como um vilão em um melodrama.

— *Bonjour*, irmã Anne — disse Alex alegremente, depois apresentou Jake para a pequena freira. — *Bonjour*, dr. Martinson — a voz dela se fez ouvir do outro lado da sala.

O homem sentava-se tenso e rígido na cadeira. Havia algo desagradável no sujeito. Jake não gostava dele nem um pouco.

— O senhor se lembra de *monsieur* Bowman — disse Alex.

Dr. Martinson pareceu perplexo.

— Ah, sim, encontramos-nos na exposição.

— O senhor se importa, dr. Martinson, de trabalharmos todos aqui?

— Isso seria bom — respondeu mostrando pouca emoção.

— *Bien* — disse irmã Etienne. — Se vocês tiverem perguntas ou precisarem de ajuda, irmã Anne está aqui para assisti-los. — Ela sorriu para a pequena freira no canto.

— Sim — disse Alex. — Obrigada.

Alex e Jake sentaram-se em frente a uma pequena mesa no meio da sala. Irmã Etienne saiu. Um barulho bem alto veio do andar de cima. Dr. Martinson sacudiu a cabeça, depois voltou ao livro.

— Aquele é o livro — sussurrou Alex. — Aquele é o livro de orações. Agora como vou devolver os desenhos?

Jake deu de ombros e achou que talvez Alex pudesse ficar com eles. Quem iria saber?

Alex abriu a pasta silenciosamente. Uma pancada forte fez um barulho ensurdecedor e sacudiu a sala. Todos olharam para cima como se o teto fosse desabar.

— Os homens do arcebispo — sussurrou Alex.

Ela tirou várias folhas de papéis da pasta. Com um movimento delicado, verificou as folhas, tirou uma e colocou-a sobre a mesa na frente de Jake, e apontou para o registro do Convento de Sainte Blandine. Depois pegou o papel, levantou sem fazer ruído e foi até onde estava a pequena freira. Irmã Anne olhou para a lista, depois escorregou da cadeira e atravessou a sala, balançando para a frente e para trás enquanto se movia. Manobrou o pequeno corpo torcido até ficar atrás de dr. Martinson, depois destrancou um armário e puxou um livro. Dr. Martinson olhou por cima do ombro da freira, obviamente tentando ver o que Alex havia requisitado. A freira voltou até onde estava Alex e entregou-lhe o livro dizendo algo que Jake não conseguiu ouvir.

Alex voltou para a mesa.

— Posso ajudar? — perguntou Jake. — Você pode pegar um outro volume?

— A freira só me permite pegar um por vez do armário fechado — sussurrou Alex. — Pedi o primeiro volume. Provavelmente é muito antigo, mas não quero deixar passar nada. — Ela abriu o livro e passou os dedos pela primeira página, mal tocando no frágil papel. Com cuidado virou a página. Examinava a folha de um lado enquanto Jake olhava do outro — rabiscos apagados que eram difíceis de ler. Continuaram, tentando decifrar os antigos nomes e números. Algumas das folhas estavam rasgadas e manchadas. Parecia que algumas delas estavam faltando.

Quando chegaram nas últimas páginas, Alex pegou uma caneta e uma folha de papel da pasta e começou a tomar nota. Havia achado o nome *Adèle* no registro.

— Provavelmente, muito cedo — murmurou sacudindo a cabeça. Fechou o livro, levantou e foi até irmã Anne.

O barulho que vinha do andar superior havia diminuído. As duas mulheres falaram em voz baixa. Jake olhou para dr. Martinson. Definitivamente, ele estava curioso, com certeza surpreso por Alex ter voltado ao convento. Jake gostava desse sentimento, sabendo que ele estava por dentro do assunto e dr. Martinson não, de que tinha pelo menos uma vaga noção do que Alex estava buscando.

Irmã Anne levantou-se de novo, tirando uma chave do bolso enquanto caminhava com grande dificuldade cruzando a sala. Ela recolocou o primeiro livro, retirou um outro, voltou e entregou-o a Alex. Enquanto isso dr. Martinson observava.

Quando Alex se sentou ao lado de Jake, dr. Martinson disse:

— A senhora deve estar na pista de algo, madame Pellier.

— E o senhor, dr. Martinson — indagou sem sair do lugar, olhando para o outro lado da sala — prolongou a estadia na França para voltar a Sainte Blandine? — Ela olhou para o chão perto da mesa onde ele estava sentado. — Oh! — disse ela com uma surpresa zombeteira —, vejo que encontrou a sua pasta.

Dr. Martinson fitou Alex sem dizer nada, como se procurasse algo para responder, depois, sem dizer uma palavra, os lábios se transformaram em um sorriso complacente. Durante alguns instantes, Alex o fitou de volta, e depois ela abriu o segundo livro e começou a virar as páginas.

Jake estava se sentindo sonolento de novo. A cabeça pendia e ele cochilava. Quando despertou, não sabia quanto tempo havia se passado. Alex parecia desencorajada enquanto virava as páginas. Ela fechou o livro e olhou para o armário na parede oposta.

— Será que estou doida — perguntou em voz baixa— achando que posso encontrar uma pista nos registros de Sainte Blandine? Estou doida achando que há algo para descobrir? Que os desenhos significam outra coisa e que não se trata apenas de um desejo pessoal?

Depois, antes que Jake pudesse responder, levantou-se e foi até irmã Anne que, empoleirada no canto, parecia um pouco aborrecida e sonolenta.

Irmã Anne entregou-lhe o terceiro livro. Alex sentou-se e virou a primeira página. Dr. Martinson fechou o livro e ficou olhando para a mesa.

Jake sentiu Alex segurar-lhe a mão, depois apertá-la. Ele voltou-se para ela. Um sorriso travesso, embora satisfeito, apareceu nos lábios dela, muito lentamente, como se quisesse escondê-lo, impedi-lo de aparecer e dar uma dica do próprio deleite. Ela apontou.

— Olhe.

Jake olhou. Na primeira página do terceiro livro, leu silenciosamente: Adèle Le Viste, 15, 29 de dezembro de 1490.

12

ALEX CONTINUAVA com os olhos fixos no escrito esmaecido. Ao olhar para Jake, percebeu que ainda lhe segurava a mão, apertando-a inconscientemente. Sem soltá-la, virou a folha. Na metade da segunda página, o nome apareceu mais uma vez. Registrada em 16 de julho de 1491, a morte da jovem Adèle Le Viste.

Uma tristeza inesperada abateu-se sobre Alex. Sabia que era ridículo sentir-se daquele jeito — a moça tinha morrido fazia mais de quinhentos anos. No entanto, Alex sentia que acabara de encontrar a jovem apenas para perdê-la de novo. Fechou o livro, soltou a mão de Jake, e permaneceu olhando para a capa. Quando ergueu os olhos, irmã Etienne tinha voltado à sala. Dessa vez, Alex não escutara a freira entrar.

— Madame Pellier, *monsieur* Bowman, receio que haja outras pessoas vindo à tarde. — A freira falou com uma voz apressada e ansiosa. Pegou o registro que Alex estava examinando e fez um gesto para irmã Anne vir reavê-lo. Ela sussurrou algo para a pequena freira enquanto lhe entregava o registro. Irmã Etienne foi até a escrivaninha onde dr. Martinson estava sentado, falou calmamente com ele, depois pegou o livro de orações. Ela gesticulou para que os três saíssem da biblioteca.

— Poderia falar com a senhora em meu escritório, madame Pellier? — perguntou irmã Etienne enquanto os quatro caminhavam pelo corredor. Foi então que Alex se deu conta de que a freira estava carregando o livro de orações.

— Por favor, *monsieur* Martinson — acrescentou irmã Etienne enquanto andavam —, o senhor pode indicar os itens de seu interesse usando os números que se encontram na lista-inventário.

— Obrigado — disse dr. Martinson. — Talvez entre em contato muito em breve.

Alex se perguntou se ele realmente o faria. Teria descoberto algo que ela não vira?

— Em meu escritório, por favor — disse irmã Etienne para Alex enquanto um dr. Martinson relutante era conduzido pela velha freira enrugada, a zeladora, que surgira do nada. — Talvez *monsieur* Bowman possa esperar aqui— disse irmã Etienne, apontando para um banco de madeira no corredor. Jake concordou, depois, olhando preocupado para Alex, sentou-se. Alex seguiu irmã Etienne até o escritório.

A freira sentou-se. Alex imitou-a. Sentia-se como uma menina chamada à sala do diretor da escola.

Irmã Etienne colocou o livro de orações na escrivaninha, examinou-o rapidamente, e depois fitou Alex, que estava passando por um mau momento ao enfrentar o olhar da freira. Ela olhou para irmã Etienne e depois para o livro de orações.

— Em meio a toda agitação e comoção — disse a freira, com voz calma —, quem sabe ao pegar as folhas do inventário, talvez as próprias anotações, é compreensível que alguns papéis tenham se misturado.

Alex ergueu os olhos. Por cima da mesa os olhos alegres e alertas da freira, claros e sem piscar, encontraram os dela. Alex não percebeu raiva na maneira pela qual a mulher idosa buscou seus olhos, mas teve certeza de que ela sabia. Sim, irmã Etienne sabia que tinha levado os desenhos. Mas parecia que a boa freira também sabia que Alex tinha a intenção de devolvê-los, e que era apenas o fato de dr. Martinson estar usando o livro nessa manhã que a impedira de fazê-lo.

Antes que pudesse responder, ela ouviu uma leve batida na porta.

— Sim — disse irmã Etienne em voz alta. A porta entreabriu-se e a cabeça desproporcional de irmã Anne apareceu na abertura estreita. Alex surpreendeu-se mais uma vez ao ver a pequena mulher estranha e distorcida. — Por favor, perdoe-me por um instante — disse irmã Etienne enquanto se levantava.

— Deixou o aposento sem esperar pela resposta.

Alex sabia o que era esperado. Pegou a pasta. Devagar, tirou os desenhos. Abriu o livro de orações e folheou-o até alcançar a seção do meio onde as páginas estavam coladas, ainda formando um envelope de proteção. Com muito cuidado, deslizou os dois desenhos para dentro do livro, depois o fechou e respirou profundamente. Ela estava grata a Jake por ter feito as cópias, grata por ter sido capaz de devolver os originais, grata pela amabilidade de irmã Etienne. Mas por que a freira lhe permitira devolver os desenhos sem nenhuma acusação?

Alex permaneceu sentada durante dez bons minutos. Será que a freira estava lhe dando tempo para reparar a ofensa? Virou-se na cadeira e olhou ao redor da sala, que era muito simples — paredes de pedra e nada mais do que um pequeno crucifixo pendurado em uma delas. A escrivaninha estava limpa, coberta por um tecido e vazia, exceto pelo livro de orações, um pequeno bloco de papel e uma caneta, e um livro de tamanho grande em um dos cantos. Era um volume com capa de couro e parecia muito velho e usado, assim como inúmeros outros nas prateleiras da biblioteca. Depois de esperar mais alguns minutos por irmã Etienne, perguntando-se se a freira a deixaria ali pelo resto do dia. Alex pegou o livro e o abriu.

Ela levou a mão até a garganta quando respirou profundamente e olhou para o livro com descrença. Assim que virou a capa, o poema que havia descoberto na primeira visita encontrava-se ali. Não era o mesmo livro que havia examinado na biblioteca, que caíra meio desconjuntado no chão. Este era muito maior. Alex pensou que o poema havia sido colocado neste livro para protegê-lo.

A primeira página rasgada agora estava completa, unidas as duas partes por uma fita adesiva transparente. Alex leu as palavras apagadas.

Ela não se casaria com aquele que amava
Sendo ele sem posição, a escolha do pai:
Ela seria uma noiva de Cristo para lá morrer

Morrer? Era Adèle, e a jovem tinha morrido no convento. Alex releu os primeiros versos. Enquanto lia, ficava mais convencida de que os desenhos e esse antigo poema estavam de alguma maneira relacionados. A descrição do jardim e das flores, margaridas, amores-perfeitos, lírios-do-vale, cravos, pervincas e rosas, coincidia exatamente com o que estava retratado nas tapeçarias. O coração de Alex batia rapidamente enquanto lia as palavras cifradas. Sentiu um arrepio, um calafrio percorrer-lhe o corpo.

Continuou a ler... as palavras apagadas, ilegíveis aqui e ali.

A obra de seu amor...
enterrada lá debaixo da pedra...
e mais uma vez o amor deles floresce,
o fruto, a paixão de seu amor
encontra-se na aldeia ao lado...

A obra de seu amor? O poema referia-se às tapeçarias? Projetadas por Adèle? Tecidas no ateliê do seu tecelão? Uma delas enterrada? Talvez houvesse uma outra na aldeia? Será que irmã Etienne queria que Alex lesse isso? A freira percebia a relação entre os desenhos e o poema? As tapeçarias?

Alex ouviu um movimento no corredor. Sem demora recolocou o poema dentro do livro e o devolveu ao canto da escrivaninha.

Irmã Etienne entrou na sala. Sentou-se. Durante alguns instantes não disse nada. Olhou rapidamente para o livro no canto da escrivaninha, depois para Alex.

— O livro — perguntou — é valioso?

A princípio Alex pensou que se referia ao livro que continha o poema.

Depois irmã Etienne bateu de leve no livro de orações, que estava sobre a mesa à sua frente.

Era óbvio que se referia ao livro de orações.

Alex respirou profundamente e disse:

— Parece ser um autêntico livro de orações da Idade Média.

Irmã Etienne continuava a bater de leve no livro de orações. Fez um gesto com a cabeça, como a pedir que Alex continuasse.

Alex sentiu-se como uma estudante de faculdade, sentada em um pequeno escritório particular de um professor, passando por um exame oral.

— Ele data da Idade Média — disse ela —, não é o melhor exemplo de manuscritos medievais com iluminuras. É feito em papel com ornamentação modesta, em vez do velino encontrado em alguns dos livros mais antigos, versões mais luxuosas dos livros das horas. Durante aquele período, depois de meados do século XV, após a invenção dos tipos móveis de tipografia, os livros eram produzidos em grandes quantidades. Eles podiam ser adquiridos por leigos da classe média nas catedrais e santuários. A disputa por livros impressos, infelizmente, reduziu a qualidade de alguns dos manuscritos com iluminuras feitas à mão.

Alex respirou profundamente outra vez. Irmã Etienne cruzou as mãos diante dela, sobre a mesa, o livro entre as duas mulheres.

— O texto do livro está escrito à mão, em latim — continuou Alex — sobre papel, como eu disse, com um mínimo de ornamentação, o que reduz o seu valor. Não há pinturas em miniatura como as encontradas nas iluminuras mais valiosas. Algumas dessas iluminuras foram leiloadas por milhões, mais valiosas do que muitas pinturas daquele período. Mas este livro — disse Alex tocando o pequeno volume — não está em muito boa condição, páginas rasgadas, algumas provavelmente faltando, outras danificadas por pó, água e sulcos de cupim. Mas há várias páginas ainda legíveis. Mesmo páginas únicas de manuscritos autênticos com iluminuras foram vendidas por centenas ou até mesmo milhares de libras.

Irmã Etienne fez uma pausa, pensando. Olhou para o livro de orações. Depois, sem pressa, fitou Alex, diretamente nos olhos, mais uma vez.

— E os desenhos — disse ela — são valiosos?

Alex sentiu como se o oxigênio tivesse sido removido do pequeno aposento. Como se não houvesse ar suficiente para que ambas respirassem ao mesmo tempo. Por que tinha tirado os desenhos? E agora, até onde iria essa conversa? Será que começariam as acusações?

— Em si mesmos — respondeu Alex — não estou bem certa.

Irmã Etienne fez outra pausa.

— Mas o que eles podem representar?

Alex fitou o livro de orações, depois ergueu os olhos para encontrar os da freira de novo.

— Você os estudou? — perguntou irmã Etienne.

— Sim. — Alex sentiu que precisava ser cautelosa. Será que devia alguma coisa à freira? Uma explicação, um resumo do que havia descoberto? Mas o que tinha descoberto? Que os desenhos poderiam ter alguma conexão com as tapeçarias que estavam no museu Cluny? Que poderiam ter sido desenhados por uma moça chamada Adèle Le Viste? Que foram projetados para celebrar um romance? E que o romance se referia ao amor entre um simples tecelão e Adèle Le Viste? Será que tudo isso indicava a existência de uma sétima tapeçaria em algum lugar, escondida durante séculos? Talvez até uma oitava na aldeia próxima? Ou tudo isso não significava nada?

— É correto acreditar que haja alguma conexão — disse irmã Etienne olhando diretamente para Alex — entre os desenhos e as tapeçarias com unicórnio em seu museu?

Como Alex pôde pensar, por um instante, que os desenhos não haviam sido descobertos até que os tirasse de dentro do livro de orações? Até mesmo irmã Etienne tinha notado a semelhança, a possível ligação dos desenhos com as tapeçarias do Cluny. E o poema? Por que a irmã o deixara sobre a escrivaninha?

— Não tenho certeza — respondeu Alex. Havia muitas peças para um quebra-cabeça, pequenos pedaços que tentava reunir, mas não tinha nada para provar que estava no caminho que a levaria a algum lugar. Muito do que supunha se baseava em esperança. Havia apenas a crença de que estava prestes a descobrir algo que a levaria para um tesouro.

— Seria valiosa — irmã Etienne falou pausadamente — uma tapeçaria baseada nesses desenhos?

Alex sentiu o estômago virar, um latejamento e a sensação de ter sido esmurrada na nuca. O que a freira dizia? Que uma tapeçaria havia sido descoberta?

— Uma autêntica tapeçaria do século XV seria bem valiosa — disse Alex.

— Não sei dizer exatamente quão valiosa. Elas são tão raras. Aqui e ali é descoberto algum fragmento, mas nada completo. Assim, muitas foram destruídas. Em geral, os pedaços, os fragmentos não estão em boas condições. Mas uma tapeçaria do século XV completa e autêntica? Em boa condição?

Irmã Etienne hesitou de novo, esfregando levemente a cruz de prata que pendia do pescoço. Ela pigarreou. Tão cautelosa quanto a própria Alex. No entanto, parecia que a mulher estava a ponto de fazer uma revelação significativa.

— Quando madre Alvère entrou em contato com o museu para que alguém viesse ver os pertences da ordem, não imaginei que ela acreditasse realmente que havia algo de grande valor. Talvez, por uma pequena soma, alguma coisa pudesse ser oferecida, mas agora... se houvesse algo de grande valor, talvez uma oferta pública fosse mais apropriada?

De novo, Alex não tinha certeza a que irmã Etienne fazia alusão. Algo de grande valor — uma tapeçaria — havia sido descoberto?

Uma oferta pública? Mais apropriada para algo de grande valor? Na verdade, os museus, em geral, possuem fundos limitados para as aquisições e se apóiam bastante em benfeitores generosos, mas se houvesse alguma coisa de valor, uma tapeçaria, possivelmente uma peça adicional ao conjunto de *A Dama e o Unicórnio*, deveria ir para o Cluny.

As duas mulheres permaneceram sentadas olhando uma para a outra. Alex sabia que uma oferta pública reduziria em muito a possibilidade de que a tapeçaria pudesse ser adquirida pelo Cluny. Quantos anos passaria no purgatório, perguntou-se, se mentisse para uma freira?

— Sim — disse Alex —, se for um item de grande valor, com uma oferta pública poderá conseguir um preço mais elevado.

Irmã Etienne ficou em pé.

— Obrigada — disse ela.

Alex também se levantou.

— Como disse para dr. Martinson — falou irmã Etienne —, qualquer item que for do seu interesse poderá ser obtido usando os números listados na folha do inventário.

— Outros itens serão adicionados à lista? Itens que poderão ser vistos dentro de algum tempo?

Irmã Etienne sorriu.

— Talvez entre em contato, para pedir sua perícia outra vez.

•

Jake olhou para Alex quando ela saiu do escritório de irmã Etienne. Alex não disse nada e sua tez, naturalmente pálida, parecia não ter cor alguma, estava quase transparente. Ela e Jake deixaram o convento calados. Ele pensou que seria melhor esperar até que falasse.

Enquanto dirigia, Alex mantinha os olhos na estrada, guiava muito mais devagar do que antes, quando estavam vindo para o convento.

— Posso pedir um outro favor a você, Jake?

— Claro. O que é?

— Preciso ficar mais um dia. Não posso voltar já para Paris. — Ela olhava para ele agora. — Sei que isso é um enorme favor, mas poderia levar Sunny de trem com você? Não quero que ela perca a escola amanhã e sei que você deve voltar a trabalhar. Vou telefonar para a minha mãe, ela irá encontrá-los na estação.

— Bem, ahn... claro — respondeu Jake tentando não parecer relutante.

Não estava acostumado a ficar com crianças. Duas horas no trem com uma menina de seis anos de idade? Ficara com a impressão de que Sunny não havia gostado dele, quando se encontraram naquela manhã.

— Obrigada — disse Alex. Novamente, manteve o olhar à frente.

— O que a boa irmã tinha a dizer? — perguntou Jake. A curiosidade o havia vencido. — Ela bateu na sua mão com uma palmatória porque você roubou os desenhos?

Alex riu, como se ficasse mais leve de repente.

— Não. Ela não reconheceu verbalmente que eu os peguei, embora sugerisse que papéis pudessem inadvertidamente se misturar. Depois, inesperadamente, foi chamada para fora da sala. É claro que deixou o livro de orações em cima da mesa, bem na minha frente.

— E você pôs os desenhos de volta.

— Sim, é claro.

— Talvez devesse ficar com eles. Como ela poderia saber que fora você que os havia tirado? Outras pessoas foram ao convento ontem. Agora ela sabe que é a culpada, que os pegou.

— Ela sabia que eu os pegara. Mas de alguma maneira também sabia que tinha vindo devolvê-los.

— Ela não a mandou para o confissionário para livrar-se do pecado?

— A irmã permitiu que me livrasse de uma situação difícil. Deixou-me sozinha na sala durante bastante tempo, uns quinze ou vinte minutos.

— Você sumiu por um bom tempo. Já estava disposto a entrar, sem pedir licença, para salvá-la.

Alex sorriu.

— Obrigada por vir comigo.

— Certamente.

— Foi tão estranho ficar sentada na sala esperando. Depois que coloquei os desenhos de volta no livro de orações, notei um outro livro no canto da mesa. Peguei-o. — Alex olhou para Jake. — Você não vai acreditar nisso.

— Tente.

— O poema. Estava dentro do livro, logo depois da primeira capa.

— O poema que encontrou na biblioteca por ocasião da primeira visita?

Alex fez que sim.

— A parte inferior da primeira página, que havia sido arrancada, estava unida à parte superior. Quando o li, fiquei mais convencida do que nunca de que o poema e os desenhos estão ligados à nossa Adèle. Incapaz de casar-se com aquele que amava, recusando a escolha do pai, foi para o convento. Ela morreu no convento.

— Adèle Le Viste?

— Sim. Realmente acredito que o poema seja a história de Adèle. Isso faz sentido. Ela apaixonou-se pelo tecelão, uma escolha que o pai nunca aprovaria. Jean Le Viste só considerava como pretendentes para as filhas os que possuíam uma posição social elevada e um alto cargo. Elas não teriam sido forçadas a casar, mas uma recusa limitaria muito as oportunidades de uma mulher.

— O convento seria a escolha mais plausível?

Alex concordou.

— A sua teoria sobre Adèle parece se sustentar. Talvez o nome dela não apareça nos registros da família porque era freira. Nunca se casou. Não era quando a mulher se casava que o nome aparecia nos registros medievais como a esposa de fulano?

Alex concordou de novo.

— Por que você acha que irmã Etienne deixou o poema lá para que o lesse?

Alex sacudiu a cabeça devagar.

— Não sei. Mas tenho certeza de que o fez.

— Você disse alguma coisa quando ela voltou? Ela disse algo?

— Não. Mas perguntou sobre os desenhos. O que eu pensava sobre eles.

— O que lhe contou?

— Disse-lhe que não sabia se os desenhos eram valiosos por si mesmos, mas que podiam ser valiosos pelo que representam.

— Então você lhe disse que podiam ser esboços preliminares para um projeto que se refere ao conjunto de tapeçarias *La Dame à la Licorne*?

— Ela parece ter chegado a essa conclusão por si mesma, pelo menos chegou a pensar que os desenhos estavam de alguma forma relacionados com o conjunto de Cluny.

— O que ela disse?

— Perguntou se uma tapeçaria baseada em um dos desenhos seria valiosa.

— Puxa, Alex! Isto pode significar que existe uma tapeçaria. No convento?

— Não sei. — Alex massageou a têmpora esquerda. — Depois irmã Etienne perguntou "Uma oferta pública não seria mais apropriada caso o convento possuísse algo de grande valor"?

— Ela não a ofereceu ao museu?

— Não tenho certeza se o convento a possui, ou se estava apenas jogando uma isca. Talvez pense que sei onde está a tapeçaria ou que percebi algo no poema, nos desenhos. Minha sensação é que, se elas não têm a tapeçaria, pelo menos acham que, definitivamente, encontra-se em algum lugar do convento. E havia algo no poema... *enterrada lá debaixo da pedra.*

— Enterrada? Debaixo da pedra? Do convento? Ou talvez em uma sepultura de pedra? Você pode imaginar as velhas freiras escavando uma sepultura?

— Não é um pensamento agradável. Talvez nem exista uma tapeçaria. Talvez irmã Etienne e eu tenhamos entrado em um beco sem saída.

— Ou em uma caçada ao unicórnio selvagem.

— Sim, uma caçada ao unicórnio selvagem. — Alex sorriu. — Se elas não têm a tapeçaria, não sei por que a freira perguntaria sobre a possibilidade de um leilão público. Mas tenho certeza de uma coisa: essa nova freira está nisso por dinheiro, pronta para renunciar aos votos de pobreza. — As mãos de Alex apertaram o volante.

Jake não pôde deixar de rir um pouco, embora tivesse percebido como Alex ficara tensa.

Eles saíram da estrada de cascalho e entraram na rodovia. Jake inclinou-se e pegou a sacola com os alimentos que Marie havia preparado. Ainda havia meio pão, queijo e várias frutas. Descascou uma banana e perguntou a Alex se ela queria algo.

— Uma maçã?

— Claro — disse Jake enquanto tirava uma da sacola. — Você contou para irmã Etienne o que descobriu no registro?

— Não. —Alex deu uma grande mordida na maçã.

— Se a tapeçaria existe, e está no convento, como foi parar ali?

— Não sei.

— Será que foi confeccionada no próprio convento? — perguntou Jake.

— Não é provável. Tapeçarias antigas com temas religiosos eram criadas em mosteiros e conventos, mas trabalhos posteriores, peças mitológicas e mundanas, como a série do unicórnio, foram quase todos feitos em ateliês particulares. Acredito que o tecelão de Adèle esteve envolvido na criação. — Alex mordeu a maçã fazendo ruído.

— Isto faz sentido, se o poema, o desenho...

— Se realmente existe, baseada no desenho, pertence ao Cluny.

— E por que não estaria ali com as outras? Por que você disse que não seria capaz de consegui-la para o museu?

Alex deu mais uma grande mordida na maçã, mas não respondeu.

— Você receia que mesmo que exista uma tapeçaria, mesmo que esteja com as freiras, elas a venderão para quem pagar o melhor preço?

— Exatamente — respondeu Alex. Deu uma última mordida, depois jogou o miolo da maçã por sobre o ombro, para o assento de trás, onde se chocou contra uma maleta. Um Jake espantado olhou para trás. Com certeza, estava aborrecida. O carro estava muito limpo, e ele se deu conta de que ela não costumava usar o carro como lata de lixo.

Viajaram em silêncio. Alex dirigia muito depressa.

— De acordo com o que me lembro — disse Jake, quando passavam pela aldeia de Vienne —, você é a garota que sempre consegue o que quer.

— É assim que se lembra de mim? — Ela olhava para frente, para a estrada.

— Sim — respondeu ele. — Você sempre fez o que quis, não é, Alex? Não é verdade que sempre conseguiu exatamente o que quis?

Os dois se olharam.

— Nunca tive medo de ir atrás do que quero — respondeu ela. Agora havia um tom desafiador e triste na voz dela, e Jake sentiu que algo que Alex desejara muitíssimo deixara-a frustrada. Algo muito mais importante do que uma tapeçaria escondida.

13

SUNNY ESTAVA TIRANDO uma soneca quando chegaram a Lyon. Madame Pellier disse que tiveram uma manhã cheia. Depois da missa foram ao Parc de la Tête d'Or, em seguida ao Guignol ver o espetáculo de marionetes, e a menininha estava exausta.

— O que você foi fazer no convento deu certo? — perguntou madame Pellier enquanto conduzia Alex e Jake até a sala de estar.

— Sim — respondeu Alex —, no entanto, meu negócio no convento vai levar mais tempo do que havia planejado. Gostaria de ficar mais um dia.

Madame Pellier sorriu.

— *Monsieur* Bowman, ficará conosco por esta noite?

— Não, estou voltando a Paris.

— Jake precisa voltar ao trabalho — disse Alex. — Receio ter tomado muito do seu tempo. Pedi-lhe para levar Soleil de trem para Paris.

Madame Pellier pareceu desapontada.

— Sim, ela não deve perder a escola. Quando irá embora, *monsieur* Bowman?

—Talvez *monsieur* Bowman também queira descansar um pouco — disse Alex olhando para Jake.

— Estou bem. — Ele imaginara que dormiria durante as duas horas de viagem para casa, mas depois se deu conta de que estaria acompanhado. Será que ficaria de olho nela? Droga!, não sabia nada sobre crianças.

— Posso lhe oferecer algo? — perguntou madame Pellier fazendo um gesto para que se sentassem. — Eu e Soleil fizemos um piquenique no parque. Podemos jantar mais cedo, antes de saírem, *monsieur* Bowman. Ficará para o jantar?

Jake estava sem fome e não tinha certeza de quando deveriam sair para voltar a Paris. Ele olhou para Alex.

— Qual é o plano?

— Marie nos deu um imenso café-da-manhã — disse Alex a Simone. — Foi o suficiente para um almoço no caminho de volta. Mas talvez um chá. Você pode pedir a Marie para trazê-lo na biblioteca? E sim, talvez algo leve, um pequeno lanche.

— Sim, sem problema.

—Apreciei toda a ajuda que você me deu — disse Alex quando ela e Jake se dirigiram à biblioteca. — E obrigada por concordar em levar Soleil para casa.

— Fico contente por ter ajudado. — Ele estava seguro de que ajudara fazendo os desenhos e indo ao convento, mas quanto a ser babá da menina, Jake não tinha tanta segurança. Certamente poderia levar a criança de volta a Paris sem problemas. Ele abriu a porta da biblioteca e ficou de lado para Alex entrar.

— Conte-me — perguntou — por que foi necessário fazer os desenhos com bico-de-pena? Um esboço a lápis teria sido muito mais rápido e fácil.

— Ora, por que ter um simples esboço a lápis, se podemos ter uma cópia exata? Quero estudar os desenhos, ter cópias tão próximas quanto possíveis das originais. Além disso, você as terminou a tempo de chegarmos no convento às 10 horas. E elas são praticamente perfeitas.

— Praticamente perfeitas? — Jake riu.

Alex acendeu a luz.

Ambos ficaram parados, em silêncio, olhando estarrecidos. Jake não tinha certeza do que via, mas parecia que um pequeno furacão havia passado pela sala. Pequenos pedaços de papel amassados cobriam o chão.

Alex correu para a mesa onde havia deixado os dois desenhos.

— Onde eles estão?

Jake aproximou-se. Olhou para a mesa vazia, depois outra vez para o chão.

—Nossa!, o que aconteceu?

Marie entrou na sala com uma bandeja. O leve som da chaleira e dos copos quebrou o silêncio.

— Alguém entrou na biblioteca enquanto estivemos fora? — perguntou Alex.

Marie olhou perplexa, depois receosa, como se estivesse sendo repreendida.

— Não, madame.

— Ninguém?

Marie hesitou. Colocou a bandeja sobre a mesa, depois olhou para os pedaços de papel que cobriam o chão.

— Oh!

— Sim? — Alex estava tremendo. Jake nunca a vira tão furiosa.

— Quando elas voltaram do parque e do teatro de marionetes — disse Marie devagar —, Soleil queria achar um livro. Uma história. Ela queria encontrar a história do teatro de marionetes.

— Não.

Alex fitou a mulher. Ela era pequena e morena e Alex muito mais alta.

La petite fille, ela veio e encontrou o livro.

— Soleil! — Alex gritou enquanto saía da biblioteca.

•

O jantar foi servido no final da tarde, e consistia de sopa e salada, servidas, na sala de jantar, em porcelana elegante e com talheres de prata. Pierre não estava bem e não se juntou a eles. Soleil também não compareceu. Foi servida na cama. Não tinha permissão para sair do quarto até que estivessem prontos para ir à estação.

Jake não estava entusiasmado com a perspectiva de uma viagem de duas horas de trem, até Paris, tendo de cuidar de uma menina de seis anos, mas agora, quando era tão óbvio que ela o odiava, a perspectiva era amedrontadora.

— Não posso entender — disse Alex — por que ela faria tal coisa. Sabe o que disse quando lhe perguntei? — Alex olhou para Jake.

Ele não respondeu porque estava certo de que a criança o odiava. Desde o primeiro encontro, de manhã cedo na casa dos avós, quando o havia visto em companhia da mãe, assim que terminara os desenhos e Alex dissera que estavam bonitos, Jake sentiu que a criança o considerava um intruso. Quando olhara por cima do ombro da mãe, no momento em que as duas saíam da biblioteca, ela lhe lançara um mau-olhado, como se uma criança pequena fosse capaz de tal coisa. A menina não precisava dele ou de seus desenhos bonitos.

— A resposta — continuou Alex —, você sabe o que ela disse? Disse que não sabia. Havia destruído os desenhos e não sabia por quê.

— As crianças, algumas vezes, fazem coisas que não compreendem de fato — disse madame Pellier.

— Isso não faz sentido — ponderou Alex.

— Você tem certeza — perguntou Jake, depois de refletir durante vários instantes — que deve mandá-la para casa comigo? — Talvez essa fosse uma maneira de se safar. — Ela pode estar me culpando pelo que aconteceu, o fato de ser punida, por estar comendo sozinha no quarto.

— Sunny precisa voltar para casa — respondeu Alex. — Não quero que pense que está controlando a situação. Vai voltar para Paris esta noite. Ela ficará bem, Jake. Não a mandaria para casa com você se achasse que seria complicado. Tive uma conversa com ela. Em geral, é uma criança bem-comportada. No pior dos casos, ela lhe dará um tratamento silencioso. Mas garanto que, depois de nossa conversa, não se comportará mal.

•

Alex estava certa sobre o tratamento silencioso. As tentativas de conversa de Jake foram inúteis, não que ele tivesse alguma idéia de como conversar com uma criança de seis anos. Mas a menina se comportou bem. Fez exatamente como Jake pediu. Acenando com a cabeça quando era apropriado. Respondendo às perguntas simples com apenas educados *Sim, monsieur... Não, monsieur.*

Depois de meia hora no trem, Jake tirou o bloco de desenho e um lápis. Se não podia dormir, pelo menos ocuparia o tempo. Faria um outro esboço de cada um dos dois desenhos, enquanto as imagens ainda estavam frescas na memória. Havia juntado os pedaços de papéis espalhados no chão da biblioteca e encontrado alguns no cesto de lixo; enfiou todos no bolso. Trataria de juntá-los quando voltasse a Paris, mas não tinha certeza de ter encontrado todos os pedaços. Talvez a criança tivesse jogado alguns no vaso e dado a descarga.

Soleil olhava para fora da janela, o rosto pressionado contra o vidro. Jake pensou que a menina tivesse adormecido, mas depois ela se voltou e ficou observando-o desenhar. Perguntava-se o que estaria se passando na cabeça dela.

— Por que você destruiu os desenhos? — Jake estava mais curioso do que furioso, e tentou transmitir isso no tom de voz. Não queria assustá-la. Ele continuou a desenhar.

— Eu não gostei deles — respondeu de maneira brusca, surpreendendo-o por revelar tanta sinceridade.

— O que estava errado com eles? — Jake tirou os olhos do desenho. Soleil havia voltado para a janela. Terminou a conversa?, ele se perguntou.

Enquanto fazia o esboço, sentiu que a menina o observava de novo. Quando olhou para ela, Soleil virou-se para a janela.

— Você gosta de desenhar? — perguntou.

— Algumas vezes — respondeu Soleil ainda olhando pela janela.

— Tenho mais papel, se quiser desenhar.

Ela não respondeu.

— Ajuda a passar o tempo — comentou ele.

Sunny permaneceu em silêncio, mas depois de alguns minutos se virou. Devagar, ele puxou uma folha de papel, apanhou um lápis e os ofereceu a ela. De maneira relutante, a menina estendeu a mão, pegou o papel e o lápis, mas não disse nada. Jake retornou ao esboço, observando-a com o canto dos olhos. Ela examinou o papel, depois olhou outra vez pela janela, apertando o papel contra o peito. Voltou-se outra vez, depois inclinou-se e tirou um livro da pequena maleta. Colocou-o no colo, ajeitou o papel sobre o livro e começou a desenhar.

Sunny não disse nada, nem Jake tampouco. Um pequeno triunfo? Ele achou melhor deixá-la sozinha. Continuou a trabalhar em seu desenho. Depois de alguns minutos, deu uma olhada no desenho dela. A menina havia esboçado várias flores semelhantes às de seu desenho. Agora estava tentando reproduzir o unicórnio. Era um desenho hábil, pensou Jake, para uma menina de seis anos.

— É um belo desenho — disse ele.

Ela ficou em silêncio. Jake descobriu um leve traço de sorriso por trás da aparência severa e percebeu que Soleil herdara da mãe a delicadeza.

Jake telefonou de Paris, como Alex pedira, para informá-la que haviam chegado bem.

— Sãos e salvos — disse ele.

— Ela se comportou bem?

— Sim, bem.

— Graças a Deus. Fiquei preocupada depois que saíram, com vários pensamentos passando-me pela cabeça. Talvez não tivesse sido justa com nenhum dos dois. Fazendo-a voltar com um estranho, deixando com você essa responsabilidade.

— Ela se comportou bem. E de fato, Alex, sou completamente confiável.

— Oh, Jake, não quis dizer... é só que... então foi tudo bem?

— Fizemos uma viagem agradável.

— Agradável? — Alex riu de novo. — Qual é a sua definição de agradável?

— Uma conversa leve. Uma experiência compartilhada.

— Experiência compartilhada?

— Desenhamos no trem.

— Um não rasgou os desenhos valiosos do outro?

— Ela é uma boa pequena artista.

— Ela é. Eu sei. Então se uniram pela criatividade?

— Não sei se nos unimos. Mas talvez ela não me odeie mais.

— Ela não o odeia, Jake.

— Talvez não.

— Acho que é ciúme.

— Do meu talento? — perguntou Jake rindo.

— Por causa da atenção.

— Sim — disse ele.

—Acho que se ressentiu de você estar na casa dos avós. Ela comanda o lugar aqui, e não estava preparada para encontrá-lo na biblioteca esta manhã. Talvez tenha interpretado mal o porquê de você estar aqui. Mas ainda não posso crer que tenha destruído os desenhos.

Interpretado mal o porquê de estar ali? Talvez a criança, pensou Jake, fosse mais esperta do que a própria mãe.

— Tentei reproduzi-los no trem, e talvez consiga reunir os pedaços rasgados.

— Obrigada. Aprecio muito o que você fez. Vir aqui imediatamente. Fazer os desenhos. Levar Sunny de volta para Paris.
— Boa sorte no convento amanhã.
— Obrigada, posso precisar de sorte.
— Qual é o seu plano quando voltar?
— Talvez roube os desenhos outra vez. — Alex riu e depois acrescentou, de maneira séria: — Pensei em conversar com irmã Etienne, contar-lhe o que descobri. Talvez ela me ajude. Acho que, de certa forma, confia em mim.
— Tentar pode valer a pena. Estou ansioso para ouvir o resultado.
— Vou lhe telefonar quando voltar a Paris. Você pode vir jantar conosco.
— Vou gostar disso.
— O que Sunny desenhou?
— Flores, jardins e unicórnios.

•

Alex telefonou e deixou uma mensagem para madame Demy. A diretora não estava em casa e ela pensou que talvez tivesse ido com o tio para o castelo no campo. Alex queria que madame Demy soubesse que ficaria em Lyon mais um dia, que havia feito uma descoberta em Sainte Blandine, importante para o Cluny. Ela não entrou em detalhes.

Naquela noite, sonhou. Com flores, jardins e unicórnios. Mas primeiro sonhou com o poema. Podia ver o papel em que estava escrito. Um francês arcaico escrito à mão em um pergaminho desbotado e frágil. Tentou traduzir as palavras antigas. Podia vê-las, escritas com bico-de-pena de maneira elegante. Jardim... Flores... De início o sonho não continha imagens, apenas palavras.

Ela o encontrou no jardim
Um encontro casual
Mas como se traçado pelo destino.
... a obra de seu amor... o fruto, a paixão de seu amor...

Depois a tinta tornou-se borrada, as letras se desvaneceram. Mas uma palavra permanecia. Enterrada.

O sonho se tornou não mais palavras, mas imagem. Apareceu um tear já com o urdume, os fios a subir e descer. E depois a trama, fios com o vermelho-vivo da garancina, o amarelo-dourado do lírio-dos-tintureiros, o azul do ísatis, criando uma donzela e seu amante. O amor apaixonado dos dois registrado na realização do desenho. No fruto. Na faina daquele amor.

Era a donzela do desenho, nua e inocente, e era o paladino, que na realidade não era paladino nenhum, e sim o tapeceiro, o qual viera exigir-lhe a inocência, despertar-lhe a paixão. Estavam no jardim insular, e então este se espraiou e se abriu, e se transformou num mundo não mais confinado, pois o jardim era o próprio mundo. E aí Alex era a donzela. E Jake, o paladino. Ele a beijou. Tocou-lhe a pele. Acariciou-lhe o corpo nu. Penetrou-a, os dois se tornaram um só.

Alex acordou transpirando. Sentou-se na cama.

Levantou-se e vestiu-se. Foi até o quarto de Soleil, embora soubesse que a filha não estaria lá. Alex entrou. A cama estava arrumada. A boneca, presente da avó Simone, estava sentada na cama. Alex a pegou.

Soleil estava com ciúme; fora sempre assim. Com ciúme do trabalho de Alex, ciúme de qualquer um e de qualquer coisa que tomasse o tempo da mãe. Alex tinha sido cuidadosa em relação a outros homens que pudessem se aproximar do círculo da filha. Soleil, na verdade, não havia conhecido o pai, mas tinha criado uma imagem ideal dele que ela não iria destruir. Mas será que a menina percebera que Jake era mais do que um simples companheiro de trabalho?

Ele tinha vindo a Lyon para ajudar a mãe, para fazer os desenhos. Soleil não podia compreender isso? Devia ter explicado melhor para a filha. Mas como Alex poderia fazer isso, quando ela própria queria acreditar que o fato de Jake ter vindo sem hesitar, no meio da noite, significava muito mais do que a ajuda de um amigo? Ele nem tinha questionado o pedido para acompanhá-la ao convento naquela manhã. Pensou no que Jake havia dito naquela tarde — que sempre tinha ido atrás do que queria.

O que ela queria agora? Descobrir uma outra tapeçaria? Conseguir a tapeçaria para o museu? Mas sabia que havia muito mais. O desejo mais profundo era proteger a filha, mantê-la em segurança, sabendo-se amada e apreciada acima de todas as coisas.

Alex acariciava a boneca. Ela amava a filha com devoção. Era o amor mais profundo que jamais conhecera. Mas não havia mais — o amor entre homem e mulher? Será que conheceria esse amor? De alguma maneira estranha e inexplicável, tudo parecia ligado à tapeçaria. Como se cada desejo se baseasse na busca e na aquisição de uma tapeçaria que poderia nem mesmo existir.

14

ALEX CHEGOU CEDO no convento de Sainte Blandine na manhã seguinte. Incapaz de dormir, saiu de Lyon antes do pôr-do-sol. Sabia que as freiras se levantavam cedo — matinas às 2h30 da manhã, laudes às 5 horas. Como conseguiam dormir? Dormir — algo que Alex fizera muito pouco durante os dois últimos dias. No entanto, não se sentia cansada.

Quando bateu à porta, a pequena freira enrugada que cuidava da entrada não pareceu surpresa ao vê-la, embora Alex não tivesse sido convidada. Perguntou por irmã Etienne. De acordo com a freira, irmã Etienne estava ocupada no momento, mas Alex podia entrar e esperar, se desejasse. Foi conduzida até o escritório e a freira lhe indicou uma cadeira. Assim que se sentou, ouviu alguém dizer em voz baixa:

— *Bonjour*, madame Pellier. — Era irmã Anne.

— *Bonjour* — respondeu Alex. — Como a senhora está?

— Muito bem, obrigada. E você?

— Muito bem.

— Acompanhe-me, por favor. — A freira fez um sinal e elas saíram para o corredor. — O seu amigo — disse irmã Anne, sorrindo — não veio hoje?

— Hoje estou sozinha.

— Seu amigo, ele é muito bonito. — A expressão da freira era brincalhona. Seu sorriso lembrava o de uma jovem que provoca a amiga apaixonada.

Será que ela pensava que havia algo entre Alex e Jake? Será que esperava que ela confessasse algum detalhe íntimo da afeição por Jake? Alex se lembrou de quando estava sentada com ele na biblioteca e irmã Anne ficara empoleirada na cadeira do canto. O que irmã Anne tinha observado que a fizera achar que Jake fosse algo mais do que um simples colega? Será que a freira, que pensava estar cochilando, a vira segurar a mão de Jake, quando descobriram o nome Adèle Le Viste no registro?

— Muito bonito — disse a freira mais uma vez.

Alex pensou em contar para a freira que Jake era apenas um colega de trabalho, mas, em vez disso, disse:

— Sim, ele é muito bonito.

Viraram no corredor escuro e atravessaram várias portas até chegar a uma escada de pedra. Sob ela havia um banco rústico de madeira.

— Por favor. — Irmã Anne fez um gesto em direção ao banco e depois para o alto da escada, enquanto massageava o quadril. — Muito difícil — disse ela. Sentou-se no banco e Alex entendeu que a freira esperava que também a imitasse.

— Conheci um rapaz tempos atrás — disse a freira arrumando as volumosas pregas do hábito. — Oh, um rapaz muito especial, como o seu amigo. Muitos, muitos anos atrás. Ele se parecia muito com o seu amigo. Mais novo, é claro. — A freira sorriu.

Alex também sorriu.

— Ele é um artista — disse Alex sentindo a necessidade de participar da conversa, mas sem saber exatamente o que dizer. Irmã Anne estaria se lembrando de um antigo namorado? Era um pensamento estranho, a pequena freira distorcida em companhia de um homem. Alex sentiu-se desconfortável por ter esses pensamentos indelicados, mas não conseguiu evitá-los, e não tinha idéia de que resposta poderia dar. — Ele é um artista muito talentoso — acrescentou.

A freira deve ter sentido o desconforto de Alex. Ela sorriu de novo, depois disse:

— É muito difícil imaginar uma mulher velha, que um dia foi jovem e apaixonada por um rapaz?

— Não — mentiu Alex.

Irmã Anne conservou um sorriso sonhador no rosto. Alex se perguntou quanto tempo teriam de esperar. Acomodou-se no banco, que era duro e desconfortável. Imaginava que a pequena freira também estivesse desconfortável. Ou talvez essa fosse uma coisa que tinha aprendido a aceitar, uma penitência perpétua. Perguntou-se onde estaria irmã Etienne e se iria fazê-la esperar o dia todo.

Um camundongo correu, surpreendendo Alex, que rapidamente levantou os pés enquanto as costas se enrijeciam.

— Atualmente os ouvimos dia e noite — disse irmã Anne batendo no joelho de Alex — rastejando acima de nossas cabeças, fazendo ruído com as unhas quando arranham o chão. — Ela suspirou. — Agora que o arcebispo veio com os homens, demolindo tudo. — Os olhos dela ergueram-se. — Eles parecem não saber o que está acontecendo. Pequenas criaturas confusas.

Alex pressupôs que estivesse falando dos camundongos.

— Uma quebra de hábitos certamente.

— Sim, um pouco como uma quebra de hábitos. — Irmã Anne olhou para a escada como se estivesse esperando alguém. — Esta tem sido minha casa por quase sessenta e sete anos.

— Verdade, sessenta e sete anos? — Alex ficou assombrada com o fato de que alguém pudesse viver dessa maneira por tantos anos.

— Completará sessenta e sete anos em agosto próximo.

— É muito tempo.

— É um tempo muito longo. — Irmã Anne continuava a olhar para a escada.

Alex ficou com vontade de perguntar se tinha sido feliz ali nesses sessenta e sete anos, se essa fora uma escolha sábia, se nunca desejou ter ficado no mundo dos homens, ter se casado, formado uma família.

— Você está se perguntando se fui feliz nesses anos todos? — perguntou irmã Anne. — Houve dias bons e dias maus. — A freira sorriu silenciosamente.

— Suponho que sim — disse Alex com cuidado. — Qualquer escolha que façamos produz ambos, o bom e o mau. Espera-se sempre que produza mais o bom.

A freira continuava a sorrir, mas não respondeu.

— O que foi ... — perguntou Alex hesitante, temendo parecer muito atrevida, muito pessoal — o que a fez escolher esta vida?

— Não reconheço como minha escolha. — A expressão da freira estava séria agora. — Foi o bom Senhor que me escolheu.

— Então, a senhora não teve escolha?

— Ah, mas sempre temos escolha. Sempre temos escolha, respondemos sim, ou respondemos não.

Alex ouviu um ruído na escada e, ao olhar, viu irmã Etienne.

— Bom dia — disse a freira de maneira agradável.

— Bom dia — respondeu Alex.

— Obrigada, irmã Anne — disse a freira mais jovem. — Por favor, madame Pellier. — Ela fez um gesto para Alex. — Por favor, venha comigo. — A voz dela era amigável e acolhedora, quase como se estivesse esperando por ela nessa manhã, como se a tivesse convidado para um chá com biscoitos. Alex seguiu-a escada acima. Olhou rapidamemnte para baixo, para irmã Anne, que estava parada no final da escada. Um sorriso amplo e orgulhoso cobria o pequeno rosto da freira.

Elas seguiram por um outro corredor. Alex podia ver o que o arcebispo estivera fazendo nos últimos dias, o que tinha aborrecido tanto camundongos quanto freiras, o que criara tal agitação. Muitas paredes, assoalhos e tetos estavam sendo derrubados. Alex imaginou que uma única cela de freira não seria suficientemente grande para acomodar os turistas que o arcebispo esperava atrair para o convento reformado.

Irmã Etienne abriu a porta e elas entraram em um espaço amplo que, provavelmente, abrigara várias celas de freiras. Havia um odor de mofo, antigo e inconfundível. Mais ali do que no resto do convento. Como se a abertura das paredes tivesse liberado o odor de centenas de anos passados.

Irmã Etienne parou e olhou diretamente para Alex.

— Sei — disse ela — que posso confiar em você.

Alex imaginou como a freira tinha chegado a essa conclusão, sabendo que fora ela quem retirara os desenhos do livro de orações.

— Estivemos rezando na noite passada — disse a freira —, rezando por orientação.

Irmã Etienne foi até um canto escuro da sala. Puxou várias telas pesadas para revelar um longo objeto enrolado, com pelo menos 3,5 metros de comprimento. Ele estava embrulhado e uma corda amarrava cada ponta. A irmã desamarrou as cordas, removeu a cobertura, depois fez um sinal para Alex ajudá-la a levar o objeto até uma janela em que a incidência da luz fosse melhor. Cada uma segurando em uma ponta, as duas mulheres carregaram o embrulho pesado pela sala e depois o colocaram debaixo da janela. Vagarosa e cuidadosamente, a freira começou a desenrolá-lo.

O coração de Alex pulou no peito enquanto observava, depois pareceu subir e prender-se ao pescoço. Um grito inesperado de choque e de alegria rompeu o silêncio, e Alex mal percebeu que partia dela. Em seguida, uma sensação calorosa e confortante a envolveu, enquanto olhava para a grande tapeçaria desenrolada no chão.

Era, sem dúvida, a sétima tapeçaria, baseada no segundo desenho encontrado no livro de orações medieval. O detalhe era tão fino e preciso como no desenho delicado — a donzela nua com o unicórnio sentado ao lado, as patas dianteiras sobre o regaço, o cenário natural do jardim, o cavaleiro com a lança —, mas o efeito geral era ainda mais poderoso. Essa impressão poderia ser causada apenas pelo tamanho, mas aqui os elementos de cor e textura haviam sido acrescentados à composição. As cores eram as mesmas que as usadas no conjunto *A Dama e o Unicórnio* que estava no Cluny, os mesmos vermelhos brilhantes e azuis profundos. No entanto, ao contrário das tapeçarias do museu, as cores quase não pareciam esmaecidas. O conjunto do Cluny sofrera danos terríveis por causa de anos de exposição. Três das tapeçarias, *Le Goût*, *La Vue* e *A mon Seul Désir*, haviam sido guardadas durante algum tempo na prefeitura de Boussac, onde foram atacadas por ratos e umidade.

— Ela é linda — disse Alex soltando a respiração. Agachou-se sobre um joelho, examinando os detalhes mais de perto.

— É autêntica? — perguntou irmã Etienne. — É valiosa?

Alex estendeu a mão para tocar a tapeçaria, sentir a textura. Ela se voltou e olhou para irmã Etienne.

— Posso? — perguntou.

A freira fez que sim.

Alex ajoelhou-se, depois percorreu os dedos pelas bordas. A tapeçaria parecia estar em perfeitas condições. As bordas das tapeçarias do museu tinham sido substituídas ou refeitas, e as restaurações antigas foram realizadas de maneira grosseira, com fios pobremente tingidos. As tapeçarias tinham passado por quatro limpezas, reparações nas urdiduras, remendos, mas ficava evidente agora que as peças restauradas do Cluny estavam longe de ter recuperado o esplendor original. Alex se perguntava como essa peça pôde ter sobrevivido com tal magnificência durante séculos. Quando examinou os detalhes mais atentamente, viu as leves imperfeições de uma tapeçaria feita à mão. Alex tinha certeza de que era verdadeira, que era a sétima peça para o conjunto em seu museu.

— Sua opinião profissional? — perguntou a freira.

— Ela é linda — sussurrou Alex.

— Foi tecida ao mesmo tempo que as outras? Como sobreviveu tanto tempo?

— De onde ela veio?

— Daqui.

— Esteve aqui o tempo todo? — Alex voltou-se para a freira.

— Parece que sim. Se fosse verdadeira, seria valiosa?

— Se for realmente o que parece ser.

— E ela é? Ela é o que parece ser? — perguntou irmã Etienne.

— Existem testes químicos, cromatografia, análise espectroscópica, métodos de ressonância nuclear magnética.

— Oh, isto soa horrível, danoso. Mas, você, madame Pellier, não é uma especialista? Acredita que é autêntica?

— Sim, acredito.

A freira sorriu de maneira triunfal.

— Por que não estava no inventário — perguntou Alex — com os outros pertences?

— Não sabíamos que estava aqui até ontem.

— Vocês não tinham idéia de que estivesse aqui?

— Há lendas, histórias — respondeu a freira, de maneira pensativa. — A ordem remonta ao século XIII... algumas das histórias... — fez um gesto com a mão como para afastar essas histórias. — Quando encontramos o poema... talvez tenhamos encontrado algo concreto. A jovem apaixona-se pelo tecelão de tapetes. O pai fica desgostoso, pois combinara uma união mais conveniente para a filha. Ela recusa e ele a encaminha para o convento, ou talvez fosse escolha dela.

— Melhor viver ao serviço do Senhor... do que sem aquele que ama?

— Talvez... mas depois, a história... antes de se separar, eles haviam criado algo belo juntos...

— As tapeçarias? — As palavras do poema passaram pela mente de Alex. Uma palavra se destacou, *enterrada*, e uma visão mórbida lhe veio à mente. As velhas freiras lá fora, no meio da noite, cavando no cemitério, o lugar de Adèle Le Viste, para achar a tapeçaria. Ela pensou em histórias que ouvira sobre santos antigos, desenterrados depois de centenas de anos, os corpos milagrosamente preservados, exumados em condição perfeita, como se tivessem acabado de ser colocados para descansar.

— Esta parte do convento foi construída no final do século XV ou início do XVI — disse irmã Etienne apontando para a parede.

Alex olhou ao redor da sala. Evidências do trabalho do arcebispo revelavam onde as paredes haviam estado até recentemente.

— Ela estava emparedada?

— Sim.

Quem a colocou na parede?, perguntou-se Alex. Uma parede dupla? Construída para esconder a tapeçaria?

— Algo como um milagre — disse irmã Etienne.

— Surpreendente — disse Alex, enquanto examinava a tapeçaria mais uma vez. A donzela era a moça esbelta e loira do conjunto do Cluny. O unicórnio parecia o elegante animal que havia em *La Vue*. As flores no jardim eram as mesmas das outras seis tapeçarias — margaridas, cravos, rosas, amores-perfeitos, lírios-do-vale, pervincas. O jardim na ilha havia se expandido do espaço fechado para cobrir as partes mais baixas da tapeçaria em um cenário mais realista; um homem estava representado como um cavaleiro; não havia os brasões dos Le Viste. No entanto, Alex tinha certeza de que fazia parte do mesmo conjunto. Sabia que ela pertencia ao conjunto.

— Uma lupa? — pediu Alex.

Irmã Etienne saiu enquanto Alex continuava a estudar a tapeçaria. A freira voltou e lhe estendeu uma pequena lente de aumento. Demoradamente, examinou os detalhes, depois uma área maior de cores, onde percebeu a variação na intensidade das tinturas vegetais naturais, as cores desiguais. Inclinou-se, tocou com o nariz a lã antiga e aspirou o odor. Mais uma vez estudou o detalhe fino, a textura e a estrutura da tecelagem, o sombreado e a gradação de cor criada pelo sombreamento habilidoso. Sim, era autêntica. Alex entregou a lente de aumento para a freira e explicou como as cores, a textura, a intensidade da cor eram todas indicações de autenticidade. Irmã Etienne sorriu, os olhos dela brilhavam de excitação.

Depois de mais alguns minutos, em que as duas mulheres estudaram a tapeçaria, Alex levantou a borda para examinar do outro lado. O que ela viu quase fez o coração saltar para fora do peito. Um monograma, um sinal característico, havia sido tecido na parte de trás da borda. Era idêntico à letra misteriosa que seguia *A mon Seul Désir* na tapeçaria do Cluny, o mesmo motivo que estava entrelaçado com a gavinha ao nome *Adèle* no desenho.

Alex percorreu com os dedos o enigmático desenho. Não havia a menor dúvida em sua mente agora — era a assinatura, o sinete do tecelão. E não havia dúvida de que Adèle e o tecelão haviam sido amantes.

— Obrigada. Obrigada por ter vindo hoje — disse irmã Etienne falando de novo como se Alex tivesse sido convidada. — Posso? — perguntou inclinando-se para enrolar a tapeçaria.

Alex poderia ter ficado, ajoelhada no chão frio e duro, examinando a tapeçaria pelo resto da manhã, mas disse:

— Sim, obrigada.

Ajudou irmã Etienne a enrolar a tapeçaria. Elas a levaram de volta para o canto escuro e a envolveram com as telas.

— Os homens chegarão em breve — disse irmã Etienne, enquanto amarrava a corda. — O arcebispo acha que está atrasado em seu projeto.

Alex ajoelhou-se e amarrou a corda na outra ponta. Cobriram a tapeçaria com outra camada de telas.

— Talvez o arcebispo tenha de repensar o projeto agora — disse a freira. — Por favor, madame Pellier, por favor, venha. Há providências a serem tomadas. Devemos fazer planos.

Alex seguiu a freira até o escritório. Assim que se sentaram, irmã Etienne disse:

— O arcebispo não é um homem descortês. Mas para ele é uma questão de economia. A manutenção do convento tornou-se muito cara para a arquidiocese. E nossos ganhos são tão poucos agora... um pouco provém da passamanaria feita à mão, mas não somos mais capazes de cuidar das vinhas. Antigamente, Sainte Blandine produzia um vinho de altar muito bom, mas agora... — Irmã Etienne passava a mão na cruz pendurada no pescoço. — O arcebispo acha que precisamos dos cuidados de uma enfermeira, como se não pudéssemos mais tomar conta de nós mesmas. — A freira suspirou. — Mas não sou uma mulher incapaz de perceber as coisas, e está claro que o arcebispo tem razão. Temos, realmente, uma saúde muito boa para mulheres de nossa idade, mas... pobre irmã Anne, ela vai bem, mas temo que caia qualquer dia desses e quebre a bacia, e irmã Eulalie e irmã Philomena, em cadeiras de rodas, e irmã Hélène, uma mulher forte, mas... os ossos começam a se tornar frágeis, os olhos já não enxergam tão bem... — A voz da freira se arrastava. — Se fôssemos capazes de pagar pela manutenção, contratar ajuda, uma enfermeira que atendesse às nossas necessidades. O arcebispo ainda poderia ter o andar de cima para o hotel. — A voz da freira tornou-se excitada. — Tudo daria certo. — Ela olhou para Alex como se precisasse de confirmação.

Alex concordou.

Irmã Etienne continuou.

— Mas precisamos de ajuda. Por isso você veio até nós.

Como a freira tinha chegado a essa conclusão? Alex não tinha vindo ao convento por caridade ou benevolência.

— Não temos idéia — disse a freira — de como expor a tapeçaria para aqueles que poderiam estar interessados. Como conseguir o melhor preço. Não poderia saber qual preço seria justo.

— A propriedade teria que ser estabelecida.

— Mas a encontramos aqui no convento. Ela pertence às irmãs de Sainte Blandine.

Alex se perguntava se o arcebispo veria a tapeçaria como uma propriedade das freiras ou como uma parte da propriedade do imóvel, uma vez que fora retirada da parede. Os homens do arcebispo, que Alex pressupunha que fossem empreiteiros particulares, a haviam encontrado dentro da parede. Eles teriam consciência de seu valor?

— O arcebispo Bonnisseau foi contatado?

— Preferi falar com você antes — disse irmã Etienne — para verificar se é autêntica.

— Quando o convento foi vendido para a arquidiocese — perguntou Alex —, os conteúdos permaneceram propriedade das freiras?

— Sim.

— Há alguma documentação comprovando esse fato?

— Sim, acredito que há algo escrito, um contrato. E também as cartas, uma correspondência do arcebispo, de quando ele decidiu converter Sainte Blandine em um hotel e enviar-nos para Lyon. — Irmã Etienne fitava Alex por cima da mesa. — Ela é nossa, não é?

— Parece que existe o documento adequado para estabelecer a propriedade.

— E quanto ao valor — perguntou irmã Etienne —, como se determina o valor?

Alex hesitou novamente.

— O valor exato é difícil de ser determinado. Restaram muito poucas tapeçarias desse período, e nesse estilo, ainda mais em tão boas condições. Ela é bem extraordinária.

— Extraordinária, realmente. Então, e o valor? — irmã Etienne perguntou, muito ansiosa.

— Mesmo o mundo da arte gira ao redor do lucro — respondeu Alex. — Oferta e procura. O valor está baseado em vontade de possuir, condição, idade.

— E o fato de que existam muito poucas tapeçarias em condições tão extraordinárias?

— Isso faz com que seja muito valiosa.

— Era desejo de madre Alvère que qualquer coisa de valor fosse para os museus — disse irmã Etienne —, mas... ela não sabia da existência da tapeçaria. Parece que isso muda tudo. — A freira pigarreou, abaixou a cabeça, depois ergueu o olhar para Alex. — Mas agora, essa descoberta nos permitirá permanecer no convento...

Alex concordou mais uma vez, embora bem no fundo desejasse protestar.

— Mais alguém tem conhecimento disso? Algum dos outros representantes de museus que vieram até Sainte Blandine?

— Você se refere a dr. Martinson?

— Sim.

— Não. — Irmã Etienne sacudiu a cabeça. — Você é a única que sabe.

Alex sentia vontade de sacudir a freira. Ela queria dizer: Você não consegue perceber que esta é a sétima peça de *A Dama e o Unicórnio*? Elas devem ficar juntas. Você não compreende? A tapeçaria deve ir para o Cluny!

Irmã Etienne olhou para Alex, bem no fundo dos olhos. A freira sorriu.

— Uma casa de leilões bem conceituada — disse Alex — seria a mais capacitada para realizar uma grande exposição aos que desejam pagar o preço.

— Sim, uma casa de leilões. Você está familiarizada com elas?

— Sugeriria que a senhora entrasse em contato com as melhores, a Sotheby's ou a Christie's.

— E como lidaria com isso? Você pode nos ajudar?

Alex respirou profundamente.

— Sim, posso ajudá-la.

15

DEPOIS DE FALAR com Alex, tranqüilizando-a de que a viagem de trem com Soleil dera-se sem problemas, Jake tentou reunir os pedaços de papéis. A criança havia feito um bom trabalho, mas depois de duas horas ele tinha material suficiente para refazer os desenhos principais, bem como os detalhes nas bordas. Podia colá-los com fita adesiva e entregá-los a Alex. No entanto, sentiu-se na obrigação de refazer os desenhos, pois Alex lhe dera um cheque generoso antes que ele partisse de Lyon. Quando protestou e tentou devolvê-lo, insistiu para que ficasse com ele. No fim das contas, tinha ido até Lyon no meio da noite e feito o trabalho solicitado, mesmo que depois Soleil tivesse destruído os desenhos. Esse era um problema dela, disse a Jake, não dele. Mas com os esboços que fizera no trem e com a reconstrução que conseguira colando os pedaços, imaginou que poderia fazer novamente um outro conjunto tão próximo ao original.

Jake caiu na cama e dormiu até às 10h45 da manhã seguinte. Quando acordou, pegou o que precisava e começou a fazer os desenhos com bico-de-pena pela segunda vez.

No meio da tarde, saiu do quarto para comer algo. Quando voltou, verificou as mensagens; não havia nenhuma. Sabia que devia ir à cooperativa e pagar Julianna pelas compras que fizera no sábado à noite, mas ainda não tinha dinheiro. Deveria ir ao banco mais tarde com o cheque de Alex. Entrou no quarto e ficou parado, olhando os desenhos. Depois se sentou, molhou a pena e começou a trabalhar. Não tinha certeza de quanto tempo se passara quando ouviu uma batida na porta. Pensando ser André, que se comprometera a trazer toalhas limpas durante a tarde, levantou-se e abriu a porta.

— Achei que talvez você passasse pela cooperativa. — Era Julianna.

— Cheguei muito tarde da noite.

Julianna olhou o relógio.

— Agora são 18h15 — disse ela. — Você vai me convidar para entrar?

Jake conduziu Julianna para dentro do quarto.

— Comecei a trabalhar e acho que perdi a noção das horas.

— A viagem para Lyon foi boa?

— Ótima — respondeu ele.

— Ótima? Você terminou os desenhos com bico-de-pena?

— Estou terminando agora. Como sabia onde moro?

— O formulário para associar-se à cooperativa.

— Ah.

— Você vai ao estúdio hoje? Estou indo para lá.

— Que dia é hoje? — Jake coçou a cabeça, passou os dedos pelos cabelos.

— Segunda.

— Segunda... modelo masculino?

— Ah, sim... — disse ela com um sorriso — espero que você ainda precise de uma mulher.

— Sim.

Ela olhou para a mesa, e depois, antes que Jake pudesse impedi-la, passou por detrás dele. Julianna olhou para os desenhos.

— O que aconteceu aqui? — perguntou ela fitando os desenhos que Jake havia reconstituído.

— É uma longa história.

— Sim, posso imaginar. — Os olhos dela se deslocaram das páginas rasgadas para os esboços feitos a lápis, depois se fixaram nos primeiros desenhos com bico-de-pena que ele havia iniciado nessa manhã. — Estão bem bonitos. Foi por causa deles que você correu para Lyon?

Ele concordou, mas não disse nada. Jake não tinha a intenção de mostrar os desenhos para ninguém. Sabia que Alex gostaria de manter a descoberta em segredo.

— Este é um esboço de uma tapeçaria que está no museu Cluny? — Ela apontou para o desenho que se parecia com A *mon Seul Dèsir*, depois estendeu a mão e pegou-o. —Embora haja algumas diferenças. — Ela o recolocou sobre a mesa e pegou o segundo desenho, que ainda estava molhado. — E este aqui?

Ele não respondeu. Como fora descuidado ao deixar Julianna entrar enquanto trabalhava nos desenhos!

— Este tem um estilo similar, mas não é nenhuma das tapeçarias do conjunto A *Dama e o Unicórnio*. Conheço bem aquelas tapeçarias. A arte medieval é muito fascinante. Incrivelmente romântica. Você não acha?

— Sim, ela é romântica.

Os olhos de Julianna examinaram o quarto de novo. Jake havia colocado a tela sobre a qual trabalhava dentro do guarda-roupa e estava agradecido por isso. Não queria que ninguém a visse. Ele mesmo recusava-se a olhar para o trabalho. Julianna foi até a janela e contemplou a vista lá fora. Voltou-se e olhou para a cama desfeita, depois foi atraída pela visão da mesinha-de-cabeceira, onde ele esvaziava os bolsos todas as noites. Ela estava coberta com uma pilha de moedas, canhotos de entradas de museus, cartões-postais e recibos, a história da primeira semana em Paris.

—Você irá ao estúdio na quarta? Poderia me pagar então.

— Sim, irei na quarta.

— Você tem o endereço?

— Estarei lá.

Depois que Julianna saiu, Jake esperou o telefonema de Alex, mas, por fim, desistiu e saiu sozinho para comer alguma coisa.

Na terça-feira, tirou a pintura de dentro do guarda-roupa e tentou trabalhar nela, parando ao meio-dia, quando saiu para o almoço; depois foi ao Louvre, onde ficou até a hora de fechar. Alex ainda não tinha telefonado quando voltou. Jake estava curioso para saber se descobrira algo mais sobre uma possível tapeçaria.

Na quarta-feira de manhã Jake saiu para correr. Correu mais do que de costume e deu-se conta de como fazia qualquer coisa para manter-se afastado da pintura. Quando avistou a si mesmo na vitrine de uma loja no Boulevard Saint Michel, experimentou uma sensação estranha, como se o pai estivesse olhando para ele. Não que o pai fosse fazer algo tão tolo quanto correr pelas ruas de Paris usando um *short* que se parecia com uma cueca. — Por que um homem desejaria correr pelas ruas? Ele consegue fazer um monte de exercícios durante um dia honesto de trabalho. — Jake podia ouvir a voz profunda e áspera do pai.

Nunca havia aprovação na voz dele. Lembrou-se de quando estava na faculdade e fazia aquelas pinturas, que o pai dizia que não eram realmente pinturas. Na época estava envolvido com a arte abstrata e o pai lhe perguntou por que não pintava cavalos, como Remington ou Charlie Russell. Uma reprodução de Remington de um vaqueiro em um cavalo dando um pinote ficou pendurada no escritório de John Bowman durante muitos anos. — Você era bom em desenhar cavalos quando era pequeno.

O que o pai pensaria agora que ele voltou a Paris? Jake fazia uma boa idéia do que poderia pensar. Até a mãe, que sempre havia sido sua maior incentivadora, não ficara muito entusiasmada com essa decisão. Ela não podia compreender por que ele havia abandonado a segurança do cargo na universidade.

•

Até o final da tarde, Jake não havia recebido nenhum telefonema de Alex. Ela dissera que o chamaria quando voltasse a Paris e o convidaria para jantar. Será que o estava fazendo perder tempo? Esperou quase até às 19 horas, depois pegou o metrô e foi ao estúdio em Montmartre. Jake não estava com vontade de carregar pinturas e telas, mas levou o bloco de desenho e os lápis.

Quando chegou, uma jovem morena já havia tirado a roupa e estava sentada em uma cadeira, com o olhar vazio. Do outro lado da sala, Julianna sorriu e acenou. No chão, perto dela, um rapaz negro, descalço e com os cabelos cheios de trancinhas estava sentado desenhando em um bloco. Uma moça muito magra, de pescoço comprido, estava diante de uma enorme tela. Uma mulher gorda, de meia-idade, olhou para Jake e sorriu. Havia outras pessoas espalhadas pela sala, algumas pintando, outras desenhando.

— Fico feliz por você ter vindo. — Julianna havia se aproximado para cumprimentá-lo.

— Trouxe o seu dinheiro.

Ela fez um gesto com a mão.

— Não vamos nos preocupar com isso agora. Vamos instalá-lo. Você deve se apresentar a Patrice — ela mostrou a mulher gorda — quando estiver acomodado. Não trouxe uma tela?

— Pensei em fazer alguns esboços para começar. — Ele se perguntou se Julianna achava que viria regularmente.

— Você não está pintando?

— Apenas pensei em ver como estão indo as coisas.

Jake ouviu alguém entrar na sala. Ele e Julianna se voltaram. Era um homem idoso. Ele olhou em volta, perplexo.

— Madame Lamoureux? — perguntou o homem para ninguém em particular.

— *Ce soir, no* — disse Julianna. — Ela foi até o homem.

Jake pôde escutá-la explicando que não haveria aula essa noite. O homem idoso ficou confuso e disse que achava que deveria haver um instrutor. Julianna sugeriu que ele poderia começar. Caso fosse necessário, havia várias pessoas no grupo em condições de ajudá-lo. O homem hesitou. Perambulou pela sala durante alguns minutos olhando para a modelo de vez em quando.

Jake pegou uma cadeira, abriu o bloco e começou a desenhar. O homem idoso parou e ficou observando.

Julianna tinha ido para o fundo da sala e estava montando um cavalete.

— *Venez, venez essayer de faire* — ela chamou o homem. — Venha tentar.

Vagarosamente, o homem foi até ela, parou e fitou o papel.

Julianna e o homem começaram a conversar baixinho, de modo que Jake, que continuava a desenhar, não podia ouvir o que diziam.

Os estudantes conversavam entre si. Quase todos falavam em francês. O jovem negro, a loira magra e um outro estudante gracejavam em inglês.

O tempo não parecia ter passado, quando a modelo se levantou, cobriu-se com o vestido, esticou-se e bocejou, depois tirou um maço de cigarros do bolso e foi até a sacada. Várias pessoas a seguiram. Elas ficaram em um pequeno grupo, rindo e batendo papo. Outros se juntaram em volta da garrafa de café.

Julianna apresentou Jake a Patrice, que explicou como estabeleciam o preço a cada noite, baseados no número de estudantes. Ele preencheu uma ficha de matrícula, enquanto Julianna ia até a sacada.

Jake encheu uma xícara de café, depois andou pela sala olhando o trabalho dos outros estudantes. Examinou a tela de Julianna. Ela estava pintando em estilo cubista. Ficou curioso em ver como ela havia ajudado o homem idoso. Dirigiu-se até onde estava o homem, ainda sentado. Havia vários papéis amassados a seus pés, mas o papel no cavalete estava em branco.

O homem olhou para Jake.

— Como começar? — perguntou ele.

— Formas simples — respondeu Jake. — Separe o que quer fazer em elementos simples — explicou.

— *Je regarde et vois une femme*. Uma forma misteriosa, bela e complexa, não uma forma simples. — O velho sorriu. — Ontem de manhã havia um instrutor. Desenhamos maçãs, laranjas e garrafas de vinho. Mas agora... é impossível! — Ele sacudiu a cabeça. — O senhor poderia me orientar? *Monsieur...*

— O homem hesitava como se procurasse um nome.

— Jake Bowman — disse estendendo a mão.

— Gaston Jadot. Encantado, *monsieur* Bowman — respondeu o homem com um aperto de mão firme e forte. Ele olhava diretamente para Jake. Havia confiança no aperto de mão dele, uma expressão séria como se estivesse realizando um negócio importante. O homem vestia um pulôver puído, gasto nos cotovelos, um par de calças desbotadas, mas havia algo na maneira como pegou a mão de Jake, com tanta firmeza, no modo de falar que transmitia elegância e refinamento. Jake se perguntava de onde teria vindo, o que estava fazendo ali no estúdio. O que impulsionaria um homem da idade dele, Jake imaginava que estivesse beirando os oitenta, a embarcar nesse esforço criativo tão tardio?

Os outros saíram da sacada. A modelo retomou a pose e eles voltaram ao trabalho. Jake ficou com *monsieur* Jadot, sugerindo como poderia começar o desenho.

— O corpo humano é feito de esferas e cilindros, formas básicas.

— Como laranjas e garrafas de vinho — respondeu o homem sorrindo.

— Sim — sorriu Jake.

O velho perguntou a Jake se podia mostrar-lhe como fazer. Ele concordou, depois foi buscar o próprio bloco.

Ele não tocou no lápis ou no papel do homem idoso. Nunca pensou colocar a própria caneta ou pincel no trabalho de um aluno. Depois que fez uma demonstração, o homem pareceu mais confiante e começou a desenhar. Jake explicou a maneira pela qual ele podia começar com formas básicas, observando cuidadosamente as proporções e as relações entre as formas. Ficava fácil se a figura fosse vista apenas dessa maneira — formas e linhas.

— Você é professor? — perguntou Julianna.

Jake voltou-se. Ela estava parada atrás dele.

— Ensinei por algum tempo.

— Onde? Nos Estados Unidos?

— Sim.

— Na universidade?

— Em Montana.

— Você vai voltar? Para ensinar?

— Provavelmente, não.

— Você está trabalhando para o Cluny agora?

— Só aquele trabalho. Uma velha amiga trabalha no Cluny. Ela pediu-me para ir a Lyon fazer os desenhos.

— No meio da noite? — Julianna sorriu.

Jake fez que sim, mas não deu maiores detalhes.

— Estou curiosa — disse Julianna. — Qual é o significado? Um dos desenhos representava uma das tapeçarias do conjunto do Cluny, A Dama e o Unicórnio, no entanto o segundo desenho era diferente. A mulher estava nua, e havia um cavaleiro no desenho.

De novo, Jake não disse nada. Sentia-se traindo Alex.

— Alexandra Pellier? Sua amiga?

Droga, como ela sabia disso?

— O cheque — disse Julianna. — Ela assinou o cheque.

Ele lembrava agora, o cheque estava na mesinha-de-cabeceira.

— Julianna — o jovem negro a chamou do outro lado da sala —, você vem conosco hoje à noite?

— O que você acha disso, Jake? — perguntou Julianna. — Vamos sair para tomar um drinque. Você gostaria de vir?

Jake sabia que devia voltar para o quarto, descansar, levantar cedo e procurar pintar.

— Acho que não.

— Na noite em que abri a loja, você disse em outra oportunidade. Pois ela chegou! — Julianna estendeu a mão e tocou-o no ombro. — Irá lhe fazer bem. Você está muito ansioso para ser criativo. — Ela apertou o ombro dele levemente.

•

Eles andaram até um local que ficava a uma quadra do estúdio. Um espaço pequeno com um bar estreito e poucas mesas. Dois velhos estavam sentados a uma mesa. Um homem de meia-idade empoleirava-se em um banco no bar, com um cigarro pendurado na boca. Esticou o pescoço e olhou quando entraram, depois voltou e apagou o cigarro no cinzeiro.

Julianna apresentou Jake para os outros estudantes. O jovem negro com as trancinhas chamava-se Matthew Lewis e era de Chicago. Ele tinha uma argola enfiada na sobrancelha esquerda, que balançava para cima e para baixo quando ria. A loira de pescoço comprido, com cabelos curtos que pareciam ter sido cortados com uma tesoura sem fio, era Gabby Mogenson. Ela era de algum lugar do Novo México sobre o qual Jake nunca ouvira falar. Trabalhava como modelo para artistas a fim de pagar as lições de pintura que tinha durante o dia. Depois que pediram duas garrafas de vinho, um garoto de cabelo escuro chamado Brian juntou-se a eles, e em seguida uma gorda ruiva com um rabo-de-cavalo, que fez Jake se lembrar do desenho do Pica-pau.

Sentaram-se, conversaram e falaram sobre trabalho. Matthew levantou e foi até o bar pegar mais duas garrafas. Era um vinho barato, como aquele que Jake e os companheiros costumavam tomar anos atrás; vinho de garrafão. Ele sabia que se bebesse muito não conseguiria pintar na manhã seguinte, mas o fato de estar com esse entusiasmado grupo de jovens lembrou-o dos dias de estudante e dos primeiros dias como professor de faculdade. Havia muita vivacidade, juventude e criatividade.

Era quase meia-noite quando começaram a ir embora. Gabby, Matthew, Brian e a moça parecida com o Pica-pau levantaram-se para ir embora. Matthew, que tinha carro, perguntou a Jake se queria uma carona. Ele disse que não e agradeceu, pegaria o metrô. Então, viu-se sozinho com Julianna.

— Que tal subir e ver meu trabalho? — ela perguntou.

•

Julianna dividia um apartamento com uma moça chamada Michelle, que estava fora por alguns dias. O local era pequeno, quarto e sala de estar com um sofá-cama aberto e coberto com uma pilha de lençóis dobrados. Telas de vários tamanhos estavam alinhadas contra as paredes, na mesa de café e na pequena cozinha, sobre a mesa. A maior parte da pintura era em estilo cubista, como o trabalho que estava desenvolvendo no estúdio, mas havia outros que se pareciam mais com as obras dos impressionistas. Vários pequenos esboços, em estilo realista, que ele gostou, estavam pendurados nas paredes. Esse era todo o trabalho de Julianna. Não estaria seguro disso, se ela não assinasse cada tela com o nome Julianna.

Ela se desculpou por um momento. Jake olhou ao redor do quarto. Ele tinha bebido demais, estava cansado e terrivelmente desconfortável porque, enquanto estudava o trabalho de Julianna, sentia-se como um professor. O impulso natural era sugerir maneiras pelas quais ela poderia melhorar o trabalho, e tinha quase certeza de que não era isso que a garota queria.

Julianna voltou, depois foi até a cozinha e trouxe uma garrafa e dois copos. Encheu os copos com vinho. Ofereceu um a Jake.

— Você não disse nada sobre o meu trabalho. — Julianna tomou um gole de vinho.

— Foi para isso que eu o trouxe aqui. — Ela riu. — Com certeza, você não pensa que tenho outras intenções.

Inclinou-se, procurando ficar mais perto, o nariz quase tocando o de Jake. Isso mexeu com ele. Sentiu-se desconcertado. Ele se sentou na beira do sofá-cama, pondo de lado um cobertor, e colocou o vinho sobre a mesa. Julianna sentou-se perto dele.

— Seu trabalho — disse ele. — Gosto dos esboços. — Ele estudou as grandes telas apoiadas contra a parede. — Parece que, atualmente, você se inspira nos cubistas, mas posso ver que parte de seu trabalho mostra a influência dos impressionistas.

— Estava apaixonada o tempo todo — disse Julianna. — Você acha que o estado emocional influencia o trabalho de uma pessoa?

Aproximou-se outra vez e colocou a mão no joelho dele. Jake podia sentir o perfume, o vinho e o cigarro em sua respiração. A jovem estava tão perto que podia sentir o calor que exalava.

— Sim, acho que influencia.
— Você está amando agora, Jake?
— Estou noivo de uma moça lá onde moro.
— Não foi o que perguntei.
— Sim, é claro, estou amando.
— Então por que você está aqui?

Ele não estava certo se ela queria dizer aqui em Paris, enquanto a noiva estava em Montana, ou aqui em seu apartamento. A mão dela moveu-se lentamente subindo ao longo da perna dele. Ela inclinou-se e beijou-o, primeiro levemente, depois com uma força maior. O corpo dele respondeu, os lábios tão ávidos quanto os dela. Jake afastou-a e olhou seu rosto por um momento. Ela era muito bonita. As mãos da jovem estavam nos ombros dele. Jake deixou-se cair sobre o monte de lençóis. Julianna tirou-lhe o cinto com uma das mãos, a outra acariciava-lhe o pescoço, movendo-se para baixo, alisando o pêlo do peito. Ele abriu os botões da blusa dela, revelando o macio de seus seios.

16

JAKE PEGOU O METRÔ saindo da casa de Julianna na quinta de manhã. Sentia-se um lixo. A cabeça doía. Tinha bebido muito na noite anterior, uma desculpa pobre por ter dormido com Julianna. Não fora uma decisão que havia tomado com a cabeça ou o coração. Não é de admirar que as mulheres acusem os homens de pensar com o pênis. Como qualquer homem teria resistido?

Julianna tentou convencê-lo a tirar o dia de folga.

— Vamos a algum museu ou algo assim — disse ela.
— Devo voltar para a minha pintura — respondeu ele.
— Não é você o comprometido? — provocou ela.

Comprometido? O que Alex havia dito sobre Jake não estar ainda comprometido? Mas que diabo! Sobre o que estava falando? Era isso o que queria anos atrás? Compromisso? Droga, eles eram apenas duas crianças.

Não era bom em compromissos? Bem, parece que Alex estava certa. Ali estava ele, Rebecca encontrava-se em casa, em Montana, ainda com o anel de noivado no dedo, e acabara de dormir com Julianna.

Que diabos estava fazendo?

O homem de sobrancelhas cerradas parou-o na recepção e disse que havia uma mensagem para ele. Era de Alex, datada da noite anterior, às 22 horas. Ela tinha deixado um número de telefone.

Quando subiu ao quarto, engoliu duas aspirinas e deitou-se. Então Alex, finalmente, tinha decidido telefonar. Ele estava curioso a respeito de suas descobertas, se tinha encontrado alguma informação adicional sobre a sétima tapeçaria. E, por mais que odiasse admitir, queria vê-la de novo. Ele rolou na cama, pegou o telefone e digitou os números. A mãe de Alex atendeu, ele reconheceu a voz, lembrando-se da ocasião em que fora buscar Soleil na estação de trem.

— Jake, é bom falar com você novamente. Alex voltou de Lyon ontem à noite. Gostaríamos que viesse jantar conosco hoje, se não tiver outros planos.

— Posso ir hoje à noite. — Então Alex tinha estado em Lyon todo esse tempo. Ela havia telefonado na noite anterior. Logo depois que chegou a sua casa?

— Lá pelas 19 horas?

— Está ótimo.

— Sunny ficará encantada. Ela tem desenhado bastante desde que voltou de Lyon. E pergunta sempre quando o verá novamente.

— Realmente, nos divertimos desenhando — disse Jake, tocado e surpreso pelo fato de Soleil estar perguntando por ele. — Alex mencionou como as coisas se passaram no convento, senhora Benoit?

— Vou deixar que ela lhe conte.

Ele estava definitivamente curioso.

— Então, nos veremos à noite.

●

Jake saiu para um passeio. Estava muito quente para correr, mas precisava de um pouco de ar fresco. Parou para almoçar. Não tinha muito apetite, mas tomou dois copos de suco de tomate e uma garrafa de água.

Sentiu-se melhor quando voltou ao quarto. Decidiu que iria começar uma nova pintura, fazer alguns esboços preliminares em vez de começar diretamente na tela. Se pensasse mais, se desse mais ênfase para a composição, talvez obtivesse melhores resultados. Decidiu abandonar a primeira tentativa, mas ainda queria usar a janela na pintura. Agradavam-lhe as linhas do postigo, a beirada da janela, o edifício do outro lado da rua. Mas o realce marcante seria dado à mulher, baseado nos esboços que havia feito no estúdio. Jake pegou o bloco de desenho.

Enquanto trabalhava, um pensamento veio-lhe à mente. A pose da modelo no desenho que fizera no estúdio era semelhante à da donzela nua no segundo desenho que reproduzira para Alex. Se movesse o braço um pouco, girasse o ângulo... Rapidamente produziu algumas variações da pose com leves diferenças nas posições dos braços. Em seguida, fez o croqui de um pequeno cavalo, as patas dianteiras apoiadas no regaço da mulher, e acrescentou um lustroso chifre espiralado. Será que isso lembrava demais a Nova Era? Ou uma caricatura, como algum pôster pregado na parede do quarto de uma adolescente? Talvez até cafona? Esta fora a palavra que um professor de faculdade havia usado para descrever uma das pinturas de Jake, quando estava no segundo ano. Ele não tinha muita certeza do que isso significava naquela época, mas sabia muito bem que queria dizer uma droga.

Droga? Ele estudou os desenhos. Não. Até que gostava desse. Lembrava do que Alex havia lhe dito no caminho para o convento. Algo sobre a interpretação do unicórnio na arte. Pureza. Inocência. Virgens. Redenção. Símbolos fálicos, símbolo do Cristo encarnado, erotismo e redenção. Conhecimento carnal e conhecimento do divino. Esta idéia, a incorporação de um unicórnio em suas pinturas, soava tão cafona que quase mudou de idéia para desenvolver algo mais substancial. Mas preferia essa idéia para uma pintura. Talvez até para dois quadros. Havia muitos aspectos do conceito para explorar. Começaria com uma paleta limitada. Faria essa pintura com as cores frias que havia previsto na primeira tentativa.

Jake vislumbrou várias possibilidades diferentes para a composição. Depois decidiu que iria ao Bois de Boulogne. Lembrava que havia estábulos no parque. Ele tinha andado a cavalo ali muitos anos atrás. Faria esboços dos animais. O unicórnio pareceria tão real que iria enganar qualquer um.

Quando se sentou no metrô a caminho do parque, as imagens dos desenhos encontrados no convento continuavam a aparecer em sua mente, particularmente as do segundo, da donzela e o cavaleiro. Por mais que Alex achasse que essa tapeçaria era parte do conjunto *A Dama e o Unicórnio*, Jake pensava o quanto se parecia com a tapeçaria *Le Pégase*.

Ele passou várias horas desenhando cavalos no parque, entre eles um potro com belas e longas pernas. Podia facilmente imaginar esse pequeno companheiro, com um chifre espiralado e lustroso, sendo acariciado por uma jovem e bela donzela.

Um outro pensamento surgiu em sua mente. O pai. Não era isso que havia sugerido? Ele era bom, quando pequeno, para desenhar cavalos. E agora ali estava, desenhando cavalos outra vez, cavalos com chifres. Talvez o pai aprovasse essa idéia.

Quando Jake guardou os apetrechos, decidiu que no caminho para casa iria dar mais uma olhada no *Le Pégase*. Faltavam, ainda, algumas horas para o jantar na casa de Alex.

Jake chegou ao salão e perambulou pelas primeiras salas olhando, sem se deter, para as antigas obras. Perguntou-se onde outras obras medievais estariam expostas e parou diante de *Le Pégase*.

Era uma bela peça, as cores tão magníficas e profundas como as do conjunto em Cluny. O cavaleiro montado no cavalo alado se parecia muito com o do desenho encontrado no convento. As três donzelas eram semelhantes às das tapeçarias com unicórnio, embora não estivessem com trajes ornamentados como as do Cluny. Elas eram suaves, graciosas e estavam nuas, como a donzela no segundo desenho, a que Jake havia copiado tão cuidadosamente para Alex, aquela que usaria como inspiração para sua pintura.

— Muito bonita — a voz veio detrás dele.

Jake voltou-se. Gaston Jadot, o senhor idoso do estúdio, estava atrás dele olhando para a tapeçaria.

— *Monsieur* Jadot, *bonjour*.

— *Bonjour, monsieur* Bowman.

— Muito bonita — Jake repetiu as palavras de Jadot, enquanto os dois homens permaneciam parados olhando para a tapeçaria.

— Parece — disse Gaston — que temos muito em comum, *monsieur* Bowman. O mesmo interesse pela tapeçaria.

— Sim — respondeu Jake. Ele tinha realmente um interesse em tapeçaria, embora o tivesse recentemente adquirido.

— A cor — disse Gaston — resplandecente.

— A cor é magnífica — respondeu Jake.

— Parecida com *A Dama e o Unicórnio*.

— Sim — Jake concordou outra vez. Havia semelhanças entre a tapeçaria e o conjunto com o unicórnio.

Conversaram durante alguns minutos. Jake perguntou se Gaston havia visto a tapeçaria antes. Ele respondeu que a vira em uma coleção particular. Essa era a primeira vez que a obra era mostrada ao público. Eles falaram um pouco sobre as semelhanças entre essa única tapeçaria com aquelas do Cloisters e do Cluny. Jake ficou surpreso com o conhecimento do homem e, na verdade, um pouco admirado com o conhecimento que ele mesmo havia adquirido sobre as tapeçarias medievais durante o pouco tempo que estava em Paris.

Voltando para casa, não pôde deixar de pensar na estranha coincidência — encontrar Gaston enquanto estudava *Le Pégase*. Pensou na conversa com Julianna na noite anterior, as perguntas sobre os desenhos que havia feito para Alex. Eles haviam falado em inglês e Jake não pensara que o velho estivesse compreendendo a conversa, mas agora não tinha tanta certeza. A ida de Jake ao Grand Palais para rever a tapeçaria foi movida apenas pela curiosidade, pelo desejo de comparar o segundo desenho do convento com *Le Pégase*. Estranho, pensou, que Gaston Jadot estivesse no Grand Palais olhando a mesma tapeçaria.

17

NAQUELA NOITE, um pouco antes das sete, com um pequeno buquê de flores frescas na mão, uma garrafa de vinho debaixo do braço, as cópias dos desenhos do unicórnio dobradas no bolso da jaqueta, Jake tomou o elevador para o apartamento de Alex. Na porta, foi recebido por uma Soleil excitada e pelo aroma de carne sendo assada no forno.

— *Bonsoir, monsieur* Bowman. — A menina apertava um bloco de papel nas mãos. Sem dizer mais nenhuma palavra, ela o estendeu enquanto ele permanecia parado na porta.

Jake colocou a garrafa de vinho no chão, ajustou as flores debaixo do braço e abriu o bloco. As páginas estavam cheias de desenhos de unicórnio, coelhos, cachorros e até um macaco, que ele reconheceu como aquele que aparecia na tapeçaria *L'Odorat*. Havia também imitações de *millefleurs* espalhadas na página.

— Minha professora — disse Soleil — achou que estão muito bons.

— Eles estão muito bons mesmo, Soleil. Você tem muito talento.

— Quero que me ensine a desenhar as donzelas. As pessoas são mais difíceis do que as flores ou os animais.

— Sim, são muito difíceis.

— Soleil, por favor...

Jake ergueu os olhos e viu Alex caminhando em direção a eles. Ela sorriu. O cabelo estava preso e ela usava calças compridas e uma blusa rosa-pálido que combinava com o *blush* das faces. Segurava um pano de prato e conseguia parecer bonita e elegante, enquanto enxugava as mãos.

— Por favor, Soleil, seria educado pedir ao nosso convidado para entrar, antes de bombardeá-lo com seus desenhos.

— *Monsieur* Bowman — disse a menininha —, faça o favor de entrar.

Ela abaixou a cabeça um pouco embaraçada, pensou Jake. Ele se agachou, pegou o vinho e o deu para Alex junto com as flores.

— Oh, Jake, elas são encantadoras — disse Alex cheirando as flores. — Obrigada. — Deu-lhe um rápido abraço. — Agora, entre, por favor.

Ele olhou ao redor da sala e ficou surpreso. Por alguma razão esperava que Alex vivesse rodeada de tesouros medievais. A mobília era tradicional — cadeiras de braços, um sofá bastante acolchoado, confortável e acolhedor. Os quadros e as pinturas formavam uma mistura eclética. Muitas eram originais, algumas abstratas, outras realistas, mas certamente não o que ele esperava encontrar na casa de Alex. Uma pilha de livros coloridos para crianças encontrava-se sobre a mesa.

— Por favor, sente-se — disse Alex. — Ela parecia muito mais relaxada do que quando a deixara em Lyon. Sua cor natural havia voltado ao rosto. Parecia feliz em vê-lo. — Mamãe e eu estamos terminando o jantar. Posso oferecer-lhe um drinque? — Ergueu a garrafa que ele trouxera. — Vinho?

— Claro. O cheiro aqui está muito gostoso — disse ele fungando.

— Este vinho parece delicioso. — Alex girou a garrafa em sua mão. — *Châteauneuf-du-Pape*. Muito bom. Devo abri-lo?

— Combinará com o jantar? — perguntava-se, então, se havia comprado um vinho muito caro, se parecia um tolo tentando impressioná-la.

— Perfeito — disse Alex. — Ela sorriu para a filha. — Talvez *monsieur* Bowman queira olhar os seus desenhos agora.

— Obrigada, mamãe.

— Ah, tenho mais uma coisa para você. — Jake tirou os desenhos do bolso.

Alex colocou o vinho e as flores em cima da mesinha de café. Desdobrou o primeiro desenho e estudou-o, depois examinou o segundo.

— Jake, muitíssimo obrigada.

— Mamãe — disse Soleil —, *monsieur* Bowman pode olhar os meus desenhos agora?

— Sim, está bem — respondeu Alex. — Vou colocar estes em algum lugar seguro. — Segurou os desenhos de Jake bem no alto e deu um sorriso para a filha que era uma mistura de amor maternal e de censura.

Soleil devolveu um sorriso tímido e Alex pegou o vinho e as flores e saiu da sala. Jake sentou-se no sofá. Soleil sentou-se ao lado dele. Abriu o bloco no lugar em que tinham parado. Olhou para os desenhos, virando as páginas devagar.

— Muito bonitos, Soleil.

— Você pode me mostrar como desenhar as donzelas?

— Claro.

— Vou buscar um lápis. — A menina pulou do sofá. Alex voltou para a sala trazendo um copo de vinho tinto. — Você está abandonando nosso convidado, Sunny?

— Preciso achar um lápis.

Alex deu o vinho a Jake, depois se sentou ao lado dele.

— Como vai indo o seu trabalho desde que voltou de Lyon?

— Bem — respondeu ele.

— Isto é maravilhoso. Está vendo, disse que a inspiração viria.

Soleil entrou correndo na sala e trazia vários lápis. Alex levantou-se.

— Estou ansioso para saber se você descobriu algo sobre a tapeçaria — disse Jake.

Alex sorriu.

— Vou lhe contar durante o jantar. Agora minha mãe precisa de um pouco de ajuda na cozinha.

Alex saiu da sala e Soleil se sentou no sofá, próxima de Jake.

— Qual donzela é a sua favorita? — quis saber.

— Bem, acho que nunca pensei sobre isso. — Supôs que ela estivesse se referindo às donzelas nas tapeçarias de unicórnio. Indubitavelmente, Soleil vira a semelhança nos desenhos que ele tinha feito no trem, para não mencionar aqueles que destruíra, e os novos desenhos que havia trazido essa noite.

— Gosto da donzela de *L'Ouïe* — disse Soleil. — Ela é a mais bonita.

Jake tentou imaginar a donzela em *L'Ouïe*. Lembrava que tocava o harmônio. Achava que o cabelo estava preso em um adorno. Usava roupas suntuosas, cheias de jóias, como todas as donzelas.

Soleil sorriu.

— Você acha que ela se parece com a Barbie?

— Barbie? — perguntou Jake, perplexo, depois percebeu que a menininha se referia à boneca Barbie. — Talvez um pouco — respondeu.

Todas as donzelas nas tapeçarias têm corpos longos, esbeltos e elegantes, o cabelo loiro, a visão idealizada de uma donzela medieval. Nenhuma delas era tão provida de formas como a Barbie, essa não teria sido uma imagem de mulher elegante naquela época. Que estranho, pensou Jake, que a menininha comparasse as belas donzelas com um ícone cultural dos dias atuais.

— A donzela na sétima tapeçaria está nua. — Soleil disse isso de maneira trivial.

A sétima tapeçaria? Alex a encontrara? Soleil a vira? Ou ela estava falando do desenho?

— Gosto das roupas bonitas — disse Soleil. — Você gosta?

As menininhas sempre preferem as Barbies em roupas caras e elegantes, pensou Jake. Isso o fez rir sozinho.

— Sim, gosto das roupas bonitas.

Alex entrou carregando uma bandeja de *hors-d'oeuvres*. A mãe a seguia trazendo dois copos de vinho. As duas eram muito parecidas, pensou Jake, embora Sarah fosse pelo menos uns oito centímetros mais baixa que a filha. Quando Jake a encontrou na estação de trem, surpreendeu-se que fosse tão moça. A mãe tinha quase setenta anos, mas Sarah Benoit mal parecia ter cinqüenta.

— Boa noite, Jake — disse Sarah. — Ficamos muito contentes por ter vindo.

— O prazer foi meu. — Ele levantou-se. Sarah fez um sinal para que permanecesse sentado.

Alex serviu-o da bandeja de *hors-d'oeuvres*.

Sarah deu a Alex um copo de vinho.

— Você gostaria de uma soda? — perguntou para Soleil. Ambas olharam para Alex.

— Isso seria bom — disse Alex concordando.
— Posso tomar uma inteira?
— Metade. Coloque-a em um copo.
— Posso tomar a outra metade durante o jantar?
— Não, leite.
— Mas e a outra metade? As bolhas irão todas embora — argumentou a menina. — Ela vai se estragar.

Ela era uma criança vivaz, pensou Jake, exatamente como a mãe.
— Metade — repetiu Alex.
— Oh, está bem. — Soleil resmungou alguma coisa e saiu da sala.
— É uma criança voluntariosa — disse Alex sorrindo.
— Como a mãe — acrescentou Sarah.
— Não há nada de mau com uma mulher que sabe o que quer — disse Jake.

Ambas as mulheres concordaram e sorriram. Jake pegou um pedaço de baguete com patê.
— Conte-me sobre o seu trabalho — disse Sarah.
— Parece que fiquei sem inspiração durante a primeira semana em Paris — respondeu. — Comecei algo hoje de manhã... penso que pode dar certo.
— Gostaria de ver — disse Alex.
— Estou apenas começando.

Soleil voltou, carregando um pequeno copo de plástico. Silenciosamente, sentou-se no chão perto do sofá e colocou a soda na mesinha de café. Abriu o bloco e começou a desenhar.
— Lembro de um desenho que você fez para Alex quando eram estudantes — disse Sara. — Um retrato. Ficou pendurado durante anos no escritório do pai dela. Um trabalho encantador.

De novo, Jake deu uma olhada em Alex. Sentiu que essa referência ao desenho que fizera anos atrás a deixou incomodada. Ficara pendurado no escritório do pai? Jake nem tomara conhecimento que os pais de Alex sabiam da existência dele.
— *Monsieur* Bowman vai me ensinar como desenhar as donzelas — disse Soleil. — Aquelas que usam vestidos bonitos e jóias.
— Isso é muito gentil da parte de *monsieur* Bowman — disse Alex. — Você sabia que ele é um professor?
— Ele é bom para desenhar.

— Sim, ele é.
— Gostaria de ouvir sobre o retorno ao convento — disse Jake.
Sarah ficou de pé.
— O jantar ficará pronto dentro de mais alguns minutos.
— Você precisa de ajuda? — perguntou Alex.
— Não, fique aí e converse. Imagino que Jake esteja ansioso para ouvir sobre a descoberta.
— Sim, estou — disse Jake. — Então, você fez uma descoberta.
— Sim — sorriu Alex.
— Ora, vamos. Conte-me.
— Há — disse Alex fazendo uma pausa dramática — uma sétima tapeçaria.
— Você a encontrou?
— Sim, e ela é belíssima. As cores são brilhantes, vívidas. Está perfeitamente conservada.
— Baseada no desenho?
— Sim.
— Cores similares às que estão no Cluny?
— Muito, mas bem pouco desbotadas.
— Onde? No convento?
— Ela estava lá.
— Estava?
— Sim — Alex sorriu.
Soleil ergueu os olhos do desenho.
— Sei onde estava — sussurrou.
— Foi encontrada na parede — disse Alex —, quando estavam trabalhando na reforma.
— *Enterrada*, como no poema?
— Sim, e acredito que existe mais uma tapeçaria, o poema parece aludir ao fato de que havia uma oitava.
— No convento?
— Não, não creio. Estou tentando me lembrar das palavras do poema... algo sobre o fruto de sua criatividade se encontrar na aldeia próxima...
— Em Vienne?
Alex fez que sim.
— Depois de passar mais um dia em Sainte Blandine, percorrendo a biblioteca, dirigi até Vienne. Falei com o sacerdote da paróquia e vários outros

cidadãos mais velhos, depois visitei o museu. Não encontrei nada na biblioteca de Vienne que me levasse a uma outra tapeçaria, mas vou voltar na sexta-feira, depois que Soleil sair da escola.

Sarah entrou.

— O jantar está servido.

— Estou com fome. — Soleil levantou-se. Alex e Jake a seguiram até a sala de jantar.

O jantar consistia em uma refeição típica americana, servida ao estilo da família. Rosbife com purê de batatas, salada, pão e manteiga. Jake gostava da comida francesa, mas era bom comer uma refeição americana.

— O Cluny fez alguma oferta pela tapeçaria? — perguntou Jake enquanto se servia de um grande pedaço de rosbife.

— Pode não ser tão fácil quanto eu esperava. Irmã Etienne acredita que, se conseguir um bom preço, as freiras poderão continuar no convento.

Jake passou a travessa para Alex.

— Pensei que estivessem se mudando para um retiro em Lyon.

Ela pegou uma grande porção de purê de batatas e cobriu-a com molho de carne.

— Isso é o que o arcebispo deseja. Acho que gostaria de vê-las fora dali o mais rápido possível, embora, como compreendi, as acomodações em Lyon ainda não estejam prontas.

— Mas ele já está reformando o convento.

— Sim, mas irmã Etienne acredita que o andar superior ainda possa ser usado como hotel, e que isso seria compatível com um convento no andar inferior. Faz anos que elas não usam o andar superior. Se vendessem a tapeçaria, o lucro permitiria contratar uma enfermeira, fazer rampas para as freiras em cadeiras de rodas, pagar um aluguel para a arquidiocese. Ela me pediu para ajudá-la a fazer um acordo para a venda.

— Isso não colocaria você em uma posição de vantagem?

— Acho que vai ser bom para as freiras e para o Cluny. Entrei em contato com Elizabeth Dorling na Sotheby's, em Londres. Poderemos colocar a tapeçaria em leilão no fim deste verão.

— Você está preocupada com isso? Com o fato de a tapeçaria ir a leilão?

Alex esfregou a têmpora e suspirou.

— A idéia de um leilão público me preocupa. Temos fundos limitados para a aquisição. Fizemos várias compras grandes este ano. A época escolhida para se fazer o leilão não é a mais adequada. Já comecei minha campanha para conseguir o dinheiro. Existem benfeitores, mas um leilão público atrairá colecionadores particulares.

— Pessoas endinheiradas?

— Receio que sim. E até mesmo aquela praga do dr. Martinson. — A expressão no rosto de Alex fez com que Jake se lembrasse da reação de Sunny quando a mãe lhe disse que não poderia beber a soda inteira. — Você sabe que a série *The Hunt of the Unicorn* do Cloisters foi um presente dos Rockfeller. Americanos ricos malditos.

Soleil deu uma risadinha, depois cobriu a boca.

Alex pigarreou.

— Americanos ricos safados.

— Você vai consegui-la — disse Sarah calmamente. — Sei que vai.

Alex suspirou de novo, depois olhou para Soleil, que estava lutando para cortar a carne em pedaços pequenos.

— Você precisa de ajuda, Sunny?

— Posso fazer isso sozinha — disse a menininha sorrindo para Jake.

Ele sorriu de volta.

— Ela pertence ao Cluny — afirmou Alex.

— Será que irmã Etienne — perguntou Jake — tem consciência de que a sétima tapeçaria faz parte do conjunto do Cluny? Ela sabe o quanto você deseja a tapeçaria?

— Não tenho certeza disso, mas eu sei que ela pertence ao conjunto do Cluny. Encontrei algo que me convenceu. E Adèle Le Viste a desenhou. Ela e o tecelão eram amantes. Devem ficar juntos.

— O tecelão e Adèle? — perguntou Jake. — Ou as sete tapeçarias?

Alex riu alegremente.

— Ambos. Há um sinete, uma assinatura do tecelão, na sétima tapeçaria. É igual àquele desenho que se encontra na tenda de *A mon Seul Désir* no Cluny. O mesmo símbolo entrelaçado com o A de Adèle no desenho. Você entende? — perguntou Alex. — As tapeçarias devem ficar juntas. Adèle e o tecelão ficaram separados por causa da época em que viveram, por que ele foi julgado inadequado. E agora... — Alex fez uma pausa. — Sei que parece tolo, mas acho que, se as tapeçarias pudessem ser reunidas, Adèle e o tecelão ficariam juntos novamente.

Sarah sorriu.

— Você pode acreditar que minha filha, uma mulher coerente, intelectual e pragmática seja motivada por um romance?

— Oh, mãe... será que estou sendo ridícula? Quero conseguir isso tão ardentemente que estou me tornando uma tola? Uma idiota romântica?

— E o que há de errado com as idiotas românticas? — riu Sarah. — Como o mundo seria chato sem idiotas românticos! Você não concorda, Jake?

Ele concordou.

— Sim, um mundo muito chato.

Depois da sobremesa, *brownies* com sorvete de creme, Alex e Sarah deixaram Jake com Soleil enquanto foram lavar a louça. Jake ofereceu-se para ajudar, mas Alex insistiu para que ficasse com Sunny e a ensinasse a desenhar uma donzela medieval. A menininha tinha sido paciente durante o jantar, mencionando apenas uma vez que esperava, com certeza, que ele tivesse tempo de lhe mostrar como desenhar as donzelas. Alex observou — Estou muito orgulhosa de você — antes de deixar os dois sozinhos na sala de estar.

— Qual donzela vamos desenhar primeiro? — perguntou Soleil. — Ela sentou-se no chão, novamente com o lápis na mão e o bloco de desenho à sua frente.

— Bem, vamos ver... — disse Jake enquanto se sentava no sofá atrás dela. Ele não achava que poderia duplicar nenhuma das donzelas de memória. Talvez uma dos desenhos do convento. — Vamos fazer a nossa própria donzela — disse ele. — Podemos fazer uma donzela medieval e usar as que estão nas tapeçarias para nos ajudar a criar os vestidos, mas o melhor é fazer o próprio desenho. Os artistas verdadeiros não copiam.

Soleil ergueu os olhos para ele.

— Mas você copiou os desenhos do convento.

Jake sorriu. A menina estava certa.

— A sua mãe queria estudar os desenhos. Fiz aquilo apenas para ajudá-la.

— Está bem — disse concordando —, mas não quero que ela fique nua. Quero desenhar um vestido bonito.

— Acho que podemos fazer isso.

Trabalharam durante dez minutos. Jake explicou como o corpo humano era perfeitamente proporcional, como Soleil podia usar a medida da cabeça — ele mostrou como usar o lápis para medir — para determinar as dimensões do corpo. Fizeram um esboço preliminar da cabeça e do corpo, depois o preencheram com os elementos faciais, enquanto ele a instruía sobre as proporções adequadas. Jake a estimulava a criar o próprio desenho do vestido da donzela, lembrando a ela que as donzelas das tapeçarias do Cluny usavam vestidos com saiote, jóias e turbantes na cabeça. Soleil queria que a donzela dela tivesse cabelos longos, e Jake mostrou-lhe como podia desenhá-los com uma coroa enfeitada de jóias, que ele pensava ser parecida com a da donzela em *Le Toucher*.

— Você sabe que há um segredo — sussurrou Soleil —, um segredo na casa do vovô e da vovó em Lyon? — Ela olhou para Jake.

— Não, o quê? — ele quis saber. — Qual é o segredo?

— Soleil, você está contando segredos? — Alex entrou na sala e foi sentar-se ao lado de Jake. Ela olhou para o desenho da garota.

— Está bonito, Sunny.

Cheia de orgulho, Soleil estendeu o desenho para a mãe.

Alex estudou o desenho, depois, afetuosamente, afagou a cabeça da menina. — Está bonito, Sunny. Que donzela é esta?

— *Monsieur* Bowman diz que os artistas verdadeiros não copiam.

— Sim. Posso perceber agora. Este é o seu próprio desenho. Está encantador.

— *Merci*. — Soleil sorriu para Jake.

— Você está pronta para ir para a cama? — perguntou Alex.

— Não posso ficar mais um pouco e fazer mais alguns desenhos?

— Gostaria de conversar com Jake. Mas talvez ele possa voltar outro dia. Por favor, diga obrigada e dê boa noite a *monsieur* Bowman.

A menininha fechou o bloco. Ficou em pé.

— *Merci, monsieur* Bowman. Você virá de novo? — Ela estendeu os braços e abraçou-o.

— Sim— respondeu Jake, surpreso com a afeição da criança. — Gostaria muito.

— Podemos pintar os vestidos na próxima vez?

— Sim, podemos — respondeu ele.

— Boa noite, mamãe. — Soleil abraçou a mãe.

— A vovó vai rezar com você hoje. Está bem?

Sarah apareceu na porta.

— Foi um prazer recebê-lo, Jake.

Jake levantou-se.

— O jantar estava ótimo. Obrigado.

Soleil deu o bloco para a avó.

— Quero que você veja minha bela donzela — disse quando saía da sala. — Da próxima vez vamos fazê-la colorida.

— Então, ela lhe contou o segredo? — perguntou Alex.

— O segredo da vovó e do vovô em Lyon?

Alex sorriu e fez que sim. Dava a impressão de que poderia explodir de tanto prazer.

— A tapeçaria?

— Sim.

— Então você a conseguiu?

— Sim e não.

—Não compreendo.

— Irmã Etienne pediu-me para levá-la comigo.

— Mas pensei que ela quisesse colocá-la em leilão.

— Ela quer. Mas acredita que a peça não estaria a salvo no convento, com as reformas e todo o resto. Acho que ela receia que o arcebispo queira reivindicá-la. Pediu-me para levá-la e mantê-la em segurança. Ela nem perguntou para onde a levaria.

— Está em Lyon? Na casa dos Pellier?

— Sim. Irmã Etienne estava ansiosa para retirá-la do convento. Preferiria tê-la encaixotado adequadamente e enviado por trem, mas a enrolamos, cobrimos com telas, reforçamos a cobertura e a amarramos em cima do meu carro. Você precisava ter visto. E eu, nervosa até não poder mais, sacudindo naquela estrada horrível, depois na rodovia para Lyon, parando a cada quilômetro para ver se ela não estava escorregando ou se soltando. Não havia jeito de dirigir até Paris daquela maneira. Mas ela está a salvo em Lyon. Acho que é melhor deixá-la lá, até conseguir um transporte adequado para a casa de leilões em Londres. Quando for neste fim de semana, planejo tirar fotografias para o catálogo.

— E o arcebispo está ciente disso?

— Os trabalhadores encontraram a tapeçaria, mas irmã Etienne disse que nem mesmo olharam para ela. Eles apenas a entregaram para as freiras.

— Então, ela vai tentar vendê-la sem o conhecimento do arcebispo?

— Concordamos que seria bom mantê-la oculta durante um tempo. Fizemos um acordo. Vou ajudá-la a vender, obter o melhor preço. E ela concordou que não haverá anúncio público até que o catálogo do leilão saia no fim do verão. Isto me dará tempo de pôr as finanças em ordem e o Cluny terá uma boa chance de adquiri-la.

— Mas e o arcebispo? O que acontecerá se ficar sabendo?

— Duvido que tenha o hábito de ler catálogos de leilões. E, por enquanto, ninguém sabe sobre as tapeçarias. Ninguém exceto as freiras, os Pellier, madame Demy, mamãe, Soleil, você e eu. E você consegue manter um segredo, não é, Jake?

18

UM SEGREDO?, pensou Jake quando se sentou no táxi a caminho de casa naquela noite, depois do jantar com Alex. É claro que podia manter um segredo. Ele não contou a Alex que Julianna havia visto os desenhos e percebido a semelhança com as tapeçarias do Cluny, que sabia que ele tinha ido a Lyon para fazer algum trabalho para o museu. E havia o velho senhor. Era pura coincidência o fato de ele ter aparecido na mostra de tapeçarias no dia seguinte? Era possível que Gaston Jadot, ou uma outra pessoa no estúdio, tivesse ouvido e compreendido a conversa entre ele e Julianna sobre os desenhos?

Um outro pensamento passou pela mente de Jake naquela noite, enquanto o táxi entrava na Rue des Ecoles a caminho do hotel: era a sensação de que algo que não podia controlar, que não havia planejado e para o qual não se achava preparado, estava movendo-se vagarosamente dentro dele — a crescente afeição por Soleil, a filha de Alex. Passava pouco tempo com crianças. Nem tinha certeza de que gostasse delas. Ele e Rebecca tinham falado em formar uma família. A noiva queria quatro filhos. Jake concordou com dois. Rebecca disse-lhe que daria um bom pai; era paciente e gentil. Sua relutância, ela tinha certeza, estava baseada no medo do desconhecido.

Quando o táxi parou na frente do hotel, na Rue Monge, os pensamentos de Jake se voltaram para Rebecca, e se deu conta de que, a cada dia que passava em Paris, os sentimentos e o futuro tornavam-se cada vez mais obscuros e confusos.

Telefonou para Rebecca e depois para a mãe. Rebecca não estava em casa. Jake pensou que devia estar no hospital. Deixou uma mensagem dizendo que ligaria de novo. A mãe ficou feliz por falar com ele. Jake lhe contou sobre o trabalho, a ida ao estúdio, o quanto estava contente de estar em Paris visitando os museus novamente. Contou-lhe que conseguira um pequeno trabalho, que estava fazendo alguns desenhos para um museu. Quando ela perguntou mais detalhes, disse que conseguira o serviço por intermédio de uma velha amiga dos tempos de escola, Alexandra Benoit. Não descreveu os desenhos nem mencionou a tapeçaria.

•

Na noite seguinte, Jake foi de novo ao estúdio de arte. Julianna aproximou-se assim que ele entrou.

— Pensei que você ia telefonar ou aparecer.

— Estive ocupado nos últimos dias...

— Precisamos conversar — disse ela — sobre a outra noite.

Ele não queria conversar sobre isso ali. Alguém poderia ouvi-los. Jake hesitou.

— A outra noite, Julianna...

— Sei, eu sei — exclamou levantando a mão. — Você me contou sobre a sua noiva. Compreendo. Mas isso não significa que não podemos nos divertir. Sua honestidade é interessante, comparada com a de alguns homens que conheci. Entretanto, *miss* Montana não vai aparecer até agosto. — Ela chegou mais perto. — Você gostou da outra noite, não foi? — sussurrou.

Que homem não gostaria? Uma linda mulher, fazendo sexo tão avidamente com ele! E agora dizia-lhe que não havia laços unindo-os, nenhum compromisso emocional seria necessário. Gostava de Julianna — a objetividade chocante e a sensualidade —, embora soubesse que não era uma garota por quem pudesse se apaixonar. Por isso, acreditava que não traíra Rebecca, mas se sentia mal pela situação. Se houve alguma traição, sabia que tinha a ver com Alex.

— Você quer sair depois? — perguntou ela.

— Bem, eu...

—Você tem medo de ficar sozinho comigo? — zombou. — Na verdade, vamos sair todos juntos. Graças a Deus hoje é sexta-feira.

Graças a Deus é sexta-feira!, admirou-se Jake. Como se esse grupo de jovens artistas despreocupados precisasse relaxar depois de uma semana estressante.

A modelo estava se despindo, e os outros começavam a trabalhar.

— Pense nisso — propôs Julianna.

— Vou para casa cedo. A pintura está indo bem. No momento, não tenho interesse em ficar me divertindo em bares.

— Sim, você deve aproveitar para pintar quando a inspiração está presente. — O sorriso dela suavizou-se. — Quando vai me convidar para ver suas pinturas?

— Não há muito para mostrar por enquanto.

— Quando tiver algo, gostaria de ver. — Ela esperou por um instante, depois disse: — Bem, acho que agora todos devemos nos dedicar ao trabalho.

•

Naquela noite, Jake não estava com pressa, arrumava calmamente as suas coisas. Todos tinham ido embora, exceto ele e Gaston Jadot.

— *Voulez-vous* — convidou Gaston — *prendre un verre?*

Se ele gostaria de tomar um drinque? De alguma maneira, o convite não parecia tão ameaçador vindo de Gaston.

— *Oui, merci* — respondeu ele.

Os dois homens saíram do estúdio e descobriram um pequeno bar, um pouco mais abaixo, na mesma rua. Pediram uma garrafa de vinho barato.

Falaram sobre a aula. Gaston disse que iriam ter uma nova modelo na semana seguinte. Depois, inesperadamente, falou:

— *Três interessante, cette découverte, les deux dessisn.*

A descoberta dos dois desenhos! O homem estava comentando que essa descoberta havia sido interessante. Jake sorriu devagar. Ele havia adivinhado corretamente. Gaston compreendera a conversa dele com Julianna. No entanto, ele estava falando sobre uma descoberta. Jake não se lembrava que ele ou Julianna tivessem se referido a uma descoberta.

— Você fala inglês? — perguntou Jake

Jake olhou atentamente para o velho. Gaston ergueu o copo e bebericou.

— Sim, um pouco. — Soou como uma confissão. Ele falava melhor do que Jake imaginava, com pouquíssimo sotaque.

— Você fala muito bem inglês.

— Durante a guerra tive a oportunidade de trabalhar com os americanos.

— Por que nunca disse nada em inglês? — questionou Jake. — Você jamais se juntou a nós, quando conversávamos em inglês.

— Estamos na França — observou o homem. — Ele parecia muito sério, mas depois sorriu.

— *Oui* — Jake concordou. De fato, estavam na França, algo que os franceses raramente permitiriam que esquecessem.

Gaston bebericou de novo.

— Um homem velho não é diferente de uma criança, sentada no canto, ouvindo os adultos, inconscientes de que a criança compreende tudo. Pode-se aprender muito ficando sentado, quieto no canto. — Ele riu com satisfação.

E o que você ficou sabendo?, Jake tinha vontade de perguntar, mas sentiu que devia ser cauteloso. O homem estava curioso a respeito dos desenhos. Era evidente que se interessava por tapeçaria medieval. Jake se perguntou, outra vez, sobre o significado da visita de Gaston à exposição de tapeçarias. Coincidência?

— Isso é interessante — declarou Gaston. — Os desenhos. Eles devem ter algum significado se sua amiga, essa Alexandra, pediu-lhe para ir com urgência no meio da noite a Lyon para fazê-los.

Jake fez um aceno de cabeça, ouvindo, tentando ser reservado. Seria apenas curiosidade da parte do velho?

— Qual é o significado? — indagou Gaston.

Jake hesitou. Talvez eu deva lembrar o código de honra e confidencialidade do artista. Ele riu como se estivesse fazendo uma piada. Aja com cautela, disse Jake para si mesmo. Gaston parecia completamente inofensivo — um homem velho que se arrastava pelo estúdio em um pulôver rasgado nos cotovelos, esfarrapado. No entanto, havia nele um certo refinamento, uma elegância sutil. Estava interessado em arte, em tapeçarias medievais. Jake tinha a sensação de que Gaston Jadot poderia significar uma ameaça maior do que Julianna para a descoberta secreta de Alex.

— O desenho poderia representar uma tapeçaria adicional? — interrogou Gaston. — Alguns acreditam que o conjunto do Cluny está incompleto, que outras tapeçarias possam ter existido em uma outra época.

Jake não respondeu.

O velho sorriu.

Jake tomou um gole de vinho, mas não disse nada.

Monsieur Jadot foi elegante o bastante para deixar o assunto morrer. Perguntou sobre a pintura de Jake, falou que gostaria de ver seu trabalho. Interessava-se pelas obras de novos artistas promissores. Jake disse que estava trabalhando em algo que poderia vir a ser uma série de pinturas.

Terminaram os drinques, depois caminharam até a estação de metrô. Gaston contou a Jake que vivia com a filha da irmã. Provavelmente, ela estaria preocupada por estar atrasado. Deveria telefonar-lhe. Gaston riu e disse que algumas vezes se sentia como uma criança que devia relatar os atos, telefonar para casa se fosse chegar tarde. Jake comentou que era bom ter alguém que se preocupasse conosco. O velho concordou.

Conversaram enquanto caminhavam pelo túnel escuro do metrô. Jake perguntou a *monsieur* Jadot como se interessara em aprender a desenhar. Ele explicou que sempre gostara de arte. Sentia prazer na beleza da criação do artista e achava que talvez pudesse fazer algo que ele mesmo apreciasse. Mas sempre estivera muito ocupado. Havia trabalhado, até poucos anos atrás, nos negócios da família, mas a mulher ficou muito doente. Cuidara dela em seus últimos três anos de vida. Ficara sozinho por dois anos, depois a sobrinha o convidou para morar com ela. Foi a pedido dela que Gaston encontrou o estúdio e começou a freqüentar as aulas.

— E você gosta disso? — perguntou Jake.

— *Oui*... — Gaston olhou para o trem quando este parou. — Devo pegar o trem aqui, *monsieur* Bowman. — Ele estendeu a mão a Jake. — Foi uma noite agradável. Você virá ao estúdio na semana que vem?

— Sim, o verei lá.

•

No dia seguinte de manhã, Jake saiu para uma corrida. Quando voltou ao hotel, Andrè o chamou para lhe dizer que havia uma mensagem de Alex, queria que lhe telefonasse em seguida.

Ainda não eram 7 horas. Jake não podia imaginar por que Alex telefonaria tão cedo, a não ser que fosse uma emergência. Ele pediu para usar o telefone do balcão.

Alex atendeu ao primeiro toque. — O que você acharia de descer até Lyon hoje de manhã? — perguntou ela.

— Pensei que você tivesse viajado ontem. Está tudo bem?

— Soleil acordou com um resfriado, então decidi esperar até hoje. Ela parece bem, mas não acho que a viagem seria boa para ela no momento. E não gostaria de levá-la aos Pellier, mesmo que seja um pequeno resfriado. Pierre é muito frágil. O que você acha de viajar, ajudar-me com as fotografias para o catálogo e fazer uma pequena exploração em Vienne? Você pode perder alguns dias?

— Claro.

•

Jake estava parado do lado de fora do hotel quando Alex chegou, com o polegar erguido como se estivesse pedindo carona. Ela não pôde deixar de sorrir.

— Obrigada por vir comigo — disse enquanto Jake atirava a maleta no banco de trás e se acomodava ao lado dela.

— Acho que estou envolvido nisso.

Alex olhou perplexa para ele.

— Ah, você quer dizer com o mistério das tapeçarias?

— Sim, com as tapeçarias. E profissionalmente. Você vai me pagar por esta viagem? — perguntou com um sorriso malicioso.

Ela sorriu e concordou.

— Por que não? Sim, é claro.

Era sábado e as ruas estavam livres, sem o trânsito habitual. Conversavam enquanto saíam pelo Périphérique, depois pegaram a direção sul para Lyon.

— Quero agradecer-lhe de novo — declarou Alex — por copiar os desenhos, outra vez.

— Não sei se vão ser úteis, agora que a tapeçaria foi encontrada.

— Oh, não, os desenhos têm sido extremamente úteis. Ontem fiquei acordada estudando-os. Há algo no primeiro que parece confirmar a idéia de que a mulher está devolvendo as jóias para o cofre em *A mon Seul Désir* em vez de estar pegando-as. Na margem do lado esquerdo, em um dos esboços menores, percebi que está usando as jóias, depois no lado direito, em um desenho de cabeça e ombros da mulher, o pescoço está nu. Uma confirmação. Acredito que está renunciando aos prazeres terrestres. E depois, no desenho que representa a sétima tapeçaria recém-descoberta, há algo que pode apoiar uma interpretação.

— O que é?

— A própria tapeçaria é grande. É difícil estudar a peça toda, sem pendurá-la para conseguir uma certa distância para observar. Mas no pequeno desenho percebi algo sobre o ângulo da lança do cavaleiro. A princípio, parece estar dirigida ao coração do unicórnio, mas creio que, na verdade, está direcionada para a donzela, a virgindade dela, para falar delicadamente.

Jake não disse nada, mas estava percebendo o que queria dizer. Mesmo depois de ter feito o desenho por duas vezes, não havia percebido isso, mas compreendia o que Alex dissera. Quem pensaria que essas antigas tapeçarias fossem tão sensuais?

— Se a sexta tapeçaria, A *mon Seul Désir* — continuou Alex —, pode ser interpretada como a libertação dos desejos, obtida pela negação dos prazeres sensuais, a sétima não poderia representar exatamente o oposto, liberdade obtida pela entrega à paixão? O cavaleiro teria vindo para reivindicar a donzela, para despertar suas paixões?

— O cavaleiro seria o tecelão da tapeçaria?

Alex fez que sim.

— Na sétima tapeçaria, o jardim na ilha expandiu-se para um cenário mais realista. Será que a entrega à paixão, a entrega ao amor, abriu todo um novo mundo para a jovem donzela? Não mais confinada ao jardim do castelo do pai?

— A entrega aos prazeres terrestres? — perguntou Jake.

— Não é exatamente um pensamento medieval — Alex sorriu —, mas acho que Adèle era uma mulher à frente de seu tempo.

— Que, infelizmente, terminou sem o amor verdadeiro.

— Ah, sim. — Alex suspirou. — Receio que sim.

Jake indagou sobre o sinete do tecelão na tapeçaria, se ele aparecia em algumas das outras seis peças no Cluny.

— Não, mas houve danos severos nas beiradas de todas as seis tapeçarias. Muitas tiveram partes refeitas em alguma época, e somente em 1528 é que foi pedido aos ateliês de Bruxelas que incluíssem o sinete do tecelão.

— Mas as tapeçarias do Cluny não foram criadas antes? No final de 1400?

— Provavelmente. O sinete do tecelão poderia ter sido usado antes. E talvez essa sétima tapeçaria, na verdade, só tenha sido tecida mais tarde. Mas foi definitivamente desenhada antes de 1491.

— A data da morte de Adèle Le Viste?

— Sim. — Alex fez uma pausa. — Sabe, quando estava olhando os registros das irmãs de Sainte Blandine, percebi que havia padrões. Algumas vezes, várias mortes eram registradas dentro de um curto período, como se uma peste, uma epidemia atingisse o convento.

— Certamente, elas não tinham a medicina preventiva que temos hoje.

— Não. — Alex sacudiu a cabeça. — Uma única morte era registrada de vez em quando. Quase sempre a de uma velha freira, mas depois, a jovem Adèle Le Viste...

— E você se pergunta como e por que ela morreu?

— Sim. Esse pensamento está sempre em minha mente. Alguém pode morrer de um coração partido?

— Ele costuma se restabelecer — disse Jake. — Com o passar do tempo, você começa a se sentir melhor.

Alex olhou para Jake.

— Não há cura — afirmou ele. — Talvez você se acostume com a dor.

— Pode ser — disse Alex.

Indagava-se se falavam realmente sobre Adèle Le Viste. Será que havia partido o coração de Jake, anos atrás, quando se casara com Thierry? E o coração dele tinha se restabelecido? Agora, ele estaria fora do seu alcance?

Alex aumentou a velocidade e ultrapassou vários veículos que transitavam lentamente pela rodovia.

Depois de um tempo, Jake perguntou:

— Como você acha que a tapeçaria chegou ao convento, e como foi parar no interior da parede?

— Pode ser que nunca saibamos as respostas para essas perguntas. Não é raro achar relíquias quando uma construção antiga é destruída, debaixo de assoalhos, atrás de paredes, em porões, até mesmo em tumbas. Os mosteiros e as igrejas têm, ocasionalmente, encontrado peças desconhecidas, que ficaram escondidas durante séculos. É provável que tesouros inestimáveis tenham sido escondidos intencionalmente para serem recuperados em uma data posterior, mas depois foram esquecidos quando aqueles que os ocultaram morreram. Ou talvez tenham sido usados para outros propósitos. Em algumas épocas, não existia o respeito pelas tapeçarias. As *Verteuil Tapestries*, em Nova York, a série *The Hunt of the Unicorn*, no Cloisters, foram usadas para armazenar batatas. A mulher de um camponês foi certo dia até madame de la Rochefoucauld, no Château de Verteuil, em meados de 1800, ciente de que a família estava procurando por posses que haviam sido perdidas durante a Revolução Francesa. Ela informou madame de la Rochefoucauld que o marido estivera usando algumas cortinas para cobrir as batatas no celeiro, durante o inverno, para impedi-las de congelar. As cortinas eram as famosas *Verteuil Tapestries* e foram devolvidas aos donos. — Alex suspirou. — E, é claro, aconteceu o mesmo com *The Lady and the Unicorn*. Duas das tapeçarias ficaram enroladas na prefeitura de Boussac, roídas por ratos durante anos, decompondo-se por causa da umidade. De forma espantosa, resistiram.

— E agora, uma sétima peça.
— Sim. — Alex sorriu. — *O Sétimo Unicórnio*.

•

Quando estavam a meio caminho de Lyon, Jake disse:
— Fui ver de novo a mostra de tapeçarias.
— Você está ficando cada vez mais envolvido com essa história — disse Alex, contente.
— Queria dar mais uma olhada no *Le Pégase*, sobretudo depois que fiz os desenhos.
— Você viu semelhanças na donzela nua e no cavaleiro?
— Sim — confirmou Jake, aliviado por Alex também fazer a mesma observação. — Você pensa que há alguma conexão?
— Sempre acreditei firmemente que *Le Pégase* fora executado no mesmo ateliê que as tapeçarias do unicórnio.
— Pelo mesmo desenhista?
— É muito improvável. Acredito que Adèle desenhou as tapeçarias de *A Dama e o Unicórnio*, pelo menos o conceito original.
— O que você quer dizer?
— A produção de uma tapeçaria ou de um conjunto de tapeçarias é um processo complicado, no qual muitos artistas e artesãos tomam parte. Um modelo original é produzido, depois uma pintura, em seguida um desenho executado sobre cartão.
— Um cartão? — indagou Jake. — Ah, o grande desenho usado atrás do tear como um guia.
— Sim.
Alex continuou a explicar que um desenho baseava-se com freqüência em algo menor ou mais simples, como um manuscrito ilustrado, uma estampa de um artista ou uma ilustração.

— Ou um esboço a bico-de-pena? — quis saber Jake.

— Sim — disse Alex. — Reunindo todas as peças que tenho em mãos, o poema, os desenhos, meu conhecimento de história da tapeçaria e da produção, acredito que Adèle seja a autora dos desenhos originais, mas os desenhos em cartão foram, provavelmente, feitos por um artista em Paris. O próprio cartão se tornava propriedade do mestre do ateliê, para ser usado ou alterado como este o desejasse.

— Então uma tapeçaria poderia ser feita mais tarde, inspirada ou influenciada por um desenho anterior?

— Exatamente — respondeu Alex. — Talvez a própria Adèle tenha sofrido alguma influência na criação do *Le Pégase*. — Ela sorriu ao pensar nisso.

•

Quando chegaram em Lyon, Simone pediu notícias de Soleil. Alex disse que ela estava bem, apenas um pouco resfriada, mas achara melhor que a menina ficasse em Paris e descansasse durante o final de semana. Madame Pellier comentou que isso foi o mais prudente. Disse que acomodaria Alex no quarto de Soleil e Jake no de hóspedes, se ela não se importasse de ficar com o quarto menor. Levaram Jake até o aposento para que pudesse deixar a bagagem, depois foram para a sala de jantar, onde Marie serviu o almoço, que consistia de *boudin blanc*, vitela ao molho, pão e salada. De novo, Pierre não estava bem e não se juntou a eles.

Alex estava ansiosa para mostrar a tapeçaria a Jake, mas não queria ofender a sogra, então sentou-se e comeu. A princípio a conversa parecia um pouco tensa e, para evitar o clima constrangedor, Alex falou além da conta. Simone estava agradável, como sempre, mas Alex desejava saber o que pensava sobre Jake, pois essa era a segunda vez que ele a acompanhava até a casa dos Pellier.

Depois do almoço, Alex foi ver Pierre, deixando Jake e Simone conversando na sala de estar.

Ela notava que Pierre estava piorando a cada vez que o visitava. Permanecia na cama, com os olhos abertos, voltados para o teto. Sentou-se e pegou a mão do sogro, imaginando se estaria ciente da presença dela. Soleil lhe manda seu amor, *grandpère*.

Alex contou-lhe sobre a menininha, que boa artista estava se tornando. Falou sobre a tapeçaria, o desejo de tê-la em Cluny. Pouco tempo atrás, ele teria prazer em ouvir isso. Mas agora, Alex nem tinha certeza de que estivesse ouvindo. Quando olhou para Pierre, sentiu um aperto no peito, uma inquietação no olhar. Sentia um profundo amor por esse homem. Talvez, se não fosse por Simone e Pierre, teria abandonado Thierry. E agora estava na casa dos Pellier com Jake. Alex tinha vontade de saber o que Simone pensava, sentada agora conversando com Jake. Mas a sogra apenas sabia que Jake tinha vindo para ajudá-la a fotografar a tapeçaria para o catálogo. Não era como se estivesse trazendo um antigo amante para a casa do marido morto.

Quando se levantou, Alex inclinou-se e beijou Pierre na testa. Ficou ali, olhando-o por um instante, depois voltou à sala de estar onde Simone e Jake continuavam sentados, envolvidos no que parecia ser uma conversa agradável. Isso era algo que sempre admirara nele. Jake podia passar dias sozinho, completamente isolado, trabalhando em uma pintura, no entanto sempre parecia estar à vontade, tranqüilo, mesmo com alguém que mal conhecia.

Simone ergueu os olhos e sorriu.

— Suponho que vocês, jovens, precisem trabalhar agora.

— Sim, é certo que devemos.

Jake levantou-se, sorriu para Simone.

— Muito obrigado, madame Pellier — disse antes de sair com Alex.

— Ele está muito mal — comentou Alex baixinho, enquanto se encaminhavam para a biblioteca. — Não sei se vai continuar conosco por muito mais tempo. Mesmo depois do segundo derrame, quando não conseguia falar, havia algo em seus olhos, dava para saber que ele compreendia. Mas agora... sentei e conversei... — A voz dela ficou embargada enquanto falava. — Gostaria que você o tivesse conhecido quando estava bem.

— Sim, gostaria de tê-lo conhecido.

Entraram na biblioteca. Jake acendeu a luz e Alex conduziu-o até o outro canto da sala, onde um embrulho comprido jazia enrolado no chão. Sem falar, desamarraram as cordas que prendiam as telas protetoras e desenrolaram-na. A tapeçaria era tão grande que tiveram de colocá-la sobre a mesa e puxá-la, até apoiá-la na estante para poder exibir a peça por inteiro.

Alex sorria, enquanto observava Jake examinar a tapeçaria. Ele olhou para ela e sorriu maliciosamente.

— Ela é bonita... magnífica!, admirável... Parece nova, como se tivesse acabado de sair do tear.

— Deslumbrante, não é? — Alex murmurou inclinando-se perto de Jake.

— Sim, com certeza. — Olhou para a tapeçaria, depois de novo para Alex, e ficaram se fitando como se estivessem compartilhando algo muito íntimo e pessoal. — Sim, linda — afirmou Jake.

Alex deu um suspiro profundo, depois olhou de novo para a tapeçaria, embora sentisse que Jake continuava a fitá-la. Podia quase sentir a respiração dele no seu pescoço.

— Acho que é melhor ir buscar a câmera — disse Alex — para começarmos a trabalhar.

— Boa idéia.

Alex saiu, voltando ao quarto para pegar a câmera que trouxera do museu de Paris.

Quando voltou para a biblioteca, Jake ainda estava parado, olhando para a tapeçaria. Ele voltou-se para Alex.

— Posso ver com clareza por que você quer reivindicá-la para o Cluny.

— Sim — disse Alex sorrindo. — Acho que devemos pendurá-la. — Ela podia ouvir na própria voz o tom de vamos-voltar-aos-negócios. — Você não acha? Para tirar as fotos?

— Assim trabalharemos melhor.

Enrolaram a tapeçaria, depois a levaram para a sala de estar. Alex explicou que gostaria de retirar um Aubusson que cobria grande parte de uma parede e pendurar ali a tapeçaria do unicórnio. Enquanto tirava várias fotos do sinete do tecelão na parte de trás, Jake media as duas tapeçarias e a informava que precisariam fazer alguns ajustes para que a peça ficasse pendurada adequadamente. Isso envolvia uma ida até a loja de ferragens, depois ele trabalharia nos suportes que seriam usados para pendurar a peça. Eles trouxeram uma escada da biblioteca, emprestaram uma outra do zelador do prédio e retiraram o volumoso Aubusson. A tapeçaria do unicórnio era ainda mais pesada — Jake achava que devia ter pelo menos uns trinta quilos — e pendurá-la era um desafio. Sugeriu que Alex subisse na escada à esquerda. Ele seguraria o peso da tapeçaria, levantando-a para que a prendesse em cima, depois iria para a outra escada para pendurá-la do lado direito.

— Não calculei que daria tanto transtorno — disse Alex enquanto subia as escadas.

— Que transtorno? — perguntou Jake.

— Certo, os homens gostam desses desafios complicados. — Ela olhou para Jake, que retribuiu o olhar sorrindo como se há muito tempo não se divertisse tanto. Alex também sorriu . — Planejava ir até Sainte Blandine mais tarde, mas isso está tomando mais tempo do que esperava.

— Algumas vezes, as coisas levam mais tempo do que o planejado. Se quiser fazer o trabalho direito.

— Bem, vamos fazê-lo direito. — Alex fez um gesto concordando, e continuou subindo a escada.

Depois que a tapeçaria estava presa, desceram a escada para admirar o trabalho.

— Perfeito — disse Alex. — Somos uma boa dupla.

— Sempre fomos — disse Jake.

Durante alguns instantes, tiveram a impressão de que um esperava que o outro acrescentasse algo a essa reflexão. Finalmente Alex declarou:

— Olhe, é melhor montar a câmera.

Jake ajudou com a câmera. Alex pegou dois rolos de filme.

— Você acha que teremos fotos suficientes? — Jake zombou.

— Espero que sim... não quero passar por tudo isso de novo. — Embora, na verdade, também estivesse se divertindo.

Quando terminaram, Marie estava pronta para servir o jantar.

Depois da refeição, Alex telefonou para casa para saber de Soleil, em seguida foi ver Pierre de novo. Jake ficou sentado na sala de estar com madame Pellier. Marie serviu café. Quando Alex voltou, Simone perguntou sobre Soleil. Alex disse que a menina estava passando bem, depois a velha senhora lhes deu boa noite, pediu licença e se retirou da sala. Alex encheu uma xícara com o café da garrafa térmica deixada por Marie e sentou-se.

— Soleil pediu notícias suas. Ela gosta de você, Jake.

— Também gosto dela.

— Você é bom com crianças. Parece ter o dom da paciência que, devo admitir, algumas vezes me faz falta. Você e Rebecca planejam constituir família?

— Conversamos sobre isso algumas vezes.

Sentia-se desconfortável com esse assunto, sobre os planos com Rebecca. Talvez Alex não devesse ter perguntado. Não tinha nada a ver com isso. Ela estava cutucando-o. Queria que ele lhe contasse sobre Rebecca, que dissesse que era uma boa mulher, que estava loucamente apaixonado por ela. Ou talvez o que Alex realmente queria é que Jake dissesse: — Tenho dúvidas sobre a minha decisão. É por isso que estou aqui... Na verdade, não estou mais seguro sobre Rebecca.

— Gostaríamos de ter um casal — respondeu —, um menino e uma menina.

— Você será um bom pai. — Alex sorriu. — Sunny adoraria ter um irmãozinho. — Embora fosse verdade, por que estava lhe dizendo isso? Sunny dizia com freqüência a Alex que gostaria de ter um irmão.

— Você planeja casar-se de novo?

— Oh, não sei. Tornei-me um pouco independente nos últimos anos.

— Você sempre foi, Alex. — Ele riu.

Ela fez o mesmo.

Ficaram sentados, bebendo café, falando sobretudo a respeito da tapeçaria. Alex tornou a encher a xícara, depois serviu Jake mais uma vez. Contou-lhe que gostaria de chegar ao convento bem cedo na manhã seguinte, depois ir até Vienne. O padre Maurin, de Saint Pierre, dera-lhe o nome de uma mulher cuja família havia vivido naquela região por muitos anos. Ele achava que se alguma pessoa fosse capaz de ter uma pista sobre a antiga tapeçaria, essa pessoa seria madame Gerlier.

●

Alex teve dificuldade, naquela noite, em conciliar o sono. Ela podia ouvir os rangidos e gemidos da antiga construção, e depois imaginava ouvir Jake movendo-se devagar pelo corredor, abrindo silenciosamente a porta do quarto, deslizando para dentro da cama, sussurrando ao seu ouvido — a confissão de que havia cometido um terrível engano, que deveria ter lutado por ela anos atrás, de que soube, no instante em que a vira no museu, que haviam sido feitos um para outro. Ela também faria uma confissão — lhe contaria quão profundamente infeliz e vazio havia sido o casamento.

Por fim, caiu em um sono agitado, perguntando-se o que se passava na mente dele, deitado na cama do outro lado do corredor.

●

A imagem de Alex invadiu as tentativas inúteis de Jake para adormecer. Ele podia ver o sorriso dela, como se animou ao lhe mostrar a tapeçaria. Depois uma imagem passou por sua mente — Alex subindo a escada para pendurar a tapeçaria. Se perdesse o controle, mesmo por um segundo, poderia tê-la puxado da escada e atirado-a ao chão, fazendo amor com ela ali mesmo, sobre o tapete medieval, na sala de estar dos ricos sogros.

Parecia que estava de novo esperando por ela. Por alguma indicação de para onde deveriam seguir a partir de agora. Ela não era uma mulher com quem um homem pudesse facilmente iniciar qualquer intimidade física ou emocional. Lembrava como havia esperado anos atrás; depois, ao sentir que era algo que queria, esboçara um movimento, uma tentativa desajeitada, tocando-lhe o corpo suave e perfumado. Essa era uma lembrança que ainda o humilhava, ao mesmo tempo em que o deixava excitado. Alex dissera: Quero esperar até estar casada. — Lembrava claramente que não dissera *nós*. Isso o havia inibido todos esses anos. Algo mais o impedira de prosseguir, o pensamento de que ela estava fora de seu alcance.

Agora ali estava ele, sozinho na cama grande e decorada — que droga!, tivera de tirar uma tonelada de travesseiros de seda para conseguir entrar debaixo dos cobertores —, perguntando-se, de novo, como acabara entrando em tudo isso, no mundo de Alex.

Ele não era nada mais do que um velho amigo? Um colega de profissão? Durante a noite Alex tinha perguntado sobre Rebecca e os planos de Jake a respeito de crianças. O que queria dele? Será que era um mero acompanhante para suas excursões em busca da tapeçaria? Após todos esses anos, ainda não conseguia entender o que se passava na cabeça de Alex.

●

Na manhã seguinte, saíram cedo para o convento. Conversaram pouco no caminho. Jake esperou Alex no vestíbulo enquanto ela falava com irmã Etienne.

Depois de saírem do convento, enquanto se dirigiam para Vienne, Alex contou sobre a conversa com a freira. Irmã Etienne ficou contente em saber que poderiam colocar a tapeçaria em um leilão no fim do verão. O arcebispo pedira para que se mudassem em duas semanas. Irmã Etienne conversou com ele sobre o desejo de permanecer, se conseguissem obter bastante dinheiro com o lucro da venda dos pertences do convento. O arcebispo concordou e transferiu a mudança. A freira achou que, provavelmente, ele suspeitava que não obteriam uma boa quantia, mas tranqüilizou as freiras, pois, de qualquer maneira, a reforma estava atrasada.

Em Vienne, Alex telefonou para o número que o padre Maurin havia lhe dado. Eles combinaram um encontro com madame Gerlier para as 14 horas, depois pararam num café para almoçar.

•

Madame Gerlier era uma mulher gorda e saudável, e os cabelos tingidos de loiro deram a Alex a impressão de que haviam embranquecido algumas décadas atrás. Usava um batom vermelho brilhante, que aumentava de maneira cômica a pequena boca enrugada. A blusa dela era apertada e os saltos dos sapatos muito altos, o que a fazia caminhar com um passo oscilante ao longo do chão de pedras do castelo que, de acordo com ela, tinha estado na família desde o final do século XIV. A mulher estendeu o braço e apoiou-se em Jake. Enquanto explicava a história da família, dirigia-se apenas a ele, embora, de vez em quando, incluísse Alex na conversa. Madame Gerlier era uma mulher que com certeza fora bonita na juventude, e ainda não estava pronta para abandonar essa idéia. Alex lembrou-se da sogra, cuja beleza era muito natural e consistia, em grande parte, no fato de que aceitara a própria idade.

Quando madame Gerlier conduziu-os pelo corredor para uma sala de estar decorada em veludo vermelho espalhafatoso, falou de um conjunto de tapeçarias que haviam estado na família durante centenas de anos. Ela voltou-se para Alex.

— O padre Maurin disse que vocês estão interessados em tapeçarias.

— Sim, sobretudo na medieval. Estou procurando uma que foi tecida no final de 1400, provavelmente em Bruxelas, com um cenário em vermelho intenso, com desenhos de *millefleurs*. A senhora sabe se existe uma tapeçaria como essa em Vienne?

— Os Véron têm algumas tapeçarias. Estou tentando recordar agora; que me lembre havia algumas vermelhas, ou eram verdes, acho que foram feitas em Aubusson, não em Bruxelas. — Ela sorriu para Jake. — Eles pagaram uma fortuna pelas peças, e sabe-se lá para que, pois mal conseguem manter o local, como todo mundo bem sabe. — Ela voltou-se mais uma vez para Alex: — Não sou dada a espalhar mexericos, mas todos sabem que *monsieur* Véron é um beberrão e também um conquistador.

Alex olhou ao redor da sala enquanto madame Gerlier ia e vinha com essa história, depois outra, e nenhuma delas tinha a ver com tapeçarias medievais. A sala estava coberta de pó, cântaros e vasos parecendo antigos, arranjos de flores em seda, e uma mobília grande e incômoda, também antiga, nada que Alex tenha achado particularmente atraente. Uma jovem serviu café, e eles foram forçados a ouvir mais histórias. Jake ouvia cortesmente, mas de vez em quando lançava um olhar para Alex, a cabeça inclinada, as sobrancelhas erguendo-se discretamente. Podia ver que ele começava a ficar mais impaciente do que ela.

— Talvez a senhora possa nos mostrar as tapeçarias — sugeriu Alex, depois que madame Gerlier lhes ofereceu café pela terceira vez e já estava na quinta história.

— *Oui, oui* — disse madame Gerlier. Levantou-se devagar, quase perdendo o equilíbrio sobre os saltos muito altos. — A mais bonita está no quarto do proprietário. — Ela enrubesceu, depois sorriu para Jake.

Em seguida conduziu-os por um outro corredor até um quarto com uma cama sólida coberta com dossel. Uma grande tapeçaria estava pendurada em uma das paredes. Era uma cena mitológica que representava uma donzela parcialmente vestida sentada em uma pedra, um Cupido espiando atrás de uma árvore à direita, Baco escondido atrás de outra à esquerda. A borda estava preenchida com cupidos segurando enormes cestos cheios de flores. As cores predominantes eram azuis e rosas, um pouco apagadas.

— Meu marido, Henri, amava esta tapeçaria. Ele sempre achou que a donzela se parecia com Diana.

Madame Gerlier voltou-se para Jake, depois olhou para a tapeçaria.

— A deusa Diana, deusa da caça. Que lugar melhor para uma caçada do que no quarto, Henri costumava dizer. — Ela sorriu para Jake, depois cobriu a boca para esconder uma risadinha.

— Ela é encantadora — disse Alex. — Provavelmente, da metade do século XVII, é de um período um pouco posterior àquele da tapeçaria que estamos procurando.

— Não está à venda — declarou a velha senhora, como se Alex tivesse feito uma oferta. — Está na família há anos.

— Sim, que peça valiosa de herança de família!

Jake e Alex foram levados a um segundo quarto, menor, onde viram uma segunda peça, provavelmente do mesmo conjunto que a primeira. Mais uma vez Alex observou como era encantadora. Voltaram para a sala de estar, onde madame Gerlier ofereceu mais café. Dos olhares freqüentes que Jake lhe lançava e pelo desassossego em sua cadeira, Alex percebeu que, definitivamente, ele não agüentava mais — nem o café, nem madame Gerlier.

— *Merci*, madame Gerlier — disse Alex —, mas devemos voltar a Paris esta noite, temos uma longa viagem pela frente. Obrigada por nos mostrar as tapeçarias. — Ela ficou em pé. Jake a imitou.

Quando saíram e caminhavam para o carro, Alex disse:

— Sinto muito. Não sabia no que o estava metendo. Essas expedições de caça às tapeçarias trazem todo tipo de surpresas. — Eles se olharam e caíram na gargalhada. — Oh, Jake, você ainda é encantador. Madame Gerlier estava enfeitiçada por você.

— Acho que ela é apenas uma velha dama solitária.

— Uma ardente velha dama solitária — brincou Alex. — Obrigada por abrir mão do seu fim de semana para me ajudar. Foi divertido: pendurando tapeçarias, caçando tapeçarias.

— Teria sido melhor — disse Jake seriamente — se tivéssemos realizado mais coisas.

— Oh, fizemos bastante. Tiramos as fotos. Falei com irmã Etienne. O arcebispo concordou em deixá-las ficar por mais tempo, sem qualquer curiosidade evidente pela descoberta.

— Teria sido bom se encontrássemos a oitava tapeçaria.

— Se é que ela existe.

Alex abriu o carro, e Jake segurou a porta enquanto se sentava no assento do motorista. Subitamente, sentiu-se muito cansada. Ergueu os olhos para ele.

— Posso fazer uma sugestão? — insinuou Jake abaixando-se para que os seus olhos ficassem no mesmo nível. Ele apoiou o braço no assento dela para manter o equilíbrio.

— Que tipo de sugestão? — As palavras saíram em um tom embaraçosamente provocador, e ela se sentiu corar.

— Nada ilícito. — Ele sorriu vagarosamente.

Alex sorriu.

— É claro. Nada ilícito. Sim, vá em frente, faça a sugestão.

— Você parece cansada. Se importaria se eu dirigisse até Paris?

— Gostei da idéia.

Ela colocou as chaves na palma da mão. Ele as retirou devagar, sentindo o calor do toque dela prolongando-se por um instante.

— Sim — disse ela.

Gostei muito dessa sugestão.

19

NA MANHÃ SEGUINTE, Alex acordou com dor de garganta. Pegara o resfriado de Soleil. Tomou um copo de suco de laranja, dois comprimidos para febre, encheu a bolsa com lenços de papel, pegou gotas medicinais, mais comprimidos para febre, e foi para o museu. Sentia-se mal, mas tinha muita coisa para fazer. Felizmente, o metrô não estava cheio e ela não foi obrigada a ficar em pé.

Depois de conversar com madame Demy, colocando-a a par dos acontecimentos do fim de semana, Alex passou o resto da manhã ao telefone. Ligou para *monsieur* Bourlet, o curador do espólio de Thierry, para marcar um almoço. Ele sempre era de grande ajuda em assuntos de dinheiro. Depois telefonou para madame Genevoix para convidar ela e o marido para jantar na sexta à noite. Eles eram extremamente ricos e generosos no apoio às artes. Alex queria contar-lhes sobre a descoberta e tinha esperança de que pudessem entender a importância de adquirir a tapeçaria para o Cluny.

Madame Genevoix disse que estariam ocupados na sexta-feira, mas talvez em algum dia da próxima semana. Alex odiava adiar a conversa por tanto tempo, mas não quis discutir o motivo do convite pelo telefone. Marcaram o jantar para a sexta-feira seguinte. Madame Genevoix, como de hábito, estava com vontade de conversar. Antes que se despedissem, perguntou a Alex sobre o artista americano que lhe fora apresentado na recepção.

— Jacob Bowman — esclareceu Alex.

— *Oui, monsieur* Bowman. Gostaria de ver algum trabalho dele.

— Irei convidá-lo também para o jantar na próxima sexta.

— Vou aguardar o encontro.

Madame Genevoix dirigia uma galeria em Paris que exibia o trabalho de artistas contemporâneos proeminentes. Uma vez ou outra, patrocinava um jovem artista. Era um mero passatempo para a mulher, mas Alex sabia que ela poderia ser útil para Jake, e este seria um motivo perfeito para convidá-lo para jantar. Telefonou para o hotel dele.

— Alex, sua voz está horrível — disse Jake. — Você está bem?

— Acho que peguei o resfriado de Sunny.

— Toda a excitação do fim de semana, pendurar a tapeçaria, andar caçando outras peças, isso baixou sua resistência ao vírus da gripe.

— Estava cansada quando voltamos, embora tivesse dormido durante quase todo o caminho. Obrigada por ter dirigido e também por ter ido comigo.

— Foi divertido.

— Também passei momentos agradáveis — disse ela, o que foi seguido por uma pequena e embaraçosa pausa na conversa. Soou como se estivesse agradecendo por um encontro agradável. — De qualquer forma... a razão pela qual telefonei é que tenho novidades empolgantes. Você lembra que encontramos os Genevoix na mostra de tapeçarias?

— Havia muita gente naquela noite.

— Um casal mais velho que encontramos assim que entramos.

— Sim, lembro que você os apresentou como grandes patronos das artes. E a boa-nova é que eles concordaram em comprar a tapeçaria para o museu?

— Ainda não. Mas os convidei para jantar e gostaria que você viesse também. Madame Genevoix dirige uma galeria em Paris. A localização é ótima, perto do rio. E... a parte empolgante... ela gostaria de ver algum trabalho seu.

— Você está brincando? Quando?

— Apareça para jantar na sexta-feira da semana que vem. Você pode conquistar a dama, combinar algum projeto. Por que não traz uma pintura? Colocarei o quadro bem à vista. Tenho certeza de que ela gostará e você planejará uma mostra com o trabalho adicional.

— Adicional? — Jake riu.

— O quê? — exclamou Alex. — Não há nenhuma outra obra?

— Tenho um quadro que não gostaria de mostrar a ninguém. E estou trabalhando em um outro. Na próxima sexta?

— Sei que trabalha bem sob pressão. Lembro dos velhos tempos. Você sempre conseguia encontrar uma saída.

— Passando algumas noites sem dormir.

— Sim, eu me lembro.

— Faz catorze anos que você não vê nenhum trabalho meu.

— É verdade, mas confio em seu talento e estou ansiosa para ver o que está fazendo agora.

— Obrigado, Alex, por organizar isso. Prometo que vou ter alguma coisa para você pendurar na parede.

●

Naquela tarde, Alex saiu mais cedo do trabalho para levar Soleil à aula de balé. A escola ficava a pouca distância de sua casa.

Soleil carregava as sapatilhas em uma pequena sacola que imitava um coelho peludo. Andava excitada e saltitante, e a sacola pulava para cima e para baixo fazendo mexer as orelhas do coelho. Alex pegou a mão da filha e esperaram o sinal verde para atravessar a rua.

— *Monsieur* Bowman virá logo nos visitar? — Soleil olhou para a mãe. — Ele disse que poderíamos desenhar donzelas coloridas.

— *Monsieur* Bowman está muito ocupado, Sunny. Ele precisa trabalhar.

Alex esperara, ao telefonar naquela tarde, que Jake sugerisse que saíssem juntos, mas ele não o fez. Ficou desapontada, mas sabia que ele devia dedicar o tempo à pintura, principalmente agora que ela havia organizado o encontro com madame Genevoix.

— Mas ele foi para Lyon com você — lembrou Soleil.

— Sim. Jake estava me ajudando com o trabalho para o museu.

Elas atravessaram a rua.

— Com a nova tapeçaria que está na casa de vovô e vovó?

— Sim.

— Ela logo vai estar pendurada em seu museu?

— Sim, em breve.

— Gosto de *monsieur* Bowman — declarou Soleil. — Você gosta dele?

— Sim, gosto de *monsieur* Bowman. Você sabe que fomos juntos à escola, aqui em Paris, muitos anos atrás?

— Você ama *monsieur* Bowman?

Por que Sunny estava perguntando isso?, admirou-se Alex. O que uma menininha sabia sobre o amor entre um homem e uma mulher?

— Ele é um amigo especial — respondeu.

Droga!, pensou Alex enquanto entravam no prédio, o que ela mesma sabia sobre o amor entre um homem e uma mulher? Começaram a subir as escadas para o segundo andar, onde ficava o estúdio.

— Queria que ele também fosse meu amigo especial — afirmou Soleil.

— Sim, tenho certeza de que ele gostará de ser seu amigo.

Alex estava cansada e foi para a cama cedo naquela noite, mas não pôde dormir. A pergunta de Soleil girava em sua cabeça. Você ama *monsieur* Bowman?, perguntara. Queria que ele também fosse meu amigo especial.

Amigo especial? Eles não tinham sido mais do que isso? Eram muito jovens e nunca usaram a palavra amor. Se ele a tivesse amado, não teria ido atrás dela? Podia ao menos ter respondido quando lhe escreveu que estava casando-se com Thierry. Talvez não fosse amor o que ele sentia. Ou poderia ter sido o tipo mais perfeito de amor? Um amor de juventude, não realizado, inocente, inconsciente, louco e sensual.

Sim, o que sabia sobre o amor? Sabia mais agora do que quando era uma adolescente desajeitada? Freqüentara uma escola secundária de meninas, e os poucos encontros foram arrumados pelo irmão, com um dos amigos dele, ou pela mãe, com o filho de uma amiga. Na verdade, não teve namorado até o primeiro ano de faculdade. Flertara com outros rapazes na faculdade, mas nada sério. Depois Jake, e Thierry.

Com Thierry tudo acontecera muito depressa. Antes de Alex dar-se conta, ele voara até Baltimore, em um fim de semana, e a pedira em casamento, o que na época achara antiquado e romântico. É claro que o pai dissera que a decisão era dela. A mãe se preocupara dizendo que a filha era muito nova, que tinha pouca experiência, embora ela mesma também fosse jovem quando se casou.

O casamento fora uma decisão de Alex, mas parecia que havia sido arrebatada por algo que a impedira de pensar completamente. Os convites estavam impressos, a festa combinada, as flores encomendadas, a catedral reservada. Quando caiu em si, estava se casando!

Thierry estava apressado. É claro, não era para menos... Eles tinham sessões intensas de toques e beijos, e Thierry disse que ficaria louco se não pudesse possuí-la. Alex tentou explicar por que queria esperar. Não era por motivo religioso, embora isso lhe tivesse sido ensinado pelas irmãs de St. Francis durante o colégio, em Baltimore. Uma mulher virtuosa deve preservar-se para o casamento.

Não, não era por sentimento religioso, embora achasse que fosse por um motivo espiritual. Corpo e alma. Carne e espírito. Um homem, uma mulher, unidos para sempre.

Alex tinha lembranças vívidas da noite do casamento. Ela e Thierry estavam exaustos. Depois de alguns beijos, ele deitou-se sobre ela e começou a penetrá-la. Passados alguns segundos, havia terminado. Então, rolou para o outro lado e adormeceu. Alex permaneceu deitada, sem conseguir dormir. Era isso? Fora para isso que se preservara?

Algum tempo depois de casada, tentara com delicadeza conversar com Thierry, dizendo-lhe que não ficava satisfeita, embora não tivesse usado esta palavra. Isso aniquilou o ego do marido, que era muito mais frágil do que poderia ter imaginado. Ele se sentiu insultado, como se a boa aparência e o dinheiro fossem suficientes para levá-la a um clímax de fazer a terra tremer. Thierry a fez sentir-se culpada. Disse-lhe que era fria e sem sentimentos, e com freqüência achava que ele estava certo.

Depois de Thierry, havia se relacionado com outros homens e praticado um sexo inexpressivo. Depois do marido, por que não? Dormira com homens dos quais nem gostava. Há um ano, em uma conferência em Berne, tomou um drinque no bar do hotel para relaxar depois de um longo dia de reuniões. Conheceu um homem, um americano bastante bonito e de conversa interessante. Ele subiu ao quarto dela, uma lembrança que a fazia estremecer agora. Beberam mais alguns drinques. O sexo foi ardente e rápido, e um tanto bruto. Quando acordou na manhã seguinte, ele ainda estava ali. Ela se sentia desprezível e suja, mas ao mesmo tempo grata por ainda estar viva. Ele podia ser alguém perigoso, um assassino em série. Eles não tinham mais sobre o que falar naquela manhã. Alex lhe deu um número de telefone e nome falsos. Ele disse que telefonaria na próxima vez que viesse a Paris. Ela sentiu-se aliviada quando o homem foi embora.

Alex praticamente parou de ter encontros depois disso. Não ficava melhor sem eles? A vida não era plena, com o trabalho, a filha?

Agora, lá estava Jake outra vez. Mas noivo de uma enfermeira que o esperava em sua casa em Montana.

Alex se perguntou se não estava cometendo um erro deixando Soleil tornar-se tão ligada a Jake. Depois questionou se era ajuizado ficar, ela mesma, cada vez mais interessada nele.

•

Depois de falar com Alex, Jake sentiu-se duplamente motivado. Pintou a manhã inteira e quase a tarde toda.

Estava gostando do novo quadro. Ele tinha usado a modelo do estúdio, a janela do quarto, o unicórnio dos desenhos que havia feito no Bois de Boulogne. O olhar distraído e vazio no rosto da jovem parecia ter adquirido um novo significado quando a colocou na cena com o unicórnio, ambos sentados diante da janela, abertos a um mundo em que nenhum dos dois estava envolvido. A expressão dela, agora, não era de desinteresse ou aborrecimento, mas de desconhecimento juvenil; e a nudez, em vez de sedutora ou sensual, tornara-se inocente, como a nudez de um recém-nascido. Jake tinha usado cores suaves e tranqüilas e o resultado ficara conforme o esperado.

Ao anoitecer, ainda estava dando os retoques finais. As figuras da donzela e do unicórnio se tornavam vivas à medida que acrescentava detalhes, realces e sombras. Jake colocou a tela sobre a cômoda e deu um passo atrás. Isso estava realmente muito bom!

Na manhã seguinte, foi ao Musée Gustave Moreau, na Rue de la Rochefoucauld. O artista Moreau era conhecido pelos trabalhos simbólicos que representavam fantasias mitológicas, com várias peças retratando unicórnios. O trabalho dele fazia parte do movimento romântico do final de 1800. Jake não se interessou particularmente pelo estilo. Havia pouca profundidade no trabalho. Mas, de uma certa forma, tirou de lá alguma inspiração. Achou-o interessante — havia, obviamente, uma certa influência das tapeçarias de unicórnio. As donzelas estavam cobertas de jóias e usavam extravagantes turbantes, como as jovens nas tapeçarias do Cluny, embora várias delas estivessem nuas.

Jake passou a tarde na biblioteca, fazendo pesquisas sobre o unicórnio na arte. Fez cópias de reproduções de várias obras medievais e da Renascença, algumas retratando o unicórnio e a Virgem em cenas de Anunciação, e várias representações alegóricas. Encontrou uma reprodução de Rafael, *Young Woman and Unicorn*, e um quadro de Moretto da Brescia com uma paisagem de uma cidade da Renascença como pano de fundo.

Voltou apressado para casa e começou a fazer esboços para um novo quadro. Trabalhou até tarde da noite no novo desenho — uma jovem com um pequeno unicórnio no colo, similar àquele a que se referia agora como o primeiro quadro, mas inspirado por Rafael. De acordo com a pesquisa, o pequeno unicórnio nessa peça podia ser visto apenas como um atributo — castidade ou modéstia. Ele faria uma pose equivalente à usada por Rafael, mas no lugar de uma roupa estilo renascentista, e em vez das colinas emolduradas por duas colunas no quadro do artista, usaria uma cena moderna de Paris como cenário de fundo.

Na quarta-feira de manhã, Jake transferiu os desenhos para a tela. Gostara do que havia feito. A mulher vestia *jeans* e camiseta. O unicórnio, muito pequeno, sentado no colo dela, como um animal de estimação — um gatinho ou um filhote de cachorro. O cenário de fundo, com a Torre Eiffel, repetia as linhas verticais da janela, o chifre do unicórnio. Ele riu um pouco ao pensar na interpretação que um crítico poderia dar ao quadro, que havia decidido chamar *Castidade*.

Enquanto trabalhava, Jake deu à mulher um sorriso suave, embora levemente parecido com o de Mona Lisa, que também o fez lembrar um pouco do leão em *Le Toucher*. Gostou disso, e enquanto pintava, sorria deleitado, trabalhando sozinho, excitado com o poder, o autocontrole e a motivação que sentia.

Naquela noite, telefonou para Alex agradecendo-lhe pela inspiração. Ela parecia tão ocupada quanto ele, e muito envolvida no próprio projeto, a obtenção de fundos para comprar a sétima tapeçaria. Por mais que quisesse vê-la, sabia que deveria continuar trabalhando. Ela também não sugeriu que se encontrassem. Será que já estava ficando saturada da presença dele?

Na quinta-feira de manhã, enquanto trabalhava, Jake começou a planejar o próximo quadro. Queria fazer algo esmaltado nessa peça, o que poderia ser conseguido enquanto a tela estivesse úmida, assim resolveu trabalhar na terceira composição. Naquela tarde foi até a cooperativa para comprar uma tela maior. A loja estava apinhada, e embora Julianna acenasse do outro lado da sala onde estava auxiliando um jovem, Jake não ficou por lá para bater papo depois que pagou pela tela.

Quando voltou ao hotel, fez vários esboços, desenhos preliminares. Decidiu que iria incorporar pelo menos duas figuras nesse quadro, e também uma paisagem mais envolvente, uma floresta com um lago ao fundo, semelhante ao *Ladies and Unicorn*, de Moreau, que também lhe recordava o *The Picnic*, de Manet. A peça desencadeou um escândalo durante sua apresentação no Salon des Refusés, em meados de 1800. As pessoas que foram à exposição ficaram perplexas com o quadro de Manet, embora fosse uma elaboração em cima do quadro do artista veneziano Giorgione, do século XVI: *Concert Champêtre*.

Jake queria incorporar uma figura similar à mulher nua de Manet, uma outra figura feminina e um unicórnio, uma mulher com um corpo avantajado, um animal musculoso, usando alguns dos esboços que fizera no Bois de Boulogne.

Na sexta-feira decidiu que iria ao estúdio à noite. Durante os últimos dias só havia falado com Alex. Sentia-se solitário, e também precisava de um modelo para o terceiro quadro.

Monsieur Jadot não estava no estúdio nessa noite. Uma Julianna um tanto quieta sugeriu que ele poderia estar doente, que havia algo no ar, a gripe, resfriados de verão. Matthew e Brian também estavam adoentados nessa semana, disse ela. Jake percebera a ausência dos jovens.

Eles tinham uma nova modelo, Gabby, a amiga de Julianna e de Matthew que Jake conhecera na semana anterior. Como havia poucos estudantes, era mais fácil chegar a um acordo quanto à pose, e Jake foi capaz de conseguir uma que poderia usar no novo quadro. Também teve a idéia de pedir para que Gabby posasse para ele.

Durante o intervalo, Julianna se aproximou e ficou ao lado de Jake enquanto ele enchia uma xícara de café.

— Você poderia ter dito olá no outro dia.

— Você estava muito ocupada.

— E você? Vi que comprou mais uma tela.

— Estou conseguindo algum trabalho para uma galeria local.

— Uma galeria local? Você está se saindo bem. Fez mais algum trabalho para o Cluny? Madame Pellier?

— Não fiz nada além de pintar a semana toda. — Não iria mencionar, de modo algum, a segunda viagem a Lyon.

— Bem, isso soa como se a pintura estivesse dando frutos. Estou impaciente para ver seu trabalho. Qual galeria?

— Nada foi definido ainda. Estou esperançoso.

— Avise-me quando a primeira mostra estiver marcada.

Jake não era capaz de interpretar o tom de Julianna. Ela não parecia aborrecida ou irritada com ele.

— Avisarei — disse Jake e sorriu.

•

Depois da sessão, Jake aproximou-se de Gabby e perguntou se posaria para ele. Gabby disse que estaria livre durante todo o fim de semana e eles concordaram quanto ao tempo e ao preço.

Quando Jake voltou ao hotel, havia um bilhete de Alex. Será que ela havia desistido de tudo? A mensagem parecia ter sido escrita com a letra dela. Alex e Soleil tinham ido para Lyon. Vamos sentir sua falta, dizia a nota, mas sabemos que está ocupado com a pintura. Temos um encontro marcado na próxima sexta-feira à noite, às 19h30.

Ela sentiria falta dele? Alex ou Soleil? Ou ambas?

Jake desejava que ela lhe tivesse telefonado e convidado para acompanhá-las. Mas Gabby viria no dia seguinte. Ele tinha trabalho a fazer.

Gabby chegou no sábado às 9 horas. Trabalharam durante toda a manhã, pararam para uma breve pausa e para o almoço: tinham fruta, pão e queijo que ele comprou de manhã bem cedo, quando saíra para uma corrida. Gabby estava muito quieta. Jake não se sentia na obrigação de conversar ou de entretê-la. Ela abriu-se um pouco, contando a Jake como as pessoas pensavam que tudo o que um modelo tinha de fazer era tirar a roupa e ficar quieta. Ela riu timidamente.

— Sentar-se quieta não é tão fácil.

— Não sei como você consegue — comentou Jake.

— Controle da mente — explicou Gabby.

Voltaram ao trabalho e continuaram pela tarde afora. Ela concordou em voltar no dia seguinte às 10 horas.

No domingo, Jake completou uma das figuras do terceiro quadro. Nos dois dias seguintes, trabalhou no unicórnio e na paisagem, uma floresta e um lago. Acrescentou um almoço de piquenique, semelhante ao de Manet em *The Picnic*, inserindo uma natureza-morta com maçãs, laranjas e uvas em uma cesta, um filão de pão e uma garrafa de vinho. Depois comeu frutas, metade do pão e dois copos de vinho, sentando-se para admirar o seu mais recente esforço, levantando de vez em quando para acrescentar um pequeno toque de cor aqui, escurecer uma sombra ali.

Jake falou com Alex pelo telefone. Ela estava muito melhor do resfriado. A viagem para Lyon e Vienne havia sido monótona. Tinha ido visitar os Véron, que madame Gerlier havia sugerido contatar, mas não encontrara nada.

— Não creio que haja uma oitava tapeçaria. Talvez não exista mais, pelo menos não em Vienne. Quem sabe, deva me concentrar apenas em obter a sétima.

— E como está indo a campanha para conseguir fundos? — quis saber Jake.

— Muito devagar. *Monsieur* Bourlet me colocou em contato com vários interessados promissores. Não é fácil levantar dinheiro e manter a descoberta em segredo ao mesmo tempo.

— Não, suponho que não.

— Você terá algo para eu pendurar na parede na sexta-feira à noite?

— Sim. Estou progredindo.
— Então, vou deixá-lo com seu trabalho.
— Digo o mesmo a você.

•

Jake terminou o terceiro quadro, que era maior e muito mais detalhado do que os dois primeiros, no começo da tarde de sexta-feira. Tinha ficado muito bom em sua opinião. Ele o levaria para a casa de Alex à noite, embora tivesse trabalhado com tinta a óleo e o quadro ainda não estivesse seco. Foi até a cooperativa para comprar uma moldura e também pegou um estojo de lápis de cor para Soleil. Não viu Julianna, achou que fosse seu dia de folga.

Quando chegou ao apartamento de Alex à noite, carregando o quadro úmido e o estojo de lápis no bolso da jaqueta, ela o cumprimentou na porta da frente. Usava um vestido de verão sem mangas, cor de creme, com um decote cavado que revelava boa parte da pele pálida. Estava linda. Ele estivera tão ocupado com o trabalho durante os últimos dias que às vezes conseguia afastá-la dos pensamentos. Mas agora, ao vê-la, Jake se admirava de como tinha sido capaz de esquecê-la por alguns momentos e de trabalhar com uma concentração tão intensa.

Ficou desapontado ao saber que Soleil havia ido ao cinema com a avó.

— Trouxe um presente para ela — disse tirando o estojo de lápis de cor do bolso.

— Que gentil, Jake. Ela ficará encantada.

Depois Alex explicou, brevemente, que queria criar uma atmosfera agradável, mas bem organizada, para os negócios, e achava que a presença de uma menina de seis anos reclamando dos tomates na salada não seria apropriada. Além de Jake e os Genevoix, havia convidado outro casal, os Barbier. Alex pegou o quadro de Jake.

— Venha, deixe-me vê-lo.

Ela o encostou na parede e deu um passo para atrás.

— Ele ainda está molhado — avisou Jake.

— Não vou tocá-lo.

Ela o examinou de perto, depois voltou a se afastar e olhou o quadro durante alguns minutos. Jake reteve a respiração. Ela sorriu. Ele respirou.

— Está muito bom — disse Alex.

Ele podia sentir que estava sendo sincera.

— Gosto do tema, as donzelas e o unicórnio. Ficou encantador. — Alex fez um gesto com a cabeça e sorriu. — Inspirado por Manet? — perguntou. — No entanto, o quadro provoca um sentimento bem contemporâneo, a jovem com o cabelo curto. É um modelo do seu estúdio?

Jake fez que sim.

— O nome dela é Gabby. Além de ser boa modelo, não fala muito.

— Sim. — Alex sorriu. — Tenho certeza de que esta é a melhor característica em um modelo. — Ela pegou o quadro para levá-lo até a sala de jantar e Jake a seguiu. — Ali — disse ela, apontando para uma paisagem, em cores escuras, colocada na parede acima do bufê.

— Vamos pendurá-lo ali, assim nossos convidados poderão olhar para o quadro enquanto comem. Vou pedir para madame Genevoix sentar-se bem ali. — mostrou com um gesto o outro lado da mesa.

Uma mulher, vestida com uniforme preto e avental branco, entrou no aposento carregando um buquê de flores frescas. Ela as arrumou na peça decorativa no centro da mesa, que estava posta com porcelana, prata e cristal.

— Contratei ajuda extra para esta noite — disse Alex. — Por que você não tira o quadro que está na parede e coloca o seu?

Alex ajustou as luzes quando Jake pendurou o quadro. Ele parecia bom, as cores, extraordinárias. Jake esperava que madame Genevoix ficasse curiosa e pedisse para ver outros mais. Ele riu para si mesmo, porque, além dos dois quadros pequenos, não havia outros.

Os Barbier chegaram às 20 horas em ponto. Os Genevoix estavam muito atrasados. Coquetéis e entradas foram servidos na sala de estar, acompanhados por uma conversa vaga sobre o tempo, os últimos acontecimentos em Paris. Não falaram das tapeçarias ou dos quadros de Jake. Um pouco antes das 21 horas, Alex os acompanhou à sala de jantar.

Madame Genevoix percebeu o quadro de imediato.

— Ele é muito bonito — disse.

— Conheço o artista?

— Este é o último trabalho de *monsieur* Bowman — informou Alex.

Madame Genevoix estudou o quadro do outro lado da mesa. Jake sentou-se perto dela. Depois de alguns instantes, a mulher colocou a mão no braço de Jake.

— *Oui, très agréable*. O tema do unicórnio. Não é distinto do tema do pintor francês, Moreau, um romântico, embora o estilo dele seja muito diferente. Você conhece o trabalho de Moreau?

— Sim — respondeu Jake. — Estou familiarizado com o trabalho dele.

Madame Genevoix sorriu.

— Nós franceses sempre ficamos intrigados com o animal mítico. Muito popular na arte medieval e na literatura também.

Seria esta a oportunidade perfeita, perguntou-se Jake, para Alex apresentar o caso, a descoberta da sétima tapeçaria com o unicórnio?

— Tinha certeza — comentou Alex — que você ficaria encantada com a obra de Jake. — Ela sorriu para ele.

Jake também sorriu, porque duas horas atrás Alex não tinha idéia do que apresentaria.

— Gostaria de ver mais trabalhos seus — disse madame Genevoix. — Tenho uma galeria aqui em Paris. Acho que o seu trabalho daria uma bela exposição. Talvez você possa me trazer quatro ou cinco outros quadros, dentro em breve, para eu dar uma olhada.

— *Eh bien, merci*, madame Genevoix — agradeceu Jake. — Ficarei contente em mostrar-lhe mais algumas obras — acrescentou, ao mesmo tempo que imaginava quão rapidamente poderia pintar mais um par de quadros. Nunca em sua vida havia produzido um trabalho satisfatório como esse em tão pouco tempo. Será que poderia manter o ritmo?

A refeição foi servida da maneira tradicional francesa, bem diferente da refeição americana que Jake comera na última vez que jantara com Alex. Depois do prato principal, um delicioso *agneau chilindron*, foi servida salada, seguida por uma seleção de queijos, e a sobremesa, deliciosas tortinhas de morango, frutas e café. Quando estavam terminando, a mãe de Alex chegou com Soleil. Alex apresentou a mãe e a filha e perguntou sobre o filme. Soleil disse que havia sido maravilhoso. Ela sorriu timidamente para Jake.

— Você vai me ajudar com meu desenho hoje à noite?

Alex interveio:

— Vovó irá ajudá-la a se preparar para deitar. *Monsieur* Bowman lhe trouxe um presente. Quando você se trocar e tiver escovado os dentes, ele irá lhe dizer boa noite.

A criança sorriu.

— Está bem — concordou e abraçou a mãe.

Quando saiu da sala com a avó, madame Genevoix comentou como a criança crescera desde a última vez que a vira. Madame Barbier disse que Soleil era uma menina muito bonita, muito parecida com a mãe. Alex sugeriu que fossem para a sala de estar, e perguntou se alguém queria mais café.

Sentaram-se bebericando café e conhaque. Alex ainda não havia tocado no assunto da tapeçaria. Sarah entrou e disse que Soleil estava pronta para ir para a cama, depois levou Jake até o quarto dela. A menina já estava deitada na pequena cama, com armação branca e um dossel com tule rosa franzido. Um abajur em uma mesinha-de-cabeceira, também branca, lançava sombras suaves em animais de pelúcia que estavam ao longo da beirada da cama. Sarah ficou parada na porta, enquanto Jake entrava e se sentava perto de Soleil. Esta se sentou e sorriu.

— Estou muito feliz em vê-lo de novo.

— Também me sinto muito feliz em vê-la.

— O presente que trouxe é o do meu aniversário, *monsieur* Bowman?

— Hoje é o seu aniversário?

— Na próxima sexta, 2 de julho. Você virá para a minha festa?

— Quantos anos irá fazer?

— Sete.

— Sete? Um número de sorte. — Jake tirou o estojo de lápis de cor do bolso. — Não sabia do seu aniversário, só trouxe isso porque achei que seria algo que poderia usar. — Ele entregou os lápis para Soleil.

— Oh! — gritou —, muito obrigada. — Ela se levantou e lhe deu um abraço. — Podemos desenhar hoje à noite?

— Já é muito tarde — disse Sarah.

— Sim, virei num outro dia. Amanhã? Acho melhor combinar com sua mãe.

— Amanhã vamos sair para comprar presentes para seu aniversário — lembrou Sarah. — Talvez o senhor Bowman possa voltar num outro dia. Por favor, diga boa noite agora, assim ele pode juntar-se aos outros convidados.

— Boa noite, *monsieur* Bowman — disse Soleil —, e muito obrigada. — Ela lhe deu mais um abraço.

— Boa noite, Soleil, e obrigado.

— Pelo quê? Não lhe dei nada.

— Por ser uma garotinha tão encantadora. — Ele levantou-se.

— *Monsieur* Bowman — chamou a criança.
— Sim, Soleil? — Jake voltou.
— Você pode me chamar de Sunny.
— Fiquei muito contente com isso — ele respondeu. — Boa noite, Sunny.

Quando Jake voltou para a sala de estar, Alex havia, finalmente, introduzido o tópico da misteriosa tapeçaria de unicórnio.

— E onde foi encontrada? — quis saber madame Genevoix.
— Ainda não posso revelar isso — disse Alex. — Mas lhe asseguro que é uma tapeçaria autêntica do final da Idade Média. E parece fazer parte do conjunto de A *Dama e o Unicórnio*.
— Mas pensei — disse *monsieur* Barbier — que havia ficado estabelecido que as seis peças formavam um conjunto completo.
— Sim — acrescentou madame Barbier —, não foi dado como certo que foram encontradas apenas seis tapeçarias em Boussac?
— Sim, mas como pode lembrar — observou Alex —, as tapeçarias ficaram penduradas no castelo em Boussac por cerca de duzentos anos. Elas foram retiradas dali, provavelmente por causa de um dos espólios do proprietário original, Jean Le Viste. — Alex levantou-se. — Perdoem-me por um instante.

Ela voltou com um envelope. Abriu-o vagarosa e dramaticamente e colocou a foto sobre a mesa de café na frente das duas mulheres.

— Que bela! — chegou a gritar madame Barbier com espanto.
— *Magnifique*! — exclamou madame Genevoix.

•

Depois que os convidados se foram, Jake e Alex sentaram-se na sala de estar. Sarah juntou-se a eles.

— Considerando tudo — comentou Alex —, acho que podemos dizer que foi uma noite de sucesso.
— Seus convidados se interessaram em financiar a tapeçaria? — perguntou Sarah.
— Acho que os seduzi o bastante para pensarem nisso — avaliou Alex. — Ainda não consegui um compromisso definitivo.
— Alex foi muito sutil — acrescentou Jake —, mas tenho certeza de que perceberam que o museu não será capaz de comprar a tapeçaria sem alguma ajuda.

Alex sentou-se e colocou as longas pernas sobre um dos braços da poltrona.

— Estou exausta — desabafou. — Esse levantamento de fundos é um trabalho duro. — Sorriu para Jake. — E você? Viu como madame Genevoix ficou excitada com o seu trabalho?

Jake suspirou, depois riu.

—Deveria ir para o hotel e trancar-me no quarto. Sem comida, sem bebida, sem telefonemas e sem companhia. Nada além de mim, das tintas, telas e inspiração. — Sentou-se ereto na poltrona. — Mas, antes, acho que tenho um compromisso com uma menininha.

— Sim — disse Sarah olhando para Alex. — Sua filha convidou Jake para lhe dar mais uma aula de desenho.

•

Jake retornou no domingo para o *brunch*. Alex havia levado Sunny à missa e ainda não voltara. Sarah Benoit, que disse ter assistido à primeira missa — ela não gostava de levantar-se tarde —, convidou-o para ficar na cozinha e, fazendo um gesto para que se sentasse, ofereceu-lhe um café.

Conversaram enquanto descascava laranjas e as arrumava em uma travessa com uvas verdes e rosadas.

— O quadro que você trouxe na sexta-feira é encantador — disse ela. — Parece que encontrou inspiração.

— Obrigado. Sim, acho que a encontrei.

— Você está trabalhando em algum estúdio aqui em Paris?

— No momento meu quarto é o meu estúdio pessoal, embora freqüente um estúdio em Montmartre, onde há modelos-vivos.

— Onde você se hospeda? — A voz dela tinha um tom casual mas interessado, que o fazia lembrar da mãe.

— Um pequeno hotel na Margem Esquerda, *Le Perroquet Violet*, O Papagaio Violeta.

— Um papagaio violeta?

— Na verdade há um papagaio, que fica do lado direito do balcão, mas ele é vermelho, amarelo e verde.

— Muitas cores, é bom para um artista. — Sarah sorriu.

— Talvez sim. — Jake sorriu também. Um aroma reconfortante e cálido enchia a cozinha. — Isto cheira bem. O que há no forno?

— Pãezinhos de canela.

— São os meus favoritos — disse Jake, como se fosse um menino, pensando novamente na mãe e tendo a sensação de estar com ela na cozinha do rancho. Quando voltava da escola, ela sempre estava fazendo biscoitos, ou pães e tortas, e lhe dava um copo de leite. Sentava-se ali, enquanto a mãe gentilmente perguntava sobre os acontecimentos do dia.

— Há algo em que eu possa ajudar? — perguntou Jake.

— Não, apenas fique aí. Quase tudo está pronto.

Sarah tirou uma caixa com morangos da geladeira e os arrumou na travessa de frutas.

— Sunny parece estar muito ligada a você — disse ela.

— Também estou afeiçoado a ela.

— Vai ficar muito tempo em Paris?

— Pelo menos até agosto — respondeu Jake.

Quando a questão fora colocada anteriormente, tinha respondido de maneira vaga. Mas agora sabia que devia levá-la a sério. O visto de visitante valia por três meses. Já se passara um mês desde que chegara a Paris. Se conseguisse que madame Genevoix mostrasse seu trabalho e vendesse alguns quadros, talvez pudesse pensar em legalizar os documentos para ficar mais tempo. Rebecca chegaria em menos de dois meses. Será que esperava que voltasse com ela?

— Alex contou que você está noivo de uma moça e que ela deve vir visitá-lo. Mais café? — perguntou Sarah.

— Deixe que eu me sirva — disse Jake.

O cronômetro da cozinha tocou e Sarah retirou os pãezinhos do forno.

— Alex e Sunny vão voltar logo. — Ela espalhou glacê sobre os pães. — Sabe, Jake... — Sarah hesitava, como se medisse as palavras que estava prestes a dizer. — Você pode partir o coração de uma menininha tão facilmente quanto o de uma moça crescida.

Do que ela estava falando? Será que achava que ele estava se aproximando demais de Soleil? E que negócio era esse de moça crescida? Será que a mãe de Alex pensava que fora ele que partira o coração da filha? Ela se casara com Thierry. Fora ela quem deixara o coração dele em pedaços. Ouviu a porta da frente se abrir, depois leves passadas enquanto Sunny corria para a cozinha. Ela deu um abraço em Jake.

Alex entrou.

— Humm, isto cheira bem, mãe. — Ela se aproximou e abraçou Jake tão leve e brevemente que ele mal sentiu o toque.

Comeram o *brunch* na sala de jantar, depois Alex avisou que ela e a mãe lavariam os pratos. Sunny estava ansiosa para experimentar os novos lápis. A menina disse que não havia feito nada a não ser olhar para eles, um por um, examiná-los, mas tinha esperado por Jake para ajudá-la a usá-los.

Acomodaram-se na sala de estar, Soleil no chão perto da mesinha de café e Jake no sofá.

A menina retirou os lápis do estojo e os enfileirou na mesinha.

— Que cores vamos usar?

Jake pegou o azul-escuro, o vermelho e o amarelo.

— Só isso? — olhou, intrigada.

— Lembra das tapeçarias que estão no museu, A *Dama e o Unicórnio*? Quais são as cores?

— Vermelho, dourado... azul — disse ela devagar. — Mas também há verde.

— Quer ver uma coisa?

Ele pegou o lápis azul. No canto do papel, desenhou uma folha, coloriu-a em azul deixando-a mais escura de um lado e mais clara do outro. Depois pegou o lápis amarelo e o passou pela folha inteira.

— É mágica — gritou Soleil. — Você fez um verde. — Ela riu bastante.

Decidiram fazer um jardim com uma donzela, completamente diferente das que havia nas tapeçarias do Cluny. Soleil desenhou o esboço da donzela, depois pegou o lápis vermelho.

— A donzela é uma virgem, não é? — disse Soleil enquanto preenchia o vestido. — Você sabe o que é uma virgem? — ela perguntou de modo casual.

— Então, você sabe?

Jake hesitou.

— Bem... hum... — Esse não era um assunto que devia tratar com a mãe?

— Eu sei —anunciou a menina orgulhosamente.

— Hã?

— É uma donzela que não teve uma semente plantada em seu jardim.

Jake sorriu. Soleil se virou e sorriu também. Ela voltou para o desenho. Depois perguntou:

— Você sabe o que nasce da semente?

— Uma flor?

— Não. — Ela o fitou como se fosse a pessoa mais idiota da terra. — Um bebê.

E, de repente, ele compreendeu. Alex estava errada sobre a oitava tapeçaria. O poema, as alusões, a metáfora do jardim. O fruto do amor deles que devia ser encontrado na aldeia próxima. Não era uma tapeçaria. Não havia uma oitava tapeçaria.

Alex entrou na sala.

— Acabo de ter uma inspiração — disse Jake.

— Qual é?

— A oitava tapeçaria. Acho que você está buscando algo que não existe. O que está procurando morreu há centenas de anos.

20

SOZINHA, ALEX VIAJOU na manhã seguinte bem cedo para Vienne. Não sabia exatamente o que estava procurando, mas sentia que Jake estava certo. Estava tão propensa a acreditar que havia uma oitava tapeçaria que deixou de perceber o que era tão óbvio — uma criança. A criança de Adèle Le Viste e do amado, o tecelão.

Alex se perguntava se Adèle ignorava que estava esperando um filho quando foi para o convento. Morrera pouco tempo depois da chegada ao Convento de Sainte Blandine. Alex suspeitava de que havia morrido no parto. Será que a criança tinha sido levada para a aldeia, criada por uma família afetuosa de camponeses? Essa possibilidade fazia Alex se arrepiar.

Lembrou da conversa com irmã Anne, a velha freira que recebeu o chamado quando ainda jovem, mas que teve a chance de aceitar ou de rejeitá-lo. Mas uma mulher na Idade Média teria alguma escolha? Para Adèle, ir para o convento não havia sido resultado de um chamado ou de uma escolha. Depois Alex refletiu sobre a própria escolha. Havia se casado com Thierry. Mesmo tendo a liberdade de escolher, nem sempre se escolhia bem.

Alex parou no convento para conversar com irmã Etienne e saber se as freiras estavam bem. Agora que ficariam no convento, pelo menos até o final de agosto, sem qualquer ajuda, estava preocupada. O arcebispo, provavelmente, tinha boas razões para desejar transferi-las para o retiro. Até onde sabia, não tinham qualquer meio para se comunicar com o mundo exterior se surgisse uma emergência. O que aconteceria se alguma freira ficasse doente? Ela conversaria com irmã Etienne para sugerir que pedissem ao arcebispo uma ajuda adicional.

Irmã Etienne ficou contente de ver Alex. Irmã Anne trouxe chá, limão e uma chaleira com água quente ao escritório. Ela sorriu e acenou, depois deixou as duas mulheres conversando.

— O arcebispo pediu uma cópia do inventário em uma tentativa de determinar se haverá lucro suficiente para continuarmos aqui — contou irmã Etienne. — Ele quer um relatório dos artigos que foram vendidos, ou pelos quais recebemos uma oferta. Temo que fique desagradavelmente impressionado. — A freira sorriu. — É claro que o inventário não inclui a tapeçaria.

— Ele não faz idéia? — perguntou Alex.

— Acho que não.

Alex espremeu limão na xícara, mexeu com a colher, depois tomou um gole de chá quente.

— Não sei se é prudente — disse ela — a sua intenção de permanecer aqui, sem ajuda nenhuma. E se ocorrer alguma emergência?

Irmã Etienne procurou algo no fundo do bolso do hábito, fazendo ruído com as contas do rosário, e retirou um pequeno celular.

— O arcebispo, evidentemente, pensa como você, Alexandra.

Alex sorriu.

— Talvez a senhora possa me dar o número?

A freira escreveu o número em uma folha de um bloco de anotações e entregou-o para Alex.

— Obrigada. — Alex guardou o papel na bolsa.

Elas falaram sobre o leilão. Alex contou a irmã Etienne sobre o plano de mandar a tapeçaria de navio para Londres e também como ela seria descrita no catálogo, que deveria sair em menos de três semanas.

— As fotos foram enviadas e o valor foi estimado — disse Alex a irmã Etienne — com base no preço de várias tapeçarias vendidas anteriormente. Uma tapeçaria representando uma mulher montada em um unicórnio fora vendida em maio último, na Sotheby's, por 128 mil libras esterlinas. A peça estava bastante danificada e exibia partes reconstituídas. Sua tapeçaria — continuou Alex

— provavelmente alcançará um valor maior. Pelo que sei, não há nenhuma como essa que tenha sido oferecida em leilão público, nada desse período em condições tão perfeitas.

— E o nome do proprietário será divulgado no catálogo?

— Não — respondeu Alex —, isso permanecerá confidencial.

— Então o arcebispo não terá meios de saber?

— Imagino que possa suspeitar, depois da venda da tapeçaria. Suspeitar, talvez, quando vocês não forem capazes de explicar de onde conseguiram fundos, tomando como base o inventário. Vocês irão revelar tudo a ele depois?

— Mas a tapeçaria não pertence legalmente à ordem?

— Sim— respondeu Alex —, pertence.

A freira fez um gesto com a cabeça e pegou um lápis, que passou a girar nervosamente na mão.

Alex se perguntava se elas poderiam realmente ter sucesso com a venda, se era possível o arcebispo ignorar o fato, até que tudo estivesse concluído. E será que ela conseguiria levantar os fundos a fim de adquirir a tapeçaria para o Cluny?

Irmã Etienne colocou mais água quente na xícara de Alex, depois se serviu também.

— Queria saber — disse Alex enquanto colocava o saquinho de chá na xícara — sobre a lenda referente à tapeçaria, o poema. Ouviu-se alguma vez um boato, uma história, de que o tecelão e a jovem Adèle conceberam uma criança?

— Sempre há lendas, não apenas a da jovem e do tecelão, essas histórias estão sempre surgindo. Uma jovem enviada ao convento por causa de um amor ilícito, ou mesmo de um estupro. Ela está grávida. Desgraçou a família. Depois, é claro — disse a freira com um sorriso — as histórias sobre a concepção imaculada, uma vez que a jovem se encontrava aqui no convento.

— E o que acontecia com a criança? — quis saber Alex. — Uma criança nascida aqui no convento.

— Era encaminhada para uma boa família.

Alex concordou com a cabeça. A criança ficava sabendo quem eram os pais? E o que Alex esperava encontrar? Alguém que viveu e morreu quase quinhentos anos atrás? Mesmo se descobrisse algo, que significado teria? Será que existiam descendentes de Adèle Le Viste na aldeia?

Irmã Etienne abriu uma gaveta debaixo da escrivaninha. Inclinou-se, tirou um livro e colocou-o sobre a escrivaninha. Alex reconheceu-o imediatamente, era o livro de orações medieval.

— Para você — disse irmã Etienne. — Para o seu museu. Sei que você disse que ele tinha um certo valor, embora não muito grande. Aprecio muito a ajuda que está nos dando e gostaria que o livro ficasse com você.

Alex hesitou. Significava muito para ela ter o livro de orações de Adèle no museu. Sentiu-se tocada com a oferta de irmã Etienne e a percepção da freira do quanto esse livro era precioso para ela.

— Por favor — reforçou irmã Etienne —, sei que você se sente ligada a Adèle de maneira especial. Gostaríamos que ficasse com o livro de orações.

Alex havia contado a irmã Etienne, na última vez em que visitara o convento, a teoria sobre Adèle Le Viste, a descoberta do nome dela no livro de registros, a minúscula assinatura Adèle no desenho. Alex lembrava de como a freira a ouvira atentamente, acenando com a cabeça como se concordasse com tudo, como se percebesse que aquilo era uma prova de que a tapeçaria fazia parte do conjunto desenhado para Jean Le Viste, como se compreendesse que ela deveria ser exibida no Cluny com as outras. Mas a freira não dissera nada. Talvez a boa religiosa não quisesse admitir que o lugar dela fosse com as outras em Paris.

No entanto, agora irmã Etienne estava reconhecendo os sentimentos de Alex ao lhe oferecer o livro de orações. A freira deve ter compreendido o quanto Alex acreditava que ele havia pertencido à jovem Adèle Le Viste, a mulher que seria a autora dos desenhos das tapeçarias.

Alex estendeu a mão e pegou o livro.

— Obrigada.

Ela o abriu e virou as páginas devagar. Não fez isso de maneira consciente, como se estivesse verificando se os desenhos ainda estavam escondidos no meio do livro, mas quando ergueu os olhos, soube que era exatamente isso que irmã Etienne estava pensando.

— Acho que vamos ficar com os desenhos por algum tempo — disse a freira —, pelo menos até a tapeçaria ser vendida.

Alex sentiu-se embaraçada e um pouco envergonhada.

— Muito obrigada por esse presente. Vamos guardá-lo com cuidado no museu.

•

Alex parou para visitar madame Gerlier, que ficou contente em ter companhia, embora tenha perguntado por Jake. Com certeza, teria ficado muito mais feliz se ele tivesse vindo. Alex perguntou a madame Gerlier se ouvira falar sobre a lenda de um bebê que fora levado do convento para viver com uma família na aldeia. Ela disse que essa era uma história comum. Mito ou verdade, não havia nada de extraordinário nisso. A mulher conhecia muitas histórias, dezenas delas, a maioria narrando eventos do século XX e de famílias que ainda viviam em Vienne.

Depois de conversar com madame Gerlier, Alex foi visitar o padre Maurin. Enquanto dirigia, surgiu-lhe a idéia de que deviam existir registros, como aqueles que descobrira no convento de Sainte Blandine. Registros do século XV, que forneceriam uma chave. Padre Maurin sugeriu os de casamento e de batismo, e deixou Alex examinando vários livros volumosos. O que esperava encontrar? Não tinha o nome do tecelão. Mesmo se tivesse, de nada adiantaria. Uma criança adotada por uma família local não teria o nome Le Viste. O que esperava encontrar?

Enquanto estudava os registros, ficou tocada e levemente excitada quando deparou com o nome Benoit, seu nome de família, e se perguntou se havia encontrado uma pequena parte da própria história. Com freqüência, havia considerado fazer algum tipo de pesquisa, investigando as próprias raízes, mas sabia que um estudo genealógico poderia ser difícil e consumir muito tempo. Não dispunha de tempo para fazer isso agora. Por mais interessantes que fossem os registros de batismos e de casamentos, eles não proporcionariam nenhuma chave para identificar a criança de Adèle Le Viste. Alex agradeceu ao padre Maurin e dirigiu até Lyon, onde passou a noite na casa dos Pellier. Na manhã seguinte voltou a Paris.

Sunny estava impaciente na véspera do aniversário, ansiosa pela festa, excitada com os presentes que ela, a mãe e a avó haviam comprado no fim de semana anterior. Alguns presentes não tinha visto ainda, os que a mãe comprara para serem surpresa. Soleil não estava contente por ter de esperar até sexta. Não podia abrir só um? Agora, antes do aniversário?

Alex telefonou para Jake, mas o homem que atendeu a ligação disse que *monsieur* Bowman não estava recebendo chamadas. Alex achou que ele devia estar trancado no quarto, pintando freneticamente para ter algo para mostrar a madame Genevoix.

•

Na quarta de manhã, Soleil estava sentada à mesa, espalhando os ovos mexidos no prato com o garfo, sem comer nada a não ser uns pedaços de torradas. Ela ergueu os olhos para a mãe, que estava lendo o jornal.

— Você vai telefonar para *monsieur* Bowman para ter certeza de que ele sabe a que horas é o meu aniversário?

Alex desviou os olhos do jornal. Sarah colocou a xícara de café no pires e olhou para a menina, depois para Alex, que perguntou:

— Você convidou Jake para a sua festa de aniversário?

— Quero que ele venha — insistiu Soleil. — Você vai telefonar para ele?

Alex olhou para a mãe.

— Bem... sim, acho que posso.

Sarah disse:

— Você terminou de comer, Sunny? Por que não leva o prato e o copo para a cozinha?

Depois que Soleil saiu, Sarah perguntou:

— Você acha que essa é uma boa idéia?

— O quê? — perguntou Alex.

— Convidar Jake. Deixá-lo fazer parte dessa maneira da vida de sua filha.

— Por quê? Jake é ótimo. Ele se afeiçoou muito a Sunny.

— E ela a ele.

— Então, qual é o problema?

— Oh!, Alex, você é uma garota muito inteligente, mas às vezes não é muito esperta. O problema é que ela está ficando apegada a Jake e ele vai embora.

— Sim, pode ser. Ele está noivo de uma moça em sua cidade. Não é assim que as coisas funcionam? Eles vão embora.

Alex falou isso em tom de crítica, como se a mãe fosse a culpada por Jake ir embora. Ela queria retirar o que dissera, mas junto com as palavras ásperas veio a percepção de uma emoção que, de forma indefinida, tinha estado em atividade em cada canto de sua mente e de seu coração durante os últimos catorze anos. Não fora Alex que desistira de Jake, ele é quem a havia deixado. Ele tinha permitido que ela fosse com Thierry sem o menor protesto. Nem viera lhe dizer adeus quando partiu de Paris naquela primavera. Quando Alex lhe escreveu para dizer que ia se casar com Thierry, Jake nem sequer respondeu.

— E quem sentirá mais a falta dele quando partir? — perguntou Sarah. — Sunny ou a mãe dela?

Alex não respondeu. Mas esse pensamento não a abandonou, nem enquanto conversava com a mãe, nem quando saiu para trabalhar ainda pela manhã. Por que o havia deixado entrar de novo, tão facilmente, em sua vida, e por que permitiu que se tornasse tão amigo da filha? Ela sabia que ele não planejava ficar. Tinha uma noiva esperando-o em Montana.

Alex não telefonou para Jake nesse dia, embora tivesse dito a Soleil que o faria. Queria falar com ele, contar-lhe sobre o livro de orações, o presente de irmã Etienne, a recente viagem para Vienne. Mas não estava com coragem de pegar o telefone para ligar.

À noite, Soleil lhe perguntou se havia telefonado.

— Estive muito ocupada hoje — explicou Alex.

— Bem, então — disse Soleil irritada — se você não quer fazer isso, eu faço. Me diga o número do telefone dele.

— Vou ligar para ele amanhã.

Na manhã seguinte, enquanto tomavam o café-da-manhã, Soleil comentou que faltava apenas um dia para o aniversário. Lembrou a mãe de que prometera telefonar para Jake.

— Sim, já lhe disse que vou telefonar. — Alex virou a página do jornal. Os olhos pararam abruptamente. Não podia acreditar no que lia. O cabeçalho: *Freiras e arcebispo de Lyon disputam tapeçaria antiga*.

21

ALEX EXAMINOU O ARTIGO rapidamente. Uma antiga tapeçaria fora encontrada em um convento ao sul de Lyon. As freiras a reivindicavam, mas o arcebispo entrara em disputa pela posse, porque a arquidiocese havia comprado o imóvel e os campos anos atrás. O convento não era identificado como Sainte Blandine. Não se conhecia a localização atual da tapeçaria. Ela fora removida do convento e estava sendo guardada por uma amiga de confiança. A amiga de confiança não fora mencionada. Não havia nada no artigo sobre o leilão da Sotheby's.

Alex leu o artigo mais uma vez, sem pressa. Por que irmã Etienne não telefonara? Alex se perguntava se havia sido a própria freira que contara ao arcebispo sobre a tapeçaria, dominada pela culpa de manter a descoberta em segredo. As freiras teriam sido obrigadas a dar os desenhos a ele? Ou o arcebispo soubera da tapeçaria por uma outra fonte? Será que os trabalhadores disseram alguma coisa?

— Você vai telefonar para Jake, mãe? — Soleil interrompeu os pensamentos de Alex.

— Sim, vou ligar para ele.

Sim, telefonaria para Jake. E ligaria para irmã Etienne. Alex olhou o relógio e percebeu que, se não corresse, chegaria tarde para um encontro programado ainda durante a manhã. Arrancou o pequeno artigo do jornal. Telefonaria do museu.

Logo que chegou à sua sala, Alex pegou o telefone e ligou para o número que irmã Etienne lhe havia dado. Nenhuma resposta. Tentou novamente. Ainda sem resposta. Ligou para Simone Pellier em Lyon. Primeiro perguntou sobre Pierre. Simone contou que o marido estava na mesma. Depois, perguntou se a sogra vira o artigo. Não, ela não tinha visto. Alex quis saber se alguém a havia contatado por causa da tapeçaria. Simone disse que não, achava-se em total segurança. Mas Alex estava preocupada. Será que havia posto a sogra em uma posição comprometedora ou perigosa ao colocar a tapeçaria em sua casa? Ninguém sabia que estava lá. Não, não era verdade. Simone sabia. A mãe de Alex. Soleil. Até Marie. Madame Demy, a diretora do Cluny, tinha conhecimento de onde ela se encontrava. E Jake também. Sim, Jake sabia. Mas ele não a trairia.

Ela estava atrasada para o encontro. Assim que o último item da agenda foi discutido, Alex voltou correndo para a sala. Tentou ligar uma terceira vez para o convento, sem sucesso. Depois chamou o número de Jake. O homem da portaria disse que ele ainda não estava recebendo ligações. Alex sentou-se, pensando no que iria fazer em seguida. O catálogo para a venda na Sotheby's sairia dentro de duas semanas; o leilão estava marcado para 13 de agosto. Faltavam seis semanas. Sexta-feira 13. Deveria considerar isso um mau presságio?

Alex ficou andando de um lado para o outro na pequena sala sem janelas, depois pegou o artigo e o leu mais uma vez. Se o arcebispo tomasse posse da tapeçaria, estaria disposto a vendê-la? Talvez o Cluny ainda tivesse uma chance de consegui-la. Mas e as freiras? Será que já haviam sido levadas do convento para o retiro em Lyon?

Alex sentou-se à escrivaninha. Devia ir até o convento para ver irmã Etienne. Ela tinha três encontros marcados nessa manhã, mas podia cancelá-los. À tarde daria um seminário para um grupo de estudantes universitários, um compromisso que havia assumido meses antes. Talvez Dominique pudesse substituí-la. Não, Dominique viajara no dia anterior para visitar a família em Provence e ficaria fora por uma semana. Alex teria que dar o seminário. E ainda tinha de buscar as lembrancinhas para os convidados e a ornamentação para a festa de Sunny no dia seguinte. E se pegasse o trem à noite ou logo cedo, na manhã seguinte, e alugasse um carro? Não, Sunny acordaria cedo. Alex prometera que poderia abrir alguns dos presentes antes do café. Não havia jeito de viajar essa noite ou no outro dia. E irmã Etienne não telefonaria se houvesse um problema real? As coisas não poderiam esperar até o fim de semana? De qualquer maneira, o que podia fazer? Se as freiras desejassem transferir a tapeçaria para o arcebispo, teriam de entrar em contato com Alex. A tapeçaria estava com ela. Irmã Etienne nem sabia onde a peça estava escondida.

Alex foi ver madame Demy, que ainda não tinha lido o jornal nessa manhã, e lhe mostrou o artigo. A diretora pegou os óculos de leitura, que estavam pendurados na corrente de ouro ao redor do pescoço, e colocou-os no rosto. Fez um gesto para Alex acomodar-se em uma cadeira na frente da escrivaninha, enquanto lia o artigo, mas Alex estava nervosa demais para se sentar.

— Você falou com as freiras em Sainte Blandine? — perguntou madame Demy.

— Tenho tentado ligar para elas. O arcebispo lhes deu um celular, em caso de emergência, mas não tenho certeza de que saibam usá-lo. Talvez não funcione em um lugar tão distante.

— Você quer ir até lá de novo?

— Sim, mas tenho um seminário esta tarde e o aniversário de Sunny é amanhã.

— Se a tapeçaria for legalmente propriedade da arquidiocese, terá de ser devolvida.

Alex olhou para a mulher. Não podia acreditar que madame Demy fosse tão indiferente com o que ocorria. Mas, de fato, nunca demonstrara pela descoberta o entusiasmo que Alex achava que seria o normal. Ela nem pedira para ver a tapeçaria, e estava apenas levemente entusiasmada com o livro de orações que trouxera como presente das freiras. Estaria com ciúmes? Enciumada por ter sido uma descoberta de Alex?

— Sabe, Alexandra... — Madame Demy nunca a chamara de Alexandra antes, sempre era madame Pellier, madame Demy. Os negócios sempre foram conduzidos de maneira formal. — Mesmo que as freiras sejam capazes de provar a posse, mesmo que vá a leilão, não é garantido que possamos conseguir a tapeçaria.

Alex não sabia o que dizer. Permaneceu olhando para a diretora.

— Irei para Sainte Blandine no sábado cedo para ver como estão as coisas.

Madame Demy concordou e disse que isso seria ótimo.

Antes das 11 horas, Alex disse para Sandrine que ficaria ausente por algum tempo. Ela devia pegar as coisas de Sunny; também queria ver Jake. Talvez ele pudesse dizer-lhe o que fazer.

•

Jake parou na frente do espelho e esfregou os dedos na barba curta do queixo. Não tivera tempo de se barbear desde domingo de manhã. Talvez a deixasse crescer, criaria uma nova imagem, impressionaria madame Genevoix — artista de vanguarda de Montana. Ele havia terminado dois quadros durante a semana e iniciado um terceiro. Tinha marcado um encontro com madame Genevoix na segunda-feira à tarde, na galeria.

Desde sábado cedo não havia feito outra coisa, a não ser pintar. No domingo telefonou para Rebecca, depois para a mãe, para dizer-lhes que tivera a oportunidade de conhecer uma dona de galeria e mostrar seu trabalho. Ele também queria que soubessem que não iria atender ao telefone na semana seguinte. Não desejava que se preocupassem se tentassem ligar. Rebecca lhe disse que havia reservado a passagem. Chegaria a Paris em 13 de agosto. Seria uma sexta-feira 13, mas ela encarava isso como seu dia de sorte. Depois comentou:

— É ótimo você ter essas oportunidades em Paris.

— Estou indo bem — ele concordou.

— Sua mãe me disse que você fez alguns desenhos para um museu.

— Sim.

— Para sua amiga Alex?

— Sim. — Será que estava percebendo uma certa irritação na voz dela? Não havia contado a Rebecca sobre as viagens a Lyon. De fato, contara muito pouco sobre a antiga relação com Alex. Em uma conversa sobre romances passados, mencionara que havia tido uma queda por uma garota na época de escola, em Paris, e Rebecca quis saber mais sobre o assunto. Disse-lhe que a relação não dera em nada, que ela se casara com um francês rico.

— Alex está sendo de muita ajuda — disse Jake. — Na verdade foi por intermédio dela que tive a oportunidade de conhecer madame Genevoix.

— Não fazia idéia que ainda estivesse em Paris.

— Ela se casou com um francês.

— Ah, sim — disse Rebecca. — Ela e o marido moram em Paris.

— Ele morreu há dois anos, mas Alex permaneceu aqui. Ela tem uma filhinha. Ocupa um cargo estável no Cluny. A reputação dela e seus contatos têm sido extremamente úteis.

— Bem, isso é ótimo.

●

Depois dos telefonemas no domingo, ele voltou ao trabalho. Durante toda a semana trabalhou nas telas, dormiu pouco, deixou de fazer a barba. Apanhava algo para comer de vez em quando, mas tinha perdido vários quilos. Não saíra para correr, embora tentasse fazer ginástica e flexões de quinze a vinte minutos por dia, ainda que a intensidade do trabalho quase tenha se tornado um exercício físico.

Gabby viera dois dias para posar — na segunda e na quinta — e conseguira uma amiga que ficou na quarta, durante todo o dia. No fim da tarde e à noite, quando ficava sozinho, trabalhava no pano de fundo e nos unicórnios. Com a nova modelo, iniciou o que chamou de *rouge*, a série vermelha. As primeiras pinturas haviam sido feitas em cores frias, predominantemente com azuis, as pinturas *bleu*; mas as cores quentes começaram a tomar conta da paleta e das telas.

Ele não podia acreditar que já era terça-feira. Queria passar pelo museu para ver Alex, contar-lhe como estava indo a pintura e saber sobre a última viagem para Lyon e Vienne. Queria ter notícias de Soleil. O que uma garota de sete anos gostaria de ganhar no aniversário? Não tinha esquecido que o aniversário de Sunny era na sexta-feira.

Tomou banho e se vestiu. Sentia a necessidade de sair um pouco. A temperatura havia aumentado consideravelmente nos últimos dias. Não havia ar-condicionado no hotel barato e, por volta do meio-dia, o quarto no terceiro andar estava quase sempre abafado.

Jake olhou para o espelho em cima da cômoda. Se quisesse passar no museu para ver Alex, devia se barbear e pentear o cabelo, que estava espetado em alguns lugares. Ouviu uma batida na porta.

Ele a abriu. Era Alex.

— Você viu o jornal hoje? — perguntou ela.

— Não leio jornal há mais de uma semana.

— Ele percebeu que estava aborrecida. Alex procurou algo em sua bolsa, tirou um recorte de jornal e o entregou a Jake.

— Como isso foi acontecer? — perguntou enquanto lia.

— Tentei ligar para irmã Etienne, mas não houve resposta. Fico pensando se, cheia de sentimento de culpa, acabou confessando que a tapeçaria havia sido encontrada.

— Mas ela não pertence às freiras?

— Creio que sim. No entanto, o arcebispo Bonnisseau contesta a posse.

— Isso poderia atrapalhar a aquisição da tapeçaria pelo Cluny?

— Sim, poderia.

— E esse artigo pode despertar o interesse de outros museus e colecionadores?

— Esperava manter essa descoberta em sigilo por mais duas semanas, pelo menos até a publicação do catálogo. Estou um pouco preocupada com minha reputação, se isso interferir no leilão da Sotheby's. — Alex respirou profundamente e continuou. — A descrição no artigo é um tanto vaga: uma tapeçaria valiosa. O que isso quer dizer? E o convento não é nomeado. Quantos conventos existem no sul de Lyon?

— Acho que alguns. Não há nada no artigo que sugira o convento de Sainte Blandine.

— E a amiga confiável, a especialista em tapeçarias medievais em Paris? Quantas dessas podemos encontrar disponíveis em Paris? — Alex pegou o recorte de jornal das mãos de Jake e colocou-o na bolsa. — Devo retornar a Sainte Blandine, conversar com irmã Etienne e descobrir o que está ocorrendo. Mas o tempo para fazer tudo isso está muito curto. — Alex jogou a cabeça para trás e riu como se estivesse prestes a chorar. — O aniversário de Soleil é amanhã. Não posso me ausentar agora.

— E por que deveria se ausentar? De qualquer maneira, ninguém pode fazer nada a esse respeito sem você. As freiras não sabem onde está a tapeçaria, não é?

Alex sacudiu a cabeça.

— Não, não sabem.

— Não há razão para sair correndo logo agora, Alex. Desfrute do aniversário de Sunny.

— Sim, é o que devo fazer. — Alex sorriu. — Sunny está muito excitada. Uma festa de aniversário é um grande acontecimento para uma menina de sete anos.

— Posso imaginar. Queria lhe perguntar sobre isso, o aniversário de Sunny.

— Ela gostaria que você fosse.

Jake percebeu que continuavam parados na porta. Ele a convidou para entrar, depois se deu conta de que o lugar estava uma bagunça. Provavelmente, ele também não estava com um aspecto muito bom. Passou os dedos pelos cabelos, coçou o queixo.

O quarto estava muito quente. Imaginava que também não deveria estar cheirando muito bem. Roupas sujas, cama desfeita, garrafas de soda, cascas de banana, caroços de maçã. E pinturas por toda parte — encostadas nas paredes, apoiadas na cama, na cômoda.

Alex deu uma olhada ao redor do cômodo.

— Oh, Jake, você tem trabalhado. Elas estão maravilhosas. — Olhou sorrindo para ele. — Não teve tempo de fazer a barba?

— O que você acha? — disse coçando o queixo. — Talvez deva deixar a barba crescer?

— Parece que está no caminho certo. E pode combinar com o seu novo estilo de penteado.

Durante um instante, Jake pensou que Alex ia tocar os cabelos dele, afastá-los da testa, mas ela não o fez. Ele puxou-os para trás, penteando-os com os dedos.

— Os quadros são maravilhosos — disse Alex de novo, os olhos indo de uma tela à outra.

— Tenho um encontro com madame Genevoix na segunda-feira. Quero lhe agradecer de novo.

— Foi o seu talento que fez que ela o notasse.

Alex ajoelhou-se no chão diante da tela mais recente, provavelmente a melhor, embora ainda inacabada. O cenário era um jardim, as cores similares às das tapeçarias do Cluny.

— As séries azuis... e agora, as vermelhas — disse Alex. — Muito bonito. Exatamente como as tapeçarias de Verteuil e o conjunto do Cluny. Ela voltou-se e olhou para Jake. — Você sabia que o conjunto que está em The Cloisters é chamado de Séries Azuis, e o conjunto do Cluny, de Séries Vermelhas? — Alex sentou-se de novo sobre as pernas e olhou para as pinturas. — Vermelho, como na tapeçaria de Sainte Blandine... Oh, Jake. — Ela suspirou. — O que acontece comigo? Está errado querer algo tão ardentemente?

Alex tornou a se ajoelhar, depois levantou-se. Quando se voltou, uma casca de banana enroscou-se no salto fino do sapato. Abaixou-se para retirá-la, erguendo o pé e perdendo o equilíbrio. Jake estendeu a mão para ajudá-la.

— Perdão — disse segurando Alex pelo braço.

Ele podia sentir o cheiro dela, aquele odor fresco delicioso. Ficaram parados em silêncio, como se estivessem paralisados, a mão dele no braço dela. Alex olhava para ele, os olhos demonstrando uma espécie de medo. Jake sentiu um súbito anseio de tomá-la nos braços, acalentá-la, dizer-lhe que devia ter aquela tapeçaria, que devia ter tudo o que quisesse. Ele queria que o quarto estivesse em ordem, a cama arrumada com lençóis limpos.

— Como num desenho animado, a mulher escorrega na casca de banana. — Alex riu nervosamente e deu a Jake a casca de banana. Recuperou o equilíbrio e ele soltou-lhe o braço.

Jake olhou em volta tentando localizar o cesto de lixo. Não tinha idéia de onde estava.

— Teria limpado o quarto se soubesse que teria companhia. — Ele estava transpirando. Podia sentir gotículas se formando na testa. Fazia um calor terrível.

— Telefonei — disse Alex —, mas você não estava atendendo as chamadas.

— É verdade, achei que trabalharia melhor dessa maneira.

— Certamente, valeu a pena. — Alex olhou em volta do quarto de novo, depois para Jake. Ficaram olhando um para o outro como se não soubessem o que dizer. — Desculpe incomodá-lo — disse Alex. — Posso ver como está ocupado. Acho que queria apenas sua opinião.

— Aproveite o aniversário de sua filha. Se não tiver notícias de Sainte Blandine durante o fim de semana, terá tempo de ir até lá e ver o que está acontecendo. — Ele sorriu. — Sei que conseguirá a tapeçaria. Ambos sabemos que ela pertence ao Cluny. Vai dar tudo certo.

Alex também sorriu, mas não com muito entusiasmo, e ele achou que não havia feito muito para tranqüilizá-la.

— A festa de Sunny começa às 17 horas — informou Alex. — Devo voltar ao trabalho agora. — Ela caminhou em direção à porta, depois se virou. — Você não contou para ninguém, não é, Jake? Não mencionou a tapeçaria para ninguém, não é mesmo?

22

VOCÊ É TÃO ESTÚPIDO, murmurou Jake para si mesmo enquanto andava pela rua. Não devia ter dito nada. Mas quando Alex se voltou e perguntou: Você não contou para ninguém, não é, Jake?, deve ter visto algo nos olhos dele. Traição? Não. Nunca trairia Alex. Culpa? Sentia-se culpado, muito embora não tivesse contado para ninguém, não mencionou a ninguém a descoberta da tapeçaria. Comentara com a mãe que havia feito alguns desenhos para o museu, e agora, evidentemente, Rebecca sabia, mas nunca mencionara que estavam relacionados com um conjunto de tapeçarias. Ele devia ter protegido os desenhos com mais cuidado. Não devia ter deixado Julianna irromper em seu quarto naquela noite.

Então, confessou para Alex que uma amiga do estúdio tinha visto os desenhos, que ela aparecera uma noite enquanto trabalhava no segundo conjunto de desenhos, entrara sem ser convidada. Antes que pudesse se dar conta, estava parada ao lado dos desenhos, admirando-os, fazendo perguntas. Mas ele não havia contado nada para ela.

Jake não mencionou que Julianna, certa noite no estúdio, quisera falar sobre os desenhos. Não contou a Alex que Gaston Jadot tinha ouvido a conversa, ou que encontrara com *monsieur* Jadot na mostra de tapeçarias no dia seguinte.

— Como você pôde, Jake? — perguntou Alex. — Como pôde ser tão descuidado quando sabe o quanto isso significa para mim?

Ela saiu do quarto pisando duro. Que se dane ela. Onde Alex queria chegar, pretendia responsabilizá-lo?

Jake lembrou que precisava comprar um ventilador para o quarto e o presente de aniversário de Sunny. Supôs que não havia sido desconvidado para a festa, embora Alex estivesse muito aborrecida ao sair do hotel. Será que ela pensava que Julianna havia, de alguma maneira, alertado o arcebispo de Lyon sobre a descoberta da valiosa tapeçaria? Jake não era o único a saber. Ele havia dito isso a Alex. E todos os patronos da arte que ela estava conquistando e tentando convencer? Todos os amigos ricos. Ela vinha mostrando aquelas fotos da tapeçaria para qualquer um que pudesse pagar o preço. Alegara ter sido cuidadosa sobre o que lhes contava a respeito da descoberta da tapeçaria. Mas será que uma dessas pessoas não ficou curiosa e decidiu iniciar uma investigação por conta própria? Alex lhes havia mostrado uma foto da tapeçaria. Julianna vira apenas os desenhos.

— Agora se vire, Alex — disse enquanto caminhava. Alex e todos os amigos ricos podiam enrolar a maldita tapeçaria e fazer bom proveito dela.

Fazia um calor insuportável, o sol do meio-dia queimava, refletindo nos paralelepípedos da rua. Ele tinha de comprar o ventilador para o quarto, mas queria primeiro escolher o presente de aniversário de Sunny. Iria à festa apesar das acusações injustas de Alex. Não deixaria Sunny desapontada.

O que daria para uma menina no sétimo aniversário? Mais artigos de arte, talvez um conjunto de aquarela para iniciante ou tinta acrílica? Um brinquedo poderia ser um boa idéia. Uma boneca. As menininhas não gostavam de bonecas?

Encontrou uma loja de brinquedos na Rue des Ecoles. Entrou e andou pelos corredores do estabelecimento. Todos os brinquedos se pareciam com aqueles encontrados em qualquer loja da América — Guerra nas Estrelas, Mickey Mouse, Barbie. Uma boneca Barbie? O que Alex pensaria se comprasse uma Barbie para a filha dela? Sempre achara Alex um pouco feminista, não uma mãe que consentiria em dar uma boneca à filha que, caso fosse transformada em pessoa real, ficaria com um busto de 96 centímetros e uma cintura de 45. Lembrava que Sunny comparara Barbie a uma das encantadoras donzelas do Cluny. Sabia que ela gostaria de ter uma Barbie loira e bonita. Subitamente, teve uma inspiração, que com certeza iria agradar a ambas, mãe e filha.

Alex voltou para a sala no museu. O que está acontecendo comigo?, perguntou para si mesma. Estou perdendo a cabeça? Ela havia, de fato, acusado Jake de revelar a informação, e ele tinha retrucado fazendo outras acusações.

Alex havia saído batendo o pé, furiosa com ele. Mas quando voltou correndo para sua sala, sabia que havia sido injusta, e se perguntava se a raiva tinha a ver com a tapeçaria. Precisava dessa raiva para se sentir segura? Isso proporcionava a distância, o espaço de que necessitava para evitar os verdadeiros sentimentos?

Quando estavam sozinhos no quarto, antes da briga, sentiu que Jake queria tomá-la nos braços, beijá-la. Mas não o fez. Seria tudo imaginação dela, porque era o que queria? Ele estava tão *sexy* — a barba preta e rente, os cabelos desalinhados. Alex desejou tocá-lo, mas se conteve. Percebeu que ele havia acabado de sair do chuveiro. O corpo emanava frescor e um cheiro de limpeza, de sabonete de hotel, e o quarto, uma terrível bagunça, mas cheio de belas pinturas. No entanto, de alguma maneira, eles tiveram essa briga ridícula.

Alex tentou tirar tudo isso da mente e se esquecer de Jake. Ela tinha outros problemas para resolver. Pegou o telefone e ligou para o convento. De novo, não responderam. Se não tivesse notícias de irmã Etienne até o sábado, iria até lá de manhã cedo.

O seminário começava às 13 horas e ela tentou mostrar o entusiasmo habitual. Era um bom grupo — estudantes inteligentes, curiosos e cheios de perguntas. Alex tentou evitar que a mente se desviasse do assunto. Quando o último estudante saiu, às 16h30, estava exausta.

À noite, antes de voltar para casa, apanhou a decoração para a festa e parou no mercado para comprar quitutes para o jantar especial de aniversário de Soleil. Pegaria o bolo que havia encomendado na tarde do dia seguinte.

Durante o jantar, Soleil perguntou:

— Você falou com ele?

— Sim — respondeu Alex. — De fato, fui até o hotel para vê-lo.

— Ele virá?

— Sim. — Será que ele desistiria de vir por causa da discussão? Não, estaria presente. Alex estava segura de que Jake viria, não desapontaria Sunny, embora o tivesse tratado miseravelmente. Conversaria com ele. Pediria desculpas.

•

Na manhã seguinte, Soleil levantou-se cedo e enfiou-se na cama da mãe.
— Feliz aniversário — disse Alex.
— Já tenho sete anos!
— Sim, já tem. Feliz aniversário, menininha de sete anos.
Soleil pulou.
— Posso abrir meus presentes?
Alex saiu da cama.
— Sim, pode.

Enquanto permanecia sentada olhando Sunny abrir os presentes — um vestido novo para usar na festa, um jogo, alguns livros, uma caixa com pedras para fabricar jóias que a avó havia comprado no último fim de semana —, Alex se perguntava se não comprara presentes demais. Havia outros ainda para abrir durante a festa. Tentava não mimar a filha, mas nas ocasiões especiais sempre ficava com a impressão de ter passado da conta. Talvez as coisas fossem diferentes se Soleil tivesse irmãos e irmãs. Não queria que a menina crescesse como filha única mimada, como o pai, Thierry.

— Oh, obrigada, mamãe. Obrigada, vovó. — Soleil deu um abraço em cada uma.

Pelo menos, pensou Alex, tinha o sentimento de gratidão.

•

Alex não teve tempo de ler o jornal até estar no metrô, a caminho do museu. Na segunda página havia um novo artigo. Este era mais detalhado. O convento fora identificado como Sainte Blandine. O artigo descrevia a tapeçaria comparando-a com o conjunto do Cluny. Embora não citasse o nome de Alex como a amiga confiável, afirmava que a tapeçaria se baseara em desenhos encontrados num livro medieval de orações doado a um museu de Paris. Essa afirmação, de certa forma, a envolvia, o conjunto do Cluny... a doação de um livro de orações medieval para um museu de Paris. Haveria alguma dúvida? Será que em breve receberia um telefonema do arcebispo de Lyon pedindo que a tapeçaria fosse devolvida?

Foi falar com madame Demy. A diretora lera o jornal e tinha visto o artigo.
— Acho que seria ilusório não esperar que algo assim acontecesse.
Alex estava tão furiosa que não conseguia responder.

— Isto não significa que o Cluny não conseguirá a tapeçaria — disse madame Demy. — No entanto, o caminho para a aquisição poderá ser mais difícil do que acreditávamos a princípio.

Nós?, admirou-se Alex. Como se madame Demy tivesse se envolvido ou se interessado de alguma maneira. Por que não havia participado mais ativamente nessa busca? Não percebia como era importante que a tapeçaria ficasse exposta no Cluny com as outras?

— Mesmo que o arcebispo prove ser o verdadeiro dono — disse madame Demy —, é possível que queira vendê-la.

— Sim — respondeu Alex, com a voz extraordinariamente calma. — Existe sempre esta possibilidade.

Quando voltou à sua sala, havia uma mensagem de Elizabeth Dorling, da Sotheby's, pedindo que lhe telefonasse. Será que Elizabeth teria lido os artigos? Reconheceu a descrição da tapeçaria como a mesma que seria incluída no leilão do mês seguinte, em Londres?

Alex pegou o telefone e discou os números. Aguardou vários minutos até que Elizabeth atendesse.

— É apenas uma coincidência — perguntou Elizabeth — ou essa tapeçaria descrita na página dois do *Le Journal Parisien* tem estreita semelhança com aquela que irá sair em nosso catálogo, que deve ir para a gráfica dentro de cinco dias? — Elizabeth não parecia contente.

— É a mesma — respondeu Alex —, mas ela pertence às freiras, que têm o direito legal de vendê-la. Você viu o contrato, as cartas escritas de próprio punho pelo arcebispo Bonnisseau.

— Parece que o arcebispo não concorda com isso. Mesmo que as freiras sejam as proprietárias legais, podem surgir alguns problemas se o arcebispo contestar a posse. O que você sugere que eu faça?

— Cinco dias? — perguntou Alex. — Ele não irá para a gráfica antes desse prazo, não é?

— Poderá ir.

— Você me dá um prazo de cinco dias?

Elizabeth hesitou. Alex respirou fundo.

— Sim. Vou lhe dar cinco dias de prazo.

Depois de desligar, Alex tentou mais uma vez falar com irmã Etienne. Perguntava-se se o arcebispo havia confiscado o telefone das freiras. Será que as mantinha prisioneiras em Sainte Blandine ou já as transferira para o convento em Lyon? Droga!, ela devia ter abandonado tudo no dia anterior e ido até lá. Agora, só poderia viajar na manhã seguinte.

    Alex trabalhou por mais duas horas para terminar um relatório. Escreveu duas cartas. Era difícil manter-se concentrada no trabalho. A imagem de Jake continuava a surgir na mente — ela o veria à noite. Então, a tapeçaria surgiu em seus pensamentos. Cinco dias. Apenas cinco dias para acertar esse assunto. Repentinamente, veio-lhe uma inspiração brilhante. Pegou a lista telefônica, virou as páginas até encontrar o número do *Le Journal Parisien*. Pegou o telefone e discou.

23

ALEX PAROU NA DOCEIRA para pegar o bolo de aniversário. Em casa, Soleil ficou superexcitada quando a mãe retirou o papel para mostrar-lhe o bolo — branco com rosas e sapatilhas de balé de glacê rosa. Sarah ajudou na decoração da sala e arrumou as lembrancinhas que seriam dadas aos convidados.

    Simone Pellier telefonou para desejar à neta um feliz aniversário. No último fim de semana havia mandado, por intermédio de Alex, um belo pulôver feito à mão. Vovó disse a Soleil que tinha um outro presente esperando por ela na próxima vez que fosse a Lyon. Alex pegou o telefone e conversou por alguns minutos com a sogra sobre Pierre. Simone disse que nada mudara: — Está na mesma.

    Alex perguntou se alguém investigara sobre a tapeçaria. Ninguém fizera nenhum tipo de investigação. Alex disse que iria na manhã seguinte e levaria a tapeçaria para um outro lugar. Não achava que os Pellier estivessem em perigo, e não queria que Simone ficasse alarmada, mas, em razão do que poderia aparecer no dia seguinte no *Le Journal Parisien*, queria retirar a tapeçaria da casa deles. Esperava poder enviá-la para Londres.

    O *Journal* do dia seguinte... Alex sabia que se arriscara telefonando para o repórter. Mas se o artigo saísse da maneira como esperava, poderia ajudar a sua causa, ou pelo menos a das freiras. Gostaria de ter falado antes com irmã Etienne.

Pouco antes das 17 horas os convidados para a festa — oito meninas da escola de Soleil — começaram a chegar. Em seguida, enquanto Alex pegava na cozinha os pratos e os copos para o jantar das crianças, ouviu a voz de Jake. Sentiu um aperto no peito. Respirou fundo e foi para a sala de jantar, onde as meninas estavam admirando a decoração, os balões e o bolo. Soleil entrou segurando a mão de Jake e o apresentou às convidadas.

Ao avistar Alex, ele sorriu desculpando-se, pelo menos foi o que ela achou ao ver seus grandes olhos castanhos fitando-a como um filhote de cachorro que roeu os chinelos favoritos do dono. Havia se barbeado e os cabelos estavam caprichosamente penteados, como se para agradá-la. Exibia um pequeno corte no queixo. Como ele podia dar a impressão de ser tão vulnerável e *sexy* ao mesmo tempo?

Soleil o levou para participar dos jogos montados na sala de estar.

Depois de brincar de esconde-esconde, todos os convidados voltaram para a sala de jantar. Soleil começou a abrir os presentes, e só conseguia falar *oh!* e *ah!* Para satisfação de Alex, agradecia a cada convidada por ter vindo e pelos maravilhosos presentes, mesmo quando aconteceu de dois deles serem iguais — unhas postiças pintadas com esmalte cintilante, que Alex considerou um presente horrível para se dar a uma menina de sete anos, ou para qualquer pessoa, na verdade.

— É exatamente o que eu queria! — gritou Soleil quando abriu o par de patins, presente da mãe. Pulou da cadeira e deu um abraço em Alex.

Soleil deixou o presente de Jake para o fim. Abriu-o devagar, erguendo os olhos e sorrindo para ele, enquanto desembrulhava o pacote. Os olhos dela se arregalaram quando abriu a caixa.

— Oh, é encantador, *monsieur* Bowman. É o presente mais bonito que recebi em toda a minha vida.

Alex ficou atrás da filha, sem tirar os olhos do presente. Ele era realmente o presente mais bonito que Soleil já ganhara. Uma boneca vestida com brocado dourado, com saia de veludo vermelho e longas mangas de musselina suave e transparente, muito parecida com a donzela em *A mon Seul Désir*. Longos cabelos loiros desciam pelas costas, como os das donzelas em *La Vue* e *Le Toucher*, e uma parte dos cabelos estava trançada e enrolada com um turbante coberto de jóias, semelhante ao da donzela em *L'Ouïe*. O cinto era uma fita dourada franzida, e o colar consistia em duas fileiras de pequenas pérolas costuradas na parte superior do vestido, como na jovem mulher em *La Vue*.

— Olhe, mamãe — exclamou Soleil. — Não é esse o presente mais bonito? Alex concordou sem conseguir falar.

— *C'est très belle* — disse uma das convidadas, uma garotinha atarracada de cabelo escuro.

— *C'est la plus jolie Barbie du monde!* — falou uma menina loira dando alguns passos para ver melhor.

— Ela é admirável, Jake — disse Sarah. — Onde a encontrou? Acredito que andamos por todas as lojas de brinquedos e de departamentos em Paris no último fim de semana, e com certeza não vimos uma boneca como essa.

— Comprei a boneca em uma loja a poucos quarteirões do meu hotel.

— E a roupa? — perguntou Alex.

— Eu a fiz.

— Você a fez? Como?

— Tecido, agulha, linha, miniaturas de algumas jóias falsas e um cordão dourado.

— Você costurou? — perguntou Alex, incrédula.

— Já fiz algumas colagens com fibras, esculturas com tecidos. Costurei alguns botões. Sei usar linha e agulha.

— *C'est magnifique!* — exclamou Soleil de novo. — É a mais bonita de todas — disse. Soleil se levantou, foi até Jake e deu-lhe um abraço. — Gosto muito de você, *monsieur* Bowman.

•

Naquela noite, quando Alex colocou Soleil na cama, a menina estava exausta. Insistiu em dormir junto com a boneca, embora Alex preferisse colocá-la na caixa e deixá-la na prateleira. A boneca era muito bonita para brincar ou ser levada para a cama.

— O dia foi muito bom — disse Soleil, bocejando.

— Sim, foi.

— Você sabe... — falou devagar, esfregando os olhos — a melhor parte?

— Qual foi a melhor parte?

Mas, antes que pudesse responder, adormeceu.

Alex fitou a pequena menina e agradeceu com uma prece. Depois acariciou a boneca. Pegou-a e passou os dedos pelo suave veludo vermelho da saia. Que tipo de homem costuraria um vestido de boneca, um presente precioso para uma menina de sete anos?

Ela queria ter falado com ele, mas não houve oportunidade. Alex esperava que fosse ficar depois que as convidadas fossem embora, mas quando os pais começaram a pegar as filhas, houve bastante confusão e Jake foi embora.

— Não sei o que está acontecendo entre você e Jake — comentou Sarah com gentileza quando entrou no quarto —, mas percebi uma tensão entre os dois hoje à noite.

Alex afagou o veludo, mas não disse nada.

— Sabe, Alex, em muitos aspectos da sua vida, você não teve medo de assumir responsabilidades, de ir atrás do que queria. Mas quando se trata da vida íntima, parece que constrói falsas barreiras propositadamente. O que teme? Por que receia tanto ir atrás do que realmente quer quando se trata do coração? Tem medo de ser ferida?

Alex levantou. Colocou a boneca perto de Soleil e puxou os cobertores, depois olhou para a figura da mãe escurecida pela sombra.

— E o que você acha que eu quero?

— Apenas você pode responder a essa pergunta, Alex. Só você.

•

Alex não conseguiu dormir. Pouco depois da meia-noite, levantou-se. Trocou de roupa e chamou um táxi. Sabia para onde estava indo, mas não exatamente por que, ou o que iria dizer a ele quando chegasse lá. Iria desculpar-se. Sentia que havia errado ao acusá-lo. Fora ridículo responsabilizar Jake, loucura pensar que aquela maravilhosa descoberta poderia ser mantida em segredo para sempre. Não sabia ao certo como a informação vazara. Mas o que isso importava?

Havia mais alguma coisa que queria dizer-lhe, pensou enquanto dava o endereço ao motorista. Mas o que era que queria dizer? Sabia, pelo bem da filha, que necessitava decidir por si mesma o que queria de Jacob Bowman. Seria possível dizer-lhe que o amava? Poderia se abrir para o que se seguiria depois dessa confissão? Ou o que perderia? E Rebecca? O que Jake realmente sentia por ela? Se ele a amava de verdade, como pôde deixá-la em Montana?

O coração de Alex disparou quando o táxi entrou na Rue des Ecoles. O que estava fazendo, indo até ele no meio da noite? O que faria se dissesse a Jake que o amava e ele respondesse: — Isso é muito comovente, Alex, mas amo outra pessoa. Você não percebe que está catorze anos atrasada?

Alex pensou no que a mãe dissera. Desde pequena havia sido encorajada a ir atrás do que queria, a tomar as próprias decisões e a trabalhar em direção a uma meta.

Lembrou de um incidente ocorrido anos atrás. Cursava o segundo ano da escola secundária. O irmão, Phillip, era mais moço. Ele chegara em casa depois do horário combinado e havia sido repreendido.

— Você não está sendo justo — gritara Phillip para o pai. — Sempre me repreende. Alex pode fazer tudo o que quiser.

— Esta foi uma escolha que você fez, Phillip — o pai dissera calmamente. — Conhece as regras e decidiu quebrá-las. — E depois, acrescentou. Alex ainda lembrava claramente das palavras dele: — Alex pode fazer o que quiser, porque sei que fará as escolhas certas.

Era verdade. Sempre respeitara as regras. O pai nunca precisou lhe dizer o horário para chegar em casa; sabia a que horas devia voltar. Ele confiava inteiramente na filha. Isso havia se tornado um peso, em vez de uma regalia. Não se permitia cometer enganos. Por vezes ansiava por fazer algo mau, contra as regras, sobre o qual não havia pensado antes. Algo espontâneo e ousado.

Mesmo agora, adulta e com o pai morto, ainda sentia aquele medo ridículo de fazer uma má escolha e desagradar alguém. Fizera uma má escolha com Thierry e o deixara infeliz. Algumas vezes temia que fosse incapaz de agradar a um homem.

Por que estava indo até Jake no meio da noite? O que desejava e o que queria dele? Apenas você pode responder a essa pergunta — a mãe dissera.

Quando chegou ao hotel de Jake, pagou o motorista e saiu do carro, os pensamentos que passavam por sua mente ainda não estavam formulados em palavras. Não sabia exatamente o que iria dizer.

•

Ele havia perdido o dia costurando, então se pôs a pintar depois que voltou da festa. O quarto ainda estava quente, insuportavelmente quente, mesmo com o ventilador recém-comprado, de modo que tirou as calças.

Ele deveria ter passado a tarde pintando, mas levara mais de quatro horas para fazer o vestido. O que será que o velho Bowman diria sobre isso? Agora o filho não era apenas um pintor de quadros, mas também costurava vestidos de bonecas. Esse pensamento fez Jake sorrir. Mas nessa tarde, ao começar a costurar o pequeno vestido delicado, ao construir as jóias, o turbante miniatura, sentiu a mesma alegria que a pintura lhe proporcionava. Não acreditava que fosse pela atividade em si, mas pelo que significaria para Soleil. E depois, quando viu a expressão no rosto da menina ao abrir o presente, soube que valera a pena. A garotinha ficou arrebatada. Foi mais difícil perceber o que Alex sentiu. Ela sorriu para ele quando chegou, e viu que ficou emocionada com o presente que dera a Soleil, no entanto, mal lhe dirigiu a palavra durante toda a noite. Claro que estava ocupada com as crianças, supervisionando os jogos e servindo o jantar — hambúrgueres no estilo americano com batatas fritas, bolo e sorvete.

Jake misturou mais tinta, um vermelho mais escuro e profundo. Exatamente quando começava a dar uma pincelada na tela, ouviu baterem à porta. O som inesperado o surpreendeu. A mão dele estremeceu e uma gota de tinta vermelha respingou no peito nu. Ele olhou para o relógio enquanto as batidas continuavam. Era meia-noite e meia. Quem estaria à sua porta a essa hora? Vestiu o *jeans* e foi ver quem era.

Quando abriu a porta ficou surpreso de ver Julianna parada ali. Ela usava *jeans* de cintura bem baixa e uma camiseta minúscula. No umbigo perfurado havia um anel de prata e turquesa.

— Então, por onde tem andado? — perguntou apoiando-se no batente da porta, com o polegar enfiado no passante da calça. — Hoje é sexta-feira. Você não vai mais ao estúdio?

— Tenho estado ocupado.

Julianna apoiou-se fazendo pose e ele percebeu que a jovem bebera.

— Você perdeu uma ótima noite com os meus amigos — disse ela.

— Mas parece que você não.

Ela riu e entrou, fechando a porta atrás de si.

— Não vai me convidar a entrar?

— Parece que já está dentro.

— Estou? Os olhos dela moveram-se vagarosamente ao redor do quarto. — Bela pintura. Você tem estado ocupado. Depois olhou para ele. — Sabia que está com tinta vermelha no peito?

Jake olhou para baixo, depois para Julianna à medida que se aproximava. A jovem estendeu os dedos e tocou o pingo de tinta vermelha. Os dedos dela moveram-se, fazendo um movimento circular de um lado, depois do outro. Jake olhou para baixo. Ela havia traçado um coração vermelho no seu peito nu.

Alguém bateu de novo à porta e Jake teve um sobressalto.

— Esperando visita? — perguntou Julianna. — Antes que pudesse responder, ela foi até a porta e a abriu.

Jake olhou.
— Alex!
— Alex? — repetiu Julianna.
Alex estava muito chocada para dizer alguma coisa. Fitou Julianna, depois Jake. O ventilador zumbia.
— Bem — disse Julianna depois de um instante —, entre, Alex querida. — Fez um gesto com o dedo. — Entre e junte-se à diversão.
Alex olhou para o dedo de Julianna, a ponta coberta com tinta vermelha. Ela ergueu os olhos, que cruzaram rapidamente com os de Jake e depois se fixaram no seu peito. Jake sentiu que o coração vermelho que Julianna desenhara podia ser a letra escarlate em Hester Prynne*.
Ela não disse nada. Ficou imóvel, paralisada. Depois, subitamente, virou-se e correu.

24

JAKE ATRAVESSOU O CORREDOR e desceu as escadas.
— Alex, Alex — gritou. Segurou-a pelo braço.
Ela se contorceu, virou-se para ele, empurrou-o com força, soltou-se e correu. Ele perdeu o equilíbrio e caiu aturdido sobre os degraus de madeira.
Alex tinha ido embora. Jake olhou pelo vão das escadas, levantou-se e correu para o térreo. Quando chegou à rua, olhou para cima, para a Rue Monge, e depois para a direção oposta. Nada de Alex. Correu um quarteirão, parou, tentando recuperar o fôlego. Um casal que andava pela rua olhou para ele, depois cochichou entre si. O homem tinha uma expressão estranha no rosto; a mulher ria, e Jake percebeu que estava sem sapatos. Ele voltou ao hotel e foi para o quarto.
Julianna estava sentada na cama. Jake sentou-se perto dela e enterrou o rosto entre as mãos.

---

*HESTER PRYNNE, personagem adúltera do livro A letra escarlate, do escritor americano Nathaniel Hawthorne (1804-1864).

— Alex? Alexandra Pellier, do museu? — perguntou Julianna.

Ele balançou a cabeça, concordando. Estava transpirando e sentia a umidade nas palmas das mãos. O ventilador zumbia.

— É Alex, não é? — ela perguntou.

Ele olhou para ela, intrigado.

— É Alex, não é? — perguntou Julianna de novo. — Não é a noiva que mora em Montana, não é mesmo?

Ele não respondeu. Ficaram sentados juntos em silêncio.

Julianna levantou-se. Jake olhou para ela.

— Você falou com alguém? — ele perguntou. — Mencionou os desenhos para alguém?

— O que teria dito? Não sei muito sobre eles. Quando os vi, logo percebi que um parecia ter algo a ver com a tapeçaria A *Dama e o Unicórnio*, do Cluny. O outro, com o cavaleiro e a mulher nua, parecia bem misterioso, mas percebi que você não diria nada sobre ele. Mas não, acho que não. Não acho que tenha comentado isso com alguém.

— Você tem certeza?

— Bem... — hesitou. — Posso ter dito algo a Matthew.

— Pode ter dito?

— Não me lembro com certeza. — Ela parecia um pouco aborrecida por estar sendo interrogada. — Falamos o tempo todo. Posso ter dito algo.

— Você lê os jornais?

— Não, não leio os jornais com freqüência. Deveria?

Jake sentiu que dizia a verdade. Não estava ciente dos artigos sobre as tapeçarias.

Julianna olhou para a pintura mais recente de Jake, a primeira da série vermelha, apoiou-a contra a parede.

— Ela é realmente adorável, Jake. — A jovem olhou para ele e sorriu, depois foi até a porta. — Vou deixá-lo com seu trabalho.

•

Embora se enfiasse na cama depois que voltou do hotel, Alex não foi capaz de dormir. Sentia-se traída e sabia que isso não tinha a ver com a tapeçaria. Deitada ali na cama, esse sentimento cresceu e se intensificou, e a imagem da bela jovem asiática flutuava em sua mente. E Jake, o peito nu com um desenho de coração vermelho. O mesmo vermelho que havia no dedo da moça, quando convidou Alex a entrar no quarto. Abruptamente, sentou-se na cama. Por que estava sentindo-se dessa maneira? Se ele traíra alguém, fora Rebecca, e não ela.

Alex se levantou e fez café. Sentou-se à mesa da cozinha. Dane-se o Jake! A preocupação dela agora era atenuar o dano causado, o problema com a tapeçaria. Ela tinha quatro dias. Quatro dias antes que o catálogo fosse enviado para impressão. Quatro dias para que Elizabeth tivesse certeza de que a peça poderia ser oferecida no leilão de agosto.

Esperaria até as 6 horas para partir para o convento. Os jornais chegavam por volta deste horário, e Alex queria ler o artigo antes de sair. Se ao menos tivesse conversado com irmã Etienne antes de ter falado com o repórter. Mas o tempo estava passando, e se o artigo saísse da maneira como esperava, certamente iria ajudar. O repórter entendeu o que dissera? Usaria a informação como planejara? Ou o plano seria um tiro pela culatra e agravaria ainda mais a situação?

Um pouco depois das 6 horas, o jornal chegou. Alex começou a virar as páginas e parou. O artigo estava na primeira página. Fez uma leitura rápida. Sorriu, e logo estava rindo em alto e bom som. Não poderia ter saído melhor, nem se ela mesma o tivesse escrito.

O artigo contava a história do convento, como se tornara propriedade da arquidiocese anos atrás e como os conteúdos haviam permanecido propriedade das freiras. A intenção das religiosas de Sainte Blandine era vender a tapeçaria para continuar no convento, que havia sido o lar delas por mais de setenta e cinco anos.

É provável que Alex tenha exagerado um pouco com os números, mas a irmã Anne lhe contara que estava ali há mais de sessenta e sete anos, e ela não era a mais idosa.

O artigo informava que as freiras tinham de sessenta e nove a noventa e dois anos, embora, na verdade, soubesse que apenas a madre superiora é quem tinha noventa e dois anos. E ela morrera. Alex não sabia a idade da freira mais velha no momento.

O lucro da venda da tapeçaria seria usado com o objetivo de pagar os gastos da reforma para acomodar as velhas freiras e contratar uma enfermeira. Um aluguel seria pago à arquidiocese. O artigo sugeria que a tapeçaria era o gótico recém-descoberto mais valioso até então, em condições quase perfeitas, algo nunca visto em uma peça tão antiga. Uma tapeçaria alegórica *millefleurs*, provavelmente do mesmo período, fora vendida um ano atrás na Sotheby's por 128 mil libras esterlinas. Aquela tapeçaria em particular estava em condições precárias, o que exigiu a restauração de grandes extensões da peça. A tapeçaria de Sainte Blandine alcançaria pelo menos duas vezes, provavelmente três ou até quatro vezes essa quantia. O dinheiro arrecadado poderia ser aplicado em fundos de investimentos. Se adequadamente administrado, o cuidado com as freiras poderia ser pelo rendimento dessas aplicações. Quando a última freira morresse, os fundos poderiam ser transferidos para a arquidiocese.

Alex nunca tinha discutido isso com as irmãs, mas a proposta soava factível. Ela havia exagerado no valor da tapeçaria, o que dificultaria a aquisição pelo Cluny se alguém acreditasse no que dizia e pudesse pagar aquele preço. Ficou surpresa pelo repórter, cujo nome era Georges Gaudens, ter se interessado pelo que contara. É possível que tenha verificado o valor da tapeçaria similar, que fora vendida na Sotheby's no ano passado.

O repórter concordou em manter a fonte em sigilo. O nome de Alex não apareceria em nenhum lugar do artigo. E, como esperava, a história toda fez o arcebispo Bonnisseau parecer um tolo sem coração. Como poderia não ter compaixão?

Alex dobrou o jornal e o colocou ao lado da pasta. Engoliu o resto do café. Nesse instante, o telefone tocou.

O arcebispo? Jake? Alguém que lera o artigo e compreendera que a tapeçaria estava com Alex?

Ela pegou o fone.

— Tenho notícias tristes — disse Simone Pellier com a voz falhando. — Perdemos Pierre hoje cedo.

Alex acordou a mãe e lhe contou sobre Pierre. Simone havia pedido que Alex fosse para lá sozinha a fim de ajudá-la. Sarah poderia trazer Soleil depois para o enterro. Alex telefonou para madame Demy. Conversaram se seria conveniente ou não acordar Soleil. A criança entenderia? Sabia que a menina não se lembrava da morte do pai.

Ela entrou no quarto de Soleil e foi até a cama. Estava adormecida. A linda boneca de aniversário que Jake lhe dera estava a seu lado, sob as cobertas.

A menina abriu os olhos.

— O que aconteceu? — perguntou.

Alex sentou-se na cama ao lado da filha.

— Vou para Lyon agora de manhã.

Soleil levantou-se.

— Você já disse isso ontem à noite.

— Acabei de falar com a vovó. Ela tinha notícias tristes esta manhã.
— O vovô foi para o céu ficar com Deus?
— Sim.

Lágrimas se formaram nos olhos de Alex, enquanto estendia os braços e enlaçava a filha. Os olhos encheram-se de lágrimas, mas elas não chegaram a cair.

Soleil deu umas batidinhas nas costas da mãe, para consolá-la.

— A vovó diz que vovô está feliz agora. Não sente mais dores. Ele será feliz lá no céu com Deus.

Como Simone havia sido sábia e gentil, pensou Alex. Já preparara Soleil para a perda.

— Posso ir com você? — perguntou Soleil soltando-se do abraço e olhando para a mãe.

— Vovó precisa da minha ajuda agora. Estou indo para auxiliá-la no que for preciso.

— Para o funeral do vovô?

Alex fez que sim com a cabeça.

— Você irá com a vovó para o enterro dentro de uns dois dias. Está bem?

— Sim — respondeu Soleil. — Está tudo bem.

•

Alex partiu para Lyon. Que estranho a morte de Pierre acontecer nesse dia. Será que perderia a tapeçaria também? Esse pensamento a assustou. Não a perda da tapeçaria em si, mas a possibilidade de perder também uma vida humana preciosa junto com a perda de uma tapeçaria antiga feita com fios de lã. Lágrimas lhe escorreram pela face, e não pararam até chegar em Lyon.

25

ALEX ENTROU EM CONTATO com o jornal para colocar a nota necrológica. Falou com o agente funerário e o padre Varaigne sobre os serviços planejados para quarta-feira. Muitos dos detalhes haviam sido previamente decididos,

Simone estava preparada para isso. As tarefas simples que tinha pedido para Alex realizar eram difíceis apenas por fazerem parte do adeus a Pierre Pellier. Nem Simone nem Pierre tinham irmãos vivos, mas Alex telefonou para sobrinhas, sobrinhos e dois primos distantes, enquanto Simone ficava sentada ao seu lado. Com alguns Simone desejava falar, com outros não.

Simone estava se comportando tão bem quanto se podia esperar, embora parecesse cansada. Ela não usava maquiagem, e o cabelo, sempre bem penteado, parecia não ter visto uma escova há dias.

Vários visitantes vieram ao apartamento, entre eles o padre Varaigne e duas mulheres da paróquia de Simone.

Alex telefonou para casa e falou com a mãe e Soleil. Contou-lhes que o enterro seria na quarta-feira de manhã e pediu para Sarah trazer Soleil na terça à tarde. Alex explicou à mãe que vestido queria que a menina usasse no funeral e sugeriu outras roupas para colocar na mala.

— A Simone está suportando bem? — perguntou Sarah.

— Está esgotada, mas sim, está suportando bem. Estava preparada para isso. Tanto quanto alguém pode estar preparado para uma perda.

— Transmita-lhe meu amor.

— Eu o farei.

— Alex... — Sarah hesitou.

— Sim?

— Você recebeu vários telefonemas esta manhã.

De Jake? Alex pensou com um toque de pânico. Ainda ontem ele viera para o aniversário de Soleil. Ainda ontem ela saíra correndo de seu quarto.

— Depois de ler o artigo no jornal de hoje — continuou Sarah —, não fiquei totalmente surpresa.

— Você leu o artigo?

— Sunny precisou me ajudar com a tradução — riu Sarah. — Mas entendi o sentido geral.

— O que você acha?

— Acho que o arcebispo não tem escolha a não ser desistir, a menos que queira ser confundido com o próprio Satã.

Alex riu.

— Quem telefonou? — Ela não conseguia perguntar se Jake lhe telefonara. Achava que a mãe nem desconfiava que saíra no meio da noite.

— Dois repórteres — respondeu Sarah —, um do *Le Journal Parisien*, um Georges alguma coisa...

— Gaudens?

— Sim, acho que é esse, e um repórter de uma estação de TV. Disse-lhes que você estava fora da cidade. Perguntaram se tinha ido para Sainte Blandine, disse que não. E um outro telefonema de um tal de Paul Westerman. Ele disse que era um velho amigo, embora suspeite que isso tenha sido apenas uma desculpa para falar com você. Conhece algum Paul Westerman?

— Estivemos juntos na escola, em Paris. Mas não o vejo nem ouço falar dele há anos.

— Ele perguntou todo tipo de coisas sobre a tapeçaria e queria saber se você tem qualquer conhecimento dela. Expliquei-lhe que teria de falar com você. Disse-lhe que estava ocupada, que poderia telefonar para o museu na próxima semana.

— Nenhum outro telefonema?

— Apenas esses.

Alex se perguntava se Jake teria visto o artigo. Também queria saber o que ele pensava sobre ela ter fugido na noite anterior, empurrando-o, derrubando-o nas escadas. Mesmo com tudo o que acontecera desde então, acabou remoendo o incidente em sua mente, revendo-o como num *replay*, tentando imaginar se não teria se comportado de modo imaturo. Se ela o faria de novo... Estava chocada, despreparada para vê-lo com aquela jovem bonita... Será que se perguntara por que tinha ido vê-lo no meio da noite? Se ele se importasse, não teria telefonado?

— Obrigada, mãe — disse Alex. — Verei você e Soleil na terça.

— Sim, nos encontraremos na terça.

●

Depois do almoço, enquanto a sogra descansava, Alex entrou na biblioteca. Estava ansiosa para examinar a tapeçaria mais uma vez, mas até agora não fora capaz de sair de perto de Simone. Quando foi até o canto onde a peça havia sido colocada, enrolada e amarrada algumas semanas atrás, ficou chocada. A tapeçaria não estava lá. Andou pelo aposento. A peça era grande; dificilmente poderia estar escondida na sala sem que a encontrasse. O coração batia *tum, tum, tum,* depois pareceu parar completamente por um instante. Simone a teria mudado de lugar? Ela não dissera nada, mas tinha certeza de que a sogra tinha outras coisas em mente. Alex sentou-se, na tentativa de acalmar-se. Ouviu uma batida na porta. Era Marie.

— Posso lhe oferecer algo, madame Pellier?

— Marie, madame Pellier mudou a tapeçaria de lugar?

— Sim. Ela não queria deixá-la na biblioteca, não com toda a publicidade recente. Asseguro-lhe que está em segurança. Madame Pellier lhe contará, talvez tenha esquecido ... — As palavras ficaram presas em sua garganta.

— Está bem — disse Alex. Ela hesitou. — Para onde foi removida?

— Madame Pellier lhe dirá. — Marie olhou para Alex por um instante, depois fez um gesto com a cabeça e saiu da sala.

Alex não gostava disso, não saber, não ter o controle. Mas que controle ainda tinha sobre tudo isso? Nem sabia mais onde estava a tapeçaria. Não tinha idéia do que acontecia em Sainte Blandine, se as freiras ainda estavam no convento. E agora, telefonemas de repórteres e também de Paul Westerman. Alex lembrou de Jake contando-lhe que Paul estava trabalhando para uma companhia especializada em aquisições e avaliações de obras de arte. Que interesse teria na tapeçaria? Será que queria comprá-la para algum investidor rico ou amante da arte?

Alex olhou para o telefone na escrivaninha, pegou-o e discou o número que havia memorizado. Para surpresa dela, houve uma resposta. Uma voz baixa que reconheceu imediatamente.

— Irmã Anne?

— *Oui.*

— Aqui é Alexandra Pellier. Estou preocupada. Não consegui falar com vocês e não pude ir até aí. Vocês ainda estão em Sainte Blandine?

— *Oui.* E que agitação. Quanta atividade temos por aqui! Pessoas por todos os lados. Repórteres.

— Repórteres?

— Do *Le Journal Parisien*, de jornais de Lyon, da Inglaterra, de Roma. Todos querem contar a nossa história.

— E o arcebispo?

— Não contamos para ele. Não contamos que você está com a tapeçaria. Não foi mentira quando dissemos que não sabíamos onde estava.

— Gostaria de ir até aí, ver no que posso ajudar, mas estou em Lyon com minha sogra. Meu sogro faleceu hoje de manhã. Ela precisa de ajuda, não posso sair agora.

— Que a paz eterna esteja com ele, oh! Senhor, e possa a luz perpétua brilhar sobre ele. — Irmã Anne disse a prece rapidamente. Alex quase podia ver a velha freira fazendo o sinal-da-cruz. — Com a história publicada, como o arcebispo poderia levar embora a tapeçaria?

Elas tinham lido o artigo. Excelente.

— Irmã Etienne está ocupada?
— Ela está reunindo todas as irmãs para as fotografias.
— Fotografias?
— Para os jornais.

Isso seria perfeito, pensou Alex. As velhas freiras, as fotos publicadas na primeira página. Assegure-se de que irmã Eulalie e irmã Philomena, nas cadeiras de rodas, saiam nas fotos, Alex pensou em dizer. Como o arcebispo poderia pô-las para fora agora?

— Então vocês estão bem? O arcebispo não está tentando obrigá-las a sair de Sainte Blandine?

— Ao contrário. — Havia um tom divertido na voz da freira. — Acho que ele está querendo dar o que almejamos. Trouxe uma enfermeira e conseguimos todo tipo de atenção.

Alex ficou com a sensação de que irmã Anne realmente estava usufruindo dessa atenção.

— Irmã Etienne poderia me telefonar? — perguntou.
— Sim, claro.

Alex deixou o número de telefone dos Pellier com irmã Anne.

•

Simone falou pouco durante o jantar, nessa noite. Alex notou que a sogra estava muito cansada. Ela tinha passado vários anos cuidando de Pierre, uma tarefa emocionalmente exaustiva, mas agora o enorme vazio em sua vida parecia ter lhe tirado toda a energia.

— Você falou com as freiras em Sainte Blandine? — perguntou Simone quando se sentaram na sala de estar para tomar café.

Essa era a primeira vez que o assunto era mencionado. Alex achava que ela estava muito preocupada para ter visto o último artigo. Queria perguntar-lhe sobre a tapeçaria, mas se sentia desconfortável para tocar na questão.

— Sim, falei com irmã Anne esta tarde.
— Elas estão bem?
— Acho que sim.

Simone deve ter percebido o desconforto na voz de Alex.

— Poderíamos nos arranjar sem você amanhã, se quiser ir até Sainte Blandine.

— Talvez devesse. Você tem certeza de que ficará bem?

— Sim. Marie está aqui, e madame Le Quieu e madame Deville, da igreja, virão amanhã de manhã depois da missa. — Ela colocou um cubo de açúcar no café e mexeu devagar, os olhos abaixados. Simone ergueu os olhos. — Você está querendo saber da tapeçaria?

— Sim.

— Está em segurança.

Alex esperou.

Simone sorriu.

— Acredite em mim, Alexandra. Ela está a salvo, mas acho que ainda não vou lhe contar onde está.

Alex olhou para a sogra tentando não demonstrar o quanto estava aborrecida e chocada.

— Se lhe dissesse onde está, você iria querer retirá-la, não acho que seja necessário. Quando Philippe Bonnisseau concordar com tudo, tirarei a tapeçaria do esconderijo.

— O arcebispo? Você acha que ele irá concordar?

— Oh, Philippe é um homem teimoso, mas acho que tem juízo suficiente para saber que essa luta com as freiras não é conveniente para a Igreja. — Simone tomou um gole de café. — Espiritual ou economicamente.

Philippe? Alex se surpreendeu por não ter considerado isso — que Simone e Pierre pudessem ser amigos do arcebispo. Fazia anos que a família vivia em Lyon.

— Você conhece o arcebispo Bonnisseau?

— Muito bem. Eu e Pierre sempre estivemos envolvidos com a Igreja aqui em Lyon.

Simone mexia o café. Ela ergueu os olhos e uma ligeira tensão percorreu-lhe o rosto, o que provocou um arrepio em Alex, porque não era capaz de ler os pensamentos de Simone. Alex sempre sentira que ela e a sogra tinham uma ligação. Nunca falaram sobre a infelicidade no casamento de Alex, embora ela tivesse a certeza de que Simone sabia, e havia uma culpa comum que mantinha as duas mulheres unidas. Se você tivesse sido uma mãe melhor... Thierry seria um marido melhor. Se você tivesse sido uma esposa melhor... Thierry seria um marido melhor. No entanto, algumas vezes sentia que Simone podia culpá-la pela morte do filho. Thierry ainda estaria vivo se lhe proporcionasse um lar amoroso, a excitação de que necessitava? E então um pensamento horrível penetrou em sua mente: Simone poderia usar sua influência para sabotar as chances de Alex conseguir a tapeçaria. Não, não, empurrou esses pensamentos para longe. Simone gostava de Alex como se fosse a própria filha.

Agora que Alex olhava para a sogra, via que era dor e fadiga que havia nos seus olhos. Simone levantou-se.

— Se você não se importar, querida, acho que vou me deitar.

Ela andou devagar, os ombros inclinados para a frente, parecendo pela primeira vez, na lembrança de Alex, a velha senhora que era.

— Muito obrigada por ter vindo, Alexandra. Você e Soleil são a minha única família agora. — Inclinou-se e beijou Alex na testa.

— Boa noite. — Alex pegou a mão de sua bela mãe e a segurou por um instante. — Boa noite, querida Simone.

Nessa noite, Alex assistiu a um noticiário de Paris. Quase não via TV, mas desde que saíra o primeiro artigo, começou a se interessar pelas notícias. Em nenhuma das noites anteriores a tapeçaria e a situação em Sainte Blandine foram citadas. Mas agora, com o artigo de primeira página e o telefonema de um repórter de TV, achava que incluiriam algo no noticiário noturno.

Houve um comentário breve, basicamente as mesmas informações divulgadas nos três artigos. Felizmente, de novo, o nome de Alex não foi mencionado. A ênfase parecia estar mais no destino das freiras do que no da tapeçaria.

Na manhã seguinte, um outro artigo foi publicado no jornal, na primeira página, com a fotografia de irmã Eulalie, irmã Philomena, irmã Etienne e da pequena caseira enrugada, que foi identificada como irmã Venantius. As freiras não pareciam tristes; de fato, quase demonstravam felicidade — as duas pequenas irmãs nas cadeiras de roda com um sorriso brincalhão, irmã Etienne com o rosto arredondado e alegre. Pela foto se pensaria que já haviam ganhado a batalha com o arcebispo. Exceto pela irmã Venantius, que mostrava a carranca costumeira. Alex não tinha certeza se essa foto iria evocar muita simpatia. Mas todas elas pareciam velhas, existiam há muito tempo, e talvez isso bastasse. A foto vinha acompanhada de uma história sobre as freiras, contando há quanto tempo cada uma delas estava no convento, o que a remoção poderia significar tanto física como emocionalmente. Havia um artigo à parte, de um homem fazendo pesquisa de opinião na rua, perguntando quem deveria ficar com a tapeçaria, as freiras ou o arcebispo. É claro que todos, exceto um tolo que achava que isso era uma questão de propriedade legal, disseram que deveria ser permitido às freiras vender a tapeçaria e permanecer no convento. Perfeito, pensou Alex. Oportunamente perfeito.

O artigo na primeira página sobre as freiras remetia a uma outra história na página oito. Alex virou as páginas rapidamente. Havia um artigo sobre as tapeçarias com unicórnio, descrevendo a de Sainte Blandine como parte da coleção. O artigo dizia que o museu Cluny possuía um dos conjuntos mais famosos, *La Dame à la Licorne*, e que outro conjunto famoso, *The Hunt of the Unicorn*, era propriedade de The Cloisters, em Nova York. Os dois museus haviam emprestado peças para uma mostra especial que acontecia em Paris, no Grand Palais, até 6 de agosto. O tesouro encontrado em Sainte Blandine era relatado como semelhante, nas cores, ao conjunto do Cluny, freqüentemente apresentado como Série Vermelha. Alex se perguntava de onde essa informação teria surgido, pois tão poucos tinham visto a tapeçaria. As cores e o estilo da peça, de acordo com o artigo, eram semelhantes àquelas do Cluny, também podiam ser similares a outras tapeçarias do mesmo período, provavelmente do final de 1500. O artigo dizia que *Le Pégase* era de uma coleção particular e que também podia ser vista na mostra especial. A matéria ressaltava que era a primeira vez que essa tapeçaria de um colecionador particular era exibida publicamente. Mas de onde, se perguntava Alex, surgira essa comparação com *Le Pégase*?

O artigo reiterava a história do dia anterior, que a tapeçaria, autenticada por um especialista em arte medieval, revelava-se como a mais valiosa encontrada até hoje, e que, se pudesse ir a um leilão público, alcançaria um preço recorde.

Alex teria sido um instrumento na criação dessa crença de que a tapeçaria poderia alcançar um valor inesperado? A publicidade aumentaria o valor? Agora que a história das freiras estava na primeira página e no noticiário da noite, o preço subiria? A tapeçaria alcançaria mais de 500 mil libras esterlinas, como dizia o artigo? Mais de 800 mil dólares americanos? Será que Alex havia criado uma barreira para a aquisição pelo Cluny? Salvaria as freiras e perderia a tapeçaria?

Alex foi à missa com Simone. Nenhuma das mulheres mencionou o artigo sobre a tapeçaria. De fato, praticamente não falaram. Ela tentou envolver a sogra em uma conversa trivial — que dia bonito estava fazendo, embora estivesse bastante quente. Madame Pellier vestia um pulôver, e Alex se perguntava como podia suportar o calor.

Na missa, Alex rezou. Rezou a prece de irmã Anne. *Que a paz eterna esteja com ele, oh! Senhor, e possa a luz perpétua brilhar sobre ele.* Rezou por Simone, e quando olhou para a sogra, viu como estava cansada e envelhecida, e se perguntou se a própria Simone desistiria da vida agora que o amado Pierre havia ido embora.

Depois fez uma prece para Adèle Le Viste. *Querida Adèle, por favor, proteja as freiras, permita que fiquem com a tapeçaria. E, por favor, guie-me em minha própria busca.*

Alex imaginava se Adèle poderia realmente ouvi-la. Será que realmente havia uma comunhão de santos — uma crença de que, depois da vida, o bom e o santo sentavam-se com o Pai Todo-Poderoso, murmurando pedidos dos amigos terrestres que haviam solicitado uma intercessão? Adèle tinha sido freira, uma mulher de natureza religiosa, embora relutante. Enquanto rezava, uma calma inundou Alex, como se Adèle estivesse realmente presente, confortando-a, assegurando-lhe que tudo daria certo.

No caminho de volta para casa, Simone mencionou que *monsieur* Henri Sauvestre, o procurador de Pierre, viria na manhã seguinte, e gostaria que Alex estivesse presente.

Quando as amigas de Simone chegaram, logo depois que ela e a sogra voltaram da igreja, Alex sentiu que devia ir até o convento.

— Tem certeza de que ficará bem? — perguntou.

— Sim, pode ir, querida — disse Simone. — Eu a verei à noite.

•

Enquanto Alex dirigia, tentava imaginar o que encontraria ao chegar. Mais repórteres? Ela nem tinha certeza quanto ao tipo de recepção que a esperava. Irmã Etienne não respondera ao telefonema. Será que alguém a reconheceria? O nome dela não havia sido mencionado em nenhum dos artigos, mas a referência a uma amiga confiável, uma especialista em arte medieval, a comparação da tapeçaria com o conjunto do Cluny, o fato de que o livro de orações havia sido doado a um museu em Paris — com certeza, o arcebispo já suspeitava que alguém do Cluny estivesse envolvido. E os telefonemas dos repórteres. Mas ninguém saberia que ela era do Cluny. Talvez pudesse passar como mais uma repórter ou uma pessoa interessada.

Quando chegou ao convento, constatou o que irmã Anne tinha comentado. Havia pelo menos seis ou sete carros estacionados. Um era uma *van* da estação de TV local. Alex estacionou, colocou os óculos escuros, como se pudessem oferecer alguma proteção, e se encaminhou até o convento, passando por um pequeno grupo de pessoas reunidas na entrada. Enquanto batia à porta, ninguém tentou detê-la ou fazer perguntas. A janelinha se abriu. A face enrugada de irmã Venantius apareceu. Ela olhou para Alex, depois sorriu.

— Madame Pellier, entre. Temos boas notícias esta manhã.

— Madame Pellier? — Alex ouviu uma voz atrás de si.

Ela se voltou. Repentinamente, ouviu o ruído de uma câmera.

— Alexandra Pellier? Do Cluny em Paris? Você está com a tapeçaria?

Irmã Venantius abriu a porta e Alex entrou rapidamente.

— O arcebispo concordou com a nossa reivindicação de posse — disse a freira, enquanto conduzia Alex pelo corredor. — Mas deixarei irmã Etienne contar-lhe os detalhes.

Irmã Etienne apareceu no corredor, caminhando em direção a elas. Parecia que a freira não dormia havia dias e que tinha perdido peso. O rosto já não estava tão redondo, nem mesmo tão rechonchudo quanto parecia na foto do jornal. A freira piscou os olhos, depois sorriu.

— Alexandra. — Ela abraçou Alex. — Devo desculpar-me por não ter lhe telefonado, mas não quis pô-la em risco. Aqueles telefones, bem, qualquer um pode ouvir as ligações. — Irmã Etienne respirou profundamente como se quisesse recuperar o fôlego. — A irmã Venantius lhe contou?

— Sim. É verdade?

— Sim, o arcebispo Bonnisseau nos permitiu enviar a tapeçaria para o leilão. — Irmã Etienne se movimentou para que Alex pudesse passar.

— A senhora conseguiu a permissão por escrito?

Elas chegaram ao escritório da freira, entraram e sentaram-se.

— Quer beber algo? — perguntou irmã Etienne.

Alex sacudiu a cabeça.

— O convento tem um advogado?

Irmã Etienne riu.

— Não. Pensei que você fosse capaz de nos ajudar. Marquei um encontro com o arcebispo em Lyon, na quarta-feira de manhã.

— Ele sabe o meu nome? Sabe que estou com a tapeçaria?

— Não. Disse-lhe que enviaríamos um representante. Concordo com você. Devemos ter a permissão por escrito. Pode cuidar disso?

— Sim.

Ela falaria com o advogado de Simone no dia seguinte. O dia seguinte... era segunda. Alex coçou a cabeça e tentou pensar. Como poderia dar conta de tudo o que tinha de fazer: Simone, o advogado, o funeral de Pierre, a tapeçaria, o arcebispo, as freiras, Sotheby's. A sogra pediu-lhe para se encontrar, no dia seguinte, com o advogado por causa do espólio de Pierre. Soleil e a mãe chegariam na terça. Quarta era o prazo final para contatar Elizabeth Dorling na Sotheby's. Na quarta também era o funeral de Pierre.

— Terça de manhã — disse Alex. — Teremos de nos encontrar na terça de manhã. Já terei um acordo escrito por meu advogado.

Esperava que Henri Sauvestre, o advogado de Pierre e Simone, conseguisse redigir algo até lá.

Irmã Etienne concordou, depois se sentou, procurou algo no bolso e tirou o celular. Discou um número.

— Irmã Etienne, de Sainte Blandine. Desejo falar com o arcebispo.

A freira sorriu para Alex enquanto esperava. Ela tinha a expressão de uma mulher que agora estava com o controle. A fadiga parecia ter dado lugar a uma animação quase vitoriosa. Uma mulher que acabara de competir em um evento atlético extenuante, e triunfara.

— *Oui, bonjour*, arcebispo Bonnisseau. Irmã Etienne, de Sainte Blandine... Sim, estou bem esta manhã... Nosso representante gostaria de encontrar com o senhor mais cedo. Terça de manhã. — Irmã Etienne olhou para Alex. — Às 10 horas?

Alex fez que sim com a cabeça.

— *Oui*. — A freira sorriu. — Às 10 horas está bem.

Alex ficou e almoçou com as freiras, depois voltou ao escritório de irmã Etienne, onde as duas mulheres conversaram novamente sobre os preparativos para a venda da tapeçaria.

— Você acha que ela realmente alcançará o valor mencionado no artigo? — perguntou a freira. — Quando falamos sobre isso antes, disse que uma tapeçaria similar havia sido vendida há um ano por 128 mil libras esterlinas.

— Sim, mas a sua tapeçaria está em condições muito melhores. Talvez o artigo tenha exagerado o valor, mas a mídia é uma influência poderosa. Toda essa divulgação pode fazer o preço subir.

Um amplo sorriso surgiu no rosto de irmã Etienne, que rapidamente foi substituído por um mais sereno.

As duas mulheres discutiram o contrato proposto, esboçando os itens com base na conversa que a freira tivera com o arcebispo. Os lucros seriam colocados em um fundo de investimentos, administrado por um curador indicado pelo convento, e tudo o que restasse depois da morte da última freira seria transferido para a arquidiocese. Alex assegurou-lhe que o advogado incluiria esses pontos no acordo. Irmã Etienne disse que liberaria essa informação para a imprensa, quase como se fosse uma velha profissional.

Uma Alex relutante colocou os óculos escuros e deixou o convento, caminhando sob a luz brilhante do sol. Sabia que alguém a reconhecera quando entrou e imaginava se estaria à espreita, pronto para o ataque. Que tipo de interrogatório a esperava? Devia temer alguma coisa, agora que o arcebispo fora forçado a concordar que a posse legal da tapeçaria pertencia às freiras?

Ainda havia repórteres andando por ali. Alex caminhou rapidamente até o carro.

— Madame Pellier — alguém gritou.

A voz era familiar. Alex se virou, mas continuou andando. Não reconheceu o homem. Depois, a lembrança lhe voltou.

— Madame Pellier. Georges Gaudens, do *Le Journal Parisien*. Já conversamos.

— *Oui, monsieur* Gaudens. Acho que deve falar com irmã Etienne. Ela está pronta para liberar informações adicionais sobre o destino da tapeçaria. — Alex entrou no carro. Pegou um cartão de visita da bolsa, escreveu o número de telefone dos Pellier em Lyon e entregou a ele. — Meu número em Lyon.

Ele pegou o cartão e agradeceu.

Vários minutos depois, quando Alex saía da estrada de cascalho para a rodovia principal, teve a sensação de estar sendo seguida. Olhou pelo espelho retrovisor e não viu ninguém, mas algo lhe dizia que não estava sozinha. Quando se aproximou de Vienne, notou um Peugeot azul-marinho atrás dela. Teria ficado estacionado fora do convento? Aumentou a velocidade para verificar se estava sendo seguida. O carro azul ficou afastado do dela apenas por alguns carros, mas não achou que havia desistido. Rodou durante algum tempo, virando abruptamente aqui, depois ali, numa tentativa de se livrar do carro azul, embora não o visse pelo retrovisor. Encontrou um posto de gasolina. Enquanto enchia o tanque, olhou em volta e não viu o Peugeot azul. Depois, quando estava indo embora, percebeu o veículo entrando no posto. Rapidamente, acelerou e se dirigiu para a rodovia.

De novo na via expressa, olhou pelo espelho retrovisor. Nenhum carro azul. Apenas imaginara estar sendo seguida? Dirigiu quase oito quilômetros, olhando mais para trás do que para a frente. De repente, lá estava ele de novo, três carros atrás do dela. Quando Alex alcançou os arredores de Lyon, havia apenas um veículo entre ela e o carro azul. Entrou na cidade fazendo um caminho em ziguezague e atravessando dois faróis vermelhos. Com certeza, o carro azul a perdera de vista. Estacionou a vários quarteirões do apartamento dos Pellier. Nenhum sinal do carro azul. Caminhou rapidamente até o prédio de Simone. Estava um dia claro e brilhante e as pessoas passeavam pelo bulevar. Estava a salvo. O que temia? Alguma pessoa poderia fazer-lhe algum mal por causa da tapeçaria? Ali nas ruas de Lyon, no meio do dia?

— Madame Pellier — chamou um homem.

Sem parar, Alex olhou para trás. Podia vê-lo agora, era dr. Henry Martinson. E, atrás dele, soprando e bufando sem fôlego, havia um outro homem, baixo e corpulento, usando grandes óculos escuros. O homem agarrou dr. Martinson pelo ombro e, enquanto o obrigava a voltar-se, Alex ouviu a si mesma gritando.

26

JAKE TRABALHOU DURANTE todo o fim de semana. No domingo à tarde tinha seis pinturas, quatro delas emolduradas. Ele foi até a cooperativa comprar molduras para as outras duas. O encontro com madame Genevoix estava marcado para as 13 horas. Jake precisava de ajuda para transportar os quadros até a galeria. Poderia chamar um táxi, mas várias telas ainda estavam molhadas, e ele queria alguém para ajudá-lo a descê-las do terceiro andar, alguém que tivesse um pouco de cuidado.

Antes de sexta-feira, Jake teria pedido a Alex que o ajudasse a levar os quadros para a galeria. Ele não a ajudava sempre que estalava os dedos? Mas agora... agora nem sabia se ela ainda falaria com ele. Pensou em telefonar várias vezes depois do fiasco de sexta à noite, mas não foi capaz de fazê-lo. Devia se desculpar? Por quê? Quanto mais pensava nisso, mais furioso ficava. Dane-se, Alex! Ela ficou chocada ao ver Julianna no quarto aquela noite, mas mesmo que estivesse se divertindo com uma jovem amiga, tendo um encontro íntimo, e tinha certeza de que interpretou a visita de Julianna dessa forma, Alex não tinha nada a ver com isso. Jake, no entanto, se perguntava por que ela apareceu tão tarde naquela noite. Teria vindo se desculpar? No meio da noite? Talvez tivesse vindo por outro motivo, e essa era a fantasia constante de Jake.

Ele continuava a ver o rosto dela. A expressão de total desgosto e traição. Devia telefonar e explicar a respeito de Julianna. Mas ainda havia o assunto da tapeçaria. Jake não tinha certeza se fora responsável pela informação que vazara. Não achava que Julianna estivesse envolvida nisso, embora ela tenha dito que mencionou o assunto para Matthew. Um outro artigo saíra no jornal nessa manhã. Alguém estava passando informações para a imprensa. O artigo estava repleto de fotos das freiras de Sainte Blandine. A história era definitivamente simpática à causa das freiras. Jake não achava que esta matéria, junto com a outra sobre tapeçarias com unicórnios, comparando a peça do convento com as do Cluny e as do The Cloisters, e até com *Le Pégase* no Grand Palais, seria uma publicidade que Alex acolheria com grande entusiasmo. Mas, se tudo isso não fosse suficiente para criar interesse e elevar o preço até as alturas, Jake não sabia o que poderia ser. Mesmo que o arcebispo permitisse que as freiras vendessem a tapeçaria, todo interesse e publicidade poderiam colocá-la fora do alcance de Alex.

Nessa mesma manhã, recebeu um telefonema estranho de Paul Westerman. Paul disse que estava procurando por Alex. Telefonara para a casa dela, mas só obteve evasivas, parecia que Alex estava fora da cidade. Ele sabia que Jake tinha entrado em contato com ela em Paris e talvez soubesse se estava envolvida com essa misteriosa tapeçaria.

— Tapeçaria? — perguntara Jake, talvez colocando demasiada inocência na voz.

Paul rira.

— Você lê os jornais ou não, Jake? Não viu Alex desde que chegou a Paris?

— Sim, encontrei-me com ela.

— E não ficou sabendo se está envolvida com a descoberta dessa tapeçaria em Lyon?

— Tenho certeza de que Alex ficaria interessada em qualquer descoberta de uma tapeçaria medieval — respondeu Jake. — Ela trabalha para um museu medieval. — Não era bom para contar mentiras, mas não iria dizer nada a ninguém, nem mesmo a Paul, a respeito do envolvimento de Alex.

— Estou apenas passando por Paris a caminho do sul — disse Paul. — O trem sai em cinco minutos. Então, pensei em telefonar. Talvez possamos jantar da próxima vez que passar por Paris.

— Telefone-me.

— Como está indo a pintura?

— Está indo bem.

— Ótimo.

Depois que desligou, Jake se pôs a pensar no interesse de Paul pela tapeçaria. Provavelmente, foi contratado por algum colecionador para investigar.

Jake telefonou para Gabby para pedir o número do telefone de Matthew. Ela não estava, mas a colega de quarto lhe deu o número. Ela parecia conhecer Jake, e ele se perguntou se não seria a garota parecida com o Pica-pau.

Quando telefonou para Matthew, tentou parecer natural.

— Você se lembra — disse — se Julianna mencionou algo sobre uma tapeçaria ou alguns desenhos?

— É sobre aquela tapeçaria que apareceu no noticiário na outra noite? A que foi encontrada naquele convento nas colinas perto de Lyon? Ela falou sobre isso. Disse que sua namorada tem alguma ligação com a tapeçaria.

— Ela a mencionou antes?

— Acho que não. Só na noite anterior quando fomos ao metrô.

Poderia eliminar Matthew agora? Jake achou que sim. O único que sobrava era Gaston Jadot. Jake iria ao estúdio na noite seguinte e falaria com *monsieur* Jadot. Descobriria se o velho tinha alguma conexão com os artigos do jornal ou com o fato de o arcebispo ter descoberto tudo sobre a tapeçaria.

27

— QUE DIABOS!? — gritou dr. Martinson empurrando o homem que o agarrara.

— Você está bem, Alex? — o homem corpulento gritou enquanto agarrava os dois punhos de dr. Martinson.

E ela percebeu quem era. Fazia dez anos que não o via, mas reconheceria aquela voz grave em qualquer lugar. Ele havia engordado um pouco, embora sempre fora um tanto roliço. A barba castanha e esparsa, que lhe dava a aparência de artista *hippie*, havia desaparecido. Ainda usava bigode, agora bem desbastado.

— Paul?

— Você está bem, Alex?

Alex fez que sim. Dr. Martinson se debatia, e embora fosse mais alto do que o outro, as mãos fortes de Paul envolviam facilmente os punhos dele.

— Solte-me, imbecil. Não estou tentando atirar nela ou nada do gênero. Só quero falar com ela.

Paul olhou para Alex e ela pediu para soltá-lo. Paul soltou dr. Martinson, que se arrumou, ajustando a gravata e depois as lapelas da jaqueta. A ansiedade que se apoderara de Alex estava se dissipando, e o alívio veio à tona em uma risada nervosa e estranha. Dr. Martinson lhe lançou um olhar aborrecido, e ela disse, com uma pequena reverência, ciente da dignidade jocosa que estava acrescentando a essa cena bizarra:

— Dr. Martinson, quero apresentar-lhe Paul Westerman, um velho amigo. Paul, dr. Henry Martinson, curador do museu The Cloisters, em Nova York.

Paul ofereceu a mão a um dr. Martinson relutante, que estendeu a sua.

— Você só quer conversar? — perguntou Paul. — Então fale.

— Quem é você? — perguntou dr. Martinson. — Uma espécie de guarda-costas?

Paul cruzou os braços sobre o peito largo.

— Você a seguiu desde o convento.

— E você — bufou dr. Martinson — me seguiu.

Era estranho que Alex não tivesse visto nenhum dos dois entre os que estavam do lado de fora do convento, mas tinha entrado tão rápido quanto lhe fora possível. Ela respirou profundamente.

— Eu a vi entrando no convento, madame Pellier — disse dr. Martinson. — É óbvio que você tem alguma influência em relação à tapeçaria. Foi mencionada uma oferta pública. Certamente não está planejando dissuadir as freiras de fazer o que seria melhor para elas. — Ele vestia terno e gravata, embora estivesse muito quente, cerca de 32 graus. Gotas de suor haviam se formado em sua testa. — The Cloisters está preparado para fazer uma oferta substancial pela tapeçaria. Gostaria de ter a oportunidade de apresentar nossa proposta. Suponho que você seja uma mulher que acredita em jogo limpo.

Como Alex não lhe deu resposta, dr. Martinson acrescentou:

— Não vamos deixar essa oportunidade passar sem brigar por ela. — Ele olhou para Paul. — Bem, não aquele tipo de briga.

— Não, certamente não — disse Paul sacudindo a cabeça. Ele tirou um maço de cigarros do bolso e puxou um.

— Você realmente está com a tapeçaria? — perguntou dr. Martinson para Alex. — Amigo confiável, especialista em arte medieval — disse provocando-a. — Se a luva lhe serve...

Que espécie de expressão idiota era essa?, pensou Alex.

— Essas descrições podem se ajustar a muitas pessoas. Obviamente, você tem acompanhado a história. O convento estava apinhado de repórteres hoje e creio que as freiras iriam fornecer informações adicionais. Devia ter ficado por lá.

Alex estava ciente de que tudo sairia no *Le Journal Parisien*, e dr. Martinson teria uma boa chance de adquirir a tapeçaria tanto quanto qualquer outra pessoa, incluindo o Cluny, mas não quis lhe dar a satisfação de ficar sabendo disso.

— Posso sugerir que leia *Le Journal Parisien* amanhã — falou rispidamente, sentindo um calor subir-lhe por trás do pescoço.

Paul soltou uma baforada que envolveu os três em uma nuvem de fumaça. Martinson pigarreou, puxou um lenço de seda branco do bolso da jaqueta e limpou a testa; depois, de maneira meticulosa, dobrou-o e recolocou-o no lugar, olhando durante todo esse tempo para Alex. Ela o fitou também, e perguntou-se por que sentia tanta aversão por este homem. Dr. Martinson não estava fazendo nada mais do que lutar por algo que ambos queriam. Mas não iria lhe contar nada. Nem um mísero detalhe.

— Agora, se me desculparem — explicou ela —, tenho um assunto pessoal para resolver.

— Vamos nos encontrar novamente, madame Pellier, tenho certeza. — Dr. Martinson ajustou a gravata mais uma vez, depois virou-se e desceu a rua.

— Ótimo rapaz — disse Paul, enquanto observavam o homem virar a esquina. — Podemos conversar em algum lugar?

— Realmente preciso voltar para casa.

— Voltar? Voltar para Paris?

— Não, minha sogra mora aqui em Lyon. — Alex começou a caminhar. — Meu sogro acabou de morrer.

As sobrancelhas de Paul ergueram-se um pouco, com uma expressão que era familiar a Alex. Ele sempre fora inquiridor, questionando tudo, nunca aceitando nada que alguém dissesse. Sabia que devia estar se perguntando o que ela estava fazendo, andando de um lado para o outro atrás de tapeçarias, quando a sogra estava de luto.

— Olhe, obrigada por ter vindo me salvar — disse Alex dando-lhe um grande abraço. — É bom revê-lo. — Depois, com uma outra risada ansiosa, acrescentou: — Imagino que tenha me salvado.

Começou a caminhar, enquanto Paul andava ao lado dela soltando uma grande baforada de fumaça.

— Então, o que você fazia no convento? — perguntou Alex.

Paul sorriu.

— Telefonei para você em Paris. Recebi como resposta uma desculpa. Não tinha idéia... de sua situação familiar. — A expressão dele tornou-se melancólica. — Telefonei para Jake. Como também foi evasivo, soube que algo estava acontecendo com você. Tem visto Jake com freqüência?

— De vez em quando. — Não queria falar sobre Jake. Nem mesmo queria pensar nele. Ela tinha mais com o que se preocupar no momento. Paul estava soprando e bufando, tentando acompanhar o passo de Alex. — Isso não faz bem a você — disse apontando para o cigarro. Alex prosseguiu sem reduzir o ritmo.

— Sim, eu sei. — Ele tossiu. — Então, o que você sabe, Alex?

— Em que está interessado?

— Acho que todos estamos atrás da mesma coisa. Você, eu, dr. Martinson.

— Talvez.

— Um cliente me contratou para verificar a autenticidade da tapeçaria. Ele está interessado. Sem vê-la, fica difícil confirmar se é uma tapeçaria genuína do final da Idade Média, semelhante em estilo ao conjunto que se encontra no seu museu.

A boca de Paul abriu-se em um sorriso malicioso e endiabrado, e Alex lembrou de todas as piadas e travessuras que ele fizera, anos atrás, quando eram estudantes. Recordou também do quanto era competitivo. Paul era um pouco brincalhão, mas quando estavam na escola, sempre gostava de tirar as notas mais altas, com cumprimentos e prêmios.

— Ela foi autenticada? — perguntou Paul. — Por um especialista em arte medieval? Não foi, madame Pellier?

Alex continuou a caminhar.

— Como disse para dr. Martinson, você pode verificar...

— Ora, Alex, somos velhos amigos...

Eles haviam chegado à porta do prédio de Simone. Alex indicou a entrada.

— É aqui que eu fico.

— Podemos nos encontrar? — perguntou Paul. Ele deu uma boa tragada no cigarro, depois virou o rosto e soltou a fumaça.

— Não é o momento adequado.

Alex sentia que seu cérebro podia ceder sob a pressão. Precisava falar com Elizabeth Dorling, da Sotheby's, com o advogado de Simone, encontrar-se com o arcebispo. Será que Paul ia se tornar mais um problema com o qual teria de lidar, para não mencionar Martinson?

— Telefone-me na semana que vem no Cluny. — Mexeu na bolsa e retirou um cartão de visita. Paul o enfiou no bolso da camisa.

Que problema poderia lhe causar se dissesse tudo agora para Paul?, ponderou.

— Sim, ela foi autenticada. Vai ser colocada em leilão no mês que vem na Sotheby's. O arcebispo concordou com a proposta das freiras de vender a tapeçaria para possibilitar que continuem no convento.

— E quando poderá ser vista?

— O catálogo deve sair no mais tardar na semana que vem, pois o leilão será no dia 13 de agosto.

— Ela é tão extraordinária quanto querem nos fazer crer?

— Vou deixar você decidir.

Paul jogou o cigarro na calçada.

— Foi bom vê-la de novo, Alex. Sinto muito pelo seu sogro. Telefono para você na semana que vem, então?

Ele não se moveu, como se aguardasse mais alguma coisa. Será que esperava uma exibição particular da tapeçaria? Sabia que Alex a tinha visto. Provavelmente, suspeitava que a tapeçaria estivesse com ela. Mas, de repente, Alex lembrou de algo que estivera tentando tirar do pensamento nas últimas vinte e quatro horas. Nesse mesmo instante, nem sabia onde estava a tapeçaria.

28

NA SEGUNDA DE MANHÃ, quando ia para a cooperativa comprar as molduras, Jake apanhou um copo de café e parou na banca de jornais. Enquanto segurava o café com uma das mãos, com a outra desdobrou o jornal que acabara de comprar. Ali, na parte de baixo da primeira página, havia um retrato de Alex com óculos escuros e uma expressão de surpresa. O cabeçalho dizia: *Colecionadores e funcionários de museu se reúnem quando o mistério da tapeçaria é revelado.* Alex era identificada como Alexandra Pellier, curadora do Musée National du Moyen Age, Thermes de Cluny, em Paris.

Jake examinou o artigo. O arcebispo havia concordado em deixar as freiras venderem a tapeçaria e permanecerem no convento. Os andares superiores ainda poderiam ser usados como hotel e o representante do arcebispo afirmava que os quartos estariam disponíveis no fim do outono. A peça seria levada a leilão na Sotheby's na metade de agosto. Alex era identificada como uma entre muitos que estariam interessados em conseguir a tapeçaria, e também como a amiga confiável que havia ajudado as freiras. Irmã Etienne dizia que se madame Pellier não fosse tão honesta, poderia ter conseguido a tapeçaria por um preço bem abaixo do verdadeiro valor. As freiras de Sainte Blandine eram gratas a madame Pellier, que havia posto o bem-estar das freiras acima dos desejos pessoais.

Bem, pensou Jake, todos saem vencedores. Alex parece uma santa, as freiras conseguem ficar, o arcebispo obtém publicidade para o novo hotel e algum museu ou colecionador de sorte fica com a tapeçaria. No entanto, no final, talvez Santa Alex e o Cluny sejam, na verdade, os únicos perdedores. Mesmo que Alex tenha se tornado uma heroína para as freiras, era muito provável que o museu dela perderia a tapeçaria. O preço da santidade!

Isso teria acontecido de qualquer jeito, pensou Jake, mesmo se a descoberta da peça permanecesse em segredo por mais tempo. Com certeza, a notícia chegaria até a comunidade de arte, embora sem essa publicidade gerada pela controvérsia em torno de sua propriedade. Toda essa divulgação faria subir o preço, tornando a aquisição mais difícil para Alex. Mas ela era cheia de recursos. Imaginaria uma maneira de conseguir a tapeçaria para o museu. Levantaria o dinheiro de um jeito ou de outro. Jake ainda sentia que devia esclarecer a noite de sexta com Alex.

Ele foi até a cooperativa comprar mais duas molduras. Era cedo e Julianna ainda não havia chegado. Jake não a vira desde sexta à noite. Voltou ao hotel e emoldurou as duas últimas pinturas, depois as colocou lado a lado e as examinou.

Estavam muito boas! Esperava que madame Genevoix tivesse a mesma impressão. Se conseguisse que ela concordasse em exibir o trabalho dele, talvez pudesse vender alguns quadros. Já havia feito um investimento substancial em telas e molduras e, embora ainda tivesse algumas economias, sabia que a qualquer momento precisaria de mais dinheiro.

Antes do meio-dia, enquanto esperava por Matthew, que se oferecera para ajudá-lo a levar os quadros até a galeria, a mãe de Alex, Sarah Benoit, telefonou.

— Achei que você gostaria de saber — disse Sarah. — Acredito que Alex não lhe telefonou. Pierre Pellier morreu nesse fim de semana. Alex foi para Lyon ficar com Simone. Sunny e eu iremos amanhã à tarde.

— Não sabia — disse Jake. — Obrigado por telefonar. Por favor, dê minhas condolências a Simone.

— Sim, darei — respondeu Sarah.

— E para Alex — acrescentou Jake. — E também Sunny, pela perda do avô.

— Sim — agradeceu Sarah. Depois um silêncio incômodo se instalou, como se cada um estivesse esperando que o outro falasse. — Você tem acompanhado a história pelos jornais?

— Há um bocado de publicidade.

— Talvez isso não seja bom para Alex.

— Alex irá conseguir o que quer. Ela sempre consegue. — O comentário saiu em um tom sarcástico, que não pretendia deixar transparecer.

— Não tenho certeza de que Alex sempre saiba o que quer — comentou Sarah. — Bem, só queria que você soubesse sobre Pierre.

— Obrigado por telefonar, madame Benoit.

●

Alex encontrou-se na biblioteca com Simone e o advogado no final da manhã de segunda-feira. Henri Sauvestre era o segundo Henri Sauvestre a atuar como conselheiro legal para os Pellier. O pai tinha sido advogado de Simone e Pierre por mais de trinta anos; durante os últimos vinte anos o mais jovem *monsieur* Sauvestre assumira o lugar dele. Provavelmente, já estava entrando nos sessenta anos, embora Simone se referisse a ele como o jovem Henri Sauvestre. Não era bonitão, mas bem-apessoado. Vestia-se com extrema elegância — camisa branca engomada, punhos das mangas com monograma francês, abotoaduras de ouro, sapatos de couro italiano lustrados. Alex achava que, depois do padre Varaigne e dela mesma, ele era a pessoa em quem Simone mais confiava e na qual se apoiava.

Não havia grandes surpresas no testamento de Pierre. A maior parte do que possuía ficava com Simone — o apartamento, as contas bancárias e as peças de arte mais valiosas. Deixava contribuições relativamente grandes para várias instituições de caridade, um presente generoso para a Igreja. Ele havia providenciado um segundo fundo de investimento para Soleil, do qual Alex já tinha conhecimento havia algum tempo. Seria administrado por Alain Bourlet. Alex era a beneficiária de vários quadros e esculturas pelos quais sempre tivera admiração. Alguns, sabia, eram valiosos, outros seriam valorizados com o passar do tempo.

Depois do encontro, Alex perguntou se podia falar com *monsieur* Sauvestre sobre um assunto urgente. Simone desculpou-se e deixou os dois sozinhos.

— Não sei — Alex começou a falar devagar — se o senhor tem acompanhado as notícias sobre os acontecimentos no Convento de Sainte Blandine.

— Sim, com grande interesse — respondeu *monsieur* Sauvestre.

Com grande interesse? Será que todos na França estavam acompanhando a história?, admirou-se Alex.

— A fotografia no jornal de hoje... — continuou *monsieur* Sauvestre. — Você se tornou uma espécie de heroína. — Ele olhou para Alex com uma expressão de admiração. Certamente, ela não merecia isso.

— As boas freiras de Sainte Blandine pediram-me para encontrar com o arcebispo amanhã — explicou Alex. — Ele concordou em não contestar a posse legal da tapeçaria e permitir que as freiras continuem no convento, mas sob certas condições para a venda e a administração dos fundos. Precisamos de ajuda para preparar um documento de compromisso legal. Sei que não há muito tempo, mas necessito de ajuda. Pensei que talvez...

Alex sentia-se muito tola, como se esse advogado ocupado não tivesse nada para fazer na manhã seguinte, mas precisava desesperadamente de algo que assegurasse a Elizabeth Dorling que o catálogo poderia ser impresso na quarta-feira. Devia conseguir que o contrato fosse feito no dia seguinte.

Monsieur Sauvestre coçou o queixo e pensou por um instante.

— Amanhã não é um bom dia para mim — disse ele. — Mas sim, podemos fazer algo. A que horas é o encontro?

— Às 10 horas.

De novo *monsieur* Sauvestre coçou o queixo, como se isso fizesse parte do processo de pensar. Olhou atentamente para Alex e perguntou:

— Diga-me exatamente com o que o arcebispo tem de concordar.

Alex reiterou o que havia discutido com irmã Etienne. Explicou que o assunto era urgente e que precisava ter o documento para apresentar na Sotheby's na quarta-feira. *Monsieur* Sauvestre escutou com grande interesse, e embora não tomasse notas, Alex sabia que iria se lembrar de cada detalhe. Ele perguntou se Alex tinha procuração para assinar pelas freiras. Ela lhe disse que não. Por que pensaria nisso? Agora, mesmo se conseguissem um acordo escrito, teria de correr até o convento para obter uma assinatura de irmã Etienne?

Antes de sair, *monsieur* Sauvestre disse a Alex que não poderia ir com ela ao encontro na manhã seguinte, mas que enviaria um representante da firma. Ela devia chegar no escritório dele às 9h15 para dar uma olhada no documento, antes de se encontrar com o arcebispo. Sugeriu, ainda, que entrasse em contato com as freiras, ele poderia enviar um mensageiro no dia seguinte à tarde para pegar a assinatura. O advogado compreendia que, no momento, Simone precisava dela.

Como ele era gentil, pensou Alex, mas sabia, é claro, que a estava ajudando por causa de Simone.

Alex telefonou para Elizabeth Dorling em Londres. Sim, ela estava acompanhando a história. Dizia-se contente porque as coisas se tornaram favoráveis às freiras, e, como Alex suspeitava, queria um documento para comprovar a propriedade legal. Alex disse que passaria o documento por fax na quarta-feira de manhã.

Telefonou para irmã Etienne para avisar que um mensageiro iria no dia seguinte, à tarde, pegar a assinatura. Perguntou se as coisas iam bem e a freira disse que haviam se acalmado consideravelmente.

Naquela tarde, Alex sentou-se com Simone, depois sugeriu que saíssem para dar um passeio. Ela estava ficando enlouquecida, ali, sentada, sem nada para fazer.

O dia havia refrescado bastante. Caminharam ao longo do rio, uma leve brisa soprava sobre a água. Pessoas passavam apressadamente — uma jovem mãe empurrando gêmeos em um carrinho duplo; uma mulher de meia-idade carregando uma sacola com várias baguetes longas e de crosta torrada; um homem de negócios segurando uma pasta com ar de impaciência, atrasado talvez para uma reunião. Pessoas envolvidas na rotina do dia-a-dia. Elas não sabiam que nunca mais a vida de Simone seria a mesma, que suas atividades diárias nunca mais seguiriam a mesma rotina. E, para Alex, a vida também estava prestes a sofrer uma virada, estava à beira de obter ou perder a tapeçaria mais espetacular do final da Idade Média. Sua fotografia havia aparecido no jornal nessa manhã. Na noite anterior, Georges Gaudens telefonara para avisá-la que os repórteres de Lyon e da estação local de TV já sabiam que ela estava envolvida com a descoberta da tapeçaria, embora não desconfiassem que estava na casa dos Pellier, em Lyon. Quando ela explicou a situação da família, ele concordou em não revelar seu paradeiro. Ela não teve mais notícias de Martinson ou de Paul.

Quando estavam voltando ao apartamento, Simone disse:

— Estou contente que as coisas deram certo para as freiras. *Monsieur* Sauvestre foi capaz de lhe ajudar com os aspectos legais?

— Sim. Vou me encontrar com ele amanhã às 9h15. Acho que estarei fora quase toda a manhã.

— Está bem. Soleil e Sarah vão chegar amanhã à tarde. Fico contente por termos conseguido arranjar tudo.

Alex supôs que a sogra estivesse falando dos arranjos para o funeral de Pierre e do encontro com o advogado. Perguntava-se se não passava pela cabeça de Simone que ela gostaria de saber onde havia escondido a tapeçaria.

— Gostaria de liberá-la do fardo da tapeçaria logo que possível. Desejo enviá-la por navio a Londres.

Simone hesitou:

— Posso lhe pedir para esperar até depois do funeral, quando as coisas estiverem mais calmas? Apenas não gostaria que você ficasse muito alvoroçada agora.

Alex respirou profundamente e sentiu o coração pulsando mais rápido. De novo pôs de lado a frustração.

— Sim, é claro, Simone.

•

Na segunda-feira à tarde, Matthew ajudou Jake a levar os quadros para a galeria. madame Genevoix examinou cada um com muito cuidado, pedindo que fossem trocados de lugar várias vezes, ajustando as luzes, sorrindo e fazendo que sim com a cabeça, excitada com o que Jake havia produzido. Disse-lhe que teria uma mostra no meio de agosto — o artista agendado havia cancelado a participação. Na verdade, tiveram uma briga quando madame Genevoix solicitara uma mostra exclusiva, e o artista não concordou. Ela queria saber se Jake estava interessado, sob as condições de não exibir nada em outra galeria de Paris antes da mostra em agosto. Ele estaria interessado?

— *Certainement!*

Além do mais, seria impossível produzir para qualquer outra galeria, já que teria de trabalhar sem parar para ter quadros suficientes para uma exibição em agosto. Madame Genevoix perguntou se podia ficar com o quadro maior para exibi-lo desde já, para criar interesse.

Matthew cutucou Jake e sorriu.

— Ei!, isso é bom, rapaz. Não vamos ter de carregá-lo de volta.

Enquanto davam uma volta pela galeria, Jake sentia-se feliz. Estava pintando, cheio de uma criatividade que não havia conhecido durante anos. E agora, surgia uma oportunidade para mostrar sua obra em uma galeria de prestígio, em Paris. Gostava do *layout* da galeria, da localização, da atitude entusiasmada de madame Genevoix.

Madame Genevoix disse que precisaria de uma foto dele, de algumas informações para usar nos folhetos e malas diretas que enviava aos patrocinadores antes da abertura da mostra. Também pediu uma lista como o nome de pessoas que desejasse convidar. A mulher continuou falando a respeito da noite de abertura da mostra, o que iria servir para comer e beber.

Quando ele e Matthew já estavam indo embora, madame Genevoix disse:

— Você está acompanhando toda essa agitação com Alexandra Pellier e a tapeçaria de unicórnio?

— *Oui* — disse Jake.

— A publicidade pode ser um ótimo vínculo para a sua mostra, o tema do unicórnio. — Madame Genevoix deu um grande sorriso.

Jake concordou. Era um pensamento que já havia lhe passado pela mente mais de uma vez.

— Não seria ótimo — declarou a mulher — se pudéssemos conseguir a tapeçaria para o Cluny?

Sim, seria excelente. Incrível!, pensou Jake. Com patrocinadores ricos e entusiastas como madame Genevoix, Alex iria conseguir o dinheiro de que necessitava.

— A tapeçaria pertence ao Cluny, deve ficar junto com as outras. Não concorda, madame?

Na volta para casa, ele agradeceu a Matthew pela ajuda e lhe perguntou se posaria para uma pintura. Jake pensava há vários dias em pintar uma cena de Anunciação, outra vez incorporando um unicórnio. Poderia usar Gabby para a Virgem — com o longo pescoço dela conseguiria algo como um Parmigianino. Mas precisava de um modelo masculino para o Anjo Gabriel. Jake sabia que o estúdio tinha modelos masculinos nas noites de segunda-feira, mas quando a idéia surgiu, pensou que Matthew seria perfeito.

— Você quer que eu pose para um anjo? — perguntou Matthew com um grande sorriso, que depois virou uma sonora gargalhada.

— Você quer?

— Claro. Legal... um anjo negro de Chicago? Sim, cara, vou posar.

— Você poderia vir amanhã?

— Sem problema — disse Matthew enquanto subiam para o quarto de Jake.

— Acho que vou até o estúdio hoje à noite — Jake falou e começou a descarregar as pinturas. — Preciso conversar com Gaston Jadot.

— *Monsieur* Jadot não tem ido ao estúdio faz algumas semanas.

— Bem, talvez mesmo assim eu apareça.

Jake telefonou para Rebecca depois que Matthew saiu. Eram apenas 6 horas em Montana e ela parecia atordoada. Ele tentou reclamar da falta de entusiasmo dela, quando lhe contou sobre a mostra da galeria, embora ela não estivesse bem acordada.

— Isso quer dizer que você ficará em Paris no outono? — perguntou ela.

— Sim.

— Achei... bem, achei...

— É uma oportunidade maravilhosa, Rebecca. Você não imagina como me sinto por estar pintando de novo. Produzindo algo que acho bom. E agora, a oportunidade de mostrar, talvez vender algum trabalho meu.

— Compreendo — disse ela.

Mas Jake não tinha certeza de que compreendia realmente.

●

Gaston Jadot estava no estúdio naquela noite. Disse que havia ficado gripado, o que era sofrido para um homem idoso, mas que se sentia bem agora.

Jake falou com Julianna durante alguns minutos. Ela estava amigável, mas não flertava com ele. Ele sentia que algo havia mudado desde a última sexta-feira à noite, quando Alex e Julianna o visitaram inesperadamente, tarde da noite. Julianna mencionou que havia visto a namorada dele no jornal, e que tudo isso sobre a tapeçaria era muito excitante. Não era incrível estar no meio dessa descoberta?

Excitante não era exatamente a palavra para isso, pensou Jake. Lançou um olhar para Gaston tentando ver se o velho estava escutando. Ele arrumava o material que iria usar, mas Jake teve a impressão de que prestava atenção na conversa.

— Gostaria de tomar um drinque esta noite, *monsieur* Jadot? — perguntou Jake.

Gaston se virou e fez que sim com a cabeça.

Eles foram ao mesmo bar perto do estúdio, onde já haviam estado antes. Gaston perguntou sobre a mostra na galeria. Ele tinha escutado essa conversa também. Jake explicou como a velha amiga, Alexandra Pellier, do museu Cluny, o ajudara a fazer o contato. Ele observava a expressão do velho, que poderia bem ser descrita como uma fisionomia impassível, quando mencionou o nome de Alex.

— Essa Alex é sua amada?

De novo Jake se perguntou se o velho tinha ouvido Julianna se referir a Alex como sua namorada.

— Não, somos amigos. Estudamos juntos em Paris, anos atrás.

— Então você estava apaixonado por ela?

Jake não respondeu. Isso não dizia respeito a Gaston, ou a Julianna, ou a qualquer outra pessoa.

Bebeu um gole de vinho devagar, depois perguntou sobre os negócios de família de Gaston. Ele mencionou em uma conversa anterior que estivera envolvido nos negócios da família até alguns anos atrás.

— *Les objects anciens* — disse Gaston. — Antiguidades.

Ah, formidável, pensou Jake. Se ele ia mencionar a descoberta de desenhos antigos, possivelmente relacionados com o achado de uma inestimável tapeçaria medieval, bem que podia fazer isso na presença de um negociante de antiguidades.

Gaston continuou a contar como o pai começara com uma pequena loja em Paris, como o negócio se expandira, uma loja em Lyon, como a família se envolvera com o comércio internacional de antiguidades. Eles tinham se saído bem. A família estava bem de vida.

— Será que a família estaria interessada na descoberta de uma tapeçaria do final da Idade Média? — perguntou Jake.

— Li os jornais — disse Gaston. — Interessante... a descoberta no convento, os desenhos... a tapeçaria.

Jake sabia que ele poderia ter lido tudo isso nos jornais. Mas estava ciente de que era possível ter escutado a conversa com Julianna, muito antes que os fatos chegassem ao noticiário.

— O senhor mencionou para alguém a conversa que tive com Julianna sobre os desenhos?

Gaston sorriu, não o sorriso de um ladrão que fora desmascarado, mas quase um sorriso de satisfação, a expressão de alguém que estava no controle da situação.

— Tenho amigos — disse ele —, homens que não estão como eu, aposentados, mas ainda continuam interessados em artes, interessados no que está acontecendo no mundo.

— E o senhor disse algo?

Gaston fez que sim.

— Foi isso que provocou a publicidade, o conhecimento do arcebispo sobre a descoberta?

A expressão do rosto de Gaston agora revelava um sinal de culpa.

— Meu amigo, Marcel Bonnisseau — falou em tom de confissão.

— Bonnisseau? Como? O arcebispo Bonnisseau?

— Eles são irmãos — confirmou o velho.

Não era isso que Jake queria ouvir. Não era nada disso que queria ouvir.

•

Na terça-feira de manhã, Alex percebeu que Simone estava usando um pouco de maquiagem. Parecia ter dormido na noite anterior e, pela primeira vez desde que chegara, ela havia pedido a Marie para pentear seu cabelo. Simone falou de seu contentamento por encontrar Soleil à tarde e lembrou que tinha um outro presente de aniversário para ela, um carrinho para a boneca.

Às 8h30, Alex se dirigiu para o escritório de Henri Sauvestre. Encontrou-se com o advogado designado para redigir o acordo para as freiras. Ele parecia muito jovem, recém-saído da faculdade — muito jovem, de fato. Alex gostaria de perguntar se precisava se barbear mais de uma vez por semana. Ele procurava agradá-la, tratava Alex como se fosse uma espécie de celebridade.

Ela leu o acordo, que continha tudo o que havia discutido com *monsieur* Sauvestre no dia anterior. Não faltava nenhum detalhe. Felizmente, isso seria adequado para o arcebispo e tudo poderia ser finalizado rapidamente.

O jovem advogado, cujo nome era Hervé Haye, acompanhou Alex ao encontro com o arcebispo, que no final acabou não comparecendo. O endereço que irmã Etienne havia dado para Alex era o de uma firma de advogados em Lyon. Eles se encontraram com o advogado que representava a arquidiocese. Algumas pequenas mudanças foram feitas no acordo. Por insistência de Alex, ela e Hervé esperaram enquanto uma secretária datilografava o documento de novo, e o advogado concordou que seria enviado imediatamente ao arcebispo para aprovação e assinatura.

— Necessito desse documento concluído e assinado esta tarde — disse Alex.

O advogado do arcebispo olhou para ela com as sobrancelhas arqueadas, a testa incrivelmente enrugada, a mesma que havia se contraído quando Alex insistira que o acordo fosse datilografado enquanto esperavam.

Sentiu que o jovem advogado tocara ligeiramente no braço dela. Tranqüilizando uma criança? Ele olhou para ela e fez um gesto como se dissesse: — Vou cuidar disso para você. — Depois Alex ouviu as palavras de Simone em sua mente. — Confie em mim. — Por que tudo em minha vida agora está baseado em confiar em outra pessoa? Ela queria gritar: — Eu posso cuidar de tudo isso sozinha. Mas sabia que estava à mercê de outros.

Quando voltaram para ao escritório, Hervé Haye assegurou a Alex que teria o documento assinado e pronto para ser enviado a Elizabeth Dorling na manhã seguinte bem cedo. Alex explicou que o funeral do sogro seria na manhã seguinte, que não teria tempo de ficar atrás de contratos ou assinaturas, que estava contando com ele. Ela lhe deu um cartão de visita, onde anotou os números de telefone de Lyon e o do fax da Sotheby's em Londres.

À tarde, foi com a sogra até a estação pegar Soleil e Sarah. Simone parecia completamente controlada, como se os três dias depois da morte de Pierre fossem o tempo de que necessitava para recompor-se e preparar-se para receber as visitas. Haveria outras pessoas chegando, sobrinhas, sobrinhos, primos, embora todos fossem ficar em hotéis em Lyon.

Assim que voltaram ao apartamento, Simone entregou à neta o presente de aniversário. A menina correu até o quarto para pegar a boneca, depois a colocou no carrinho junto com a linda Barbie medieval de Jake, que trouxera de Paris. Ela empurrou o carrinho por todos os aposentos do apartamento.

As três mulheres ficaram conversando na sala de estar. Falaram sobretudo de Soleil, a única coisa que tinham em comum. O francês de Sarah estava melhorando e Simone falava um pouco de inglês, de modo que a conversa transcorria misturando-se as duas línguas. Alex estava surpresa em ver como as duas mulheres se comunicavam bem, e se deu conta do quanto partilhavam. Sarah expressou os sentimentos pela perda de Pierre e Simone afirmou que, com certeza, Sarah compreendia, pois ela passara pela mesma perda. Alex se deu conta de que as três eram viúvas, embora os relacionamentos amorosos da mãe e da sogra tivessem durado muitos anos. Uma verdade dolorosa abateu-se sobre ela mais uma vez: nunca amara Thierry. Não era triste perder o marido de um casamento sem amor? Alex levantou-se e foi procurar Soleil.

Ela a encontrou saindo do quarto de Simone e usando o longo corredor como uma alameda para o carrinho. O tapete do corredor tinha sido afastado e parcialmente enrolado em um canto.

— O que você está fazendo, Soleil? — Alex tentou manter a voz calma.

— O tapete provoca muitos trancos.

— Então você mudou as coisas para se adaptar a seu gosto?

— A vovó não se importa.

— Mas sua mãe se importa. Vamos colocar as coisas de volta nos seus devidos lugares. — Alex inclinou-se, desenrolou e alisou o tapete. — Você entrou no quarto da vovó?

A menina olhou para o chão, ciente de que a mãe não estava contente.

— Você desarrumou alguma coisa?

Soleil fez que sim. Alex pegou na mão da filha e a levou até um quarto enorme, com uma pequena sala de estar, um sofá antigo, duas poltronas, várias mesas pequenas e uma lareira. Um enorme tapete persa, que cobria grande parte do quarto, tinha sido virado numa das pontas.

— Pelo menos você não o empurrou para um canto — disse Alex.

— Não consegui. Ele é muito pesado.

Alex tentou não sorrir. Ela foi até o tapete e começou a recolocá-lo no lugar. Sunny estava certa, era muito pesado. Pesado até mesmo para um grande tapete de lã. E terrivelmente volumoso. Depois, Alex percebeu que o avesso estava revestido com tecido como se fosse um forro. Ela sabia que tapetes orientais autênticos não tinham forro; quando isso ocorria era sinal de que algo estava escondido ali — imperfeições, falhas. Tudo na casa de Simone e Pierre era autêntico e da mais alta qualidade. Alex puxou a ponta do tapete mais um pouco. O tecido estava costurado à mão ao longo da borda. Ajoelhou-se e puxou a ponta mais um pouco, depois pegou no lugar da costura, e começou a separar o tecido. Enfiou o dedo entre o tecido e o tapete e sentiu uma textura áspera e familiar. Sim, realmente, o tecido havia sido colocado para esconder algo.

29

DEPOIS DO FUNERAL de Pierre, a família e os amigos se reuniram na casa de Simone. Algumas senhoras da igreja organizaram um bufê. Enquanto Alex conversava com uma senhora de Grenoble, prima de Thierry, ela avistou Henri Sauvestre do outro lado da sala. Ele sorriu e fez um sinal com a cabeça, depois caminhou até ela.

Alex o apresentou para a prima de Thierry. Conversaram durante alguns minutos, depois a prima os deixou para ir ver os filhos.

— Todas as providências foram tomadas — disse *monsieur* Sauvestre estendendo a mão e tocando no ombro de Alex de modo confortador.

— Obrigada — disse Alex, e deu um suspiro de alívio. — Madame Dorling na Sotheby's?

— *Oui. Tout.*

— *Merci, merci beaucoup.*

Nesta noite, de novo Simone estava muito cansada. Alex havia planejado ir embora no dia seguinte, se o assunto do tapete pudesse ser resolvido, mas agora achava que a sogra talvez fosse precisar dela. Não contou para Simone que havia descoberto a tapeçaria entre o forro e o tapete persa. Mas por que a sogra não contara onde a peça se encontrava? Simone havia dito que não queria que ela se ocupasse com isso, por enquanto.

Alex ajudou Soleil a ir para a cama, depois se sentou na sala de estar com a mãe e Simone.

— Obrigada, Alexandra — disse Simone. — Você tem sido de grande ajuda, mas sei que precisa voltar ao trabalho.

Alex concordou com a cabeça.

— Ficarei bem — disse Simone para tranqüilizá-la. — Marie está aqui, tenho minhas amigas da igreja. Minha vida vai mudar agora. Percebo isso, mas ficarei bem. Obrigada, Sarah — ela agradeceu, voltando-se para a mãe de Alex. — Foi muito bom ter conversado com você.

Sarah sorriu.

— Sim.

Simone levantou-se.

— Venha, Alexandra, sei que está ansiosa para enviar a tapeçaria para Londres.

Alex levantou-se e seguiu Simone até o corredor. Ela fez sinal para que Sarah também viesse.

As três mulheres entraram no quarto. Simone caminhou até o tapete persa e pediu a Alex que o virasse. Alex ajoelhou-se e dobrou a ponta. Sentiu o volume dos dois tapetes juntos, como Simone lhe dissera para fazer.

— Aqui está a tapeçaria — disse Simone orgulhosamente.

A sogra parecia estar tão contente que Alex não contou nada sobre a descoberta anterior. De alguma maneira, agora sabia que Simone lhe contara a verdade. Por que Alex resistira a confiar nela?

Na manhã seguinte, Alex telefonou para Elizabeth Dorling na Sotheby's. Os documentos foram recebidos e o catálogo, enviado para impressão.

Alex colocou a tapeçaria no seguro e ela foi empacotada, encaixotada e enviada para Londres. Ficou insegura quanto ao valor estipulado pelo seguro, pois a tapeçaria era uma peça inestimável; se fosse perdida ou destruída, nunca poderia ser substituída. Alex a assegurou por 1,5 milhão de euros, um preço maior do que aquele que sairia no catálogo.

No começo da tarde, Alex, Sarah e Sunny voltaram para Paris. Depois de deixá-las em casa, Alex dirigiu-se imediatamente ao Cluny. O museu estava fechado, mas madame Demy ainda se encontrava em sua sala. Alex conversou com ela, contando-lhe os mínimos detalhes. Agora faltava apenas levantar o dinheiro.

Alex passou a manhã seguinte ao telefone. Falou com madame Genevoix, que estava extremamente entusiasmada com a tapeçaria. Ela e o marido haviam discutido o assunto e desejavam fazer uma doação. Madame Genevoix, pensou, devia estar contente com a aproximação da mostra de Jake na galeria. Alex não mencionou que fazia quase uma semana que não falava com Jake. Em vez disso, comentou que ele era um artista talentoso e que esperava que a mostra fosse bem-sucedida.

Alex permaneceu sentada por um momento, depois de desligar o telefone. Jake havia enviado um breve bilhete dizendo o quanto sentia pela perda do sogro. Deveria telefonar-lhe? Estava contente por ele ter conseguido a mostra. La Galerie Genevoix era uma oportunidade excelente para qualquer artista. Quando pensou em Jake, percebeu como sentia falta dele. Lembrou-se de como ficaram juntos na primeira noite em que a tapeçaria foi exibida, a ida apressada até Lyon para ajudá-la com os desenhos. Ela sorria enquanto esses pensamentos desfilavam em sua cabeça, indo até o convento, descobrindo o nome Adèle Le Viste nos registros, pendurando a tapeçaria, conversando com madame Gerlier em Vienne, quando procuravam encontrar uma oitava tapeçaria, e Jake sugerindo, depois, que não se tratava de mais uma tapeçaria, mas sim de uma criança. E Soleil afeiçoando-se a Jake. Na festa de aniversário dela, a menina lhe dissera que o amava, com palavras tão inocentes e naturais, como se o murmúrio daquelas três palavras simples — eu te amo — não fosse capaz de sacudir o universo inteiro.

Ele havia feito a encantadora boneca medieval para a filha. Esse pensamento trouxe a Alex um sentimento tão terno que a fez sentir dor. Mas depois, a imagem de Jake com a bela moça asiática. O calor daquela ternura se aqueceu até se transformar em uma sensação ardente de traição.

•

Naquela tarde, Alex falou com vários benfeitores de quem havia solicitado doações anteriormente. Cada um deles havia acompanhado a publicidade em torno da tapeçaria, e estavam cientes de que essa era a tapeçaria sobre a qual Alex falara, quando revelou os planos para adquirir uma peça gótica recentemente descoberta para o Cluny. Todos estavam ansiosos para participar na aquisição para o Cluny da bela, e agora famosa, tapeçaria.

Por volta das 17 horas, tinha conseguido um compromisso verbal para doações de 800 mil euros, o equivalente a quase 1 milhão de dólares americanos. Sentia que deveria continuar a levantar fundos, para ter um capital seguro. O plano era ter tudo arranjado até a última semana de julho, quando ela, a mãe e Soleil passariam férias na Itália. Só viajaria tranqüila se soubesse, com certeza, que tudo havia sido previsto.

Na tarde seguinte, dr. Martinson telefonou de Nova York.

— Não é uma vergonha — declarou ele — as freiras deixarem a tapeçaria ir a leilão? Ela teria sido uma bela doação para algum museu medieval. Agora, qualquer um poderá tentar comprá-la.

— Sim, que vergonha — respondeu Alex com a voz escarnecedora e ao mesmo tempo benevolente.

— E os desenhos encontrados em um livro de orações? O livro que foi doado a um museu medieval em Paris? — O tom de dr. Martinson sugeria que Alex também tinha os desenhos, o que não era verdade. — Contudo, existia apenas um livro de orações medieval na lista — ele refletiu. — Nada notável, certamente não tinha qualidade para um museu.

Alex não disse nada

— Dia 13 de agosto? — disse dr. Martinson. — Sexta-feira 13, não será esse um dia de sorte para algum colecionador ou museu afortunados?

— Sim, um dia de sorte — respondeu Alex. — Conheceremos o sortudo em Londres no dia 13 de agosto.

— Não perderia isso por nada no mundo.

Depois de desligar o telefone, Alex sentou-se, pensativa. Dr. Martinson não tinha uma chance, a mínima chance.

•

Jake trabalhara intensamente. Madame Genevoix era encorajadora, e ele sentia-se realmente bem a respeito de seu trabalho. Havia começado uma nova pintura, uma cena de Anunciação em três painéis, grande o suficiente para ser exibida em uma única parede da galeria. Matthew apareceu para posar várias vezes. Foi vestido com um lençol branco e parecia completamente angélico. Jake desenhou um pórtico em forma de arco sobre os três painéis com o anjo, o unicórnio e a Virgem. Seria uma peça impressionante.

Ele foi até o Louvre para olhar a seção renascentista e fez vários esboços de asas de anjos, mas sabia que ainda não encontrara o que desejava. Imaginava uma certa textura, como penas verdadeiras. Voltando do museu, descobriu como, bem ali no hotel, *Le Perroquet Violet*, ele teria as penas. Assim, com o bloco de desenho, passou a tarde no balcão da recepção diante do modelo, *Le Perroquet*, que parecia bem contente com tanta atenção.

Agora, de novo sozinho no quarto, dava os últimos retoques nas asas de Matthew, o anjo Gabriel. Jake deu um passo para trás e sentiu uma onda de satisfação surgir dentro dele. Havia conseguido uma textura fantástica e realista. Gostaria de compartilhar isso com alguém. Desejaria compartilhar com Alex. Ao pensar em Alex até se esqueceu de que as asas do papagaio tinham sido modelo para as asas do anjo.

Devia telefonar para ela. Haviam se passado três dias desde o funeral de Pierre. Será que Alex tinha voltado a Paris? O que diria se telefonasse para ela? Só telefonei para contar sobre as asas fantásticas de meu anjo? Ou então: Desculpe por ter comentado com Gaston Jadot sobre os desenhos da tapeçaria, sinto muito que ele tenha contado para Marcel Bonnisseau, que por acaso é o irmão do arcebispo? No entanto, Jake ainda estava tentando entender tudo isso. Mesmo que Gaston tivesse passado a informação para o irmão do arcebispo, como ele ligou o ocorrido com o convento de Sainte Blandine? Julianna sabia que tinha ido para Lyon, então Gaston também sabia, mas o convento nunca fora mencionado. O que diria para Alex? Talvez pudesse apenas explicar o outro problema — Julianna. Poderia dizer que eram amigos. Não é o que eram agora? Também poderia perguntar a Alex o que fazia fora de casa tão tarde, aparecendo em seu quarto bem depois da meia-noite? Essa pergunta dava voltas em sua cabeça na última semana.

Jake olhou para o relógio. Eram quase 2 horas da madrugada. Não poderia telefonar a essa hora para Alex. Quem sabe no dia seguinte. Depois pensou que era melhor não telefonar. Não precisava da confusão de ter Alex em sua vida de novo. Talvez ficasse melhor sem ela.

30

NO COMEÇO DA SEMANA seguinte, Alex recebeu uma prova do catálogo. Ele estaria disponível para o público no fim da semana. A gráfica fizera um trabalho maravilhoso: as cores nas fotografias, a tapeçaria e uma pequena inserção com indicação de qualidade e legitimidade, na parte de trás, pareciam tão brilhantes e claras como as cores verdadeiras. O texto esclarecia que, com base no estilo *millefleurs*, pela textura e o corante da lã empregado na tapeçaria, era muito provável que tivesse sido tecida em Bruxelas no final do século XV ou início do XVI, possivelmente no mesmo ateliê que fizera as tapeçarias de unicórnio que estavam no Cluny. A descrição no catálogo incluía comparações com o conjunto do museu e uma breve história das tapeçarias de unicórnio.

Alex olhou para as fotos no catálogo e se perguntou mais uma vez se conseguiria adquirir a tapeçaria para o museu. Era estranho como durante todo o tempo, desde a primeira viagem ao convento, a descoberta dos desenhos e a divulgação do tesouro por irmã Etienne, sentia de maneira inexplicável que fora escolhida. Irmã Etienne lhe contou que as freiras haviam rezado, pedindo orientação na noite em que encontraram a tapeçaria. Em seguida, Alex apareceu, sem ser convidada, na manhã seguinte. Irmã Etienne dissera que ela tinha sido enviada para ajudá-las. Mas enviada por quem? E como era misterioso o pensamento recorrente de que se levasse a sétima tapeçaria ao Cluny, para ser pendurada junto com as outras, a paixão e a criatividade da artista Adèle e do tecelão de tapetes de Bruxelas teriam uma segunda chance. Uma segunda chance para amar.

•

A publicidade em torno da tapeçaria diminuiu quando o catálogo saiu oficialmente em 16 de julho. Um breve artigo apareceu, inserido na seção de artes do jornal.

Alex falou várias vezes com irmã Etienne, que lhe informou, modestamente mas com alegria — enquanto reconhecia que a Ordem de Sainte Blandine havia sido insuflada com nova vida —, que o título oficial dela agora era reverenda madre Etienne. As freiras tinham feito uma votação e ela fora escolhida como a nova madre superiora. As reformas do arcebispo continuavam. Ele havia construído rampas e as irmãs Eulalie e Philomena agora podiam sair para tomar ar sem grande dificuldade. Irmã Etienne expressou sua gratidão a Alex por toda ajuda que havia dado às freiras ao organizar a venda da tapeçaria. Elas tinham um pequeno presente para Alex e gostariam que passasse no convento.

Alex falava com freqüência com a sogra. Aos poucos, Simone começava a sair — jantar com amigos numa noite; em outra, uma ida ao teatro, o que Pierre sempre gostara de fazer quando estava bem. Simone perguntou quando viria de novo. Completara quase três semanas do falecimento de Pierre. Alex tinha estado tão ocupada, depois de ter perdido uma semana de trabalho quando estivera com a sogra e também com seus esforços para levantar fundos, que não conseguiu voltar para Lyon. Cogitava que, talvez, Simone desejasse viajar para Paris agora. Ou talvez...

— Estamos com uma viagem planejada, desde o inverno passado, para a última semana de julho. Vou levar mamãe e Soleil para Florença e Roma, passar umas pequenas férias. Você gostaria de vir conosco?

Simone hesitou.

— Faz anos que não vou à Itália. Sempre amei Florença. Pensarei a respeito, está bem?

— Adoraríamos ter você conosco, Simone.

No dia seguinte, Simone telefonou e disse que gostaria de ir com elas. Alex passou os dias seguintes terminando projetos, dando mais telefonemas por causa da tapeçaria. Antes de viajar para a Itália, já havia levantado quase 1,3 milhão de euros, o equivalente a mais de 1,5 milhão de dólares. Jamais se ouvira dizer que tal quantia tivesse sido gasta em uma tapeçaria. Não tinha dúvida de que em 13 de agosto a tapeçaria estaria a caminho do Cluny.

•

Por volta da terceira semana de julho, Jake havia terminado os três grandes painéis, várias outras pinturas menores e iniciara um painel duplo. Nunca se sentira tão bem a respeito de seu trabalho e nunca produzira tanto e tão rapidamente. O pequeno quarto em *Le Perroquet Violet* tinha se tornado demasiado apertado e bagunçado, e ele precisou alugar um outro para guardar as pinturas.

As noites de sexta-feira passava no estúdio, mais por companheirismo. Algumas vezes ia até lá no meio da semana. De vez em quando, bebia com Gaston. Gostava do velho. Conversavam especialmente sobre arte, e o que ocorria no estúdio.

Uma noite, o velho perguntou sobre Alex, a amiga de Jake. Ele não o ouvira mencioná-la ultimamente e expressou pesar pelo fato de que a discussão sobre os desenhos e a tapeçaria pudesse ter posto em risco a amizade com ela.

— Não, não é isso — disse Jake.

Sabia que havia muito mais coisas em jogo. Talvez se ele e Alex não pudessem ser amantes, também não conseguissem ser amigos. Possivelmente, esse fora o problema na noite em que Alex o encontrou com Julianna. No entanto, sentia a falta dela e também de Soleil. Pensava com freqüência na criança. Por que não podiam ser amigos, mesmo que ele e Alex não fossem? Contudo, sabia que a decisão seria de Alex. De fato, tudo dependia de Alex. Ela teria que dar o primeiro passo, e procurá-lo.

De vez em quando, Jake saía com os estudantes mais jovens. Julianna mostrava-se sempre amistosa, mas isso era tudo.

Pelo menos duas vezes por semana, telefonava para Montana e falava com Rebecca. As conversas tornaram-se forçadas e distantes. Ela não estava contente com a decisão dele de permanecer em Paris durante o outono. Jake se perguntava se ela não deveria cancelar a viagem, até chegou a sugerir isso.

— Você não entende o que estou passando aqui, Jake. É como se tudo girasse ao redor do seu mundo. O que está acontecendo com você? Parece não perceber que estou tentando conduzir minha própria vida.

— Sinto muito, Rebecca. — E ele sentia, mas não sabia direito por quê.

Rebecca lhe perguntou sobre Alex e ele disse que não havia nada entre os dois, que fazia semanas que não a via. Rebecca chorou e disse que estava confusa, precisavam se encontrar e falar sobre o futuro.

O futuro? Se Rebecca não podia entender sobre sua pintura, que tinha de ficar em Paris, talvez não tivessem um futuro.

•

Alex quase não pensou sobre a tapeçaria ou em Jake durante a semana na Itália. Desfrutou a oportunidade de estar com a filha, a mãe e a sogra. As pessoas paravam e olhavam para as quatro quando caminhavam pela rua. Alex imaginava se estariam pensando: Ora!, não é encantador? São quatro gerações. Simone era muito idosa para ser mãe de Sarah, tinha oitenta e cinco anos; Sarah cinqüenta e seis. Alex sentia-se satisfeita em fazer parte desse pequeno grupo familiar, e estava contente por Simone ter vindo.

Mas, de vez em quando, notava um casal sentado no escuro, em um canto íntimo de um restaurante; jogando moedas em uma fonte, compartilhando desejos; beijando-se no meio da praça em Florença, sem sentir vergonha ou embaraço — os italianos não se inibiam nem se envergonhavam de mostrar afeto em público —, e imaginava se não haveria mais afeto também para ela. Será que realmente queria ser uma das três viúvas alegres pelo resto da vida?

Uma imagem veio à mente. Uma família, uma verdadeira família. Ela, Soleil, um pai e um menininho. Um menino com cabelos escuros e olhos negros e profundos.

31

QUANDO ALEX VOLTOU para Paris, faltavam menos de duas semanas para o leilão. Os sentimentos dela eram semelhantes aos das duas semanas finais da gravidez de Soleil. Estava pronta, completamente preparada. Não havia nada a fazer senão esperar, nada que pudesse fazer para apressar o evento.

Quando pegou a correspondência, encontrou um envelope com o nome da Galeria Genevoix. Era um convite para a exposição de Jake, na quinta-feira, 12 de agosto. Um catálogo colorido, com uma foto de Jake e várias fotos da obra, também estava no envelope. Ele havia anexado um bilhete no canto do convite. Era breve: *Gostaria de vê-la, bem como Soleil e sua mãe, na noite da abertura. Obrigado por toda ajuda.* Ela olhou o bilhete, examinou a escrita, que de certa maneira parecia mais íntima e pessoal do que a foto do próprio Jake ou de suas pinturas. Imaginava o que pensara enquanto o escrevia. Será que incluíra um bilhete escrito à mão em todos os convites? Ou havia passado horas para decidir o que escrever, tentando fazê-lo parecer bem natural, quando o que realmente queria era vê-la de novo?

As pinturas reproduzidas no catálogo incluíam a peça que ele trouxera para a casa dela, o quadro que a fizera lembrar-se de Manet, aquele que havia pendurado na noite em que convidara Genevoix. Havia também uma pintura de uma mulher e um unicórnio, uma que Alex viu no quarto dele no dia em que fora contar sobre a briga entre o arcebispo e a freira pela posse da tapeçaria. Agora, enquanto examinava a pequena reprodução, percebeu que a pose da mulher e do unicórnio se baseava na sétima tapeçaria, no desenho de Adèle. Era bonita.

Uma súbita sensação de orgulho vibrou dentro dela. Avaliava quanto trabalho ele deveria ter tido para preparar uma exibição num período de tempo tão curto. Esperava que se saísse bem. Talvez devesse mostrar seu apoio, pelo menos profissionalmente. Mas quinta-feira era a noite anterior ao leilão da Sotheby's. Planejava viajar para Londres naquela noite.

•

Alex telefonou para o banco e verificou o total que havia na conta do museu para a compra da tapeçaria. Vários dos benfeitores já tinham depositado os fundos prometidos. Muitos concordaram que o dinheiro ficaria na conta até a segunda-feira da semana seguinte. Se o Cluny não fosse capaz de comprar a tapeçaria, possibilidade que Alex nem queria considerar, os fundos seriam devolvidos.

Na tarde de sexta-feira, quase todo o dinheiro já estava na conta. Faltava uma semana para o leilão. Os maiores benfeitores, os Genevoix, estavam contribuindo com 500 mil euros, e Alex sabia que o dinheiro deles só iria ser depositado no meio da semana seguinte.

Na terça-feira recebeu um chamado de madame Genevoix. De início, não conseguiu entender o que a mulher dizia. Estava chorando. Depois, as palavras ficaram mais fortes.

— Ele me deixou. Ele me deixou por uma outra mulher.

— Você e *monsieur* Genevoix ficaram juntos muitos anos. Tenho certeza de que ele perceberá o erro que está cometendo e voltará pedindo perdão.

Alex não sabia como reconfortar uma mulher que havia sido enganada pelo marido depois de tantos anos, deveria dizer: Oh!, tenho certeza de que ele vai voltar. Ou: Aquele rato imundo, você está muito melhor sem ele?

— Não, ele não vai voltar. E sinto tanto! Desculpa, Alex.

Desculpa, Alex? Subitamente se deu conta. Madame Genevoix telefonara para lhe dizer que ele também havia fugido com o dinheiro.

— Ele esvaziou as contas, levou todo o nosso patrimônio. Oh, Alex, sinto tanto.

Alex sentiu uma súbita onda de calor, depois uma dormência que se apoderou de todo o corpo. Certamente isso é apenas uma aventura. Ele voltará — ouviu a si mesma dizendo, com uma voz simpática e agradável, quando por dentro gritava: Não. Isso não pode ser verdade. Você não está dizendo que não terei os fundos para comprar a tapeçaria.

Houve uma pausa longa; nenhuma das mulheres falou.

— Sinto muito — repetiu Alex.

— Oh, Alexandra, com certeza há outros que contribuíram.

— Sim, é claro, há outros.

— Você virá na abertura da mostra de *monsieur* Bowman na quinta-feira? — Isso foi dito com um indício de contentamento.

— Vou para Londres na quinta à noite. Desejo sucesso a ambos.

— Obrigada, Alexandra. O trabalho na galeria é o que salva minha sanidade mental agora.

E o que vai salvar minha sanidade? Quis saber Alex, enquanto dizia mais uma vez a madame Genevoix quão pesarosa estava, que tinha certeza que tudo iria dar certo.

Depois que desligou, sentou-se olhando para o telefone durante vários minutos. Depois o pegou e ligou para Alain Bourlet. Perguntou-lhe se podia encontrá-la para o almoço.

Durante o almoço, Alex explicou que o maior benfeitor havia desistido. Ela estava desesperada buscando investidores. Será que poderia considerar uma doação feita pelos clientes dele?

Monsieur Bourlet coçou o cavanhaque, depois pigarreou.
— Confiaram em mim para investir, para tomar decisões financeiras sábias.
— Poderia considerar isso?

O homem coçou a barba outra vez e fez que sim, embora não com o entusiasmo que Alex esperara dele.

Ela passou o resto da tarde e da noite ao telefone, conseguindo que vários dos benfeitores aumentassem a doação de fundos, encontrando outros doadores menores. Mas nada próximo da quantia prometida pelos Genevoix.

Na manhã seguinte, logo cedo, Alain Bourlet telefonou.

— Devo desculpar-me, Alex, mas receio que essa contribuição não seja uma decisão fiduciária sábia. Tem sido difícil separar meus sentimentos pessoais dos profissionais. Espero que você compreenda.

— Sim, *monsieur* Bourlet. Aprecio o fato de o senhor ter considerado o assunto. — Alex fez uma pausa. — Quanto tempo levaria para liquidar a minha conta particular de investimento?

— Uma grande parte dela em um dia ou dois. Você tem certeza de que é isso que quer? A carteira de valores teve um bom rendimento, mas há alguns poucos investimentos que aconselharia manter.

— Então liquide — disse Alex.

Alex estava furiosa quando desligou o telefone. Levantou-se e ficou andando pela sala. Os próprios investimentos eram apenas uma fração dos fundos prometidos pelos Genevoix. Se soubesse que isso aconteceria, teria tentado vender alguns dos quadros e esculturas que herdara de Pierre. Tudo estava armazenado em Lyon. Não tinha jeito de conseguir vender nenhum deles a curto prazo. Telefonaria a Simone. Não, iria até Lyon. Teria de pedir que a sogra lhe emprestasse o dinheiro. Simone a ajudaria.

Alex nunca havia pedido dinheiro para Simone. A sogra sempre fora generosa, mas, na verdade, não entendia muito de finanças. Pierre cuidara de tudo e, depois que a saúde dele se deteriorou, entregou os negócios para conselheiros de confiança.

Simone nunca perguntara a Alex sobre os planos para financiar a aquisição da tapeçaria, mas imaginava que pensasse que os fundos para a tapeçaria viriam do próprio Cluny, como se o museu tivesse milhões reservados em fundos, para pagamentos.

Alex telefonou para a mãe avisando-a de que iria para Lyon à tarde. Era quarta-feira, dois dias antes do leilão. Telefonou para Simone, mas não quis dar mais detalhes por telefone. Quando disse à sogra que iria visitá-la naquela tarde, Simone agradeceu: — Como você é atenciosa, Alexandra. Estou me sentindo um tanto abandonada hoje. Sabia que iria telefonar, mas como está ocupada, nunca imaginei que viesse a Lyon. Obrigada, querida, obrigada. — Havia uma emoção na voz dela, quase como se fosse chorar.

A sogra parecia estar bem, pensou Alex, depois da morte de Pierre, durante a viagem à Itália, mas agora dava a impressão de estar frágil emocionalmente. Ela lembrou que apenas depois de meses da morte do pai é que a mãe realmente ficara de luto, e, quando Thierry morreu, o choque só a atingiu depois de algumas semanas do funeral.

Só quando se dirigia para Lyon é que ocorreu a Alex por que a sogra tinha tanta certeza de que telefonaria hoje. Não tinha nada a ver com a tapeçaria. Hoje era o dia do aniversário de casamento de Pierre e Simone.

•

Ela chegou em Lyon no fim da tarde. Marie havia preparado um dos pratos favoritos de Pierre — *boeuf bourguignon*. Elas fizeram um brinde com um raro Burgundy que ficara guardado durante anos. Pierre o reservara para beber em uma ocasião especial. Simone falou do dia em que ela e o marido se encontraram, quando ele fora ao teatro e um amigo comum o levara até os bastidores. — Tantos anos atrás — disse ela, com os olhos marejados. E então, pela primeira vez desde a morte de Pierre, Alex sentou-se com a sogra e segurou a mão dela enquanto chorava.

Na manhã seguinte, saíram para um breve passeio e voltaram ao apartamento. Marie trouxe café e brioches frescos, enquanto Alex e Simone se acomodavam na sala de estar. Alex sabia que deveria sair cedo. Era uma longa viagem até Paris, e planejava pegar o trem para Londres essa noite.

Alex falou de Soleil, a única coisa que parecia animar Simone. Conversaram sobre as aulas de balé da menina, e Alex contou sobre o dia em que levou a filha ao parque para experimentar os novos patins que havia ganhado no aniversário.

— Ela está se tornando uma pequena artista maravilhosa — acrescentou Simone com um sorriso. — Mostrou-me alguns de seus desenhos. O senhor Bowman tem ensinado a ela. Um rapaz encantador.

Alex concordou, procurando uma resposta adequada.

— Ele tem sido muito gentil com Soleil. — Colocou mais café na xícara, acrescentou um pouco de leite e açúcar, embora nunca tomasse café com açúcar. Pegou um brioche da bandeja e o cobriu com manteiga.

Depois de um longo silêncio, Alex disse:
— Talvez você possa vir nos visitar, quando eu voltar para Paris.
— Voltar? — perguntou Simone.
— De Londres. Estou indo para lá hoje à noite, para assistir ao leilão.
— Ah, sim — respondeu Simone. — Sim, havia esquecido. — Ela limpou a boca com o guardanapo, dobrou-o e colocou-o na mesa ao lado da xícara de café vazia.
Alex sabia que, se quisesse perguntar sobre o dinheiro, devia fazê-lo agora.
Simone olhava a sala de maneira inexpressiva, e depois, após um gesto e um profundo suspiro, disse:
— Olhe em volta desta sala. O que você vê?
Alex estudou a sala sem saber ao certo o que Simone estava perguntando. A arte, o Aubusson, os tapetes persas, a mobília antiga.
— Bela arte, belas mobílias — respondeu.
Simone concordou.
— Eu e Pierre desfrutamos a vida... juntos... todos os confortos e beleza que tivemos. Sei que deveria encontrar ainda alguma alegria na vida, mas...
— Isso vai voltar — disse Alex esperançosamente.
Simone sacudiu a cabeça.
— Sou uma mulher velha. Quem sabe já tenha tido tudo na vida.
— Por favor... Simone. — Alex pegou na mão dela.
— Oh, sei que ainda tenho muito a apreciar, você e Soleil. Sabia que minha mãe viveu até os noventa e sete anos? Ainda posso ficar algum tempo por aqui — disse Simone com um sorriso triste. — Vou esperar e ver Soleil se transformar em uma linda moça, tão atenciosa como a mãe.
Alex não se sentia particularmente atenciosa. Se Simone soubesse por que tinha vindo a Lyon...
— E talvez, algum dia, ela terá um irmão ou irmã. Assim espero... para vocês duas. Oh, sei que eles não serão meus no sentido que Soleil é...
— Simone, você sempre será *belle-mère, grandmère*.
Marie entrou para ver se ainda tinham café e encheu as duas xícaras. Quando saiu, Simone disse:
— Sei que deve voltar para Paris. Você está indo hoje à noite para Londres?
— Sim.
Simone inspirou e abriu um grande suspiro, e de novo os olhos se movimentaram devagar pela sala.

— A tapeçaria, Alexandra, você pensa que tê-la em seu museu lhe trará felicidade? Talvez por um tempo. Uma sensação de realização, certamente. — Ela pegou a xícara e tomou um gole de café devagar, depois, com os olhos úmidos fixados em Alex, disse: — Mas a verdadeira felicidade vem do amor e, algumas vezes, o que é ainda mais difícil, abrir-se e aceitar o amor.

Alex deixou Lyon sem pedir o dinheiro para a tapeçaria. Quando chegou a Paris foi direto para o Cluny. Telefonou para a mãe e pediu-lhe para separar o vestido de festa e a roupa nova que Soleil usara no aniversário. Elas iam para a abertura da exposição de Jake na Galeria Genevoix, à noite.

32

JAKE PASSOU QUARTA-FEIRA à noite, quinta de manhã e o início da tarde na galeria, montando a exposição. Matthew e Brian vieram ajudá-lo, junto com outro funcionário da galeria. Madame Genevoix supervisionava, comentando como estava contente com o trabalho de Jake. Matthew pavoneava-se por ali, com um grande sorriso no rosto, como se a exposição fosse dele.
— Vamos ficar famosos agora? — perguntou a Jake enquanto olhavam para o quadro em que posara para o anjo, pendurado na grande parede da entrada.
— Nunca pensei que desenvolveria um par de asas.
— Elas parecem boas. — Jake sorriu satisfeito.
Depois que os quadros foram pendurados e a luz ajustada, deu uma olhada final e sentiu-se muito orgulhoso com a realização. Era o melhor trabalho que já fizera. Seria uma exposição extraordinária. Matthew trouxera uma câmera e estava tirando fotos para o *portfolio* de Jake. Jake enviaria algumas fotografias para a mãe. Ele a convidara para vir, mas ela decidira que a viagem seria um pouco cansativa, e talvez ele e Rebecca precisassem passar um tempo a sós.
Jake iria buscar Rebecca no aeroporto à tarde. A princípio, ela pensara em ir na sexta de manhã, mas mudara os planos para estar na abertura da exposição.

•

Alex deu mais alguns telefonemas. Havia coletado mais 140 mil euros em fundos adicionais desde o telefonema de madame Genevoix. Uma grande parte disso saíra dos próprios investimentos, um cheque que Alain Bourlet deixara no museu nesse dia. Ao que parecia, ele não havia liquidado completamente a conta. Mas mesmo assim, tinha o equivalente a mais de 1 milhão de dólares. Uma tapeçaria medieval nunca havia alcançado esse preço.

Alex foi para casa e preparou uma maleta para ir a Londres. Resolveu que pegaria o trem de manhã cedo, não mais o noturno. Depois de uma busca minuciosa no *closet*, decidiu-se por um vestido curto e sem mangas de seda azul-claro para a abertura da exposição de Jake. Ela o experimentou e ficou diante de um espelho grande na porta do *closet*. O vestido ajustava-se bem e deixava à mostra as pernas. Era sofisticado, mas sexy.

Sapatos? Ela abriu o *closet* e tirou um par de sapatos, depois considerou as sandálias de tiras estreitas, prateadas e de saltos bem altos. Alex as colocava raramente, porque não eram muito confortáveis e não dava para usar meia-calça, o que a fazia sentir-se quase nua. Mas as calçou, ficou alta e aprumada com os ombros bem para trás. Sim, estava bem!

•

Alex, a mãe e uma Soleil impaciente pegaram um táxi até La Galerie Genevoix. Uma pintura em três painéis estava pendurada na entrada — uma cena da Anunciação com um belo jovem negro como anjo Gabriel, uma virgem esbelta de pescoço longo e um unicórnio. Foram feitos em estilo realista, as sombras e as luzes tão brilhantemente reproduzidas que as formas quase se tornavam vivas. Estava muito bom e fez Alex sorrir. O anjo tinha cachos compridos. Alex teve a sensação de que participou pessoalmente da criação da pintura, embora nunca tivesse visto a obra antes.

— Muito bonito — disse Sarah e aprovou com um gesto de cabeça.

— Quero ver *monsieur* Bowman — pediu Soleil.

Quando elas entraram na sala principal da exibição, Alex olhou em volta sentindo uma emoção que era misto de alegria e orgulho. Jake havia conseguido! A galeria estava cheia com a multidão habitual que freqüentava as noites de abertura, muitos rostos familiares — patronos, colecionadores, artistas, pessoas como Alex que tinham realmente amor à arte. Deu uma olhada no saguão, onde os garçons se movimentavam com bandejas de bebidas e petiscos. Madame Genevoix sabia organizar uma exposição. Mas onde estava Jake?

— Lá está ele — gritou Soleil. — *Monsieur* Bowman.

Alex olhou pela sala. O olhos deles se encontraram e ele sorriu. Ela sorriu também. Jake estava encantado em vê-la, e ela, muito feliz por ter decidido vir. Jake caminhou até onde estavam.

Soleil largou a mão da mãe e correu ao encontro dele.

— Estou muito feliz em vê-lo, *monsieur* Bowman. — A menininha estendeu os braços quando Jake se abaixou para abraçá-la.

— E eu estou muito feliz em vê-la. — Jake olhou enquanto Sarah e Alex se aproximavam. — Estou muito feliz em ver sua mãe e sua avó. — Ele ficou parado sorrindo para Alex de novo.

— Uma mostra encantadora — disse Sarah. — Parabéns.

— Obrigado por virem.

Alex deu uma olhada ao redor da sala.

— Seu trabalho é maravilhoso. Sabia que poderia realizá-lo.

— A sua presença significa muito para mim, Alex.

Depois Jake se voltou para a mulher perto dele, em quem Alex não havia reparado. Achou que estivesse sozinho. Ou não?

— Alex, gostaria de lhe apresentar Rebecca Garrett — disse ele. — Rebecca, gostaria que conhecesse Alexandra Pellier; a filha, Soleil; e a mãe de Alex, Sarah Benoit.

— Ah sim, a dama da tapeçaria — disse Rebecca estendendo a mão para Alex. O toque dela era leve e delicado, a mão de uma enfermeira. Ela sorriu para Alex, depois estendeu a mão para Sarah.

Alex ficou parada, surpresa. A dama da tapeçaria? Era isso que ela era? A dama da tapeçaria? Tentou recobrar o autocontrole. Rebecca perceberia que Alex estava prestes a desfalecer? No entanto, o que esperava? Sabia que a noiva de Jake estava vindo para Paris, e é claro que estaria presente na noite de abertura da mostra.

Alex tentou sorrir, para não dar a impressão de que estava examinando cada detalhe, cada aspecto desta mulher, a noiva de Jake. Ela era muito bonita, com espessos cabelos encaracolados, olhos verdes, pele pálida e ligeiramente sardenta. Usava um vestido de verão em tom pastel florido e uma jaqueta leve cor de pêssego. Bonita e saudável. O tipo de mulher que daria uma boa esposa e mãe. Era pequena e delicada, fazia Alex, que era muito mais alta do que ela, sentir-se grande e deselegante.

Madame Genevoix aproximou-se, cumprimentou Alex e sussurrou algo para Jake, que pediu licença e saiu. Soleil tentava puxar a mãe para o átrio.

— Por que você não vai na frente, mãe? — disse Alex, e depois perguntou a Rebecca: — Você está gostando da estada em Paris?

— Só cheguei esta tarde — respondeu Rebecca. — Estou um pouco cansada do vôo, acho. Ainda nem consigo acreditar que estou realmente aqui. E toda a excitação da mostra.

— Você deve estar muito orgulhosa.

— Orgulhosa?

— De Jake, do trabalho dele.

— Ah, sim. — Rebecca riu, um pouco embaraçada.

Alex achou que ela não demostrava muito entusiasmo.

— A obra dele ficou mais inspirada desde que está aqui em Paris.

Então, Alex percebeu que Rebecca também a avaliava. Será que ela era mais do que a dama da tapeçaria?

— Você e Jake se conhecem há muito tempo — comentou Rebecca.

— Sim. Estudamos juntos em Paris catorze anos atrás.

— Esse foi um período especial na vida dele.

— Sim, e na minha também.

Rebecca olhou ao redor da sala, como se procurasse uma desculpa para ir embora, para acabar com essa conversa terrivelmente embaraçosa.

— Bem, prazer em conhecê-la — disse com um sorriso.

— Prazer em conhecê-la também, Rebecca, aproveite a estada em Paris.

— Tenho certeza de que será proveitosa. Obrigada por ter vindo esta noite.

Rebecca se virou e caminhou na direção em que Jake havia sido escoltado por madame Genevoix. Alex ficou parada um instante no meio da sala, depois andou devagar de quadro em quadro, parando em cada um para examinar o belo trabalho de Jake. Sentia-se ao mesmo tempo envolvida e livre enquanto se movimentava pela galeria.

Depois foi até o átrio onde estavam as pessoas, conversando, bebendo vinho e champanhe, mordiscando as entradas. Não viu a mãe nem Soleil. Um garçom passou. Ela pegou mais um copo de vinho e engoliu quase a metade de uma vez, e então ouviu uma voz atrás dela.

— Olá, Alex.

Ela se virou. Era a moça asiática.

— Julianna Kimura — disse ela. — Lembra-se de mim?

Alex fez que sim e tomou um gole de vinho, depois mais um. O que podia dizer? Como não se lembraria? Alexandra Pellier, repetiu, imaginando se ficaria cada vez mais desconfortável à medida que a noite avançasse.

— Sim, sei quem é você. Então, amanhã é o grande dia, o leilão.

— Sim. — Alex levou o copo aos lábios, depois se deu conta de que estava vazio.

Um outro garçom passou carregando uma bandeja de drinques. Julianna pegou dois e ofereceu um a Alex, que devolveu o que estava vazio.

— E hoje é a grande noite de Jake — disse Julianna.

— Sim, uma exposição muito bonita.

Levantando o copo para brindar, Julianna disse:

— A Jake. Prevejo grandes coisas para Jacob Bowman.

Relutando, Alex também levantou o copo. Os olhos de Julianna percorreram a sala.

— Então, o que você acha?

— Muito bonito.

— Não, quero dizer da noiva. — Julianna fez um gesto apontando-os enquanto Jake e Rebecca entravam.

Os olhos de Jake encontraram, de novo, os de Alex. Um pequeno grupo havia se juntado ao redor dele e sua atenção desviou-se para um homem parado à sua frente.

— Ela é muito bonita — disse Alex.

— Bonita — disse Julianna —, mas não combinam. Olhe para eles. Parecem felizes? Você acha que ela parece emocionada por estar aqui?

Alex hesitou e tomou um outro gole de vinho. Ela olhou para Jake, que de novo encontrou o seu olhar por cima do ombro do homem. Rebecca parecia inquieta com a alça da bolsa.

— Não — admitiu Alex.

— Soube naquela noite em que você apareceu no hotel. Embora não acredite, foi uma noite muito inocente. Apenas passei por lá para saber por que Jake não ia ao estúdio. Ele estava trabalhando duro, o que ficou evidente hoje. — Julianna olhou para Alex como se esperasse uma resposta ou uma confirmação.

Alex fez que sim.

— Jake é muito talentoso — disse Julianna.

— Sim, é mesmo.

— Não estava acontecendo nada entre nós naquela noite.

— Você não me deve explicações, Julianna.

— Bem, alguém deve fazer algo sobre esse mal-entendido. Pude ver, naquela noite, que não era por Rebecca que Jake estava apaixonado. Era tão óbvio, pelo jeito que olhava para você, o modo como ficou parada ali sem dizer nada. Jake está visivelmente apaixonado por você. E você por ele. Ambos são incrivelmente estúpidos por não fazerem nada a respeito disso.

Alex não podia pensar em nada apropriado para responder. Bebeu o resto do vinho.

— Gostaria de dar uma olhada por aí.

— Boa sorte — disse Julianna. — Espero que consiga a tapeçaria amanhã.

— Obrigada, Julianna.

Alex perambulou sozinha e andou pela galeria, parando para olhar cada um dos quadros de Jake mais uma vez. Sim, Julianna tinha razão. Jacob Bowman tinha feito grandes quadros.

Pegou mais um copo de vinho, depois procurou um garçom com os salgados, quando percebeu que três copos de vinho em um estômago vazio não era uma boa idéia. Quando levou o copo aos lábios, subitamente, percebeu que estava tremendo, não apenas as mãos, mas o corpo inteiro. Julianna teria razão? Jake realmente a amava, e não a Rebecca? Ela era tão estúpida que não conseguia ver a verdade? Ou era estúpida a ponto de ser incapaz de fazer algo sobre isso? O que deveria fazer? Ir até ele, bem agora na frente de centenas de pessoas, Rebecca inclusive, e dizer: — Eu te amo, Jake, e você me ama, e deveríamos ficar juntos?

— Mamãe, mamãe.

Alex olhou e viu Soleil, que segurava a mão da avó.

— Vi todos os lindos quadros e ganhei ponche e biscoitos.

Alex sorriu. Dava para ver o bigode vermelho deixado pela bebida.

— O senhor Bowman é um artista famoso agora? — perguntou a menina.

Alex sentiu uma mão em seu ombro. Virou-se para ver madame Genevoix. A mulher segurava uma taça de champanhe.

— Quero lhe agradecer, Alex — disse ela —, por me apresentar Jacob. Sei que a exposição está fazendo sucesso. Já obtivemos uma resposta entusiasmada à obra dele, vendemos dois dos quadros maiores.

A mulher estava zonza, um pouco embriagada, pensou Alex.

— Maravilhoso — disse Alex. — Fico contente em ouvir isso.

— Bem, sim, sim, sim, muito bom. — A mulher estendeu a mão e acariciou a cabeça de Soleil. — E você, o que acha?

— Também estou muito contente em ouvir isso — respondeu a menina.

Alex, a mãe e Soleil caminharam juntas mais uma vez pela galeria, conversando com vários conhecidos. Ela olhou em volta procurando por Julianna, mas não a viu em lugar nenhum. Quando estavam para ir embora, Sarah sugeriu que cumprimentassem Jake mais uma vez pelo sucesso da abertura da mostra. Ele estava do outro lado do salão, com uma pequena multidão ao redor. Rebecca, ao lado dele, não escondia a vontade de sair dali. Alex olhou para o relógio.

— Acho que deveríamos levar Soleil para casa. E é melhor eu ir dormir, se pretendo pegar o trem bem cedo para Londres.

Fora da galeria, Alex chamou um táxi. Entrou nele com a mãe e Soleil, que adormeceu em instantes.

— Uma noite bem excitante — disse Sarah.
— Sim, bastante.

Não conversaram mais. Será que Julianna tinha razão?, perguntou-se Alex. E Simone? Ela havia dito que a verdadeira felicidade só poderia ser encontrada no amor, mesmo que conseguisse a tapeçaria para o museu, só ficaria feliz durante algum tempo. Haveria um outro desafio depois desse, e em seguida um novo. Uma busca constante por felicidade e realização. E o que aconteceria se não conseguisse a tapeçaria? Pensou na jovem Adèle Le Viste. Durante todo o tempo, sentiu que, de alguma maneira, fora escolhida para reunir essa tapeçaria às outras que estavam no Cluny, que com isso daria a Adèle e ao amante uma nova chance. Será que havia interpretado erroneamente os acontecimentos ocorridos nos últimos meses? Acontecimentos que poderiam ser pouco mais do que uma série de coincidências? Adèle estaria tentando dizer a Alex para dar uma olhada na própria vida? Era para ela, Alex, e não para Adèle Le Viste, que uma segunda chance estava sendo dada?

— *Merci* — disse Alex ao motorista quando chegaram ao apartamento.

Procurou o dinheiro na bolsa e pagou a corrida. Pegou Soleil no colo, enquanto Sarah segurava a porta do veículo. Elas começaram a andar em direção à entrada do prédio. Então, abruptamente, Alex se virou e gritou para o motorista — Espere! — quando ele estava começando a dar marcha à ré. Ela correu e bateu levemente na porta do carro, com Soleil ainda em seus braços. *S'il vous plaît, attendez.*

O homem se virou e olhou para ela, depois abaixou o vidro. O motorista concordou em esperar e começou a estacionar.

Alex olhou para a mãe, que estava sacudindo a cabeça. Entraram no prédio e subiram ao apartamento pelo elevador. Alex colocou Sunny na cama, depois pegou a pasta e a maleta que havia preparado para a viagem. Jogou o conteúdo da pequena bolsa de noite em cima da cama, pegou algumas coisas e as enfiou na bolsa de uso diário.

A mãe estava parada ao lado da porta.

— Estou indo para Londres — disse Alex.

— Não sabia que há trens que saem tão tarde.

— Preciso cuidar de certas coisas antes.

— Coisas? — Sarah sorriu.

Alex beijou a mãe no rosto.

— Telefonarei.

— Boa sorte.

— Obrigada, mãe.

O motorista a estava esperando. Alex entrou.

— Galerie Genevoix — disse ela.

O homem olhou para trás, apagou o cigarro no cinzeiro e partiu.

Quando chegaram à galeria, Alex pagou o motorista, mas não esperou o troco. Estou ficando louca?, perguntou Alex a si mesma, enquanto se encaminhava para a entrada. O que diria a Jake quando o encontrasse?

A multidão na galeria diminuíra, embora ainda houvesse grupos de pessoas andando por ali. Atravessou a primeira sala, a segunda e depois a terceira. Carregava a maleta em uma das mãos, a pasta na outra e trazia a bolsa pendurada no ombro. Não viu Jake em lugar algum. Nem Rebecca. Então avistou madame Genevoix em um canto conversando com um homem alto e magro. Alex foi até lá e a mulher a apresentou, mas quase não ouviu o que ela dizia.

— Jake? — perguntou.

— Acho que foi embora. *Mademoiselle* Garret estava cansada da viagem.

Alex virou-se e deixou a galeria. Dirigiu-se para o Quartier Latin, Rue Monge. Sim, estava louca. Provavelmente, ele tinha saído para ficar sozinho com Rebecca, para celebrar a união, a abertura da mostra. O que iria fazer, irromper no meio deles? Derrubar a porta gritando: — Você não pode se casar com Rebecca. — Mas a imagem de Jake e Rebecca juntos na galeria voltou à mente. Nem sequer faziam um belo par. E a visão de Jake, sorrindo para ela quando entrou na galeria, como se fossem as duas únicas pessoas no mundo.

Andou ao longo do rio, pela Place Saint Michel, indo para o bulevar, passando Saint Germain e entrando na Rue des Ecoles. Era melhor chamar um táxi. Faltavam mais ou menos três quilômetros até o hotel de Jake, não era uma boa idéia andar sozinha tão tarde da noite, embora as ruas fossem bem iluminadas e ainda houvesse bastante tráfego de carros subindo e descendo o bulevar. Mas as sandálias — aquelas sandálias estúpidas de salto alto, de tiras estreitas — eram as coisas mais desconfortáveis que já usara. Alex tirou-as e ficou parada na esquina até pegar um táxi.

Chegou à rua de Jake, pagou o motorista, saiu do carro e caminhou até o prédio. Subiu as escadas, sem sapatos, carregando a maleta, as sandálias e a pasta na outra mão, e parou na porta de Jake. Como se fosse outra pessoa habitando seu corpo, alguém mais corajoso e muito mais seguro de si mesmo e dos sentimentos, bateu à porta.

Não houve resposta. Bateu de novo. Sem resposta. Estariam lá dentro? Fazendo amor? Ou tinham saído para celebrar? Bateu mais uma vez. Ainda sem resposta. Alex virou-se e começou a descer as escadas. Chegara muito tarde. Por que não tinha feito alguma coisa mais cedo? Antes que Rebecca viesse a Paris? Sentiu as lágrimas escorrendo dos olhos. Era uma tola. Sentou-se nas escadas, abriu a bolsa, tirou um lenço e enxugou os olhos. Depois de alguns instantes, levantou-se, foi até a porta e bateu de novo. — Jake — gritou — é Alex. Preciso falar com você. — Sem resposta. Com certeza, não havia ninguém lá dentro. Jake teria respondido se a ouvisse, fora de si, batendo em sua porta tarde da noite. Sentou-se de novo. Esperaria por ele. Ficaria sentada esperando até ele voltar.

Alex deve ter adormecido. Quando acordou eram 4h30. Será que Jake havia voltado? Ele e Rebecca tinham passado por ela sem nem mesmo percebê-la sentada nas escadas? Riu ao pensar nisso. Havia se rebaixado tanto? Como uma vagabunda bêbada, dormindo nas escadas escorregadias e gastas de um hotel barato? Alex levantou-se, passou a mão pelo vestido para limpá-lo e ajeitá-lo, porque estava torcido em volta do peito. Ainda podia ir ao leilão. O trem demoraria duas horas para sair. Colocou as sandálias, pegou a maleta, a pasta e a bolsa, desceu para a rua e parou um táxi.

No terminal, comprou a passagem, tomou café e foi ao toalete. Trocou a roupa e os sapatos, lavou o rosto e refez a maquiagem. Depois de tentar arrumar os cabelos, saiu e foi ao terminal, passou pela segurança e entrou na área de embarque.

Num tom alto, uma voz anunciou que o trem 9005 estava pronto para o embarque, e Alex seguiu a multidão até o local. Pegou a passagem e conferiu o assento. O trem estava cheio, as pessoas empurravam umas às outras, enquanto ia para a primeira classe. Atravessou a segunda classe conferindo a passagem mais uma vez. Quando colocou a passagem na parte externa da bolsa, ergueu os olhos. O coração deu um salto. Lá estava Jake, sorrindo para ela.

33

ALEX PAROU no corredor, paralisada.
— Bom dia, Alex.
— Jake? O que está fazendo aqui?
A bagagem caiu no corredor, tentou arrumar os cabelos com os dedos. Devia estar horrível, no entanto ele olhava para ela, ainda sorrindo, fitando-a como se fosse uma espécie de visão.
Um homem alto, puxando uma pequena mala, tentava passar. Alex não se moveu.
— O que você está fazendo aqui? — perguntou de novo.
— Este *é* o trem para Londres? — respondeu Jake.
— *Pardon* — disse um homem alto enquanto tentava passar com a bagagem, forçando Alex contra o assento do lado do corredor.
Jake pegou a maleta e a fez sentar-se, depois puxou-a pela mão para o assento perto dele, enquanto várias pessoas passavam pelo corredor.
Jake a puxou mais para perto e a beijou. E ela o beijou. Eles se beijaram por um longo tempo enquanto o trem dava umas sacudidelas e começava a sair do terminal.
Ela tremia, depois começou a rir.
— Que diabos você está fazendo aqui? E esse beijo foi um olá ou um beijo de adeus-Alex-não-vou-vê-la-de-novo-nunca-mais? — Pegou o braço dele tentando se acalmar. — Por quê? — Sacudiu a cabeça na tentativa de se livrar da confusão. — Por que você está aqui? — Alex soltou o braço de Jake e olhou ao redor. — E onde está Rebecca?
— No hotel dela em Paris.
O trem assobiou ao longo do trilho. A família no assento à frente — pai, mãe e uma criança pequena — acomodou-se de modo barulhento.
— Em Paris? Um dia depois de sua noiva chegar você está indo para Londres?
— Terminamos.
— Terminaram o quê?
— O noivado. Provavelmente, estávamos rompendo desde que tomei a decisão de vir para Paris. Foi uma decisão mútua.
— Você a deixou sozinha em Paris.
— Matthew e Julianna vão levá-la para passear no fim de semana, mostrar-lhe os pontos turísticos. Não ficará sozinha.

Alex olhou para ele.

— Por que ela veio para cá se vocês não estão mais juntos?

— Precisávamos conversar. E ela tinha aquela passagem não reembolsável. — Ele sorriu. — E então... na noite passada na abertura... Rebecca constatou... ela disse que era óbvio.

— Óbvio? O quê?

— Que havia terminado.

— Você está indo para Londres? — Alex não ousava acreditar o que isso significava. — Por quê?

— Pensei que poderia estar no leilão. Sua mãe disse que você partira a horas para Londres. Fiquei surpreso quando a vi entrar no trem.

— Você ficou surpreso. Você falou com minha mãe?

— Onde você esteve? — perguntou Jake.

Uma jovem parou no corredor, conferiu o bilhete e mostrou-o a Jake e Alex, apontando para o número do assento. Jake pegou a passagem que estava na bolsa de Alex e trocou-a com a da mulher.

— *Ma femme* — disse ele.

A mulher olhou espantada, mas examinou a passagem que Jake lhe dera. Olhou para Jake, depois para Alex. Ela sorriu, sacudiu a cabeça e foi embora abanando-se com a passagem de Alex.

— Sou sua mulher? Humm? — perguntou Alex. — E estamos indo para Londres?

Jake fez que sim.

A família acomodou-se. A mãe tirou um saco de papel marrom. O cheiro cítrico começou a penetrar no ar viciado. Ela deu um gomo de laranja para a criança que estava de pé sobre o assento, olhando para Jake e Alex.

O coração de Alex acelerou. O corpo parecia estranho, sem reação e tolo, como se fosse, repentinamente, começar a rir de maneira incontrolável. Olhou para fora da janela. O sol da manhã brilhava nos edifícios à medida que passavam pela cidade. Olhou para Jake para ter certeza de que ainda estava ali. Sim, estava ali com ela e iam para Londres, juntos.

— Diga de novo. — Alex sorriu para a criança e depois se voltou para Jake, com uma expressão séria agora. — Diga de novo, Jake, por que você está aqui?

A mãe levantou-se.

— Desculpem-nos — disse ela enquanto sentava a criança no banco.

— Pensei que você pudesse precisar de mim — disse Jake.

— Precisar de você?

— Sim, Alex, precisar de mim. Algumas pessoas precisam de outras pessoas. Nem todos consideram isso uma fraqueza.

— Não, suponho que algumas pessoas pensem assim. — Os lábios dela se abriram em um sorriso.

— Onde você esteve na noite passada? — perguntou Jake. — Onde passou a noite toda?

Ela hesitou um momento antes de responder.

— Sentada na escada do seu hotel na Rue Monge.

Ele não conseguiu esconder a surpresa.

— Queria lhe dizer uma coisa — sussurrou Alex.

— O que você queria me dizer?

— Queria lhe dizer... queria lhe dizer que te amo.

— Mas eu não estava em casa.

Ela sacudiu a cabeça.

— Então você não pôde me dizer?

Ela sacudiu a cabeça de novo, enquanto lágrimas escorriam pelas faces.

— Você ainda quer me dizer?

— Sim — disse Alex. — Eu te amo.

Jake segurou o rosto de Alex e olhou em seus olhos como se pudesse enxergar profundamente dentro dela.

— Eu também amo você, Alex. — Enxugou-lhe as lágrimas da face. — Tive certeza disso na noite passada. Ali estava eu, a estrela da festa, no centro do palco. Mas sabia que não estava completo. Soube quando a vi... — Beijou-a de novo, depois sussurrou: — Prometo, Alex, que nunca a deixarei ir embora de novo.

•

Ficaram sentados no trem de mãos dadas, beijando-se e acariciando-se como haviam feito anos antes na sala de TV, na pensão em Paris, quando eram estudantes. Falaram sobre o leilão da tapeçaria. Alex contou a Jake sobre Martinson e Paul seguindo-a quando saíra do convento, como ambos tinham a intenção de conseguir a peça. Jake lhe contou sobre Gaston Jadot e a possibilidade de que o velho estivesse envolvido na descoberta do arcebispo. Alex disse que não tinha importância. Ela lhe contou como ficara sem o dinheiro dos Genevoix, e Jake disse que sabia; gostaria de fazer algo a este respeito.

Alex contou que ainda tinha esperança de conseguir a tapeçaria, porque possuía mais dinheiro do que qualquer tapeçaria havia alcançado anteriormente em leilão. Depois, contou a Jake o que Simone havia dito sobre a verdadeira felicidade.

— Você poderá ser feliz mesmo se outra pessoa conseguir a tapeçaria? — perguntou Jake.

Alex hesitou. Ela lhe contou sobre Adèle Le Viste, algo que não havia contado para ninguém, como às vezes sentia que a moça falava com ela. Não em palavras, mas em sentimento, uma calma que a invadia.

— Sempre pensei que estava tentando me dizer que, apesar de todos os obstáculos, conseguiria a tapeçaria, que de alguma maneira isso reuniria Adèle e o amante. Mas depois, durante os últimos dias, achei que tivesse interpretado mal as razões pelas quais isso estava acontecendo, se é que há razões para tudo isso. Será que foi Adèle que me fez ter uma visão diferente sobre a minha vida? Se há um propósito para o que aconteceu nos últimos meses, isso não foi para Adèle, mas para mim, para perceber o que é a verdadeira felicidade?

— E o que ela é?

— Sinto-me feliz agora, aqui com você.

— Mas e se não conseguir a tapeçaria?

Alex olhou pela janela, para o túnel escuro. Logo estariam em Londres. Ela voltou-se para Jake.

— Não quero imaginar isso, ainda não.

•

Chegaram a Londres na Waterloo International às 8h46. O leilão das tapeçarias e móveis franceses e italianos deveria começar às 10 horas. A tapeçaria do unicórnio era o lote número 233, e Alex disse que só deveria ir a leilão no final da tarde, mas queria chegar cedo, examinar o público, encontrar um lugar na parte de trás da sala, para que pudesse ver quem estivesse participando do leilão. Pegaram um táxi até a cidade, logo depois das 9 horas.

Jake nunca estivera em um leilão de arte numa casa tão renomada quanto a Sotheby's. Quando criança, foi com o pai a um leilão de gado em Montana. Para que Alex entendesse como fora a experiência, Jake tentou imitar a maneira de falar do leiloeiro. Ele contou que ficara tão fascinado pelo lugar que nem notou quando o pai comprou centenas de cabeças de gado. Surpreso, perguntou como fizera isso sem que percebesse. O pai disse que apenas tocara no chapéu de vaqueiro. Alex riu, fazendo Jake se sentir bem por deixá-la mais calma. Embora parecesse relaxada no trem, depois que ficaram juntos, assim que pisaram em Londres foi tomada por um grande nervosismo.

— É assim que se faz aqui? — perguntou Jake a Alex. — Se por acaso coçar meu nariz no momento errado, terei comprado uma tapeçaria de unicórnio por um preço inestimável?

Alex riu.

— Oh, Jake, você compraria a tapeçaria para mim?

— Se isso a deixasse feliz, se pudesse, sim, compraria.

Ela sorriu.

— Aqui funciona de maneira muito similar àqueles leilões em Montana, e o jeito do leiloeiro é parecido ao daquele da sua cidade, que com certeza estava ciente de que seu pai e outros rancheiros tinham condições financeiras para comprar. A Sotheby's saberá quais são os compradores potenciais, revendedores, representantes de museu, colecionadores. Com uma obra inestimável como a sétima tapeçaria de unicórnio, saberão de antemão quem serão os prováveis compradores. Então, sim, uma compra pode ser feita com um mero toque no chapéu, um aceno de cabeça.

— Você sabe quem serão os primeiros a darem os lances?

— O Cluny, é claro.

Jake concordou.

— Ferguson, do Victoria and Albert, Martinson, do The Cloisters. Tenho certeza de que com toda a publicidade haverá vários colecionadores particulares e negociantes de arte, e Paul Westerman estará entre eles.

—Ah, sim, Paul.

Alex deu a impressão de que relaxava novamente enquanto conversavam, mas depois, quando viraram na New Bond Street, onde ficava a casa de leilões Sotheby's, olhou pela janela e Jake a ouviu respirando profundamente.

— Você está bem? — perguntou ele.

Alex riu.

— Estou apenas enviando minha última prece a Sainte Adèle.

O carro parou na frente do edifício.

— Beije-me mais uma vez — disse Alex. —Jake, por favor, beije-me de novo.

Ele a puxou para perto de si e a beijou sem parar até que o motorista do táxi pigarreasse pela segunda vez.

Entraram no edifício. Uma mulher de *tailleur* preto, sentada numa escrivaninha à esquerda, cumprimentou-os. Alex sorriu e acenou com a cabeça. Jake disse bom dia. Caminharam por um amplo corredor, passaram por um pequeno salão de chá e subiram as escadas para o andar de cima.

Devido à publicidade que cercara o leilão, era necessário ingresso para assistir à venda. Alex havia reservado dois. Ela explicara no trem que pensara que madame Demy pudesse querer assistir. A diretora havia recusado, o que não a surpreendeu, porque, de maneira inexplicável, ela não se envolvera na descoberta desde o começo.

— Talvez ache que essa seja uma aquisição sua — disse Jake. — Quem sabe quer que você fique com todo o crédito quando a tapeçaria estiver exposta no Cluny.

— Não tenho muita certeza — disse Alex. — Ela sempre foi bastante reservada em seus sentimentos.

Entraram na galeria principal por duas enormes portas de madeira com puxadores de latão brilhante. Jake colocou o nome em uma lista na escrivaninha de recepção, em uma antecâmara do lado de fora do salão de venda, e recebeu uma chapinha com um número. Alex explicou que, como só havia entrada numerada, teria de inscrever-se, o que Jake fez apresentando um único documento de identificação. Ele ficou surpreso com a facilidade de conseguir uma entrada.

— Agora, você está pronto para dar lances no leilão — disse Alex. Como uma compradora estabelecida, não precisava se inscrever.

Antes das 10 horas, entraram na galeria onde aconteceria o leilão. Era uma sala inesperadamente pequena, bem iluminada, com uma decorativa clarabóia e trilhos com iluminação correndo por toda a extensão da sala. Três tribunas de madeira estavam dispostas na frente da sala — duas menores equipadas com computadores de mesa e uma maior, mais ornamentada, que parecia um púlpito, onde, Alex explicou, o leiloeiro iria aparecer. Uma tribuna comprida e alta, para três pessoas, situava-se à direita. Cadeiras dobráveis estavam dispostas em fileiras alinhadas cobrindo o piso. Alex colocou a pasta e a maleta em duas cadeiras no fundo da sala.

Uma cacofonia de tagarelice ligeira, uma mistura de conversas de vários grupos pequenos enchia a sala, uma fusão indecifrável de diferentes línguas. Muitos dos homens e mulheres usavam trajes sociais. Algumas pessoas estavam vestidas de maneira mais informal, outras se trajavam mais formalmente, exibindo jóias faiscantes. Fazia muito calor para usar peles. Nenhuma das mulheres usava grandes chapéus, como Jake vira nos filmes. Paul ainda não tinha chegado.

— Dr. Martinson — sussurrou Alex, fazendo um gesto em direção à porta. Dr. Martinson se aproximou.

— *Bonjour*, madame Pellier — disse — e *monsieur*... — A expressão confusa revelou a Jake que dr. Martinson não lembrava de seu nome, nem sequer dele.

Jake estendeu a mão.

— Jake Bowman. Nos encontramos em Paris, depois de novo no Convento de Sainte Blandine.

— Ah, sim — disse dr. Martinson mostrando pouco interesse, embora apertasse a mão de Jake. Ele olhou para o relógio. — O leilão vai começar daqui a pouco.

Alex concordou com a cabeça e sorriu.

— Devemos ocupar nossos lugares.

Dr. Martinson olhou para Alex por um instante, depois disse:

— *Oui. Bonne chance.* — Ele sorriu, em seguida virou-se e caminhou até o meio da sala, onde encontrou a única cadeira vazia.

— Boa sorte? — sussurrou Alex para Jake quando se sentaram. — Ele precisará mais do que boa sorte. Sainte Adèle não permitirá que Martinson fique com aquela tapeçaria. — Alex sorriu e Jake a imitou.

O leiloeiro, um homem alto e magro vestido com terno preto e gravata vermelha, subiu na tribuna. Eram exatamente 10 horas. Bateu o martelo e o leilão teve início.

Os primeiros lotes eram de mobília italiana antiga e foram adquiridos por alguns senhores sentados na frente da sala. Alex contou a Jake que eram todos negociantes. Jake seguia os lances no catálogo que Alex lhe dera logo depois que se sentaram. O leiloeiro apontava aqui e ali. — Ah, sim, o senhor sentado no corredor usando gravata estampada... será que ouvi 30 mil libras... quer cobrir o lance, Lord Wilmington?

Os olhos de Jake moviam-se do catálogo para o leiloeiro e para a sala, numa tentativa de determinar exatamente quem estava fazendo cada lance e quanto os lances finais se aproximavam dos preços relacionados no catálogo. De vez em quando, olhava para o painel eletrônico pendurado acima do leiloeiro. Números passavam pelo painel mostrando os lances em libras, dólares e euros.

Algumas vezes, os lances pareciam ficar apenas entre dois compradores. Outros itens provocavam muitas respostas entre várias pessoas em diferentes pontos da sala. Quando os lances se tornavam mais lentos, o leiloeiro fazia um pequeno gracejo e acrescentava alguma descrição interessante para estimular os assistentes: — Para esse excelente exemplar, esse espelho italiano com moldura dourada esculpida do século XVII... observem estas folhas de acanto esculpidas em arabescos, certamente eu ouço 6 mil por este belo trabalho.... — Às vezes os lances pareciam forçados, depois se elevavam em questão de segundos. Com freqüência, Jake não conseguia determinar quem havia dado o último lance, antes que o leiloeiro levantasse o martelo e continuasse com o item seguinte.

Antes do meio-dia, o leiloeiro anunciou uma pausa. O leilão recomeçaria às 14h30.

Alex e Jake saíram do edifício para almoçar. Ela estava muito nervosa para comer; embora tivesse pedido um sanduíche, ficou sentada olhando para o lanche, enquanto Jake terminava rapidamente o seu. Alex sugeriu que dessem um passeio. Pouco falaram, além de comentar o que viam nas vitrines das lojas: jóias, vestidos de estilistas, mobília antiga e artes gráficas. Jake sentia que isso era tudo que Alex queria: não falar da tapeçaria ou de outra coisa importante. Havia tantas coisas que ele desejava dizer-lhe. Sentia-se feliz só por estar com ela, mas permaneceu em silêncio, sem falar dos pensamentos e sentimentos que gritavam dentro dele. Perto das 14 horas, voltaram para a Sotheby's.

Quando entraram no edifício, uma voz familiar e grave chamou: — Jake, Alex. — Era Paul Westerman que se aproximava arquejante, sem fôlego.

Alex deu-lhe um abraço. Os dois homens deram um aperto de mão.

— Você está muito atrasado — brincou Jake dando umas palmadinhas no ombro de Paul. — Alex e eu compramos a tapeçaria esta manhã.

— Você e Alex? — Paul sorriu abertamente. — Isso é um assunto de grupo?

— Não um assunto de grupo. — Alex passou o braço no de Jake. — Só de nós dois.

— Vocês dois? — O sorriso de Paul se ampliou. Ele olhou para Jake. — Vocês dois? Juntos, por fim, depois de todos esses anos? — Olhou para Alex.

— Sim — disse ela e sorriu. — Finalmente, juntos.

— Bem, formidável — disse Paul. — Isso é maravilhoso — repetiu enquanto caminhavam pelo saguão e subiam as escadas para o andar de cima. — Odeio estragar a felicidade de vocês, puxando a tapeçaria debaixo de seus pés. — Paul riu.

— Veremos — provocou Alex com um sorriso.

Entraram na sala do leilão, Alex e Jake ocuparam seus lugares. Paul ficou no fundo da sala, que agora estava apinhada. Apareceram outras pessoas que se juntaram ao grupo da sessão da manhã e a pequena galeria estava transbordando de gente. Alex mostrou a Jake repórteres de Paris e Lyon, posicionados nos fundos.

Mais uma vez, o leiloeiro bateu o martelo. Às 14h30 o leilão continuou. Durante a primeira hora, o restante das mobílias e dos objetos decorativos foram vendidos. Por volta das 15h30 a primeira tapeçaria, um fragmento de ilustração histórica descrevendo uma cena de caçada, apareceu para venda. Era uma peça que media, de acordo com o catálogo, 2,5 metros por 1,75, um fragmento de uma tapeçaria muito maior, obviamente gasta e desbotada. O catálogo observava que haviam sido feitas restaurações e teceduras. A peça alcançou pouco mais de 9 mil libras, o martelo bateu perto da metade do preço estimado.

Seguiu-se então uma ilustração histórica flamenga, depois uma tapeçaria com um cenário verdejante do final do período de Luís XIV. Enquanto Jake observava e ouvia, ficava óbvio para ele como as cores da tapeçaria do unicórnio eram brilhantes e vívidas, quão maravilhosamente havia sido preservada e como a peça era de fato rara e valiosa. Aquelas que estavam à venda eram meros fragmentos de peças maiores. Mesmo as tapeçarias completas estavam desbotadas, e os locais das restaurações e das teceduras vinham indicados no catálogo. Faltavam apenas três lotes para a tapeçaria do unicórnio. Jake segurou a mão de Alex. Ela sorriu, mas ele sentiu a tensão em seu aperto firme.

Quando o Aubusson foi anunciado, antes da tapeçaria do unicórnio, Alex soltou a mão de Jake e beijou-o ligeiramente no rosto. O martelo bateu mais uma vez. Depois, uma tapeçaria vermelha, grande e bela, apareceu. Houve um suspiro audível na multidão.

Agora, ficava evidente como era perfeita, como estava milagrosamente conservada e era graciosamente desenhada e tecida. Jake se deu conta de que até poucos dias atrás, quando a tapeçaria ainda não fora exibida na Sotheby's, ninguém na multidão que havia na sala a tinha visto. Apenas ele e Alex. Ela olhou para ele e sorriu, quase relaxada, como se estivesse pensando nas mesmas coisas, como se o aparecimento da tapeçaria, criada pela união de duas pessoas que haviam se amado completamente, pudesse trazer um sentimento de calma para um homem e uma mulher, quinhentos anos mais tarde.

Os lances começaram devagar, bem abaixo do preço mínimo estimado no catálogo. O leiloeiro, tranqüilo durante a primeira parte do leilão, parecia visivelmente tocado pela beleza da tapeçaria e tropeçava nas tentativas para descrevê-la. Ela não falava por si mesma?

Os lances iniciais vieram do grupo que estava na frente, aqueles que Alex identificara como negociadores. Quando os lances se aproximaram da metade do preço estimado, os representantes de museus, pelo menos os que Jake se lembrava de ter encontrado, aqueles que Alex apontara antes, começaram a acenar e levantar as mãos e as chapinhas para dar os lances. Estava ficando mais sério. O leiloeiro havia cessado a descrição. — Sim, tenho agora 200 mil do Metropolitan, dr. Martinson. Será que ouvi 220?

Alex levantou a mão.

— Madame Pellier, do Cluny. — O leiloeiro reconheceu o lance dela com um aceno ligeiro de cabeça e um sorriso. — Ouvi 230?

Veio um lance do fim da sala. Jake olhou para trás e adivinhou, pelo sorriso, que era de Paul.

— Temos 230 e agora, senhoras e senhores, ouvi 240?

Dr. Martinson acenou com a cabeça.

— Ah, sim, 240 do Metropolitan. 250?

Alex levantou a mão.

— 250 do Cluny. 260?

Os lances continuaram, aumentando de velocidade. Um lance do homem do Victoria and Albert de Londres, com 260, depois dr. Martinson com 270. Paul com 280, depois Alex com 290. Um novo lance de alguém na frente. Como Alex havia dito, o leiloeiro estava ciente dos lances, dirigindo-se aos compradores pelo nome — não mais *o homem de gravata estampada*, ou *a dama no corredor*. Os lances foram subindo rapidamente, alcançando 360 mil, a quantia mais alta estimada no catálogo. Jake sabia, pelo que Alex havia lhe contado, que ela possuía o equivalente a 1 milhão de dólares americanos. Uma tapeçaria nunca chegara em um leilão nem próximo dessa quantia. Ele sabia que em libras inglesas, contando com a porcentagem do leiloeiro, Alex poderia chegar até 560 mil libras.

Havia um lance chegando do corredor agora, um homem careca de meia-idade, um representante, como Alex explicara antes, da casa de leilões, dando lances feitos por alguém ao telefone. Isso, de alguma maneira, reduzia a atitude teatral exagerada, o drama do lance ao vivo, pois não se podia ver ou determinar quem estava dando o lance.

— Temos 370 — anunciou o leiloeiro. — Ouvi 380?

Dr. Martinson fez um sinal e Jake achou que o ouvira resmungar.

— 390? — O leiloeiro olhou para Alex, depois para o fundo da sala. — Sim, mr. Westerman com 390. Vocês querem cobrir o lance? — Os olhos do homem se movimentaram de dr. Martinson para Alex. O número de lances diminuíra consideravelmente e o leiloeiro estava ciente disso. Ele olhou para o homem que representava o comprador ao telefone. O homem fez que sim.

— Temos 400 agora — anunciou o leiloeiro. — 400 mil. Eu ouvi dez?

Dr. Martinson acenou.

— 410. A senhora cobrirá, madame Pellier?

Alex assentiu.

— 420 do Cluny. 430? 430 mil, mr. Westerman?

Jake olhou para Paul, que sorriu e sacudiu a cabeça. Ele desistira. Agora eram apenas dr. Martinson, Alex e o misterioso comprador ao telefone.

— 420 agora. Ouvi 430?

De novo um resmungo e um aceno de dr. Martinson.

Os lances pulavam de Alex para dr. Martinson, para o comprador ao telefone, até alcançar 520 mil.

Jake sabia que estavam chegando ao final; que Alex não poderia ir mais adiante.

— 530?

Alex levantou a mão. Estava pálida, com uma brancura quase translúcida, consciente, pela primeira vez, de que poderia perder a tapeçaria.

— 530 do Cluny. O senhor vai cobrir, dr. Martinson?

— 535 — resmungou dr. Martinson reduzindo o acréscimo pela metade.

Será que isso queria dizer que estava chegando ao lance final?, perguntou-se Jake.

— 540? — O leiloeiro olhou para o corredor. O homem no corredor concordou. O leiloeiro disse: — Tenho 540.

Com a mão esquerda, Alex tocou no braço de Jake. A mão dela tremia violentamente, embora, quando levantou a direita, parecesse firme e resoluta.

— 545.

— 545 mil libras do Cluny. — Ele olhou mais uma vez para o corredor e depois para dr. Martinson. — O Metropolitan cobrirá?

— 550 — disse dr. Martinson, não sem resmungar.

— 555? — perguntou o leiloeiro, olhando de novo para o corredor.

Jake olhou também. O homem parecia estar consultando o cliente, falando pelo fone de ouvido. Ele confirmou.

— O Cluny cobrirá?
— 560 — Alex reanimou-se.
O leiloeiro olhou para dr. Martinson, que estava rígido na cadeira.
— 565?
Dr. Martinson concordou, depois virou-se para olhar para Alex, que contemplava fixamente a tapeçaria.

Jake sabia que ela havia terminado.

Um silêncio preencheu a sala e deu a impressão de terem transcorrido longos segundos antes que o leiloeiro dissesse:

— Alguém cobrirá? — Ele olhou para o representante no corredor. Sem resposta. Será que o comprador pelo telefone também havia desistido? O leiloeiro olhou para Alex, que estava tremendo. Ela não respondeu.

— Terminamos? — perguntou o leiloeiro.

Finalmente, 570, do corredor, o comprador oculto fez um lance por meio do representante.

— O Metropolitan vai cobrir?

Dr. Martinson sentou-se, olhando em volta da sala, como se em algum lugar escondido pudesse descobrir quem estava dando lances contra ele. Jake não sabia se ele tinha ficado sem dinheiro ou se estava apenas irritado. Longos segundos se passaram.

Então, Jake fez algo que nem ele pôde acreditar. Ergueu a chapinha, como a um arrematante amador. Jake levantou a chapinha enquanto o leiloeiro olhava sem acreditar. Alex virou-se e olhou para Jake.

— 575 — falou em voz baixa.

34

DE REPENTE, PARA JAKE, tudo pareceu movimentar-se em câmera lenta. Todos os olhos na sala se voltaram para ele enquanto se sentava, a chapinha levantada como a Estátua da Liberdade segurando a chama. Alex olhou para ele, a expressão dela ia do choque ao assombro, e depois ao deleite. O leiloeiro anunciou com uma voz que parecia vir de um disco tocando em uma velha vitrola em baixa rotação: — Tenho 575 mil, senhoras e senhores, do homem de jaqueta marrom no fundo da sala.

Alex tocou mais uma vez no braço de Jake e ouviu o leiloeiro falando agora com voz normal, vinda de uma pessoa real:

— O Metropolitan vai cobrir este lance, dr. Martinson?

Jake não ficou surpreso quando dr. Martinson ofereceu 580 e os lances continuaram com um novo impulso, indo e vindo outra vez como em uma partida de pingue-pongue entre o comprador desconhecido ao telefone e dr. Martinson.

— 590.
— 600.
— 610.

Os lances tornaram-se mais vagarosos quando o número elevou-se para 850 mil libras. Dr. Martinson puxou um lenço do bolso do casaco e enxugou a testa.

— 860 — disse.

O comprador ao telefone cobriu o lance oferecendo 870.

Era óbvio que dr. Martinson estava chegando perto do lance final. A parte detrás da cabeça dele estava coberta de suor, o cabelo enrolando-se em pequenos cachos. Jake olhou para Alex, que estava ereta na cadeira, com uma expressão enigmática. O comprador ao telefone que não podiam ver.

Dr. Martinson deu um lance de 872 mil libras. O oponente rebateu com 873.

— O Metropolitan cobrirá?

Silêncio total na sala, como se todos estivessem segurando a respiração. Alguns instantes se passaram. O leiloeiro olhou para dr. Martinson. Advertindo-o:

— Lance final? — Ele levantou o martelo. Nenhum som vinha da multidão. — Terminado?

Dr. Martinson levantou-se e saiu da sala pisando duro. O leiloeiro anunciou:

— Vendida por 873 mil libras — enquanto batia o martelo.

A bela tapeçaria de unicórnio tinha sido vendida por 873 mil libras, mais de 1,5 milhão de dólares, para um comprador desconhecido.

Jake olhou para Alex para ver se estava pronta para ir embora. Ela estava rígida na cadeira, olhando direto para frente. O leilão continuava, o leiloeiro parecia completamente sem energia quando tentava vender a tapeçaria seguinte, que despertou pouco interesse ou excitação daqueles que ainda se encontravam na galeria. Quando foi a vez do item seguinte, Alex fez um sinal para Jake, pegou a maleta e a pasta e, sem falar nada, saíram do saguão. Repórteres haviam se juntado do lado de fora.

— Madame Pellier — gritou um deles —, está desapontada por não ter conseguido a tapeçaria de unicórnio para o Cluny?

— Sim, é claro, estou desapontada — disse Alex com voz tão calma e controlada que surpreendeu Jake.

— A senhora realmente acha que ela é a sétima tapeçaria do conjunto do Cluny? — perguntou alguém na multidão.

— Quem a senhora acha que a comprou? — gritou uma outra voz.

— Um colecionador particular que, tenho certeza, deseja permanecer anônimo.

Alex enfiou o braço no de Jake e eles abriram caminho pela multidão. Jake olhou em volta, procurando por Paul, mas não o viu.

— Vamos sair daqui — sussurrou Alex.

Andaram rapidamente pela New Bond Street. Alex olhou para a rua. Jake imaginou que estivesse procurando um táxi, mas eles continuaram a caminhar. Nenhum dos dois falou durante vários quarteirões. Jake desapertou a gravata, tirou-a e a enfiou no bolso.

— Vamos comer alguma coisa — disse Alex. — Estou morrendo de fome.

— Claro — disse Jake.

Andaram até encontrar um *pub*. Foi só quando estavam sentados à mesa e cada um tinha pedido cerveja e peixe com batatas que Alex perguntou:

— O que você estava fazendo lá no leilão? — Ela não parecia furiosa ou aborrecida, apenas curiosa.

— Meu lance?

Alex fez que sim.

— Tenho algumas economias. Vendi dois quadros. Se fiz as contas corretamente, convertendo os dólares americanos, os euros para as libras esterlinas, achei... bem, achei que juntos poderíamos comprar a tapeçaria.

Ela sorriu.

— Você ainda é um pouco doido, não é?

Jake também sorriu, depois concordou.

O garçom trouxe as cervejas. Alex tomou um gole e emitiu um gemido baixo.

— Você vai ficar bem? — perguntou Jake.

Alex tomou mais uns goles.

— Não sei direito ainda. Pode demorar um pouco.

— Em choque?

— Não realmente. Sei o que aconteceu. Sabia que não conseguiríamos.

— Quem ficou com ela?

— Como disse ao repórter, um colecionador particular, alguém que pode apenas pendurá-la na parede e admirá-la. Por amor à beleza.

— Então, você não acha que foi outro museu, um negociante ou investidor que a trancará em uma caixa-forte?

— Não. Um museu gostaria de ter publicidade na aquisição, deixar o público saber. Um investidor, não tenho certeza. Mas, por alguma razão, sei que foi para alguém que apreciará a beleza da tapeçaria.

— Gosto dessa idéia.

Alex fez um sinal com a cabeça e tomou outro gole de cerveja. Ficou olhando para a caneca. Uma música tocava baixinho ao fundo, uma mulher cantando uma balada em voz baixa, quase sobrepujada pela conversa de um grupo de homens que competiam no jogo de dardos no fundo do *pub*. O cheiro de fritura pairava no ar.

— Foi estranho — comentou Alex —, sentada ali, a tapeçaria exposta. O sentimento apareceu de novo, Adèle estava ali, depois até o tecelão de tapetes. E você — ela olhou para Jake —, e eu. Então soube que, mesmo se perdêssemos a tapeçaria, nunca perderíamos Adèle, o tecelão e a nós mesmos. O amor deles e a criação sempre fariam parte de nós... isso soa muito estranho?

— Não — disse Jake. — Também tenho a mesma sensação.

— Vou ficar bem. Desapontada. Você sabe o quanto queria a tapeçaria. Mas vou ficar bem. — Pegou a mão de Jake, levou-a aos lábios e a beijou. — Obrigada por ter vindo a Londres. Obrigada por ter feito um lance. Obrigada, Jake, por tudo.

— Eu te amo, Alex.

Eles ficaram sentados olhando um para o outro por vários minutos. Depois Alex disse:

— Você ficará comigo esta noite? Ficará comigo em Londres?

— Com você?

— Comigo.

— Isso não é uma espécie de prêmio de consolação? A jovem perde a tapeçaria? A jovem a substitui por um rapaz?

— Não — disse Alex, acariciando a mão dele. — Essa é uma coisa que desejo há muito tempo, bem antes da tapeçaria.

•

Pagaram a conta e deixaram o *pub* antes que a comida chegasse. No hotel mais próximo, em Albemarle Street, subiram ao quarto de mãos dadas no elevador. Alex estava tão fria que tremia, no entanto a mão aqueceu-se quando Jake a apertou.

Ele também estava nervoso. Alex podia perceber isso pela maneira como agarrava a mão dela, como se ela fosse desaparecer caso a soltasse, pela maneira como se atrapalhou para colocar a chave na fechadura. Eles entraram, deixaram cair as maletas, e olharam um para o outro durante alguns instantes. Ela o beijou. Primeiro na nuca, depois no queixo, áspero com a barba curta do final da tarde.

— Talvez eu deva me barbear — disse Jake.

— Não, não, não — sussurrou Alex com os dedos pressionando os lábios dele.

Beijou-o de novo, agora na boca, passando as mãos pelos cabelos dele, pela face, pela nuca. Ele a puxou para mais perto e se beijaram sem pressa, demorada e profundamente. As mãos de Jake moviam-se sobre os botões de pérola da blusa dela. Desabotoou-lhe o sutiã, soltou as alças dos ombros e passou os dedos nos seios, fazendo com que uma onda de calor a atravessasse. Ela agarrou os botões da camisa dele, abrindo-a, depois puxou a jaqueta de seus ombros.

Jake a carregou para a cama, lentamente acabaram de tirar a roupa um do outro. Depois, enquanto raios brilhantes de sol do fim da tarde entravam pela veneziana do quarto, fizeram amor pela primeira vez. Ela experimentou seus sentidos, claros e distintos, e depois juntos, culminando na união, como se vivos pela primeira vez. O gosto dele. O cheiro, uma mistura de sabonete e suor e algo que era tão unicamente Jake, que a fez estremecer. A textura do pêlo espesso e escuro em seu peito, a sensação dos músculos, rijos e firmes ao longo do pescoço, os ombros e braços. Alex olhou dentro dos olhos dele e sentiu-se perdida em sua profundidade, embora muito segura. Ela o guiou para dentro de si, enquanto estava deitada sob ele. Os olhos de Jake estavam abertos, contemplando-a enquanto a penetrava. E depois, o som baixo e doce da voz dele. Eu te amo, Alex.

Ela fechou os olhos e a sensação de Jake dentro dela se intensificou. O coração batia rápido, enquanto o apertava mais fortemente, puxando-o para si, os corações batendo juntos, os corpos movendo-se num mesmo e único ritmo. E depois, pela primeira vez, dando-se um ao outro, ela se sentiu não sem valor e vazia, mas inteira e completa.

•

De manhã fizeram amor novamente, depois ficaram deitados juntos.
— Você pode ficar de novo esta noite? — perguntou Alex.
— Sim. E amanhã?
Alex sorriu.
— Eu tenho uma filha em Paris. Um trabalho.
— Acho que também não posso prescindir do meu trabalho, só porque vendi dois quadros.
— Você se incomoda, Jake? — Alex sentou-se na cama. — Preciso dar alguns telefonemas.
Ele concordou.
— Está bem.
Alex levantou-se e foi até o telefone. Sentou-se, ainda nua, enquanto discava, e Jake pensou como gostaria de abraçá-la de novo, o quanto queria passar o resto da vida amando-a.
— Nos jornais, sim — disse Alex. — Sinto muito, mãe. Deveria ter telefonado a noite passada. — Alex hesitou, olhou para Jake. Sorriu, depois disse: — Sim, Jake está aqui comigo... Sim, também estou muito feliz. Posso falar com Soleil?
Mais uma vez, Alex olhou para Jake e sorriu enquanto esperava para falar com a filha.
— Sim, querida... não, não consegui a tapeçaria... mas está tudo bem... nem sempre conseguimos tudo que desejamos... Sim, Sunny, eu amo *monsieur* Bowman, e sim, ele irá vê-la quando voltarmos a Paris... Também a amo... Nos veremos amanhã.
A segunda conversa foi breve, com madame Demy no museu.
Alex saiu do telefone e encolheu os ombros.
— É claro que ela sabia. Saiu nos jornais esta manhã. Ela disse que esperava que eu não estivesse muito desapontada. Sabe que fiz o possível para conseguir a tapeçaria para o Cluny.

— Você fez, Alex.

Ela entrou de novo na cama com ele.

Jake a abraçou e acariciou sua cabeça.

— Estou morrendo de fome — disse ele. — Vamos chamar o serviço de quarto e pedir que enviem algo para comer?

— Perdemos o jantar, não foi? — Alex riu.

— Sim, acho que sim. — Ele a beijou, depois levantou e foi até o telefone. Levantou o fone e olhou para Alex. — Talvez também deva dar um outro telefonema. Realmente devo ligar para ela, Rebecca. Só para saber se está bem, se deu tudo certo com Matthew e Julianna.

Alex sentou-se e olhou para Jake.

— Essa é apenas uma das coisas que eu amo em você. É um homem bom, atencioso e gentil.

35

JAKE E ALEX VOLTARAM para Paris no final do domingo. Pegaram um táxi na estação, depois Jake deixou Alex no apartamento dela e voltou ao hotel. Ele já estava sozinho em Paris fazia três meses, no entanto nessa noite, nunca se sentiu tão sozinho. Sabia que Alex devia voltar para a filha, mas também sabia que em breve ficariam juntos.

Ela lhe telefonou cedo na manhã seguinte, antes de sair para trabalhar, apenas para dizer que o amava e convidá-lo para jantar. O som da voz dela o deixou emocionado e perguntou-se como poderia suportar esperar até a noite.

Desceu para tomar café, depois caminhou até La Galerie Genevoix.

Madame Genevoix expressou o desapontamento pelo Cluny não ter obtido a tapeçaria, mas estava completamente absorvida pelo sucesso de Jake na abertura da exposição. Mostrou-lhe a crítica no *Le Journal Parisien*.

Um novo talento surge no cenário de Paris... De maneira oportuna, o romântico e místico tema do unicórnio, recentemente popularizado pela descober-

ta de uma tapeçaria gótica, vendida sexta-feira em leilão por um preço recorde na Sotheby's em Londres... O estilo realista de Jake Bowman, a ênfase em luz e sombra, o emprego habilidoso da cor, torna o unicórnio tão real que poderíamos pensar que essa criatura mítica realmente existe... No entanto, esse tema medieval adquire uma nova perspectiva sob o pincel de Bowman... as figuras humanas e os rostos poderiam bem ser inspirados por qualquer parisiense moderno... uma jovem moderna fazendo compras no Marchés aux Puces de St. Ouen, um artista bebericando vinho numa mesa do lado de fora da Place du Tertre, uma mulher escolhendo frutas e legumes na Rue Lepic. Sem Virgem Maria etérea ou anjo Gabriel celestial. Será aquela uma argola de ouro introduzida na cerrada sobrancelha direita de Gabriel? Se removermos o chifre em forma de espiral do unicórnio, é provável encontrarmos essa criatura tanto em um rodeio, como em um jardim sob o encanto de uma virgem medieval núbil... Vale bem a pena visitar La Galerie Genevoix.

Madame Genevoix disse que a crítica trouxera multidões no sábado e domingo. Vendera mais três quadros e solicitaram informações sobre vários outros. Hubert Lafontaine expressou interesse em ter um retrato da mulher pintado por Jake. Ele gostara muito das mulheres nas pinturas de unicórnio e queria a esposa retratada num cenário semelhante.

Depois do almoço, Jake voltou ao hotel e telefonou a *monsieur* Lafontaine para marcar um encontro na quinta-feira à tarde.

Ao anoitecer, pegou um táxi até o apartamento de Alex. Soleil o recebeu na porta.

— *Monsieur* Bowman, estou tão feliz em vê-lo.

— Eu também estou feliz. — Pegou a menina nos braços e lhe deu um abraço. — Acho, Sunny, que seria bom você me chamar de Jake.

Alex entrou na sala e correu até ele, pegando a menina no meio do abraço.

— Quer dizer — disse Jake —, se a sua mãe concordar.

— Sim — Alex sorriu e acenou a cabeça positivamente para Sunny. — Acho que seria ótimo.

•

Na manhã seguinte, Jake telefonou para Alex e sugeriu para se encontrarem na hora do almoço. Disse que arrumara o quarto e que podia sair e comprar algo para comer.

Alex combinou que chegaria por volta do meio-dia. Ela levaria a sobremesa. Às 14h30, quando se sentaram na cama em desordem, encostados na cabeceira e sobre uma pilha de travesseiros, comendo bolo de chocolate, Alex disse
— Preciso lhe contar algo.
— O que é? — Ele pegou a mão de Alex e lambeu o glacê de seus dedos.
— Vamos sair nesse fim de semana. Isto é, se você não estiver ocupado.
— Nós? Eu e você?
— Madame Demy nos convidou para almoçar com ela no campo, no sábado. O tio dela tem um castelo no Loire Valley, onde quase sempre passam os fins de semana. Até onde sei, esta é a primeira vez que alguém do museu é convidado. Talvez ela se sinta culpada por ter me dado tão pouco apoio na minha tentativa para conseguir a tapeçaria. Ela nos convidou para passar o sábado com eles. Pensei, já que iremos viajar...
Jake sorriu e disse:
— Poderíamos encontrar um pequeno hotel ou um castelo e conseguir um quarto para o fim de semana. Podemos sair na sexta-feira à noite. Boa idéia?
— Idéia brilhante.

●

Na quinta-feira depois do almoço, justamente quando Jake voltava do encontro com *monsieur* Lafontaine para discutir o retrato da esposa, Alex telefonou.
— Oh, Jake, você nunca adivinhará o que recebi hoje à tarde, por sedex.
— O quê?
— Um presente das irmãs de Sainte Blandine, os desenhos de Adèle, junto com o poema e uma carta de irmã Etienne agradecendo-me por tudo o que fiz pelo convento. Ela me chamou de bênção especial. Você pode imaginar isso, Jake?
— Sim, Alex, eu posso.

●

Depois do trabalho, na sexta-feira, Alex e Jake saíram de Paris em direção ao sul, onde tinham reservado um quarto para o fim de semana em um chalé de caça do século XVI, agora convertido em hotel. Não foram comer na sala de jantar, preferindo fazer um piquenique na intimidade do quarto. De manhã tomaram café com *croissant*, depois dirigiram pelo vale, admirando os numerosos castelos situados nas verdes colinas, o rio Loire serpenteando pelo vale, os campos cheios de enormes e brilhantes girassóis. Um grande balão colorido, movido a ar quente, flutuava no céu azul de verão, sem nuvens.

Seguindo as direções indicadas por madame Demy, chegaram por volta das 13 horas ao Le Château de la Vallée Verte.

— Impressionante — disse Jake quando estacionaram.

Caminharam ao longo de uma alameda que dividia uma grama bem aparada. A construção, com fachada neoclássica de pedra cortada ligeiramente colorida, era de uma simetria harmoniosa, e de cada lado das alas havia uma cúpula. Esculturas decorativas apareciam acima de muitas janelas. Uma pequena ponte arqueada construída sobre um fosso seco, que agora estava acarpetado com o mesmo verde viçoso da grama, conduzia para a entrada principal.

Madame Demy recebeu-os na porta, cumprimentando-os com um beijo no rosto. Vestia calças e uma blusa de algodão, o cabelo solto penteado para trás, um grande contraste com os trajes austeros e o coque bem-feito com que aparecia no museu.

Ela perguntou se tiveram problema para achar o caminho.

— Não, absolutamente — respondeu Jake —, e que passeio maravilhoso!

— Esta é uma boa época do ano para andar pelo vale — concordou a velha senhora.

— Sua casa é linda — disse Alex.

Um chão de assoalho escuro enfeitava a entrada. O retrato de um antigo ancestral, em moldura dourada, pendia acima de um pesado consolo de madeira com tampo de mármore marchetado, sobre o qual fora colocado um vaso de flores frescas. À esquerda, uma escadaria branca esculpida em pedra calcária levava a uma plataforma onde havia uma série de armaduras, cada uma dando a impressão de conter, no interior, um cavaleiro medieval com uma lança na mão.

— Muito obrigada por nos convidar — agradeceu Alex.

— Ficamos contentes de vocês terem vindo.

Madame Demy os conduziu através da entrada, passando pela grande escadaria de pedra, até uma sala de estar formal. Quando entraram, os olhos de Alex imediatamente fitaram a parede ao longe. Ela agarrou o braço de Jake e lhe mostrou.

Na parede, brilhante e bela como se estivesse sendo exibida no Grand Palais, mas parecendo finalmente ter encontrado o seu ambiente natural, estava pendurada *Le Pégase*.

— *Le Pégase* — disse Alex arfando.

Soltou o braço de Jake e se aproximou. Ficou olhando a tapeçaria em silêncio. Ela cobria grande parte da parede e estava em uma moldura de madeira, construída especialmente para a peça.

— A senhora, madame Demy — perguntou Alex — é a proprietária do *Le Pégase?*

— Algum dia — ouviu-se uma voz atrás deles. Alex e Jake se viraram. — É uma peça de herança tradicional de família — disse o homem.

— *Monsieur* Jadot! — exclamou Jake.

— Alexandra — disse madame Demy aproximando-se de Alex e tocando-a levemente no braço —, gostaria que conhecesse meu tio, Gaston Jadot.

O velho locomovia-se lentamente, arrastando os pés no assoalho, os passos ficaram mais leves quando andou no tapete.

— *Monsieur* Bowman — disse madame Demy —, creio que o senhor e meu tio se tornaram bons amigos nos últimos meses.

Gaston pegou a mão estendida de Alex. Segurou-a por um instante.

— Encantado — disse, depois se voltou para Jake. — É muito bom encontrá-lo de novo, *monsieur* Bowman.

— Que bela surpresa — disse Jake segurando a mão do homem.

— O senhor, *monsieur* Jadot — perguntou Alex —, o senhor é o proprietário?

— *Le Pégase* tem estado na família por muitos anos — disse Gaston.

— Ele é lindo — disse Alex.

— Uma verdadeira obra de arte. Talvez do mesmo ateliê que fez *La Dame á la Licorne*, uma teoria mantida por muitos.

— Sim.

— Li um artigo, vários anos atrás — disse Gaston —, uma comparação entre *Le Pégase* e as tapeçarias do Cluny. Um artigo bem estudado. O autor achava que as tapeçarias haviam sido feitas no mesmo ateliê. E até mesmo um reconhecimento que *Le Pégase* era uma obra mais refinada, produzida em uma data posterior.

Alex sorriu. Ela sabia que estava se referindo a um artigo que ela havia escrito.

— É uma comparação brilhante — disse Gaston. — Surpreendente, na verdade, porque sei que o artigo foi escrito baseado apenas em fotos, e que o autor jamais viu *Le Pégase*. — Ele riu bastante.

— Até a exposição no Grand Palais — disse Alex. — Foi um gesto generoso permitir que a tapeçaria fosse vista pelo público.

— Sim, sim, a verdadeira arte deve ser compartilhada.

— O senhor pode nos contar o que sabe sobre a origem da tapeçaria?

— De fato, pouco é conhecido, é um grande mistério, como o da origem das tapeçarias de unicórnio. Existem documentos de quando a peça foi adquirida, acho, nos arquivos de Paris. Embora, como me lembro, havia pouca informação além da data da compra do dono anterior. — Gaston se voltou para madame Demy. — Estou certo, Béatrice?

— Sim, pouquíssima informação — respondeu Madame Demy. — Uma jovem entrou e sussurrou algo no ouvido dela. — Vamos continuar a conversa na sala de jantar — disse madame Demy. — *Monsieur* Bowman.

Jake ofereceu o braço e eles se encaminharam pelo salão, Alex e Gaston seguindo-os de perto.

— É bom tê-los conosco — disse Gaston enquanto caminhavam. — É um prazer ter um jovem casal tão admirável como convidados em nossa casa. Raramente temos companhia.

Quando entraram na sala de jantar, Alex apertou o braço de *monsieur* Jadot.

— Meu Deus — ela ofegou.

— Está errado — disse Gaston suavemente — um homem velho desejar estar rodeado por beleza em seus últimos anos?

Na parede em frente estava pendurada a sétima tapeçaria de unicórnio.

— O senhor, *monsieur* Jadot — disse Alex —, era o comprador misterioso?

Gaston concordou.

Alex soltou o braço dele, depois atravessou a sala e olhou para a tapeçaria por um longo tempo.

— Sabia que tinha ido para alguém que a estimaria, apreciaria a obra por sua beleza. — Ela se virou, uma satisfação vagarosamente espalhou-se dentro dela. — E o senhor a apreciará, não é, *monsieur* Jadot?

— Sim, certamente. — Gaston ficou em pé atrás de Alex, olhando para a tapeçaria. — Sempre fiquei intrigado — disse ele — com a semelhança entre *Le Pégase* e *La Dame à la Licorne* em seu museu. E quando esta apareceu, a possibilidade de uma nova descoberta... Por que não? Isso foi suficiente para deixar um homem velho com vertigem. Como pode me censurar?

— Tio Gaston — disse madame Demy — apenas ouviu uma conversa nossa por telefone sobre a sua descoberta em Sainte Blandine ... — Ela olhou para

Gaston, sua expressão mostrando afeto em vez de desgosto ou deslealdade. — Depois fiquei perplexa quando começou a perguntar sobre um conjunto de desenhos. Nunca havia mencionado os desenhos, ou o fato de que pudessem estar relacionados com as tapeçarias do Cluny.

— Receio que tenha sido eu quem forneceu as informações — disse Jake —, quando *monsieur* Jadot escutou minha conversa com Julianna sobre os desenhos.

— Não era minha intenção tornar públicas essas informações — disse Gaston. — Mas elas vieram a mim, ofertadas, parece, como um presente. — Ele sacudiu a cabeça de modo apologético. — Talvez eu tenha falado demais. Não era minha intenção causar uma tal comoção, esse assunto entre as freiras e o arcebispo. — O velho suspirou. — Depois, quando ela foi a leilão... que chance eu teria? — Virou-se para Alex, como se ela devesse responder a essa questão. — Tinha de comprá-la, de salvá-la. Não podia permitir que fosse enviada para a América, poderia?

— Não, não poderíamos. — Alex sorriu. — Ela deveria permanecer na França. — Alex não estava brava, e sentia uma ligação crescente com o velho que parecia gostar das tapeçarias tanto quanto ela.

— Talvez seja egoísmo não compartilhar essa beleza — disse Gaston fazendo um sinal com a mão. — Porém, mais alguns anos... logo terei ido, e talvez não haja gritos de condenação, nem acusações de egoísmo, mas palavras sussurradas de louvor para um velho que compartilhou o amor pela beleza. Sim, não vai demorar muito. Num dia não muito longínquo, a tapeçaria ficará pendurada no Cluny junto com as outras.

— No Cluny? — perguntou Alex.

— Sim — respondeu Gaston.

— O Cluny — esclareceu madame Demy — foi nomeado beneficiário da tapeçaria no testamento do tio Gaston.

•

Já passavam das quatro horas quando Jake e Alex voltaram ao hotel. Depois de um almoço de faisão, pão, salada, fruta, queijo, torta de maçã e um vinho que *monsieur* Jadot explicou ser de uma vinha próxima, madame Demy os escoltou em um passeio pela propriedade e pelos jardins. Gaston os convidou para visitá-los em Paris.

Enquanto Jake guiava, Alex olhava pela janela, completamente feliz e satisfeita. No sol da tarde, esplêndidos girassóis amarelos brilhavam contra um céu de cobalto.

— Uma tarde perfeita. — Alex voltou-se e sorriu. — Boa comida, boa bebida. Boa companhia e boas-novas. Sim, espantosamente feliz.

— É um tanto assustador. Não é? E mal começamos.

Ela sorriu, depois pegou a mão de Jake e pressionou a palma contra os lábios.

— Ainda estou me acostumando com a idéia de que a tapeçaria ficará exposta no Cluny, embora espere que não seja muito em breve. Gosto de *monsieur* Jadot e odeio pensar que a morte dele unirá a sétima tapeçaria com as outras.

— Ele parece bastante saudável. Não acho que será logo, mas ninguém, incluindo Gaston, viverá para sempre.

— Tudo passa, não é? — De novo, seus olhos se encontraram.

Jake concordou com a cabeça.

— Você acha que eles estão juntos?

— Adèle e o tecelão de tapeçarias?

— Sim, você acha? — ela perguntou seriamente.

— Em sua criação, as tapeçarias, sim, estão juntos.

— Sim, talvez em um sentido mais profundo... espiritual. Você não acha que duas pessoas que se amam sempre estarão juntas? O verdadeiro amor transcende este... este mundo temporal.

— Este jardim de prazeres terrestres? — Jake correu os dedos pelo pescoço dela.

— Sim — Alex relaxou, comovendo-se com o toque dele. — Este jardim de prazeres terrestres. Ela fechou os olhos e uma maravilhosa calma a invadiu, a presença de alguém ou de algo maior do que esse momento. E depois... nada mais do que a abundância e completude dele.

EPÍLOGO

ELE CHEGOU DURANTE a noite, esmurrando violentamente a porta do convento:

— Adèle Le Viste — gritava — Tenho de ver Adèle Le Viste.

A freira idosa não dormia. Ela havia levantado pouco antes, com as outras, para as matinas e sempre tinha dificuldade para voltar ao sono; com freqüência ficava acordada até as laudes da manhã, bem cedo. Acendeu uma lanterna e saiu do quarto. Quando passou pelo corredor, ainda pôde ouvir o homem gritando e esmurrando a porta. Várias jovens noviças enfiavam a cabeça para fora das minúsculas celas. A freira lhes disse para retornarem para as camas, o que fizeram rapidamente. Quando a freira idosa chegou à porta, ela abriu o postigo.

— Adèle Le Viste — ele gritou de novo.

De início, ela pensou que estivesse embriagado, mas depois percebeu, pelo olhar sem vida em seus olhos, que era loucura, uma loucura que governa alguém dominado pela dor.

— Preciso vê-la — disse ele com a voz enfraquecendo então.

A freira sabia de quem se tratava. Era o tecelão de tapeçarias, o amante de Adèle, o pai da criança.

— Ela não está aqui — disse a freira. — Ela podia ver nos olhos dele não apenas dor, mas amor, um amor que havia se transformado em sofrimento.

— Eu a procuro há muitos anos. Ela deve estar aqui. Deve estar. Preciso vê-la. Tenho algo para dar-lhe.

A freira abriu a porta e saiu.

— Ela viveu aqui muito tempo atrás, mas agora se foi.

O homem se recusava a sair do lugar.

— Vou levá-lo até ela.

— Espere, espere — disse ele. — O presente. — Ele apontou para além do portão do convento, onde um cavalo estava parado à luz da lua. A freira podia ver o animal preso a uma pequena carroça e um longo embrulho amarrado a ela. O homem foi até lá, desamarrou o embrulho, depois o colocou nas costas do animal e o segurou. Soltou o cavalo da carroça.

Juntos fizeram o caminho — a velha freira, o homem conduzindo o cavalo em meio às flores selvagens que brotavam no começo da primavera na colina. As flores estavam carregadas de orvalho e a mulher podia sentir a umidade em suas mãos. Uma brisa gentil roçou o hábito quando se aproximaram do alto da colina. Ela carregava a lanterna, olhando para o homem que a seguia. Será que ele compreendia?

Quando chegaram ao alto da colina, conduziu-o até uma simples sepultura com uma modesta cruz de madeira. A freira voltou-se para o homem.

— Ela agora descansa com nosso Pai no céu.

Ele tirou o embrulho do cavalo, colocou-o ao lado da sepultura, depois se ajoelhou diante dela. A velha freira ajoelhou-se também. Ela rezava em voz alta.

— Pai todo-poderoso, Adèle le Viste descansa convosco agora, protejais e guieis aqueles que ela ama, que permaneceram na Terra — rezava agora não apenas pelo pai, mas também pela criança.

— Ela partiu? — perguntou o tecelão como se ele mesmo fosse uma criança.

— Sim — respondeu a freira.

Ele começou a chorar. O corpo ajoelhado tremia, a cabeça se curvou de tristeza. E depois ficou em silêncio. Por fim, levantou-se e desenrolou o embrulho comprido. A freira ficou em pé e levantou a lanterna. Era uma tapeçaria, uma enorme tapeçaria, cobrindo não apenas o lugar de descanso de Adèle, mas espalhando-se sobre os canteiros próximos. A velha mulher soube de imediato que era a sétima tapeçaria, a peça final do conjunto criado para o pai de Adèle. Mesmo à luz fraca da lanterna, podia perceber os detalhes: um rico cenário de fundo vermelho, árvores frutíferas, pequenos animais, uma linda donzela, um unicórnio, um cavaleiro. A freira nunca vira nada tão extraordinário.

Ela sabia como Adèle e o tecelão haviam trabalhado juntos nas tapeçarias, como Adèle as havia desenhado, como foram tecidas no ateliê em Bruxelas. Primeiro, eles se encontraram no jardim, depois, quando trabalhavam juntos, se apaixonaram. Adèle Le Viste havia lhe contado essas coisas no curto tempo que vivera em Sainte Blandine. Quando o pai dela descobriu o romance, ficou furioso. A jovem Adèle estava prometida para outro, um homem rico de alta posição social.

Quando Adèle veio para o convento, a sétima tapeçaria ainda não tinha sido terminada. Então, lá estava ela, aberta sobre a sepultura da jovem.

— Você ficará com ela — disse o homem. — A tapeçaria pertence ao convento.

— Oh, não — respondeu a freira.

— Você deve ficar com ela — disse ele. — Ela deve permanecer aqui.

— Este é um trabalho magnífico. Deve ficar pendurado no castelo de um lorde ou príncipe. A tapeçaria não pertence ao convento.

— Venda-a então — disse ele, a voz cheia de raiva e dor. — Venda-a. Alcançará um alto preço.

— Não, não — protestou a freira —, vivemos uma vida simples. Produzimos o que precisamos. Somos auto-suficientes no convento de Sainte Blandine.

— Então fique com ela e guarde-a até o momento em que tiverem necessidade dela. — Ele ajoelhou-se mais uma vez, abaixou a cabeça. A freira ajoelhou-se ao lado dele e, silenciosamente, rezaram juntos.

Depois de algum tempo, sem falar ou se mover, a mulher ouviu o canto das freiras vindo do convento. Ela se levantou. Gentilmente tocou-o no ombro. O homem não se moveu. Não sabendo mais o que fazer, a velha freira voltou para o convento.

Depois de rezar com as outras na capela, voltou ao cemitério. Era dia claro então, um lindo dia de primavera, as flores selvagens à sombra das lavandas floresciam na colina. Quando ela chegou à sepultura de Adèle Le Viste, o homem já havia ido embora. Mas a tapeçaria permanecia lá, estendida sobre a sepultura. À luz do sol, podia ver mais claramente as cores magníficas. Durante vários minutos, ficou parada olhando. O que deveria fazer? Rezou mais uma vez, por orientação, depois voltou ao convento.

Os homens da aldeia começaram a chegar. O convento estava sendo ampliado, pois havia muitas jovens dedicando-se ao serviço de Deus. A pequena construção estava cheia de freiras e às vezes havia duas para cada cela. Logo teriam mais quartos.

— *Bonjour* — um dos homens cumprimentou a velha freira. Era um jovem simples, com problemas mentais, mas um construtor muito hábil. Dizia-se que não era muito esperto, só seguia orientações. Era um bom trabalhador.

— Bernard — disse a freira — você quer me ajudar?

— *Oui* — ele respondeu.

Mais uma vez, ela pegou o caminho para o topo da colina onde havia deixado o tecelão na noite anterior. Bernard a seguiu.

Enquanto caminhavam, o homem cantarolava uma cantiga familiar com os lábios fechados. Ele sempre parecia feliz, contente com cada novo dia.

A freira perguntou:

— O filho do moleiro está se tornando um menino forte e saudável?

— *Oui*, um menino forte.

Ela perguntava sempre pelo menino. Quando chegava uma nova moça ao convento, quando vinha alguém da aldeia para pegar produtos ou realizar algum serviço para as freiras. Quando o padre da aldeia vinha ouvir as confissões ou rezar missas. Nesse dia, pensamentos sobre o menino pesavam em sua cabeça. Ela não havia dito nada para o tecelão de tapeçarias. Não lhe contara sobre o menino, o filho dele, filho de Adèle. E agora, o homem tinha ido embora.

Ficaram diante da sepultura de Adèle, o menino simples e a freira, ambos olhando para a tapeçaria.

— *Très belle* — disse ele.

— *Oui, très belle.* — A freira rezou mais uma vez e depois perguntou:

— Quer me ajudar?

— *Oui.*

Juntos enrolaram a tapeçaria, depois carregaram o embrulho pesado vagarosamente colina abaixo. O tecelão dissera que deveria permanecer no convento. As freiras deveriam vendê-la se tivessem necessidade. O que fazer? O que fazer?, a religiosa se perguntava. Então veio a resposta: deveriam escondê-la em algum lugar. Talvez, no futuro, as freiras necessitassem dela.

Levaram-na para o segundo andar da nova construção.

A freira olhou ao redor. Era um quarto grande, onde tinham iniciado a construção de uma parede. Pedras e madeira de lei estavam empilhadas. Paredes adicionais seriam erguidas para dividir a estrutura em pequenas celas.

A tapeçaria poderia ser colocada dentro da parede, escondida e protegida dos estragos do tempo?

A freira curvou-se e começou a desenrolar a tapeçaria. Olhou para Bernard, que ajoelhou-se para ajudá-la. Eles a enrolaram de novo, tão apertada quanto possível, e amarraram cada extremidade com corda.

— Merci — disse a freira. — Na parede, Bernard. Ela deve ser colocada na parede.

Ele olhou para a mulher, perplexo, coçando a cabeça.

— C'est possible? — perguntou ela.

Bernard continuou coçando a cabeça, depois sorriu. Ele juntou as duas mãos, deixando-as estiradas, como se estivesse rezando, depois lentamente separou-as.

— Oui, deux murs.

A freira sorriu.

— Sim, dois muros.

•

Naquela noite, quando a velha mulher ajoelhou-se na cela, perguntou-se se havia feito a coisa certa. Pensou em Adèle, no tecelão de tapeçarias, no filho deles, o menino na aldeia — o filho do moleiro, com dez anos então, o jovem Jacques Benoit. Diziam que ele era um menino forte e saudável, uma criança feliz. Fizera a coisa certa?

Ela era uma mulher velha. Logo partiria também. Devia deixar algo para indicar o caminho para a tapeçaria. Algum dia, no momento adequado, algum dia quando as freiras necessitassem. Era isso que o tecelão havia desejado. Levantou-se, caminhou até a escrivaninha e pegou uma pena e um pergaminho. Escreveria um poema. Ele contaria a história de amor de Adèle e do tecelão. O poema conduziria até a tapeçaria.

Encostando a pena no pergaminho, as palavras começaram a fluir, como se dirigidas por outra pessoa.

Ela o encontrou no jardim...

Este livro foi composto em electra
e impresso pela Yangraf Gráfica e Editora
em papel offset Alto Alvura 90g/m².